Envole-toi !

Autres ouvrages de l'auteure

Demain le jour se lèvera (2019)
À la lueur de nos pas accordés (2019)
Au cœur des montagnes (2019)
La Vie rêvée de Lily – Tome 1 (2020)
La Vie rêvée de Lily – Tome 2 (2021)
La Vie rêvée de Lily – Tome 3 (2022)
La Vie rêvée de Lily – Tome 4 (2023)
À la fin tout commence (2021)
Un Noël blanc aux Neiges éternelles (2022)
Plus belle sera la suite (2023)
La Lumière de nos vies (2024)

© Georgina Tuna Sorin, 2021, France
ISBN : 978-2-3225-6929-8
Édition : BoD · Books on Demand, 31 avenue Saint-Rémy,
57600 Forbach, bod@bod.fr
Impression : Libri Plureos GmbH, Friedensallee 273,
22763 Hamburg (Allemagne)
Dépôt légal : Mars 2025

Couverture : David Paire

Georgina Tuna Sorin

Envole-toi !

ROMAN

1

— Chi... fou... mi.

En plein milieu d'un amphi bondé, deux étudiantes, une blonde et une brune, attirent sur elles tous les regards. Elles sont belles, à n'en pas douter, chacune à leur manière. Mais ce qui braque sur elles les projecteurs, c'est ce jeu auquel elles s'adonnent depuis qu'elles sont en âge de parler, ou presque. Pierre, feuille, ciseaux. Sans oublier le puits. Et que personne n'ose leur opposer la prétendue règle officielle : le puits prend toute sa place et elles n'acceptent aucune contestation.

Leur petit manège dure depuis près de cinq minutes déjà. Les étudiants qui les entourent ont sans doute perdu le fil depuis au moins dix batailles. Pas elles. À la guerre comme à la guerre, au chifoumi comme au ping-pong, le match se joue en onze points. Ni plus ni moins. Sauf, évidemment, en cas de partie serrée ; alors le jeu s'éternise, la victoire étant prononcée si – et seulement si – deux points d'écart les séparent. Milie tient les comptes, c'est la matheuse. Lola, elle, est plutôt la menteuse, la tricheuse ou n'importe quel mot à connotation péjorative en « -euse ». Selon Milie, qui ne manque pas une occasion de le lui rappeler.

— Balle de match, annonce la brune.

— Mais quelle mytho, j'y crois pas ! s'insurge la blonde.

Une nuée de « *chuuuuuut* » leur parvient depuis les premiers rangs. Le repaire des mange-boulons, a décrété Milie le jour de la rentrée. Loin de les perturber, cet embryon de contestation les amuse : celui qui réussira à stopper une partie de chifoumi n'est pas né.

L'ire des bien-placés s'aggrave lorsque Milie, célébrant sa victoire silencieusement, à grand renfort de poings serrés agités sous le nez de son amie la blonde, balaie la trousse ouverte sur la table et envoie valser son contenu au sol telle une fiente de pigeon sur la place Saint-Marc.

Ce nouveau fait d'armes attire sur elles une attention dont elles se seraient bien passées : celle de la prof qui, chose rare, interrompt son cours.

— *Is what you're discussing worth wasting the time of the entire class*[1] ?

Les deux amies lèvent les bras en signe de contrition, s'excusent par le geste avant de coller leurs arrière-trains sur les strapontins inconfortables. Crispation à l'avant, rébellion à l'arrière, en témoignent les ricanements qui leur parviennent dans le dos. Classique.

— Oh, je te rappelle que t'as perdu !

Le sourcil sévère, Milie tend un calepin et un stylo à la vaincue, qui les saisit à contrecœur.

— Allez, au boulot ! la houspille-t-elle.

Dans un geste provocateur, Milie s'adosse nonchalamment au dossier, croise les bras et feint de céder aux sirènes du sommeil. Les règles sont claires : celle qui perd prend les notes des cours du jour pour les deux. Simple, basique. Efficace.

Milie s'efforce de suivre malgré tout. Cette première semaine lui donne un aperçu de l'enfer que vont constituer les trois prochaines années et lui confirme une réalité dont elle avait conscience : les études, très peu pour elle. Mais puisqu'elle refuse la reproduction sociale à laquelle beaucoup l'ont promise, la fac est un passage obligé.

— Putain, on se fait chier !

---

[1] « Ce dont vous parlez vaut-il la peine de faire perdre son temps à toute la classe ? »

Lola, qui n'en rate pas une, s'attire de nouveau les foudres des premiers de cordée ; en réponse, elle leur sert une grimace blasée.

— C'est quoi leur problème ? La place et l'accord de l'adjectif : elles sont sérieuses, les têtes d'ampoule du premier rang ? Genre, ils maîtrisent pas ça ?

— J'te jure, ils saoulent grave...

— On se casse ?

— Arrête, murmure Milie en pouffant.

Une moue mutine trahit son hésitation. Lola s'engouffre dans la brèche en feignant de se planter le stylo en pleine poitrine, puis en mimant – très mal – une mort lente et douloureuse.

— On a dit qu'on serait sérieuses, cette année. Si on commence à déserter au bout d'une semaine, on n'est pas rendues !

— Pourquoi tu fais la meuf, genre ! C'est bon, avec leur vieux cours d'anglais, là, on se croirait en sixième. Viens, on sèche ce matin et on revient cet aprèm pour l'espagnol !

Milie a beau lutter, la tentation est trop forte. D'un geste assuré, elle attrape son sac, l'ouvre grand sous sa tablette et y fait basculer sa trousse sans la fermer. Lola l'imite, se lève et prend la poudre d'escampette, entraînant son amie dans son sillage.

Lorsque les portes de l'amphithéâtre se referment derrière elles, les deux amies s'esclaffent en fuyant vers la sortie, bras dessus, bras dessous, comme deux criminelles en cavale. Elles s'affalent sur le premier coin d'herbe libre, s'allongent sur le dos, satisfaites.

L'été joue les prolongations en ce début octobre ; les deux étudiantes ne boudent pas leur plaisir et tendent leur visage vers le ciel pour capter les derniers rayons de soleil de la saison.

— Fais un vœu, propose Lola en indiquant une traînée dans le ciel.

Milie se tourne vers son amie ; elles échangent un sourire complice. Lola connaît pertinemment le souhait que son amie s'apprête à formuler. Oh oui, elle le sait mieux que personne. Et plus les jours passent, plus elle est prête à soudoyer le Tout-Puissant pour qu'il se réalise. Le plus tôt sera le mieux.

2

Entre Lola et Milie, le coup de foudre amical a été immédiat. Ou presque. Ces deux-là fonctionnent comme un couple, ou peut-être plutôt comme des jumelles.

Des jumelles, donc. Dizygotes, cela va sans dire, tant elles sont différentes. Lola est aussi blonde que Milie est brune, ses yeux sont aussi bleus que ceux de son amie sont marron. Milie est l'eau qui maîtrise le feu de Lola. Manque de chance, Lola est une bougie magique : vous pouvez bien vider seize poumons et trois extincteurs dessus, sa flamme finit toujours par se raviver.

Des jumelles, et toutes les idées reçues qui vont avec. Une dominante et une dominée, une commandante et une suiveuse. Mais entre Lola et Milie, comme chez toutes les paires génétiques au demeurant, la répartition est bien plus subtile. Disons que Lola est la main qui tient le stylo et Milie l'encre qui noircit les pages. Elles ne peuvent fonctionner qu'à deux.

Des jumelles, donc. Depuis leur rencontre à l'école maternelle, au moment où le maître a annoncé les anniversaires du mois et qu'il a précisé que deux élèves souffleraient leurs trois bougies le 22 septembre. Les deux fillettes ont échangé un regard de connivence, appuyé par un sourire complice. Lola s'est levée, a forcé un espace entre Milie et Hugo, s'est installée le menton haut et l'air déterminé, puis a attrapé la main de sa *néobestie* en la gratifiant d'un « Ze t'aime bien, Milie ». Voilà comment naissent les amitiés et les surnoms. Quant à Hugo – pauvre de lui –, il rame depuis quinze ans pour trouver sa place dans ce trio infernal. Ensemble, rien ne les arrête : ni les réprimandes ni les punitions. Jamais et depuis toujours.

D'autres ont essayé d'agrandir le cercle, certains y sont parvenus, à l'image de Juline, qui s'est greffée au groupe au collège, la seule qui y occupe désormais une place de choix. Les autres sont des satellites qui gravitent autour de leur petite planète. Mais peu importent les pièces rapportées, le noyau dur est composé de trois électrons. Libres et incontrôlables. Enfin, presque.

Hugo a bien conscience du duo dans ce trio. Il y en a toujours un, c'est inévitable. En l'occurrence, il est le joker permanent : en fonction des périodes, il forme le sien tantôt avec Milie, tantôt avec Lola. Aujourd'hui, leur triangle est équilatéral ; sur la pelouse du parc du Thabor, qu'ils ont érigé en point de rendez-vous, l'équilibre est parfait. Par chance, leur bande du lycée a atterri à Rennes. Milie, Lola, et Hugo bien sûr. Juline aussi, mais elle se fait plus discrète. Lola envie ceux qui ont pu prendre leur envol. En poursuivant ses études à moins de cent kilomètres du village où elle a grandi, elle se retrouve coincée ici à subir des études qu'elle n'a pas choisies, à devoir ruser pour ne pas rentrer chaque week-end chez Papa et Maman, qui ne la lâchent pas avec leur sacro-saint « Ça serait dommage de gâcher ton potentiel ».

De quel potentiel ils parlent ?

Milie, elle, suit le mouvement pour s'assurer un diplôme universitaire, une première dans sa famille. Pourquoi ? Sans doute par défi personnel et pour défier son paternel.

Dans leur *malheur*, elles habitent tout de même trop loin pour envisager des allers-retours quotidiens. Elles ont donc élu domicile dans une chambre étudiante. Oh, elles n'étaient pas censées être voisines : un étage et un bâtiment devaient initialement les séparer. Mais comme deux néodymes que l'on

12

cherche à écarter, elles finissent toujours par s'imbriquer de nouveau ; le pouvoir d'attraction est bien trop fort. Cette fois, une négociation ardue avec l'administration et une permutation avec une autre étudiante auront suffi.

Parfois, Milie se demande si la voie toute tracée n'aurait pas été plus confortable. Son père l'aurait fait embaucher presque tout de suite à l'usine d'emballages plastiques où il travaille. Une perspective peu réjouissante aux yeux de la jeune étudiante, mais moins *chiante*, toujours, que ce qu'elle entrevoit des cours de la fac. Parfois, elle se convainc de tout envoyer valser, mais elle est trop têtue – et fière – pour retourner chez Papa-Maman la queue entre les jambes. Elle ne supporterait pas les regards en coin entre son père et son frère ni la mine désolée de sa mère.

La voilà donc en première année de licence LEA anglais-espagnol. Avec pour compagnon d'infortune son double maléfique qui traîne les pieds autant qu'elle pour faire acte de présence chaque jour dans l'amphithéâtre B de l'université Rennes 2. Une chose est sûre : elles pourront compter l'une sur l'autre pour ne surtout pas se motiver.

Un claquement de doigts sort Milie de ses pensées.

— Tu sais que je ne suis pas un chien ? Tu peux me parler, hein, je suis un être intelligent, en dépit des apparences.

— Détends-toi, la rabroue Hugo. Ça fait quinze fois que je t'appelle. Tu pensais à quoi ?

— À rien. Rien d'important, en tout cas.

— Pas à moi...

Le jeune homme la devine toujours, ce qui a le don d'agacer Milie.

— Je pensais à cette année, qui s'annonce plus longue que mon avenir.

Hugo l'attire à lui ; ils s'allongent côte à côte, en silence. Il sait bien ce qui la tracasse : *cette année plus longue que son avenir*, comme elle le dit, n'est que la conséquence d'un problème plus profond, qui se transmet de génération en génération dans sa famille. Il lui laisse le temps. Elle finit toujours par se confier. Aujourd'hui ne fait pas exception.

— J'ai dix-huit ans, et je me sens déjà comme une vieille qui subit sa vie. Qu'est-ce que je fous là, sérieux ? Tu sais ce que j'attends le plus quand je me lève le matin ?

— De me voir ?

Milie lui un assène un coup de coude dans les côtes. Hugo serre les dents, lui offre un sourire figé par la douleur.

— D'arriver au soir, pour servir des hamburgers à des petits-bourgeois dans ton genre.

— Pourquoi cette attaque gratuite ?

— Gratuite, vraiment ?

Hugo baisse la tête pour cacher sa moue de reddition. Milie n'a pas besoin de la voir. Elle la devine. Elle *le* devine.

— Je suis en fac de droit et je compte bien défendre la veuve et l'orphelin. Ça aurait pu être pire, avoue.

— Genre quoi, école de commerce ? Pitié, rétorque-t-elle en levant les yeux au ciel. Et pour ta spé, on en reparle dans trois ans.

Hugo lui rend la politesse du coude reçu dans les côtes en dosant, contrairement à Milie, la force de son attaque.

— Ah non, les gars, vous me faites pas un *remake* ! Ras le cul de jouer les psys, se plaint soudain une voix cristalline.

— Genre, on est des *drama queens* ! Regarde-nous, un vrai modèle du « Si tu réussis pas ton couple, réussis ta rupture ».

Milie se lève pour enlacer Juline, qui, comme toujours et encore plus depuis la rentrée et son admission en fac de médecine, visse ses écouteurs à ses oreilles pour se couper du monde, s'installe sur l'herbe et sort polycopiés et ordinateur. Juline est une solitaire sociable : elle a besoin de s'isoler tout en étant entourée. Une particularité qui lui a valu nombre de moqueries au collège et au lycée, mais qui est parfaitement acceptée par les seuls amis qu'elle ait réussi à se faire jusque-là. Hugo décide néanmoins de la titiller un peu.

— T'es chiant, lâche-moi ! Putain, t'es dégueulasse, tu m'as bavé dessus.

Milie s'écroule au sol en se tenant les abdominaux. Juline vient de recevoir la spéciale de Hugo : le bisou escargot. Tout le monde connaît le bisou escargot, non ? En général, cette lubie s'arrête aux portes de l'école primaire. À croire qu'il est resté coincé derrière.

— Elle est où, la troisième mousquetaire ? demande Juline en s'essuyant la joue, la mine écœurée.

— Partie faire du repérage, peut-être ? Tiens, regarde, elle est là, indique Milie en pointant du doigt son amie qui court dans leur direction.

— Elle a l'air beaucoup trop contente pour quelqu'un qui vient de vider sa vessie... se méfie Hugo.

Milie et Juline se jaugent pour décider si elles doivent se marrer ou s'inquiéter. Avec Lola, la seconde option est souvent la bonne.

— Milie, faut que tu voies ça.

— Bonjour à toi aussi, lâche Juline avec une moue blasée.

— Ouais, salut, on se *checke* plus tard, tu peux retourner à tes cours. MILIE : ici et maintenant !

Loin de s'offusquer, Juline écrase un sourire satisfait. Avec elle, nul besoin de s'encombrer du superflu. Pour ce qui est des relations sociales, mieux vaut aller droit au but. Milie, quant à elle, s'approche avec confiance : Lola est bien trop joyeuse pour lui annoncer une mauvaise nouvelle.

— J'étais en train de... Enfin, tu vois, quoi, donc je *scrollais* sur TikTok. Tout le monde fait ça, ajoute-t-elle en haussant les épaules en réponse aux mines dégoûtées de ses amis.

— Personne fait ça, t'es bizarre, assume ! la taquine Hugo.

— C'est à Milie que je m'adresse, pas à toi. Tu veux pas aller compter les brins d'herbe au lieu de nous saouler ?

— Laisse-la parler, je sens que ça va devenir intéressant, trépigne Milie.

Elle s'attend à un énième épisode d'*Embrouilles à la villa*, le petit nom qu'elles donnent à leurs sessions de *putassage*. Du verbe « *putasser* » qui signifie, dans leur langage, s'adonner à l'art de la critique facile.

— Et là, dans mes « Pour toi », un truc de ouf, tu vas pas y croire ! assure Lola en lui prêtant son téléphone.

Milie s'en saisit en dardant sur elle un regard circonspect. Son trouble grandit encore lorsque ses yeux se posent sur l'écran :

— Et je suis censée m'enjailler pour... ?

Lola lui arrache le portable des mains, tapote quelques instants sur l'appareil, puis le tend à Milie : elle connaît ce compte, elle s'y est abonnée un temps, avant de se désabonner. À quoi bon se faire du mal ?

— Je suis tombée dessus par hasard. Enfin, par hasard... Rien n'arrive par hasard, si tu veux mon avis.

Lola rend l'appareil à son amie, recule de deux pas.

— C'est une blague ?

Les yeux dans le vague et les jambes flageolantes, Milie se dirige vers le banc le plus proche ; n'y tenant plus, elle finit par s'asseoir lourdement à même la pelouse.

Ce compte, c'est celui d'une jeune hôtesse de l'air qui partage son quotidien sur les réseaux sociaux. Bien sûr, elle y vend du rêve ; comment ne pas se projeter dans les nombreux vlogs qu'elle publie ? Mais elle y montre également l'envers du décor et les aspects moins glamours du métier. Rien n'y fait : même les côtés les plus rebutants ne suffisent pas à dégoûter Milie. Elle est faite pour ça, elle a envie de ça.

Subitement, la connexion se fait, le sang irrigue de nouveau son cerveau. D'un bond, elle se lève et se met à hurler, sauter et tourner, la tête encadrée par ses deux mains. Incrédule, elle revisionne la vidéo pour s'assurer que ce n'est ni une blague ni une hallucination ; non, tout ça est bien réel. Lola a raison, ça ne peut pas être un hasard.

— C'est pas trop un signe, ça ? l'interroge Lola en la secouant. Le job d'été de rêve. Allez, quoi !

PCB, *personnel complémentaire de bord*. En somme, un poste d'assistant des stewards et des hôtesses de l'air qui consiste à accomplir les mêmes tâches qu'eux, à l'exception de tout ce qui touche à la sécurité. Pour ça, il faut des formations bien spécifiques dont Milie n'ignore aucun détail. Elle rêve de ce job depuis des années, mais la crise sanitaire a sonné le glas de ses espoirs. Ces dernières années, aucun poste n'a été ouvert, nulle part. De toute façon, Milie ne vise que la plus prestigieuse des entreprises du secteur. Autant rêver grand, n'est-ce pas ? Et là, tous les éléments sont réunis : le job d'été de ses rêves au sein de la compagnie aérienne de ses rêves. Que quelqu'un la pince !

Et voilà qu'elles se remettent à parler en morse... Quand elles sont dans cet état de demi-transe, Hugo sait bien que rien ni personne ne peut venir percer leur bulle. Intrigué, il arrache le portable des mains de Milie, consulte la fameuse publication et percute instantanément. Il ouvre les bras et la bouche, prêt à rejoindre le gang des hystériques. Milie s'arrête net, recule.

— C'est trop beau pour être vrai. Et surtout, j'ai déjà dit OK à mon père pour cet été.

Elle marque une courte pause, maltraite ses doigts, grimace, puis murmure :

— Et puis, la dernière fois, ils ont reçu plus de sept mille candidatures en deux jours. Pour quatre cents postes à pourvoir. Alors...

Lola et Hugo lui lancent un regard en biais : *genre*. Juline, percevant l'agitation qui l'entoure, retire l'un de ses écouteurs pour se mettre au fait de la situation et finit par statuer laconiquement :

— Commence pas à tortiller du cul pour aller tout droit : tu vas le faire. Tu sais que tu vas le faire, on sait que tu vas le faire. Fais-nous gagner du temps à tous, à commencer par toi, et lance-toi.

Puis elle remet son écouteur sans attendre de réponse et reprend là où elle s'était arrêtée. Du Juline dans le texte. Les trois amis la fixent quelques instants, se regardent, éberlués, puis explosent de rire.

3

Hugo et Lola sont partis chercher des boissons pour le groupe au Starbucks du coin, histoire de fêter cette bonne nouvelle. *Quelle bonne nouvelle ?* Ils ont simplement vu passer l'annonce d'une future – et toujours hypothétique – offre d'emploi. Pour le job de ses rêves, certes, mais rien n'est fait, Milie n'a même pas encore décidé si elle postulerait ou pas. Et d'ailleurs, pourquoi ils se tapent dix bonnes minutes de marche, alors qu'il y a un kiosque à boissons à deux pas de là, dans le parc ? *Si ça les amuse...*

Juline étant dans son monde parallèle à potasser son cours, Milie a tout le temps de se perdre en conjectures. Et si... Et si ? Elle sort son téléphone, cherche le compte en question, s'abonne de nouveau, puis revisionne la publication. *Juste pour être sûre.* La vidéo dure à peine quinze secondes, suffisant pour dire l'essentiel : les candidatures vont ouvrir d'ici la fin du mois. Et que fait-on lorsqu'un post nous interpelle ? On lit les commentaires ; ce qu'elle s'empresse de faire. Une mine d'informations ainsi qu'une réalité cruelle lui sautent au visage : il y aura de la concurrence et elle s'annonce rude. Certains s'y préparent depuis des années, d'autres prétendent même suivre un coaching en vue de la sélection et savent à quoi s'attendre. D'autres encore ont anticipé, ils n'auront donc plus qu'à envoyer tous les documents demandés le moment venu. C'est l'information qui met un coup d'arrêt à son enthousiasme : en fonction de la masse de dossiers reçus – jusqu'à plusieurs milliers en vingt-quatre à quarante-huit heures –, les candidatures sont closes en quelques jours à peine. Parfois même en quelques heures. Milie, elle, débarque la bouche en cœur ; elle a bien conscience que pour cette année, cela risque d'être juste. L'an prochain, en revanche, elle sera prête. Et cela commence dès maintenant. Telle une enfant qui approcherait sa main de la gueule d'un pit-bull sans muselière, Milie tente un geste vers le calepin de Juline, qui lève un sourcil dans sa direction. Milie articule un « Je peux ? » silencieux, auquel son amie répond par un hochement de tête, avant de retourner à ses affaires. Milie en profite pour lui taxer un stylo et se met à gratter frénétiquement.

Animée par la perspective de réaliser son rêve, elle a perdu toute notion du temps. En percevant les voix de ses amis, Milie lève la tête pour la première fois depuis leur départ. Avant qu'ils ne soient trop près, elle glisse le calepin sous sa cuisse. Les bras chargés du ravitaillement liquide, Hugo et Lola échangent un regard circonspect : Juline aurait-elle déteint sur Milie ? Elle n'est pas du genre à charbonner, plutôt partisane du moindre effort lorsqu'il s'agit d'étudier. Elle a navigué au-dessus de la ligne de flottaison jusque-là, et obtenu la mention assez bien au bac grâce au contrôle continu et aux langues vivantes, seules matières qui la passionnent vraiment. Enfin, pour la partie pratique, pas pour la théorie, qui la tue déjà à petit feu depuis la rentrée.

— Tu fais quoi, meuf ? l'interroge Lola en lui tendant un gobelet taille XL.

— Rien d'important.

Milie s'empresse de pousser le calepin un peu plus loin sous sa cuisse, mais Hugo, plus vif, s'en saisit. Le temps que Milie se lève pour se lancer à sa poursuite, il est déjà hors de portée, absorbé par la lecture du document, qu'il ponctue d'un sifflement admiratif.

— Hé, tu nous avais caché que t'étais poète !

— Fais voir ?

À son tour, Lola découvre la production de son amie. Elle aussi la gratifie d'une moue épatée, quoique légèrement moqueuse.

Je vole.

Quand je lève la tête et que je le vois.

Je vole.

À mesure qu'il progresse.

Je vole.

La traînée qui s'étire m'attire.

Je vole.

Un jour où il ira, j'irai.

Je volerai

— Oh, ça va, vous avez fini de vous payer ma tête ? J'ai écrit ça comme ça, vite fait.

— Nan, mais c'est bien. Premier degré ! Toi, t'as décidé de te lancer. Tu devrais le mettre dans ta lettre de motivation...

— Je sais pas. À mon avis, pour cette année, c'est mort. Vous avez lu les commentaires ? La nana répond, donne des *tips*. Vu la concurrence et que, comme d'hab, je vais m'y prendre à l'arrache, je ne ferai pas le poids.

— Minute, *miss Je-vois-tout-en-noir*. Je *checke* d'abord.

— *Doublecheck*, approuve Hugo en ouvrant, lui aussi, son application.

Milie guette nerveusement leur verdict. Juline, comme à son habitude, surgit au moment où l'on s'y attend le moins, lui tapote sur l'épaule en guise de soutien, avant de disparaître de nouveau dans son vortex. C'est sa version du câlin de l'extrême.

— Alors ? s'enquiert Milie aussitôt que ses amis reposent leur téléphone.

— Alors : j'avoue, c'est chaud.

Lola ponctue son verdict d'une moue contrite. Histoire d'enfoncer le clou, sans doute.

— Tu vois, je te l'avais dit !

À mi-chemin entre le triomphalisme et la résignation, la réaction de Milie cache en réalité une vraie déception. Si même Lola décrète que c'est compliqué, cela signifie surtout que c'est mort et enterré. C'est elle, l'optimiste. Dans un ultime espoir de voir la balance pencher du bon côté, elle se tourne vers Hugo, il lui sert la même mine déconfite. *Et merde.*

— La tronche que tu tires ! s'esclaffe Lola.

Son rire, nourri et amplifié par celui de Hugo, crispe Milie, qui goûte mal qu'ils se fichent d'elle. Tout ça n'a rien d'un jeu pour elle.

— On déconne, Milie. Redescends ! Tu nous imagines, nous, te conseiller de laisser tomber ? Fonce, meuf ! la rassure Lola en la secouant comme un prunier.

— Franchement, vous avez vu tout ce que j'ai à faire ? Ça se trouve, les candidatures ouvrent demain et seront closes dans la journée. C'est mort.

— Tu sais quoi ? Viens, on fait une *to-do list* et on avise en fonction. Sérieux, c'est ton rêve, tu risques quoi à te lancer ?

— Au hasard : être déçue ?

— Si tu n'essaies même pas, la seule chose dont tu es sûre, c'est de rater l'occasion d'être agréablement surprise.

— Cent pour cent des gagnants ont tenté leur chance, abonde Hugo.

Lola, qui voit bien que son amie ne se laissera pas convaincre si facilement, fronce les sourcils et lui place son index sur la bouche. Quelques secondes plus tard, elle se met à mordiller l'intérieur de sa joue. Milie la connaît par cœur : quand elle commence à réfléchir comme ça, elle peut s'attendre à tout, surtout au pire.

Soudain, le visage de Lola s'éclaire. Elle se lève d'un bond, pointe son doigt en direction de son amie, puis entonne :

— *J'irai où tu iras, mon pays sera toi. J'irai où tu iras, qu'importe la place et qu'importe l'endroit*[2].

— T'es grave, toi, avec tes chansons de daronne !

Hugo approuve ses propos en frappant dans la main de Milie, hilare. Lola lève les yeux au ciel.

— Vous êtes longs à la détente, ça devient gênant. Si tu postules, je postule avec toi.

— T'es sérieuse ?

— Ça pourrait être fun. Non ?

— T'es *vraiment* sérieuse ?

— Plus que jamais.

Milie fond sur Lola avec toute la délicatesse qui la caractérise. Dans son élan, les deux amies basculent et se retrouvent sur la pelouse. Milie enlace fermement Lola, qui finit par se libérer et se rasseoir : elle n'a pas terminé son propos et prend toute cette affaire très au sérieux.

— Bon, on va pas se mentir, ça serait bien qu'ils attendent une petite semaine avant de publier l'annonce. *Check-list* !

Lola se tourne vers Hugo en claquant des doigts ; il la connaît par cœur et obtempère sans délai en se saisissant du calepin et du stylo posés à côté de Milie. Il dessine un tableau à double entrée, puis opine du chef pour indiquer à Lola qu'il est

---

2 « J'irai où tu iras », chanson interprétée par Céline Dion et Jean-Jacques Goldman. Compositeur-parolier : Jean-Jacques Goldman. Producteurs : Jean-Jacques Goldman, Erick Benzi, Sony Music Entertainment.

prêt à accomplir sa tâche. Elle se met à lister les qualités requises.

— Coche tout.

— Euh, j'ai deux ou trois réserves à émettre sur certains points, tente Hugo.

— Coche tout, je te dis. On fera un effort.

Il s'exécute en souriant :

✔ Excellent relationnel et sens de l'écoute
✔ Adaptable
✔ Rigoureux, respect des réglementations et ponctuel
✔ Prêt à valoriser l'image de l'entreprise

Lola enchaîne sur les documents à fournir :

✔ Avoir plus de 18 ans
✔ Avoir le bac et un statut d'étudiant
✔ Copie du passeport
✔ Carte étudiant ou certificat de scolarité
✔ Ressortissant d'un État membre de l'Union européenne
✔ Dispo deux mois consécutifs (juillet et août)
✔ Expérience professionnelle dans le domaine du service : plus d'un mois
✗ Test d'anglais de moins de deux ans niveau B23 minimum
✗ CV
✗ Lettre de motivation

— Le CV et la lettre de motivation, ça va le faire, quitte à ce qu'on y passe la nuit. Par contre, pour le test d'anglais, on risque d'être charrette, admet Lola.

_____

3 Le niveau B2 est le quatrième niveau d'anglais (sur six) du Cadre européen commun de référence (CECR). À ce niveau, les étudiants sont opérationnels et autonomes en anglais.

— La bonne nouvelle, c'est qu'ils demandent seulement un niveau B2. Franchement, je pensais qu'ils seraient plus exigeants. Tu fais quoi ? s'exclame Milie en se tournant vers Hugo.

— Je me renseigne. La dernière fois qu'ils ont passé une annonce, genre, au siècle dernier, elle est restée moins de vingt-quatre heures en ligne. Va falloir que vous soyez réactives.

Les deux amies acquiescent ; elles semblent animées d'une joie enfantine.

— On se lance ? demande Lola par principe.

— Bien sûr qu'on se lance, lui confirme Milie d'une voix stridente.

Elles entament une danse de la joie complètement ridicule, à laquelle Hugo se joint sans y être invité.

D'un seul homme, le trio se retourne vers Juline, qui, malgré ses écouteurs vissés aux oreilles et son regard plongé dans ses cours, ne semble pas insensible à ce qui se trame à ses côtés.

— Vous faites chier, j'ai pas votre temps.

Milie, Lola et Hugo tombent sur elle comme la foudre sur le clocher de l'église, recueillant de vives protestations de leur amie. Juline se libère de leur étreinte tant bien que mal pour se concentrer de nouveau sur le sujet qui l'occupait.

Les trois amis ont conscience qu'ils tiennent sans doute là leur dernière chance de profiter de Juline avant de longs mois et ils sont bien décidés à la martyriser une dernière fois.

— Sérieux, les gars, après, vous me reprochez de m'isoler ? Chaque fois que je vous vois, vous me pourrissez mon programme de révisions. On était censés se retrouver pour bosser. Bosser. Vous connaissez ce mot ?

Si, pour le reste de la bande, la rentrée remonte à deux semaines, Juline, elle, a remis le bleu de travail depuis la mi-août. Une prérentrée, puis une rentrée dès les premiers jours de septembre ne lui ont accordé aucun répit. Et elle ne risque pas de s'en octroyer avant la trêve des confiseurs.

— Je vous signale que j'ai déjà plus bossé en un mois que vous ne le ferez dans toute l'année. Bande de chômeurs.

— Oui, enfin, t'as choisi ton destin ! rétorque Milie en surjouant l'offusquée.

— Chômeur, chômeur, c'est vite dit. Tu sais ce que je me fade comme cours à apprendre, moi aussi ?

Hugo a, lui, fini par céder à la pression familiale. *Tu seras avocat, mon fils.* Il leur rappelle qu'il doit zigzaguer entre un père fiscaliste et une mère pénaliste, qui, en plus de tous les biens, se disputent l'enfant et sa future spécialité. Il est un vulgaire compromis dans un divorce qui s'enlise dans les tranchées.

Au regard de cette situation, Juline estime soudain sa position plus enviable. D'un haussement d'épaules, elle consent à lui concéder ce point. Pas Lola et Milie : loin de tomber dans le piège de son misérabilisme, elles en rajoutent une couche.

— Vous êtes vraiment des gamines.

Hugo râle pour le principe, mais n'est pas peu fier d'avoir sa petite cour à sa disposition. Et les filles, elles, s'amusent des regards envieux que leur lancent les étudiantes qui les entourent. Parce que, oui, en plus de tout le reste, Hugo est physiquement intelligent. Il le sait et se plaît à en jouer. Il coule une œillade langoureuse à l'une de ses admiratrices, qui le mate depuis près de dix minutes. Toujours en la fixant, il s'allonge nonchalamment sur l'herbe en plaçant ses mains derrière la tête, puis lui décoche un clin d'œil.

— Tentative d'approche dans cinq... quatre... trois... murmure-t-il, malicieux, à l'intention de ses amies.

— Mais quel branleur ! répliquent-elles à l'unisson.

Les faits lui donnent raison : la courtisane se lève, s'avance et demande, timidement :

— Y a moyen d'avoir ton Insta ?

Elle ignore les mines faussement outrées de Lola, Milie et Juline, et tend son téléphone à Hugo.

— Voilà, c'est fait.

Il lui rend l'appareil, sort le sien, pianote quelques secondes, avant d'annoncer sur un ton détaché :

— Et hop, je te suis aussi. N'hésite pas à m'envoyer un message si tu veux qu'on aille boire un coup.

— J'hésiterai pas, lui répond-elle avec un sourire en coin.

Elle ne s'en départit pas lorsqu'elle se retourne vers les filles pour les toiser. Lola laisse échapper quelques noms d'oiseau de façon suffisamment audible pour qu'ils arrivent aux oreilles de la principale concernée. Loin de se vexer, elle semble au contraire en tirer une certaine satisfaction. Elle repart le menton haut.

— T'es sérieux, tu vas te taper cette meuf ? s'étrangle Milie.

— Et pourquoi pas ? Laissez-moi deux minutes pour mater la faune en présence...

— La faune. Vraiment ? s'offusque Juline en lui assénant un coup de poing sur le deltoïde.

— Aïe. Vas-y, abîme le matos, j'te dirai rien. OK, on va augmenter les enchères.

D'un geste lent, il place le doigt sur le bas de son tee-shirt et le fait remonter au rythme d'un escargot en fin de vie. Ménageant son effet, il marque des pauses plus ou moins longues. Les filles se désolent de constater que son petit manège produit le résultat escompté : il a capté l'attention d'une partie de l'auditoire en quelques secondes.

— C'est bon, on a compris le principe, remets-moi ce tee-shirt avant de choper la crève, le charrie Milie en tirant sur le morceau de tissu.

— Tu n'as qu'un mot à dire et tout ça, lui chuchote-t-il en scannant son corps à l'aide de ses mains, sera ta propriété exclusive.

D'un mouvement furtif, il dirige ses lèvres vers celles de Milie, avant de les dévier vers sa joue pour y déposer un baiser. Son amie, habituée à ses pantalonnades, n'a pas esquissé le moindre geste.

— Un mot. Juste un mot, insiste-t-il, le doigt levé.

Milie lui adresse une œillade suggestive, la moue pensive. Juline et Lola, elles, échangent un regard inquiet. Elles reprennent leur souffle lorsqu'ils explosent de rire ; à force de jouer avec le feu, ils risquent bien de se brûler. Encore.

4

PNC aux portes.

Milie s'installe dans l'un des fauteuils réservés au personnel navigant. Le décollage est le moment qu'elle préfère : la poussée, la sensation du corps plaqué contre le siège... Elle ferme les yeux quelques secondes, remplit ses poumons afin de profiter de l'instant presque en apnée. Ainsi, les sensations sont décuplées et son plaisir est multiplié.

L'avion est en bout de piste, le vrombissement se fait plus puissant et, enfin, la carlingue s'élance sur le tarmac. Les moteurs jouent à plein et poussent l'appareil à défier les lois de la nature. Enfin, le mastodonte quitte la terre ferme ; Milie reprend une profonde inspiration, le visage radieux du bonheur de vivre ce moment.

Les rêves d'enfant, lorsqu'ils se réalisent, ont souvent tendance à se révéler décevants. Sans doute parce que l'on y place beaucoup d'espoirs – un peu trop, peut-être. Pour Milie, cette grande première surpasse toutes ses attentes et répond à tous ses fantasmes. Lorsque le signal lumineux annonce au personnel qu'il peut désormais se lever, Milie s'exécute et se délecte du regard plein d'admiration qu'une passagère porte sur elle. Il n'y a pas si longtemps, elle était cette jeune fille qui observait les hôtesses et les stewards les yeux brillant de fascination et d'envie. Aujourd'hui, elle porte l'uniforme qu'elle pensait trop grand pour elle.

Dans son dos, un toussotement la rappelle à son devoir. Déjà, il est temps de préparer le chariot pour le premier service pendant que plusieurs collègues déambulent dans les allées pour proposer des gâteaux apéritifs aux voyageurs. Elle pourrait prendre goût à cette vie-là. Elle est faite pour cette vie-là.

Milie s'apprête à s'engager dans l'allée pour lancer la distribution des repas quand l'avion est pris de tremblements. *Des turbulences, rien de grave*, se rassure-t-elle. Son inquiétude grandit lorsqu'elles s'intensifient. Le signal « Attachez vos ceintures » s'allume ; des cliquetis en série se font entendre.

PNC assis et attachés.

Milie s'empresse de sécuriser le chariot ; elle sait que cette phrase crachée par le pilote à travers les haut-parleurs est annonciatrice d'un intermède particulièrement agité. Elle se prépare à regagner son siège, lorsqu'elle se sent subitement chuter.

PNC assis et attachés, PNC assis et attachés, PNC assis et attachés, PNC assis et attachés...

Pourquoi diable le pilote répète-t-il cette phrase en boucle ? Sa voix se fait plus lointaine à mesure que les turbulences s'intensifient. Les vibrations se tarissent pour laisser place à des secousses violentes.

— Eh oh, Milie, réveille-toi, murmure Lola en secouant vigoureusement son amie.

Le silence environnant pourrait laisser croire que le cours, passionnant, captive les étudiants au point qu'ils en restent sans voix. Que nenni : la moitié d'entre eux lutte contre le sommeil. Et il en est une qui est partie loin, très loin de l'ambiance feutrée de l'amphi. La prof, qui les observait à distance, se tait subitement. Lola, taquine mais pas sadique, assène un coup de coude bien senti à sa voisine. Milie se redresse d'un bond, comprend, consternée, que près de deux cents paires d'yeux sont braquées sur elle.

— Tu baves, murmure-t-elle à travers ses dents, figées en un sourire de quinquagénaire liftée.

Milie essuie sa bouche d'un revers de manche, répète la manœuvre avec sa tablette, que Lola pointe du doigt, l'air dégoûté. N'y tenant plus, elles étouffent un rire apparemment trop sonore pour la prof, qui leur demande de quitter l'amphi séance tenante.

— On doit absolument passer ce fichu test d'anglais, lance Milie sans préambule aussitôt qu'elles ont mis le nez dehors.

— Calme, meuf. La Scola ne va pas tarder à nous répondre. Si c'est eux qui nous le font passer, ça sera gratuit. Et on aime ce qui est gratuit.

Milie sourit timidement. En temps normal, elle aurait renchéri. Mais ce rêve qu'elle vient de faire, elle le prend comme un signe. Quitte à casser sa tirelire et à manger des nouilles chinoises jusqu'à la fin de l'année, elle refuse de jouer son avenir à pile ou face : la fac pourrait tout aussi bien refuser d'organiser une session dans l'urgence.

— Je peux pas attendre un an de plus. Je peux pas, supplie Milie.

— Oh là là, on va faire ça, t'inquiète pas. On va trouver une solution, promis, lui assure Lola en l'enlaçant. Il t'arrive quoi ?

Milie lui raconte qu'elle passe son temps à s'imaginer dans les airs, en uniforme ou en escale à vadrouiller dans des lieux qui lui sont inconnus avec des gens qu'elle ne connaît pas. Cela lui arrive en permanence. Qu'elle soit éveillée ou endormie, son esprit divague au point qu'elle est incapable de se concentrer sur quoi que ce soit.

— Tu vois, les journées comme aujourd'hui, dans ce vieil amphi à suivre des cours tout pourris, je ne vais pas les supporter très longtemps. Je veux bien essayer de tenir cette année, mais après, je crois que je préfère encore aller bosser avec mon père à l'usine.

— À ce point ?

— À ce point, lui confirme Milie en soufflant. On n'a plus tellement de temps à perdre, là. L'annonce peut être publiée à tout moment, on doit être prêtes.

— On pourrait éventuellement commencer par ce qu'on peut maîtriser ? suggère Lola.

— Genre ?

— Genre CV et lettre de motivation ? On s'y met ce soir et on cherche comment passer ce test d'anglais à la con. Ça te va ?

— T'es la meilleure, s'écrie Milie en déposant un bisou sur la joue de son amie. Mais, dis donc, t'étais pas censée postuler en mode *chill* ? Là, t'es carrément à fond !

— Pardon de soutenir ma copine, rétorque Lola en feignant l'indignation. Et tu connais : *money rules the world*[4], ma poule. T'as vu le salaire ? Avec sans doute quelques avantages en nature, si tu vois ce que je veux dire...

— T'as vraiment le feu au cul, faut faire quelque chose, ça devient une urgence sanitaire.

— J'avoue... admet Lola en riant.

Elles quittent le bâtiment bras dessus, bras dessous, en tirant des plans sur la comète. Bien sûr, leur dossier sera accepté, les épreuves de sélection ne seront qu'une formalité et, c'est évident, elles seront absolument canon en uniforme. Lola exagère volontairement le trait pour amuser son amie ; elle y parvient sans difficulté.

---

[4] « L'argent dirige le monde. »

✈ ✈ ✈

L'automne s'est invité dans le ciel avec un peu d'avance, le petit groupe ne peut donc plus profiter de la verdure du parc adjacent. Milie et Lola rejoignent Hugo au QG, un bar en centre-ville à l'ambiance propice à la fois au travail et à la convivialité. La décoration, à la désuétude tendance, leur rappelle l'intérieur des maisons de leurs grands-parents ; le lieu offre un petit côté régressif et rassurant. Le menu également. Juline devait se joindre à eux, mais, comme d'habitude, elle leur a fait faux bond au dernier moment.

Cela n'est pas de nature à leur faire perdre leur bonne humeur, car leurs recherches de la veille ont porté leurs fruits : la compagnie aérienne accepte le Linguaskill[5]. Et ça tombe bien, puisque la Maison des langues, à quelques encablures du QG, leur propose une date dès la semaine suivante. Dans le cas où elles n'obtiendraient pas le résultat attendu, elles auraient même la possibilité de le repasser avant la fin du mois, à condition de manger des patates pour une durée indéterminée afin de le financer.

Tandis que Milie et Lola s'entraînent en ligne pour l'examen qui approche, Hugo planche sur un cours d'introduction au droit. Il semble aussi intéressé par le sujet qu'un enfant par ses choux de Bruxelles. Soudain, Milie se lève d'un bond, faisant basculer sa chaise au sol et s'attirant, par la même occasion, la foudre des étudiants qui les entourent.

— Sérieux ? Ils sont pas dans l'abus ? Si vous voulez le silence complet, les gars, allez à la BU ou dans un monastère.

— Redescends, lui intime Lola, qui lutte contre l'hilarité. Il t'arrive quoi, là ?

---

[5] Linguaskill est un test d'anglais conçu par Cambridge Assessment English, utilisé pour évaluer les compétences en anglais général ou professionnel.

Ce n'est pas dans les habitudes de son amie de sortir de ses gonds comme ça.

— Je rate le B2 de deux points, regarde pourquoi ils me font chier.

— T'es au courant que c'est juste un entraînement ? Calme.

Milie l'ignore, tourne l'ordinateur dans sa direction et, d'un geste insistant, l'invite à consulter l'objet de sa colère.

— *Vicinity*. Sans déconner. *Vicinity, neighborhood*[6]. *Same same*, appuie-t-elle.

Milie offre ses paumes au plafond, en attendant que Lola abonde dans son sens.

— *Same same... but different*[7], décrète-t-elle.

— Trahison... Disgrâce, l'esprit du mal est marqué sur ta face[8], crache Milie en chantonnant.

Elle pointe les yeux de Lola de deux doigts menaçants, avant de s'asseoir pour plonger de nouveau dans les examens blancs disponibles en ligne.

— Il faut vraiment que je réussisse ce fichu test, marmonne Milie face à son ordinateur. J'ai besoin de savoir si ce métier est fait pour moi ou pas, si la vision que j'en ai est juste ou un simple fantasme. J'ai besoin de savoir pour prendre une décision, pour pouvoir l'imposer à mes parents.

— T'es au courant que t'es majeure et vaccinée, meuf ? Tu peux te passer de leur autorisation.

— C'est pas si facile... Tu le sais mieux que personne.

---

[6] « Environs, voisinage ».

[7] « Pareil, mais différent. »

[8] Paroles de la chanson « L'un des nôtres », issue du film *Le Roi lion 2 : l'honneur de la tribu*. Compositeur : Nick Glennie-Smith. Paroles : Randy Petersen, Tom Snow, Jack Feldman, Martin Panzer, Scott Warrender, Kevin Quinn et Joss Whedon. Adaptation française : Luc Aulivier et Liliane Talut. Label : Walt Disney Records.

Lola hausse les épaules. En réalité, non, elle ne sait pas. Enfin, si, mais elle ne comprend pas. Comment son amie, si déterminée, peut-elle s'écraser devant ses parents, se laisser dicter sa conduite ?

— Ton schéma familial est différent du mien et c'est OK. Juste, j'ai pas besoin de me sentir jugée sur ça, s'il te plaît, plaide Milie.

Lola se tord les doigts ; sa bouche s'ouvre et se referme sans avoir émis le moindre son. Elle tente un regard en biais vers Milie. Puis un deuxième. Son amie lui offre un sourire timide, qui la rassure. Hugo, lui, est toujours plongé dans son tas de feuilles, ses écouteurs vissés aux oreilles.

— Désolée, meuf, je voulais pas te blesser.

— C'est OK, je te dis. On s'y met ?

Deux heures durant, les filles écument les différents sites qui offrent des exercices et autres examens blancs. Lola est la première à fermer son ordinateur. Avec un manque total de grâce, elle s'affale sur sa chaise, rejette la tête en arrière en soufflant bruyamment.

— J'ai l'impression de passer le concours pour maths sup-maths spé.

— C'est que de l'anglais, réplique Hugo, blasé.

— *Que* de l'anglais ? Viens là, mon bichon, viens faire un petit coup de *que de l'anglais.*

Lola tue toute velléité de rébellion dans l'œuf. D'une main autoritaire, elle agrippe la chaise de l'effronté, la traîne jusqu'à la caler bien devant son ordinateur, qu'elle rouvre d'un geste rageur. Contraint et forcé, Hugo se plie au test.

— Comment va ton ego ? Je crois que j'aurais fait mieux que toi... en sixième, se moque Lola.

Hugo, lui, joue l'indifférent. En réalité, sa fierté en prend un coup : il vient d'échouer lamentablement en bas de l'échelle B1.

— *Pardon my french,* le raille Milie.

— Vous savez quoi ? Vous me saoulez avec vos tests et votre job d'été tout moisi, là, fulmine Hugo.

Il se lève d'un bond, attrape sa veste à la volée et s'apprête à quitter le bar, quand Milie le retient *in extremis.*

— On te saoule, hein ? C'est bon, on a compris le message. On va te prendre au mot, promet Milie, joviale, en le forçant à s'asseoir.

Milie avale le vide entre l'embrasure de la porte et le trottoir d'un saut triomphant : une fois n'est pas coutume, elle a infligé une belle correction à Lola, qui, peu habituée à voir son amie la surclasser à ce point, affiche sa mine des mauvais jours.

— *Suck it[9]!*

— Ah ! Donc, ça y est, on passe aux insultes en anglais maintenant ? Redescends, ma poule, on en reparle après les partiels : pas sûre que tu transformes l'essai.

— Houuuuuuuuu, ça tape dans la métaphore sportive !

Milie émet un sifflement admiratif, puis tournoie autour de Lola en reniflant bruyamment, le tout accompagné d'une grimace de défaite.

— Ne serait-ce pas l'odeur... du seum ?

— Ferme-la, putain. Le principal, c'est qu'on ait toutes les deux validé le B2.

— Le principal, c'est surtout que je t'ai foutu la raclée du siècle.

— Je vais en entendre parler jusqu'à la fin de mes jours.

Tout au long du chemin jusqu'au QG, Milie ne manque en effet pas une occasion de lui rappeler sa défaite cuisante. À leur arrivée, Hugo n'a pas besoin de sous-titres : le visage

_____

[9] « Prends ça ! »

déconfit de Lola lui offre le meilleur des résumés. Jamais rassasié à l'idée de la faire enrager, il tend sa paume ouverte à Milie, qui y écrase violemment sa main.

— De toute façon, j'ai toujours su que t'étais sa préférée, persifle Lola.

D'un geste théâtral, elle croise les bras en même temps qu'elle lève le menton. Le regard porté sur le mur opposé, elle ignore leurs rires moqueurs. Puis elle se retourne et s'esclaffe avec eux.

Il faut dire que Milie et Hugo sont un cas à eux seuls. Le sujet pourrait être sensible ; au contraire, ils ont fait le choix de s'en amuser. Plusieurs mois au collège, puis de nouveau au lycée, ces deux-là ont formé un couple en vue. Un *couple goal*. Chaque fois, il leur a manqué quelque chose. Pas grand-chose. Mais un *grand-chose* suffisamment important pour qu'ils décident, d'un commun accord – ou presque –, de ne pas s'acharner. De se contenter d'une amitié solide avant que ce *pas grand-chose* ne se transforme en grand n'importe quoi et ne vienne tout gâcher.

— Je voudrais pas plomber l'ambiance, mais... *tadam* ! lance-t-il, mystérieux, avant de tourner l'écran de son téléphone.

Milie et Lola fondent sur lui et échangent un regard circonspect.

— Mais quoi ? s'égosillent les filles à l'unisson.

Loin de la liesse attendue, Hugo perçoit un vent de panique dans son dos. L'influenceuse annonce que l'offre d'emploi sera mise en ligne le lendemain, sans préciser l'heure.

— Bah quoi, c'est bon, vous êtes prêtes !

— On a eu le résultat, mais pas l'attestation. La nana de l'agence a dit qu'on la recevrait par mail dans la semaine.

Or tous les sites concordent : au moment du dépôt, le dossier doit être complet. Impossible de joindre un document par la suite. La compagnie est littéralement noyée sous le nombre de candidatures, c'est un moyen pour elle d'opérer un premier tri. Et la rumeur prétend que les premiers arrivés sont les premiers servis, Lola et Milie ne peuvent donc pas se permettre de perdre la moindre minute lorsque l'annonce sera en ligne.

Les filles tentent de joindre la Maison des langues ; leurs appels restent sans réponse.

— Il nous la faut absolument, on n'a pas fait tout ça pour rien ! Merde, peste Milie, l'agence ferme dans vingt minutes, on n'y sera jamais à l'heure.

En une demi-seconde, leurs yeux luisent d'un éclat qui indique qu'une idée vient de surgir au même moment dans deux cerveaux différents. En un regard, puis en un coup d'œil à travers la large baie vitrée du bar, leur décision est prise.

Sans un mot pour Hugo, qui épie la scène sans trahir le moindre étonnement – les années ont forgé l'habitude –, elles désertent le QG et se ruent vers le parking à deux roues sur le trottoir d'en face. Depuis son poste d'observation privilégié, Hugo se délecte d'avance ; son instinct ne lui faisant jamais défaut dès lors qu'il s'agit des filles, il réprime un sourire moqueur lorsque, comme attendu, Milie, à califourchon sur le porte-bagages, perturbe l'équilibre que Lola s'efforce d'imposer au vélo.

Comme prévu, les fesses de Milie embrassent le sol. À quelques dizaines de mètres de distance, trois rires se mêlent et ne se tarissent que lorsque l'équipage disparaît au coin de la rue.

— Magne, Lola !

— Ça va, je peux pas faire plus vite. Je suis en mode convoi exceptionnel, ça déborde sur le porte-bagages...

Milie lui envoie une bourrade dans le deltoïde, qui manque de lui faire perdre l'équilibre.

— Sérieux, grouille, la nana est sur le point de partir. Fais pas genre, c'est un vélo électrique !

Lola accentue le rythme sur la pédale pour avaler les derniers mètres et pile devant le local. C'était moins une : l'employée ferme la porte.

— Madame, s'il vous plaît, l'alpague Lola, le souffle court.

Milie prend le relais pour lui expliquer la situation en débitant trois cents mots à la minute. La femme leur assure qu'elle comprend, mais ne peut pas se permettre d'arriver en retard pour récupérer son enfant à la crèche.

— Je vous promets que je m'en occupe demain à la première heure. Je dois vraiment y aller, désolée.

Qu'elle compte sur elles pour lui passer un coup de fil dès l'ouverture de l'agence et le lui rappeler.

✦ ✦ ✦

Milie et Lola rongent leur frein dans l'amphithéâtre ; plus que jamais, le cours débité les indiffère. Aujourd'hui, elles sont focalisées sur leur boîte mail, qui devrait leur délivrer deux nouvelles de la plus haute importance : l'ouverture des candidatures par la compagnie aérienne – elles ont placé une alerte sur le site –, mais surtout l'attestation Linguaskill. Elles espèrent recevoir la seconde avant la première.

À la pause de 10 heures, elles multiplient les appels à la Maison des langues. En vain.

Peu avant la fin de la pause, c'est la douche froide : l'annonce vient d'être publiée et elles n'ont toujours pas reçu leur attestation.

Milie prend le temps de se calmer avant de passer un énième coup de fil à la Maison des langues. La femme décroche enfin.

— Je suis désolée, je vous avais oubliées, admet l'employée. Promis, je vous fais ça dès que j'ai un moment.

— S'il vous plaît, c'est urgent. Ça peut se jouer à cinq minutes près pour nous, insiste Milie. Vraiment, c'est très important.

Sa voix se fait presque geignarde ; pour le commun des mortels, ce ne serait qu'une candidature à un job d'été. Pour Milie, c'est peut-être le projet d'une vie qui dépend de ce document.

— OK. Je termine un dossier et je m'occupe de vos attestations juste après. Laissez-moi vingt minutes maximum avant de me harceler, d'accord ?

Milie raccroche, soulagée. Mais la confiance n'empêchant pas le contrôle, elle lance le minuteur sur son téléphone. Dans vingt minutes, pas une seconde de plus, elle ne manquera pas de la rappeler si elle n'a pas tenu parole.

— Tu sais quoi, viens, on prend de l'avance et on remplit le dossier en ligne. Comme ça, on aura juste à ajouter la dernière pièce jointe dès qu'on l'aura reçue. T'en dis quoi ? propose Lola.

— J'en dis que ça t'arrive d'avoir des idées pas trop connes.

— Pff... De rien, hein ? Surtout, ne me remercie pas ! martèle-t-elle en suivant la cadence imposée par son amie qui vient de détaler comme un lapin.

Hors de question d'attendre la reprise des cours. Milie se précipite dans l'amphi, sort l'ordinateur de son sac et se met à taper frénétiquement sur le clavier. Lola l'imite et, après avoir vérifié, revérifié, vérifié encore et une dernière fois pour la route, elles décident de ne plus toucher à la moindre virgule. Dix minutes plus tard, les attestations arrivent dans leur boîte mail. Elles les ajoutent à leur dossier, échangent un regard complice, puis, retenant leur souffle, elles appuient sur « Envoyer ».

Les dés sont jetés.

5

Milie a toujours envisagé les fêtes de Noël comme une corvée dont il fallait s'acquitter. Sa B.A. annuelle, en somme. Non pas que ses relations avec ses proches soient mauvaises, pas avec le cercle 1, en tout cas. Lorsque la réunion familiale se résume à ses parents, son frère et elle, tout se passe bien, en général. *En général.* Tant que son père se tait et ne leur fait pas payer ce que d'autres lui font subir.

Elle pourrait presque affirmer avoir grandi dans une famille normale. Si tant est qu'une famille puisse l'être. Non, les problèmes surgissent dès lors que le cercle 1 de son père intervient, c'est-à-dire à chaque putain de Noël. Pourquoi s'inflige-t-il ça et, pire, pourquoi le leur impose-t-il ? Si ses parents ou son frère osaient avec elle ne serait-ce qu'un dixième de ce que la famille de son père se permet avec lui, Milie, elle le jure, n'hésiterait pas une seconde à couper les ponts. Du moins s'en convainc-t-elle.

Dans la voiture qui le mène à l'échafaud, Fabrice affiche une mine grave. Les affres de la vie ont creusé ses traits, c'est vrai ; la perspective d'affronter de nouveau cette cour martiale les durcit plus encore. Le cœur de sa fille se serre ; bien sûr, elle aimerait qu'il se défende, qu'il les envoie promener avec toute la douceur qu'ils méritent : aucune. Mais qui est-elle pour le juger ? Sans doute a-t-il ses traumatismes à soigner, mais son père, taiseux parmi les taiseux, n'est pas du genre à s'asseoir dans un fauteuil pour se confier.

Milie échange un regard avec son frère, Brian. De huit ans son aîné, il aurait pu prendre ses distances avec cette petite sœur encombrante, née dans l'unique but de lui pourrir la vie. Évidemment, ça a été le cas, les premiers temps tout du moins. Les années passant, Brian s'est découvert une passion pour cet être inadapté mais génial et se fait, depuis, un devoir de protéger sa sœur bien plus qu'il ne le devrait. Heureusement pour Milie, la centaine de kilomètres qui la sépare désormais de lui suffit à rendre la situation respirable.

Inutile de verbaliser, ils ont tous les deux compris de quoi leur père a besoin. Dans moins de cinq minutes, il sera de nouveau sur le ring et ses enfants comptent faire monter la pression. Leur mère, elle, ne les connaît que trop bien et tente de les dissuader du regard. Peine perdue. Déjà, Brian pianote sur son application musicale et, bientôt, son téléphone crache la chanson bien nommée : « Défaite de famille ».

Fabrice ignore le nom de l'artiste qui la chante, mais comme souvent, Orelsan finit par mettre tout le monde d'accord. Après avoir froncé les sourcils tout au long de la première strophe, il comprend où ses enfants veulent en venir. Les paroles emplissent toujours l'habitacle lorsqu'il coupe le contact ; il attend que la dernière note se taise pour se retourner et adresser un regard sévère à Brian et à Milie.

— Fais pas genre, Papa, on t'a vu sourire.

—Émilie, ne commence pas. C'est une journée dans l'année, pas de scandale, d'accord ?

— Papa, je te jure que je vais faire de mon mieux, mais...

— Y a pas de mais qui tienne. Je compte sur toi. Et sur toi aussi, Brian, tonne-t-il.

Son ton se durcit et son visage se referme aussitôt que Charly, son frère, apparaît au bout de l'allée. Depuis la mort de leur père, il s'est autoproclamé patriarche de la famille en vertu du droit d'aînesse et, puisqu'il n'est jamais le dernier à tancer Fabrice, bien entendu, le reste du troupeau suit bêtement. Milie ne peut s'empêcher de serrer le poing ; Brian attrape sa main et y applique une pression jusqu'à la sentir se détendre. Elle accroche son sourire le plus hypocrite à ses lèvres – sa mère ne manque pas de lui réclamer *un petit effort*. C'en est déjà un suffisamment grand à ses yeux que d'être présente aujourd'hui. *Fais un effort.*

La bise à tonton Charly et à son écervelée de femme.

Fais un effort.

L'accolade de tata Madoue et de son ivrogne de mari.

Fais un effort.

La tentative d'esquive avec tonton Christian et ses mains baladeuses.

Comme dans la chanson.
Comme dans la chanson.

Cette fois, Milie attrape sa main à temps et la tord jusqu'à entendre son propriétaire lâcher un juron.

— Madame s'embourgeoise depuis qu'elle est à *l'université*, crache-t-il en massant le poignet que Milie vient de libérer.

— *Madame* défend juste son territoire, lui murmure-t-elle pour ne pas provoquer de scandale. La prochaine fois que ta main *glisse*, je te brise un os. C'est bien compris ?

Elle appuie son propos d'un regard foudroyant auquel Christian répond par un rire moqueur. Il n'y a rien à attendre de ce pervers. Mais si son père accepte de leur servir de paillasson, c'en est terminé pour Milie.

Comme prévu, à mesure que les bouteilles se vident, les barrières tombent et les langues se délient. Comme toujours, le venin qu'elles crachent atteint une seule et même cible :

Fabrice. Le petit dernier cristallise toute la haine de la fratrie. Son tort ? Avoir eu l'audace de vouloir s'élever socialement. Son crime ? Y être parvenu.

Chez les Marret, on est ouvrier de génération en génération depuis la nuit des temps. Un genre de tradition familiale, le lien du *rang* envers et contre tout. Fabrice n'a pas renié son héritage professionnel. Non, lui aussi pointe à l'usine depuis plus de vingt ans. Mais, trahison ultime, il a gravi les échelons jusqu'à devenir chef. Et chez les Marret, être chef, c'est pire que tout. Bien plus que les mains baladeuses de tonton Christian.

— Bah alors, Fab, toujours à péter plus haut que ton cul ? éructe Charly en même temps que son fond de canette.

Évidemment, toute la famille s'esclaffe. Comme d'habitude, le père de Milie encaisse sans piper mot. Il ne réagit pas plus quand le reste de la fratrie se lance dans la surenchère d'insultes à son égard ; avec eux, c'est à qui mieux mieux. Pour le plus grand malheur de Milie, ils ignorent que le mieux est souvent l'ennemi du bien et, puisqu'elle s'est engagée à ne pas faire de scandale, elle serre les dents à la fois pour ne pas vomir et ne pas répliquer. Mais ce soir, c'est surtout à elle qu'elle fait une promesse : plus jamais elle ne remettra les pieds ici et jamais plus elle ne s'infligera la compagnie de cette bande de dégénérés.

Le retour se fait dans un silence de plomb. Dans la voiture, seuls les estomacs osent protester contre la torture qu'ils viennent de subir. Les âmes, elles, drainent leur peine dans le déni. À plusieurs reprises, Milie est sur le point de jeter un pavé dans la mare ; chaque fois, Brian l'en empêche. *C'est quoi leur problème, à tous ?* peste-t-elle en rongeant son frein.

Le jour n'a pas encore décliné lorsque la famille Marret retrouve la quiétude de sa maison. Comme tous les ans, chacun s'isole qui dans sa chambre, qui dans la cuisine. Le paternel, lui, reprend ses quartiers à son endroit préféré : le fauteuil dans le salon. Et joyeux Noël, bien sûr...

C'est donc à cette vie de merde que je suis condamnée ? se désole Milie, la tête cachée sous l'oreiller. Elle refuse de s'écraser devant sa famille comme son père le fait avec la sienne. Devant son miroir psyché, Milie se harangue tel un coach avec son boxeur. Est-ce normal de devoir se donner du courage simplement pour parler à ses parents d'un sujet banal ? Milie ne le croit pas.

Au moment où ses pieds se posent sur les premières marches des escaliers, elle se martèle de ne pas se montrer trop sévère avec son père. Consciente de ses limites, elle rebrousse chemin pour aller frapper à la porte de son frère. À vingt-six ans, il vit toujours chez ses parents, ce qui la désespère.

— Juste pour te prévenir, je vais descendre et ça risque de mal tourner.

— Sérieux, tu peux pas prendre sur toi jusqu'à demain ? Même dans les tranchées, ils ont fait une trêve le 25 décembre !

Milie recule, jauge son frère d'un air suspicieux.

— Genre, comment tu sais ça, toi ?

— Bah, j'ai vu le film, rétorque-t-il comme si ça relevait de l'évidence.

Milie éclate de rire, prend appui sur l'encadrement de la porte, puis lui concède une moue admirative.

— Sérieux, c'est Noël, Milie...

— *Sérieux*, j'en peux plus. Je veux juste pouvoir être moi-même quand je suis avec ma famille. Et j'ai des choses à dire à Papa. Et non, ça ne peut plus attendre, anticipe-t-elle lorsque son frère ouvre la bouche.

— Et donc, je suis censé faire quoi ?

— Descendre avec moi, genre soutien psychologique, tu vois ?

Brian souffle bruyamment, mais se lève. Même si, par principe, il traîne des pieds chaque fois, il est incapable de refuser quoi que ce soit à sa sœur. Encore moins un service. Il la suit donc de près jusque dans le salon, où son père fait mine d'ignorer leur présence. Alertée par les pas dans les escaliers, Sandrine apparaît à l'entrée de la cuisine, tablier autour de la taille et torchon à la main. *Cliché, cliché, cliché*, se lamente Milie en levant les yeux au ciel.

— Maman, je croyais qu'on avait dit qu'on mangerait les restes d'hier...

— Oh, c'est pas grand-chose, je faisais juste une petite tarte pour le dessert.

Milie lui sourit avec tendresse. Elle a beau rejeter le schéma que ses parents ont érigé en modèle, elle ne ressent que du respect pour sa mère. Teinté de colère parfois aussi, mais elle s'efforce de faire taire ce sentiment. Elle efface la trace de farine sur sa joue et y dépose un baiser.

— Ça tombe bien, je voulais vous dire un truc.

Fabrice émet un grognement discret.

— Papa...

— On peut pas regarder un film tranquillement dans cette maison...

Mais où est donc passée la septième compagnie. Tu parles d'un chef-d'œuvre... Chaque année, ils y ont droit.

— Tu le connais par cœur. S'il te plaît, Papa, c'est important pour moi.

Dans un soupir agacé, il attrape la télécommande et coupe le son. Milie s'installe sur le canapé au cuir marron marqué par le temps. Sa mère et Brian l'y rejoignent. Trois paires d'yeux sont désormais braquées sur elle. *Inspire, Milie, tu vas y arriver.*

6

Depuis son voyage scolaire en Italie cinq ans plus tôt, Milie s'est mis en tête qu'elle deviendrait hôtesse de l'air. Personne dans cette maison ne peut prétendre l'ignorer tant elle leur a rebattu les oreilles avec ça. Et pourtant, un silence de plomb s'abat sur la pièce quand elle annonce avoir candidaté pour un job à ce poste.

— Du coup, peut-être que je ne travaillerai pas avec toi cet été, Papa.

Elle aurait déclaré souffrir d'un cancer qu'il n'aurait pas paru plus accablé.

— Quelqu'un est mort ou quoi ? tente-t-elle pour détendre l'atmosphère.

— C'est quoi le problème, t'as honte de pointer à l'usine ? C'est plus assez bien pour madame l'Étudiante à l'université ?

— Dis pas n'importe quoi, Papa !

— T'étais bien contente que je te prenne l'été dernier et t'as pas rechigné à encaisser ta paie, il me semble.

— Papa, ça n'a rien à voir.

— Tu crois qu'on attend après toi ? Des candidatures, on en reçoit des dizaines chaque jour. Viens pas pleurer si au dernier moment, tu te retrouves le bec dans l'eau.

Les yeux de Milie s'emplissent de larmes ; pourquoi se sent-il insulté par le simple fait que sa fille envisage une autre carrière que la sienne ? Elle interrompt le mouvement de son père en direction de la télécommande.

— Y a un truc que je comprends pas. Tu m'as cassé le crâne pour que je *travaille bien à l'école* : à quoi ça sert si c'est pour finir à l'usine ?

— Désolé que *finir à l'usine* soit le pire des affronts pour toi.

Milie sait combien son père est fier de lui montrer qu'il est le chef de sa ligne de production. C'est sa vision à lui de la réussite, de l'ascenseur social. Elle vise plus haut, au sens propre du terme. Son rêve à elle se trouve à 10 000 mètres d'altitude.

— Papa... souffle Milie. Mes ambitions sont simplement différentes des tiennes. Et j'aimerais que tu ne les juges pas, ajoute-t-elle en attrapant sa main.

Il la retire brusquement, lève le menton et crache :

— Madame veut péter plus haut que son cul...

Milie manque de s'étrangler.

Comment ose-t-il !

— Tu parles comme tes frères, tu ne vaux pas mieux qu'eux. Et au fait, qu'on pète d'en haut ou d'en bas, ça pue pareil.

— Émilie ! s'offusquent Brian et sa mère à l'unisson.

Milie en reste coite.

Comment osent-ils !

— Sandrine, tiens ta fille, un peu !

— Je ne suis pas un chien qu'on tient en laisse. Merci, mais je me passerai d'une muselière.

D'un bond, elle se lève, s'apprête à quitter la pièce, puis se ravise et fait volte-face.

— Il est hors de question que je tolère ce genre de paroles, encore moins de la part de mon père. Si toi, tu acceptes de te faire marcher dessus par ta famille, ça ne sera pas mon cas. Tu devrais comprendre mieux que personne le pouvoir des mots, surtout de ceux-là.

De nouveau, elle prend la direction des escaliers. Une fois encore, elle stoppe son avancée.

— Je ne fais rien d'autre que croire en mes rêves, Papa. C'est vraiment un crime à tes yeux ? Je n'ai jamais eu honte ni de toi ni de ton métier. Que dirais-tu d'en faire autant avec moi ? tente-t-elle, comme une main tendue.

Celle de son père attrape la télécommande ; son doigt s'écrase sur le bouton *mute*. Aussitôt, des voix d'un autre temps résonnent dans le salon. À l'image des propos que son père vient de tenir. *Timing* parfait.

De guerre lasse, Milie regagne ses quartiers, ouvre grand son sac et entreprend d'y faire rentrer sa chambre. Elle refuse de rester dans cette maison une minute de plus. Son téléphone coincé entre son oreille et son épaule, elle fourre tout ce qui lui passe par la main dans son bagage.

Brian tente une tête dans l'encadrement, Milie le renvoie dans ses vingt-deux : s'il avait quelque chose à dire, c'est dans le salon un peu plus tôt qu'il fallait se manifester. Elle ne peut se résoudre à faire de même avec sa mère quelques minutes plus tard.

Lorsque celle-ci pénètre dans sa chambre, elle la laisse se poser délicatement sur son matelas et se tripoter les mains de longues minutes, sans doute à la recherche des bons mots. *Il n'y a pas de bons mots, Maman. Pas aujourd'hui.*

— Ma puce, ton père ne pensait pas...

— Maman, il en pensait la moindre virgule, et tu le sais.

— Tu le connais, élude-t-elle. C'est pas à son âge que tu vas le changer.

Milie prend le temps de ranger le jean qu'elle a en main dans son sac. Sa mère profite du fait qu'elle lui tourne le dos pour le sortir et le poser sur le lit. En se retournant, Milie ne peut s'empêcher de sourire. Elle s'assoit à ses côtés.

— Ma puce, je suis désolée pour ce que ton père t'a dit.

— Maman, arrête de t'excuser pour les autres. Papa est assez grand pour assumer ses propos.

Milie l'enlace, puis se love dans ses bras. Elle ne sait pas quand elle pourra le faire de nouveau. Où trouve-t-elle encore la force de jouer les médiatrices ?

— C'est juste la fois de trop, tu comprends ?

Sandrine hausse les épaules.

— Maman, comment tu fais pour supporter ça ? demande Milie, des trémolos dans la voix.

Nouveau haussement d'épaules.

— Tu n'as jamais pensé à... claquer la porte ?

— Émilie ! Bien sûr que non ! s'offusque sa mère.

Cette fois, c'est Milie qui soulève ses épaules.

— Reste, ma puce. Il va se calmer.

— Je ne veux pas qu'il se calme, je veux qu'il s'excuse.

— Ça n'arrivera pas, et tu le sais.

Milie attrape un autre sac de voyage et continue d'y bourrer un pan de sa vie, plus déterminée que jamais malgré les larmes de sa mère.

Lorsqu'elles redescendent, chacune un bagage en main, Fabrice lève un sourcil. En voyant sa femme tendre le sien à sa fille, il se détend. Le cœur de Milie se serre un peu plus.

— Je pars, Papa.

Elle déploie des trésors d'effort pour maîtriser le tremblement de sa voix et contenir les larmes dans ses yeux.

— Je pars, répète-t-elle plus fort dans l'espoir de le faire réagir.

Encore un échec.

— Fabrice ! l'interpelle Sandrine. Dis quelque chose !

— Tu veux que je dise quoi ? Elle est majeure et vaccinée et, apparemment, assez grande pour prendre ses décisions.

— Papa, je suis là, tu peux me parler.

— Pars, je ne vais pas te retenir. Mais si tu passes cette porte, ne viens pas me demander quoi que ce soit.

— Rappelle-moi la dernière fois que je t'ai demandé quoi que ce soit ?

Milie l'observe quelques secondes, lui laisse une dernière chance de réagir. En vain.

— Exactement, ponctue-t-elle sans le lâcher du regard.

Elle n'espérait rien de sa part, mais elle est tout de même déçue. Après avoir longuement enlacé sa mère et adressé un geste de la main à Brian, planqué en haut des escaliers, elle attrape son paquetage et quitte la maison de son enfance, le cœur lourd. Dehors, une voiture l'attend déjà.

7

Hugo attrape la première valise, la hisse difficilement dans le coffre et réitère avec la deuxième.

— Y a un cadavre là-dedans ou quoi ?

— J'étais à deux doigts, admet Milie en enlaçant son ami. S'il te plaît, emmène-moi loin d'ici.

— Tu sais que j'habite à moins de cinq kilomètres ?

— J'abuse si je te demande une pause avant de débarquer chez toi ? Comme ça, je te raconte.

— Tout est fermé le 25 décembre.

— À part le McDo...

Il n'y a rien qu'un sundae double portion de caramel ne puisse régler. Et puisque sa carte d'employée a permis à Milie de négocier une dose supplémentaire, le pot contient plus de sucre transformé que de crème glacée. La voilà armée pour vider son sac, ce à quoi elle consacre le quart d'heure suivant. Hugo, qui connaît bien la situation, compatit, la prend dans ses bras. Elle s'y réfugie de longues minutes. Elle avait oublié à quel point ils ont le pouvoir de guérir ses bleus à l'âme.

— S'il te plaît, laisse-moi dormir chez toi, je ne veux pas retourner chez mes parents...

— Tu sais que ma mère va se faire des films, elle t'adore. T'es prête à te farcir ses sous-entendus lourdingues ?

— Je suis prête à tous les sacrifices. Juste pour cette nuit, je peux prendre le train demain matin.

— Tu rigoles, *mi casa es tu casa* ! Et ma mère te laissera jamais repartir.

Milie sourit. Il peut bien pester contre son côté surprotecteur, la mère de Hugo ne fait rien d'autre que de l'aimer et de le pousser à aller le plus loin possible. Trop parfois, mal souvent, c'est vrai. Mais jamais, au grand jamais, elle ne reprocherait à son fils de réaliser ses rêves.

— Ton père est comme il est, mais je sais qu'il t'aime au fond, tente Hugo d'une voix prudente.

— Bien au fond et bien planqué, alors.

— Sérieusement, ça finira par s'arranger. Ton père est juste incapable de te dire qu'il t'aime et qu'il est fier de toi. Personne lui a jamais montré comment faire.

— Sans déconner, tu t'es réorienté en psycho et tu m'as rien dit ? Et par la même occasion, t'as pris ton abonnement au fan-club de mon daron relou ?

— T'es jamais dans l'abus, toi, souffle-t-il.

— Là, la réaction normale d'un pote en situation de crise, ce serait de confirmer que mon père est un connard irrécupérable et que j'ai bien fait de me casser, s'agace Milie.

— Ton père s'est comporté *comme* un connard irrécupérable. Nuance.

— T'es complètement inutile. Lola me manque, décrète Milie en lui adressant une grimace.

Sa meilleure amie se morfond dans sa famille à l'autre bout de la France. Bien sûr, elle a immédiatement proposé de déserter pour venir à son secours, mais Milie l'en a dissuadée.

— Dis pas n'importe quoi, tu peux pas te passer de moi et tu le sais très bien. Allez, viens, il est temps de subir la lourdeur de ma mère irrécupérable.

La jeune femme attrape la main que Hugo lui tend. Leurs doigts se mêlent, ils ne s'en rendent compte qu'au moment de les séparer pour monter dans la voiture. *Rien qu'un vieux réflexe*, se convainc Milie en frottant sa main pour la libérer de ce fourmillement désagréable.

— Tu montes ou tu veux camper ici ? la taquine Hugo à travers la vitre baissée.

Milie secoue la tête pour se ressaisir. Elle s'engouffre dans l'habitacle, évite consciencieusement tout contact visuel avec Hugo, toujours occupée à essayer de décrypter les signes que son corps lui envoie. Il l'observe à la dérobée, s'interrogeant sur son changement soudain de comportement. Milie ne se tait jamais. Jamais. Sauf quand elle va mal.

— Milie, parle-moi, s'il te plaît.

— Ça va. C'est juste que... tout ça, ça fait beaucoup à digérer. Démarre, t'inquiète pas pour moi.

— Premièrement, je m'inquiéterai toujours pour toi, c'est ce que font les amis. Et deuxièmement, il va falloir que tu me répètes que tout va bien en me regardant droit dans les yeux.

Milie souffle en baissant la tête. Il est chiant.

— Ça va, je te dis, affirme-t-elle entre ses dents.

Elle ferme les yeux en attendant de sentir le ronronnement du moteur lui masser le dessous des cuisses. Elle se raidit lorsque Hugo pose sa main dessus. Il la retire dans la seconde.

— Désolé, je voulais pas... Putain, je suis trop con. Désolé.

— C'est rien, c'est pas toi. Démarre, s'il te plaît. S'il te plaît, l'implore-t-elle d'une voix éteinte.

Milie frotte énergiquement l'endroit d'où Hugo vient de retirer sa main. Ces fourmillements n'ont rien de désagréable, elle les connaît parfaitement et sait ce qu'ils signifient. Et c'est bien le problème. Hugo fronce les sourcils, partagé entre désarroi et étonnement. Il n'aurait pas dû poser sa main à cet endroit, mais pourquoi diable cela provoque-t-il cette réaction épidermique de la part de Milie ? Il aimerait qu'elle lui parle, qu'elle le regarde, il a toujours su décrypter son regard. Elle le sait ; c'est la raison pour laquelle elle le fixe sur l'horizon.

Lorsque Hugo gare la voiture dans l'allée vingt minutes plus tard, aucun mot n'a été prononcé. Il éteint le moteur, reste immobile quelques secondes avant de se tourner vers Milie. Il s'apprête à parler ; son amie secoue la tête pour l'en dissuader.

La porte d'entrée s'ouvre sur la mère de Hugo, qui s'avance vers eux, tout sourire. Milie saute sur l'occasion pour s'extirper de cette situation incommode.

— Il me semblait bien avoir entendu une voiture. Je suis heureuse de te voir.

— Merci de m'accueillir, Cathy. C'est un peu... compliqué chez moi.

— Tu sais que tu peux me parler de tout, mais tu n'es pas obligée de le faire, d'accord ?

Milie accepte ses bras ouverts, s'y réfugie quelques instants. Dans le secret de cette étreinte, elle laisse échapper quelques larmes. Cathy les devine ; d'une main pleine de tendresse, elle caresse le dos de la jeune femme pour l'aider à les sécher.

— Ça va aller, lui promet-elle en prenant son visage entre les mains. Tu es ici comme chez toi, tu restes aussi longtemps que tu en as besoin.

— Merci, murmure Milie.

— Et si on rentrait se mettre au chaud ? C'est pas le moment d'attraper une pneumonie.

Dans son dos, Hugo lève les yeux au ciel : sa mère et ses expressions... Milie lui adresse un sourire. Discret, certes, mais il l'accueille avec soulagement. Il le lui rend en même temps qu'il lui tend l'une de ses valises.

✦ ✦ ✦

Hugo se plaint souvent de sa mère. Gênante, intrusive, exigeante, mais surtout... gênante. Partout, et tout le temps. Mais aujourd'hui, elle a redonné le sourire à Milie, et il est à *ça* de la jalouser. Elle a réussi là où lui a lamentablement échoué.

Milie fuit son regard, son contact. Elle se referme comme une huître dès qu'il ouvre la bouche.

Ils sont dans sa chambre depuis cinq minutes et un mur lui offrirait une compagnie plus agréable. Et c'est justement au mur que Milie accorde toute son attention. Est-il à *ça* de jalouser un mur ? Ça se pourrait bien. Milie y promène son doigt de photo en photo. Tantôt souriante, tantôt mélancolique. Ce mur des souvenirs, Hugo l'a construit au fil du temps. Chaque fin d'année, il les imprime en format Polaroid par centaines, sa chambre en est désormais presque entièrement tapissée. Certaines lui rappellent de bons souvenirs, d'autres en réveillent de plus douloureux. Mais tous ces événements, figés sur papier glacé, ont fait de lui celui qu'il est aujourd'hui ; il n'en renie aucun.

De loin, il observe les réactions de Milie, s'amuse à essayer de deviner quelle photo la fait sourire, laquelle accroche un voile de tristesse sur son visage. N'y tenant plus, il approche dans son dos ; là, il pointe celle de Milie, hilare dans un caddie et lui le poussant avec entrain.

— Tu te souviens de ça ? La crise de rire, on a défoncé la pyramide de boîtes de céréales.

— On était jeunes et cons.

— Euh... C'était cet été, pas sûr qu'on ait beaucoup mûri en trois mois, s'esclaffe Hugo.

— Parle pour toi, rétorque Milie en le bousculant.

Son pied bute sur son sac, il perd l'équilibre et bascule en arrière. Par réflexe, il attrape la première chose qui lui passe sous la main pour s'y accrocher : le bras de Milie. Ce faisant, il l'entraîne dans sa chute. Ils s'écrasent sur le lit de Hugo, hilares. Et quand le rire se tarit, elle est toujours affalée sur lui. Le souffle court, ils s'observent. Se jaugent. Se décryptent. À défaut de mots, leurs cœurs se répondent battement contre battement et soulignent l'évidence qu'ils refusent d'admettre.

Milie approche son visage un peu plus, frotte discrètement le bout de son nez contre celui de Hugo. Prise de température. Surpris, il se décale subrepticement. Milie se crispe.

Aurait-elle mal interprété les signes ?

Fébrile, il efface la distance qui sépare leurs lèvres ; il effleure celles de Milie, qui, à son tour, marque un léger mouvement de recul.

Aurait-il mal compris ?

Pendant quelques secondes, ils se fixent, comme hébétés, avant de fondre l'un sur l'autre. Ils s'embrassent avec urgence, s'effeuillent avec empressement. Leurs mains se redécouvrent avidement.

Le doigt de Hugo, posé sur l'agrafe du soutien-gorge de Milie, semble hésiter. Il ferme les yeux, soupire, recule et se retourne. S'il la regarde, il le sait, toute sa bonne volonté ne fera pas le poids face au désir qui vient d'envahir son corps.

— On va faire une connerie, Milie.

— J'en ai envie, lui assure-t-elle en le tirant vers elle.

Hugo se dégage à son corps défendant. S'il s'écoutait, il serait déjà tout entier à elle. En elle. Sa morale le lui interdit. Incapable de lui faire face, il se concentre sur sa mission du moment : se rhabiller. Ses vêtements sont comme une barrière de protection contre ses pulsions. S'il y cède encore, le temps consacré à les retirer de nouveau lui permettra de reprendre ses esprits.

Dans son dos, la jeune femme est sidérée. À quoi joue-t-il ?

— Milie, je te jure que j'en ai envie aussi. Ça me tue, là. Mais je ne veux pas tout gâcher, tu comprends ?

Non, elle ne comprend pas. *Bien sûr que non !*

— Tu pourrais au moins me regarder...

— Je ne peux pas. Si je te regarde, je vais craquer.

— Et ?

— Et c'est pas une bonne idée. Pas maintenant, pas comme ça.

Milie en reste comme deux ronds de frite : quelle mouche a bien pu le piquer ? Dans ses souvenirs, pas si lointains au demeurant, il n'était pas le dernier à lancer les offensives. Serait-elle subitement moins désirable à ses yeux ? Cette pensée lui noue la gorge.

— Milie, je... Pas ce soir. Pas dans ton état. J'aurais l'impression de profiter d'un moment de faiblesse.

— Je suis suffisamment grande pour prendre mes décisions. Si t'as pas envie, pas de souci. Mais assume.

Elle se lève sans attendre sa réponse, se rhabille à la hâte, mais pas trop vite tout de même, histoire de lui laisser le temps de changer d'avis.

Aucune réaction.

Elle quitte la pièce le visage ruisselant, sans se retourner, ferme la porte délicatement pour ne pas alerter Cathy, qu'elle entend au rez-de-chaussée. À pas de loup, elle se dirige vers le fond du couloir et se faufile dans la chambre d'amis. Son refuge à chaque engueulade. Le matelas doit encore porter les stigmates de ses larmes passées, celles d'aujourd'hui viendront grossir leurs rangs.

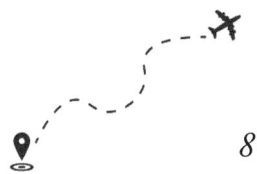

8

— Meuf, c'est quoi le bail, là ? T'es où ?

Milie émerge douloureusement. Quelle heure est-il et pourquoi Lola l'agresse-t-elle sans préambule ?

— J'en sais rien. Pourquoi tu cries ?

— Parce que je sens que je vais *encore* devoir assurer le service après-vente...

Hugo, évidemment.

— Il t'a appelée ?

— Bien sûr qu'il m'a appelée. Tu crois quoi ? Tu disparais sans prévenir, forcément, il s'inquiète. Et moi aussi. Tu vas bien ? T'es où ?

— Wow, wow, wow. Doucement, une question à la fois. Je vais bien.

— Ça reste à voir. T'es où ?

— Je suis à la cité U, tranquille, calme-toi. Et techniquement, je ne suis pas partie sans prévenir, j'ai laissé un mot.

— Là, c'est toi qui joues sur les mots.

Un long silence s'installe. Milie n'a ni la tête ni le cœur à parler. Elle veut ruminer sa blessure à l'ego en solitaire. Est-ce vraiment trop demander ?

— Quoi ? finit-elle par éructer.

— T'es sérieuse ? T'as câblé et tu me sors ton meilleur « quoi » ? Nan, pas à moi.

— Il t'a dit quoi, exactement ?

— Rien, ce qui veut dire qu'il s'est passé un truc et que ça a mal tourné. J'ai ma petite idée et je ne suis pas sûre d'aimer...

— Il s'est rien passé, tu peux te détendre. Et franchement, ça serait si terrible ?

— Ma chérie, Hugo et toi, vous êtes comme la pizza et l'ananas : séparément, ça déchire, mais ensemble, c'est ciao.

Milie émet un rire discret, se redresse dans le lit et se frotte énergiquement le visage.

— On se voit quand ? J'ai pas envie d'en parler au tél.

— On vient de rentrer. Je peux sauter dans un train demain. Sur une échelle de 1 à 10, comment tu vas ?

— Je suis dans le rouge, là. Y a tout qui part en vrille.

— OK, je prends une douche et je monte dans le premier train. Tiens bon, ma poule, j'arrive.

— Tes parents vont criser si tu repars plus tôt !

— T'inquiète, je leur dirai que Jean-Paul nous a demandé de faire un extra au boulot et ça passera crème.

Milie raccroche en souriant, se motive pour aller faire quelques courses. Lola écourte ses vacances en famille pour venir lui remonter le moral, elle veut l'accueillir comme il se doit.

Lola débarque avec toute la discrétion qui la caractérise : aucune. Sans même prendre la peine de frapper – à quoi bon ? –, elle ouvre la porte à la volée, lâche son paquetage, qui s'écrase au sol comme une masse. Heureusement que la cité universitaire est presque vide, elles n'auraient pas manqué d'entendre le balai du voisin du dessous cogner avec rage au plafond.

— Dis donc, c'est jour de mariage ou quoi ? s'étonne-t-elle en piochant dans une assiette.

Milie a rapatrié quelques chaises de la cuisine en guise de tables d'appoint et y a installé l'*apéro crado*.

— T'es pile ce qu'il me fallait, assure Milie en fondant sur elle.

Lola lui ouvre grand les bras ; Milie s'y réfugie de longues minutes avant que son amie ne décrète que son quota de câlins est atteint pour la journée.

— Mais non, t'as même acheté du pâté ! T'as gagné au loto ou quoi, meuf ? s'extasie Lola en se préparant une tartine. On commence par quoi ?

Milie décide de dérouler les événements par ordre chronologique ; elle sait que le volet « famille » sera plus facile à évacuer. Bien que douloureuse, la crise avec son père couvait depuis des années. Peut-être est-ce mieux ainsi, l'abcès avait besoin d'être crevé.

Malgré la pointe au cœur, elle connaît son père et s'imagine qu'il finira par comprendre – plus certainement, sa mère se chargera de lui faire entendre raison. Elle espère juste qu'il saura ravaler sa fierté pour lui présenter de vraies excuses. Lola ne peut qu'approuver l'analyse de son amie : dans l'absolu, le temps et la distance feront leur œuvre, dans un sens ou dans l'autre. Elle est de celles qui pensent que le lien familial ne devrait pas servir de prétexte aux abus, de quelque nature qu'ils soient. Milie, qui a toujours tout passé à sa famille au nom du lien du sang, commence à considérer la position de Lola. Après tout, ne reproche-t-elle pas à son père de tout accepter de la part de ses frères pour cette même raison ?

Milie a décidé de jouer la montre. Lola n'est pas dupe, mais laisse son amie se confier à son rythme. Ce qui devait arriver arriva et ce qui doit arriver arrivera. En ce qui concerne Milie et Hugo, ce n'est jamais au moment où l'on s'y attend.

— Je me suis pris un stop par le plus gros charo de cette planète, Lola. Je sais pas si je vais m'en remettre, finit par confier Milie après de longues minutes de silence.

— Toi ou ton amour-propre ?

— Sans doute un peu les deux, admet-elle sans difficulté.

— Par contre, il va me falloir plus d'infos. Des détails. Genre : le moindre détail.

Milie s'exécute, lui raconte les événements par le menu, en marquant parfois une pause pour ravaler ses larmes.

— Tu veux le fond de ma pensée ou juste ce que t'as besoin d'entendre ?

— Les deux, j'imagine, mais dans le sens inverse.

— Hugo est un connard, il sait pas ce qu'il rate. C'est un 10, mais... il a pas de cerveau. Tu vaux mieux que ça, ma poule. Maintenant, ma partie préférée, annonce-t-elle en se frottant les mains. T'es une gamine pourrie gâtée : tu chiales pour un jouet que t'es même pas sûre de vouloir. Je me trompe ?

La sentence est brutale ; Milie hausse les épaules le temps d'encaisser cette première salve. Il y en aura une deuxième, elle le sait. Et sans doute plus désagréable encore que la première. À voir le regard déterminé de son amie, Milie s'attend à prendre cher.

— Et puis si t'arrêtais avec ta fierté mal placée, peut-être que tu te rendrais compte que Hugo, pour une fois décernons-lui une médaille, a eu le comportement approprié.

— T'abuses... J'en avais vraiment envie.

— Moi, j'abuse ? Moi ? T'étais pas en état de savoir de quoi t'avais envie ou pas. Je te connais, t'étais une épave et Hugo a bien fait de te mettre un stop.

— Tu dis n'importe quoi... Ça fait des semaines qu'on se tourne autour. Et c'est pas comme si on l'avait jamais fait avant, rétorque Milie, blasée.

— Comment tu peux ne pas voir ce que tout le monde voit ? se crispe Lola. Tu veux que je te rappelle comment ça s'est terminé la dernière fois ? Hugo était détruit.

Lola marque une pause pour ravaler sa colère. Ce que Milie peut l'agacer quand elle fait sa mauvaise tête ! Pourtant, son amie sait parfaitement combien il a souffert après leur rupture, au lycée. S'il faisait bonne figure en public, Lola n'a pas oublié les soirées passées à le consoler. Et à moins que Milie ne souffre d'une amnésie sélective, elle non plus, puisque son amie ne s'était pas gênée, à l'époque, pour le lui faire savoir.

— Peut-être que pour changer, tu devrais arrêter de te regarder le nombril et penser à lui, un peu. Il a le droit de se protéger, aussi. Je dirais même qu'il fait bien de se protéger.

Milie s'étrangle de rage.

— Sérieux ? Se protéger ? De moi ?

— C'était pas le bon moment et, pour une fois, au moins un de vous deux a eu la lucidité de s'en rendre compte avant de faire une connerie, insiste Lola sur un ton plus ferme.

Milie se renfrogne, se mord l'intérieur des joues. Les yeux brûlants, elle encaisse la vérité brute que son amie vient de lui livrer, mais qu'elle refuse toujours d'admettre. C'était le bon moment. Elle le sait, parce qu'elle est la mieux placée pour savoir ce qui est bon pour elle. C'était le bon moment parce qu'elle en avait envie. Et besoin.

— Tu marmonnes... lui indique Lola.

— N'importe quoi.

— Oh si, tu marmonnes, et je te connais. Crois-moi, Hugo a bien réagi. C'est surprenant, on est d'accord.

— Sérieux, vous en avez pas marre, tous, de me traiter comme une gamine incapable de prendre des décisions ? Pour info, je suis majeure, je suis une adulte et j'ai besoin de personne pour me dire ce que je dois faire ou pas.

— Une adulte en pleine crise d'adolescence, alors.

— Tu me saoules, grogne Milie en se levant brusquement. Tu fais chier. Sérieux, c'est vraiment trop te demander de me soutenir sans me juger ?

— Meuf, redescends. À quel moment je t'ai jugée ? Tu me demandes mon avis, je te le donne. Et je ne vais sûrement pas m'excuser parce qu'il ne te plaît pas. *It is what it is.* Alors, si tu veux être traitée comme une adulte, arrête de réagir comme une gamine.

Milie profite d'avoir le dos tourné pour esquisser un sourire sans offrir à son amie la satisfaction de la victoire.

— Ça y est, t'as fini ?

— Oui, j'ai dit ce que j'avais à dire et t'as entendu ce que t'avais à entendre. Mais si t'insistes, je peux continuer.

— Nan, ça va, je me suis bien fait *Lolatomiser*. C'est bon, j'ai ma dose. Et... il se pourrait que t'aies raison.

— Bien sûr que j'ai raison. Maintenant que j'ai géré la crise, faut que je te dise un truc.

— Oh merde, ça va pas me plaire, s'inquiète Milie en se retournant vers son amie.

— Y a des chances. Tu te souviens de l'excuse pourrie que j'ai donnée à mes parents pour rentrer plus tôt ? annonce Lola dans ses petits souliers.

— Ouais, tu leur as dit que Jean-Paul.... Ah non, t'as pas fait ça ! Je te jure, je t'étrangle de mes mains. J'ai ignoré tous ses appels. T'es vraiment un boulet !

Lola décampe, hilare. Arrivée à l'entrée de sa chambre, elle hurle :

— On commence dans une heure.

— J'te déteste !

Pour toute réponse, Lola claque sa porte, la ferme à double tour tandis que Milie s'écrase dans son lit, désespérée à l'idée de devoir en sortir bientôt.

✦ ✦ ✦

— Je vous revaudrai ça, les filles.

— Ouais, et au centuple, confirme Milie, la mine renfrognée.

— Par contre, ça m'arrangerait que t'enfiles ton sourire en même temps que l'uniforme, tente Jean-Paul avec une moue dubitative.

— Là, tu m'en demandes un peu trop... Au fait, ce soir, je suis au drive.

Milie s'engouffre dans le vestiaire sans attendre son amie, qui se retourne vers le manager.

— T'inquiète, elle va se détendre. Ça va lui faire du bien de bosser. Mais quand même, on saura s'en souvenir. Et à ta place, je ne m'amuserais pas à la mettre ailleurs qu'au drive, ce soir.

Jean-Paul accompagne Lola du regard, l'air désespéré : oh oui, il se doute bien qu'il n'a pas fini d'en entendre parler. D'autant plus qu'il lui reste une faveur à leur demander. Et pas des moindres.

— Je suis à vous dans trente secondes, soupire Lola, au bord de la crise de nerfs.

S'adresser aux clients en leur tournant le dos va à l'encontre de toutes les règles en vigueur, mais, aux prises avec la machine à glaces qui fait des siennes – comme à chaque service ou presque –, elle n'a d'autre choix que de les enfreindre.

Lorsque, enfin, elle parvient à dompter l'engin fou et qu'elle se retourne, ce n'est que pour lâcher son plateau de glaces fraîchement coulées.

— Il faudra que tu nous dises par quel miracle tu as réussi à ne pas te faire renvoyer.

— Papa, Maman, vous faites quoi ici ?

Lola n'a pas le luxe de s'ébahir : ce n'est pas encore le rush, mais ça ne saurait tarder. Elle se dépêche donc d'effacer toute trace de son méfait avant que Jean-Paul ne débarque pour lui passer un savon devant ses parents. Bien sûr, il choisit ce moment pour sortir de son bureau. Milie, qui n'a rien raté de la scène, bien planquée depuis son poste arrière, l'arrête en chemin.

— C'est les parents de Lola, lui explique-t-elle en les pointant du doigt. Pour faire court : ils la prennent pour une chômeuse, incapable de réussir quoi que ce soit. On est d'accord, ils ont pas tout à fait tort. Mais ça serait cool que tu la mettes bien. Je te rappelle que tu nous en dois une.

— Ils arrivent à point nommé, t'as pas idée : fais-moi confiance, je gère les parents comme personne, lui assure-t-il en se frottant les mains.

Son sourire satisfait ne dit rien qui vaille à Milie. Elle aimerait pouvoir espionner la scène qui va se jouer ; malheureusement, le devoir l'appelle, une file de voitures commence à se former. Pire que des pendules suisses : à 19 heures tapantes, la foule affamée fait son apparition.

Jean-Paul prend quelques secondes pour observer les parents de son employée, surpris de découvrir un couple au look élégant. Il s'était figuré qu'ils afficheraient une apparence plus *modeste*. Après tout, leur fille doit pointer chaque jour ou presque dans un fast-food pour financer ses études. Aussitôt, il regrette ses pensées et se reproche de céder à des idées reçues qu'il abhorre. Lui-même issu d'un milieu dit défavorisé, il a souffert de ces préjugés. Sa mère, en particulier, à qui une assistante sociale a un jour refusé une aide au prétexte qu'elle était trop bien habillée pour être dans le besoin. Ce mois-là, elle a dû s'asseoir sur son amour-propre et racler les fonds de tiroir pour nourrir ses enfants. Les *pauvres* n'ont-ils pas le droit d'être beaux et correctement vêtus ?

Le père, grand et plutôt bel homme, porte un costume ajusté qui laisse deviner une silhouette athlétique. Ses mâchoires carrées, serrées, lui confèrent un air sévère ; le manager se demande s'il sourit parfois. Seul le bleu de ses yeux, dont sa fille a hérité, adoucit son visage. À l'inverse, la mère affiche un sourire, certes discret, mais qui a le mérite d'exister. En revanche, son regard est beaucoup plus dur que celui de son époux. Est-ce dû à la couleur de ses yeux, aussi sombres qu'un fond de grotte ? Sans doute pas ; Jean-Paul devine que dans cette paire-là, c'est la mère qui endosse le rôle du mauvais flic.

— Tout va bien, Lola ? J'ai entendu un barouf depuis mon bureau...

— Désolée, c'est la machine à sundae qui fait n'importe quoi, comme d'hab. J'ai glissé, chef.

— Le principal est que tu ne te sois pas blessée. Tu veux prendre cinq minutes pour te remettre de tes émotions ?

Lola lui jette un regard en biais, mi-circonspect, mi-suspicieux. Suspicieux, surtout. Il lui adresse le sien, interrogateur, en direction du couple de clients.

— Ah oui, bredouille Lola en se relevant. Jean-Paul, je te présente mes parents. Papa, Maman, mon patron, ponctue-t-elle en s'essuyant les mains sur son tablier.

— Va te laver les mains, je m'occupe de tes clients VIP.

Lola hésite un instant à le laisser seul avec ses parents : elle n'a confiance ni en lui ni en eux. Mais elle n'a pas le choix, les règles d'hygiène étant ce qu'elles sont, elle est partie pour un nettoyage minutieux.

— T'inquiète, je l'ai briefé, la rassure Milie à son passage en plaquant la main sur le micro de son casque. Deux doses, trente secondes. Et n'oublie pas les avant-bras, la chambre-t-elle en reprenant le client qu'elle avait mis en attente.

Lola lui envoie discrètement son majeur avant de sacrifier au rituel. À son retour au comptoir, elle retrouve un Jean-Paul beaucoup trop jovial et ses parents un poil trop détendus.

— Ton patron ne tarit pas d'éloges à ton sujet, lui annonce sa mère, une moue admirative accrochée au visage.

— Ça a l'air de te surprendre, se renfrogne Lola.

Elle sait pourtant qu'elle a donné à ses parents toutes les raisons du monde de douter de son sérieux.

Deux fois, ces dernières années, ils l'ont poussée à prendre un petit boulot, pendant les vacances.

Deux fois, ses patrons ont dénoncé le contrat avant son terme pour manque d'assiduité et de sérieux dans son travail.

Au-delà de l'argent qu'elle aurait pu mettre de côté en prévision de ses années étudiantes, ils espéraient que cela la responsabiliserait, et la ferait mûrir. Leur fille ne semblait en effet pas vouloir grandir et affichait une désinvolture permanente qui commençait à les inquiéter.

Que voulait-elle faire de son avenir ? *Haussement d'épaules.* Où souhaitait-elle étudier et dans quel cursus ? *J'ai le temps d'y penser.* Bien sûr, le moment venu, elle s'est contentée de valider les mêmes choix que sa meilleure amie. Puisqu'elle n'avait aucune idée du métier qu'elle souhaitait exercer, autant perdre son temps en bonne compagnie. Au grand désespoir de ses parents qui, malgré toute l'affection qu'ils portent à Milie, ne voient pas toujours d'un bon œil la relation fusionnelle qu'elle partage avec leur fille.

— Je suis certaine qu'elle vous épargne son caractère bien trempé, s'amuse sa mère à l'intention du manager.

— Disons que nous y avons droit avec parcimonie, glisse Jean-Paul, malicieux. Mais comme je vous l'expliquais, Lola compte parmi nos meilleurs employés. Elle est fiable et toujours prête à rendre service.

— Vous m'en direz tant... ricane le père de Lola, sceptique.

— Je vous assure que c'est le cas. Si Lola et Milie ne m'avaient pas dépanné ce soir, le restaurant n'aurait pas pu ouvrir. Trois de mes salariés se sont fait porter pâles – des arrêts maladie de convenance, si vous voulez mon avis.

Les parents de Lola hochent la tête d'un air entendu, lèvent les yeux au ciel en expirant leur sacro-saint « Ah, les jeunes ! » qui exaspère leur fille.

— Sans elles, mon restaurant se retrouverait en difficulté également le soir du Nouvel An. Je mesure ma chance que les filles aient accepté d'assurer le service de nuit à mes côtés.

— Quoi ? s'offusque Lola en murmurant en direction de son manager.

— Tu veux vraiment décevoir Papa et Maman ? lui répond Jean-Paul entre ses dents.

Le salaud ! *Il est bon. Très, très bon*, ne peut s'empêcher de penser Lola. *Il ne paie rien pour attendre...*

— Ah ? s'étonnent les parents à l'unisson. C'est donc vraiment pour le travail que tu es partie plus tôt... ajoute sa mère avec une pointe de fierté dans la voix.

C'est une première pour Lola – ou pas loin – de sentir qu'elle ne leur fait pas honte. Elle se surprend à aimer ce sentiment nouveau. Même si, pour ça, elle va devoir étrangler son manager de ses mains nues.

— Allez vous asseoir, nous vous apportons votre commande au plus vite. C'est la maison qui offre, annonce Jean-Paul avec son plus beau sourire.

Lola s'assure que ses parents sont suffisamment loin avant de se retourner vers Jean-Paul :

— Non, mais c'est quoi cette blague ? Il n'a jamais été question de bosser la nuit du Nouvel An. Tu crois vraiment qu'on est des sans amis fixes ? Figure-toi qu'on a une soirée de prévue !

— On en parle plus tard, esquive-t-il en indiquant l'entrée du restaurant.

La porte ouverte gerbe les clients par groupes entiers : le rush est officiellement lancé. Elle se retourne vers Jean-Paul ; il appuie fièrement sur son biceps gonflé en signe de victoire.

Contre toute attente, et comme annoncé par son amie, travailler a permis à Milie de ne pas ruminer. Et accessoirement de grossir sa cagnotte pour le voyage à Barcelone dont elles rêvent. Elle observe Jean-Paul pousser gentiment les clients à la traîne vers la sortie tandis qu'elle s'affale sur la banquette la plus proche : elle a les pieds en compote. Lola l'imite quelques instants plus tard, après avoir posé trois gobelets de café sur la table. Les derniers employés partis, Jean-Paul les rejoint, penaud : si Milie et Lola refusent de le dépanner la nuit du 31, il devra vraiment fermer boutique.

— Les filles, vous avez assuré, comme d'hab. Je vous désigne employées du mois.

— T'as sorti la brosse à reluire ou quoi ? le tance Milie.

Lola se frappe le front : l'affluence du soir ne lui a pas laissé le temps de prévenir son amie.

— Tu vas péter un plomb... lui annonce-t-elle.

— Jean-Paul... grogne Milie en se tournant vers lui.

Jean-Paul se saisit de son gobelet de café, fait mine d'y lire l'avenir en prenant soin d'éviter le regard de son employée.

— C'est pas le courage qui t'étouffe, lui reproche Lola. Figure-toi que ce traître à sa patrie a dit à mes parents qu'on avait accepté de le dépanner à la dernière minute.

— Bah, c'est un peu ce qu'on a fait...

— Pas ce soir, triple buse : la nuit du réveillon !

— Même pas en rêve, affirme Milie, hilare.

Jean-Paul se lance dans un argumentaire : il serait capable de vendre une glace à un Esquimau.

— C'est hyper bien payé et franchement, ça ou la soirée tiers-monde/tiers état à la cité U... Les étudiants étrangers et les fauchés, précise Lola en voyant la mine perplexe du manager.

— Tu fais chier, sérieux... lâche Milie, résignée.

— Vous êtes géniales ! se réjouit Jean-Paul avant de s'affaler sur la banquette, soulagé.

Milie avale son café d'une traite et invite Lola à faire de même. Elles devraient sans doute éviter la caféine à cette heure tardive, mais la fatigue est telle qu'il leur faudra bien ça pour tenir le temps de retrouver leur lit.

9

Cathy accueille l'apparition de son fils dans le salon avec soulagement. Quatre jours déjà qu'il n'avait pas quitté sa chambre, c'était tout juste s'il lui ouvrait la porte pour attraper les plateaux-repas qu'elle lui apportait, histoire de s'assurer qu'il ne resterait pas le ventre vide. Elle n'est pas dupe. Bien qu'il ne s'en soit pas ouvert à elle, sa morosité coïncide avec le départ précipité de Milie, qui affichait elle aussi une mine défaite.

Ces deux-là jouent à « je t'aime moi non plus » depuis des années. Et même si elle déteste voir son fils dans cet état, sans doute est-ce un passage inévitable. Il y a bien longtemps qu'elle en a pris son parti : malgré toute sa bonne volonté, elle ne peut pas le protéger de tout. Alors elle se contente d'être présente dans les moments difficiles, pour lui tendre une oreille, un mouchoir ou son plat préféré, en fonction du besoin du jour.

— Dis donc, c'est la grève du rasoir ? tente-t-elle pour le dérider.

Hugo souffle en écarquillant les yeux. *Raté.*

— Ça te va bien. Tu es beau, mon fils.

Hugo expire bruyamment dans l'espoir que sa mère se taise.

— Tu sais que tu peux tout me dire. Je suis là si tu as besoin de parler.

Il a besoin de tout sauf de parler. Et encore moins à sa mère. *Sérieusement, ils devraient donner un manuel aux parents, à la maternité,* se désole-t-il en s'affalant sur le canapé.

Cathy s'apprête à ouvrir la bouche, puis se ravise. Quoi qu'elle dise, ses paroles seront mal reçues.

— Quelque chose de prévu, aujourd'hui ? lance-t-elle dans un registre plus léger.

— Paulo me gave pour qu'on aille faire un tennis, concède-t-il du bout des lèvres.

— Je trouve que c'est une bonne idée. Ça te fera du bien de te dépenser un peu.

Hugo se masse les tempes pour se donner la patience de supporter le blabla constant de sa mère. Cathy, elle, se mord la lèvre pour se punir d'avoir sorti un tel poncif.

— Je dis simplement que tu n'as pas vu Paulo depuis la Toussaint, et que tu ne le reverras sans doute pas avant plusieurs mois. Alors tennis, tarot ou même cours de crochet, c'est pas l'essentiel. Va le voir, ça te fera du bien.

Et peut-être que lui parviendra à te tirer les vers du nez, se retient-elle d'ajouter.

Hugo hausse les épaules, faute de mieux. Sa mère a raison, et il le sait. Paulo est son meilleur ami depuis son entrée au collège. Ensemble, ils ont fait les quatre cents coups, ont partagé leurs joies et leurs peines. Contrairement à l'idée répandue que les garçons – puis les hommes – ne se disent rien, eux se racontent tout. Et quoi qu'il lui en coûte de l'admettre, il a besoin de parler à quelqu'un de ce qu'il s'est passé avec Milie. Ou plutôt de ce qu'il ne s'est pas passé.

— OK, consent-il du bout des lèvres.

— OK quoi ?

— Je vais voir Paulo.

C'est tout ce que Cathy obtiendra de son fils, et elle s'en contentera. Déjà, Hugo glisse sur le canapé jusqu'à elle. D'un geste furtif, il pose la tête sur l'épaule de sa mère, avant de se retirer. Pas pour longtemps, puisqu'elle le rattrape par le pull pour l'attirer dans ses bras.

— Maman, tu m'étouffes, proteste-t-il mollement.

— Je ne t'étouffe pas, je te couve. C'est pas tout à fait pareil, rétorque-t-elle en lui ébouriffant les cheveux comme lorsqu'il était enfant.

— T'es sérieuse ?

— Tes cheveux n'ont pas vu l'ombre d'un peigne depuis des jours. Crois-moi, il était temps d'y faire le ménage. Allez, va prendre une douche, tu sens à dix kilomètres à la ronde.

— Sympa...

— Allez, file, insiste-t-elle. Encore un peu et il faudra te vermifuger.

Hugo ne se fait pas prier : il quitte les bras réconfortants de sa mère avant qu'elle ne décide de l'y garder plus longtemps. Tandis qu'il s'éloigne en secouant la tête de désespoir, il se sent reconnaissant qu'elle persiste à le consoler malgré son rejet de façade.

Depuis le canapé, Cathy observe la démarche de son fils, bien plus dynamique qu'à son arrivée. Il peut secouer la tête autant qu'il le veut, elle sait bien qu'en ce moment même, un sourire discret orne son visage.

— Fils ingrat, lâche-t-elle, amusée, dans un murmure.

— J'ai entendu, réplique l'intéressé, déjà rendu en haut de l'escalier. T'as perdu le ticket de caisse, tu peux plus m'échanger.

✈ ✈ ✈

— T'as eu ton permis au loto du coin ou quoi ? se lamente Hugo en s'accrochant à la poignée de la portière.

— J'ai pas de voiture, là-bas. J'ai pas conduit depuis que j'ai eu le permis. Alors me juge pas.

Là-bas, c'est Toulouse – autant dire à l'autre bout du monde –, où Paulo s'est exilé pour intégrer l'une des classes préparatoires PSI[10] les plus prestigieuses de France. Cela n'a surpris personne, puisqu'il se destine à une carrière dans l'aéronautique.

— Bien sûr que je te juge. Je te juge même très fort parce que je tiens à la vie, mec.

— En parlant de juger fort, c'est quoi ce look de zadiste ?

— Quoi, ça ? l'interroge Hugo sur un ton détaché en indiquant sa barbe hirsute. J'avais envie de tester.

— Mes couilles, oui. T'as juste l'air d'un mec en dépression.

Touché. Hugo porte son regard sur l'horizon pour éviter celui de son ami. Le rond-point en approche lui offre la diversion parfaite.

— Tu comptes ralentir avant de faire un vol planté sur le terre-plein central ou...

Une lueur inquiétante illumine le regard de Paulo, ce qui n'est pas pour le rassurer. De fait, il s'y engage en dépassant allègrement la limitation de vitesse.

— T'es taré ou quoi ? Ralentis !

— Ça va, détends-toi, y a personne. Et on va pas se planter, c'est juste l'effet centrifuge. La force centripète veille sur nous.

— Concentre-toi au lieu de me faire une leçon de physique. T'as loupé la sortie.

— J'ai attrapé la queue de Mickey : un tour gratuit ! lui annonce le conducteur d'une voix enjouée. Wow, j'ai droit à un sourire, c'est trop d'honneur !

— Par contre, toi, tu vas pas te marrer longtemps vu la branlée que je compte te mettre, rétorque Hugo, la main toujours crispée sur la poignée.

— Tu comptais me mettre quoi, déjà ? *Une branlée ?* le chambre Paulo en se préparant à servir. On joue depuis vingt minutes et j'ai toujours pas lâché la moindre goutte de sueur...

---

[10] Physique et sciences de l'ingénieur.

Sans laisser le temps à son adversaire de répondre, il arme son service et envoie un missile à Hugo. Il échoue – encore – à renvoyer la balle dans l'autre camp.

— Au moins, tu l'as touchée, cette fois-ci. Sérieux, j'arrête, annonce Paulo en rejoignant son banc.

— Désolé, j'étais pas dedans. Allez, reviens, on termine au moins le set.

— Voilà ce qui va se passer : tu vas prendre deux bulles, qui viendront compléter la série de quatre que je viens de t'infliger, et tu me laisseras jamais revendiquer ma victoire parce que *t'étais pas dedans*. Aucun intérêt.

Il se pose sur le banc, attrape sa gourde, en boit une rasade.

— Et c'est une victoire par WO[11], parade Hugo, le poing rageur, en le rejoignant.

— Putain, ta gueule, réplique Paulo en riant.

Son adversaire le rejoint, lui serre la main pour acter la fin de la partie et lui ravit sa gourde pour se désaltérer.

Paulo sait que Hugo n'est pas au meilleur de sa forme. En réalité, Cathy lui a téléphoné la veille pour lui demander de *sortir* son fils. Bien que n'ayant aucune certitude sur la raison de son spleen, elle lui a raconté la visite de Milie, suivie de son départ précipité. Il n'avait pas besoin des sous-titres : Milie est la seule à pouvoir envoyer son meilleur ami au quinzième sous-sol.

— On tourne autour du pot ou tu te décides à me dire pourquoi t'es dans cet état ?

— Dans quel état ?

— Cet état, lui répond Paulo en pointant les poils rebelles qui ornent son visage. Et celui-là, ajoute-t-il en balayant le terrain de la main.

---

[11] De l'anglais *walkover*, qui signifie « traverser ». Au tennis, cela veut dire qu'un joueur traverse le tableau sans jouer, après l'abandon de son adversaire.

— J'ai pas envie d'en parler.

— Comme tu veux.

Paulo s'allonge et fait mine de s'installer confortablement en plaçant sa serviette pliée sous la tête.

— Tu comptes pas me lâcher tant qu'on n'en aura pas parlé, c'est ça ?

— Parler ? Parler de quoi ? Y a rien, non ?

— T'es vraiment trop con, répond Hugo en souriant.

Il se pose à même le sol, fait mine de vider la gourde par petites gorgées, une tactique élimée pour s'offrir un répit. Après quelques minutes à compter les toiles d'araignées au plafond, Paulo décide qu'il lui a laissé suffisamment de temps.

— Milie ? l'interroge-t-il de but en blanc.

Hugo hausse les sourcils, les lèvres retroussées.

— C'est toujours Milie, ironise le futur ingénieur.

— Tu l'as jamais aimée...

— Encore heureux, quand je vois l'effet qu'elle a sur toi... Et c'est pas que je l'aime pas, c'est juste que j'aimerais qu'elle décide de ce qu'elle veut une bonne fois pour toutes.

Hugo acquiesce. À deux reprises, déjà, Milie s'est engagée avant de faire machine arrière. Au collège, il ne s'agissait que d'une amourette innocente ; c'est à peine si leurs lèvres s'étaient frôlées une demi-douzaine de fois, ils se contentaient de jouer aux amoureux en se promenant main dans la main. Lorsqu'elle lui a annoncé qu'elle ne voulait pas gâcher leur amitié, cela lui a bien sûr brisé le cœur, car lui était certain de ses sentiments. Alors il a accepté sa décision, bien qu'il ne la partage pas. Paulo avait alors joué son rôle à plein, parfois maladroitement, comme quand il tentait de le caser avec la première fille qu'ils croisaient. Demande-t-on à un alcoolique de boire pour guérir de l'alcool ? Lola, elle, prenait le relais pour le secouer, avec sa délicatesse légendaire. Il n'a appris que bien plus tard que le père de Milie était à l'origine de cette rupture ; il ne voyait pas d'un bon œil que sa fille ait un petit ami.

La deuxième fois est sans doute celle qui a laissé le plus de traces. Ils étaient en seconde, avaient gagné en maturité. Lorsque Milie l'a embrassé par surprise lors d'une soirée, il n'a pas hésité une seconde à répondre avec fougue à son baiser. Rapidement, les choses se sont accélérées. Plusieurs mois durant, presque un an en réalité, ils se sont aimés avec la force des premières fois. C'est avec elle qu'il a découvert l'amour. C'est avec lui qu'elle a appris à aimer. Et puis la passion s'est tarie : c'est en tout cas la version que lui a servie Milie pour justifier la rupture. Hugo n'a jamais cru à cette excuse. Pourtant, il a accepté la situation. Encore et malgré ce que ça lui coûtait. Parce qu'il l'aimait hier. Parce qu'il l'aime aujourd'hui et parce qu'il l'aimera demain.

— C'est la femme de ma vie. Je sais que tu ne comprends pas. Mais je le sais.

— De ce que je vois, elle est surtout celle qui te *pourrit* la vie depuis quoi, huit ans ?

— T'es dur avec elle.

— Ah ça, compte pas sur moi pour la défendre, crache Paulo, électrique. C'est quoi, cette fois ? Me dis pas que vous avez couché ensemble ! se désole-t-il.

Hugo secoue la tête, au grand soulagement de son ami. Il lui raconte le déroulé de la soirée, jusqu'à son refus de lui offrir ce qu'elle lui réclamait et qu'il mourait pourtant d'envie de lui donner.

— Eh bah, pour une fois, vous avez pas fait n'importe quoi, je salue l'effort.

— J'ai l'impression d'entendre Lola.

— Et même à deux contre un, tu refuses d'admettre l'évidence ? Mec, vous avez un sérieux problème, Milie et toi. Tu veux savoir lequel ?

— J'imagine que tu vas me le dire...

— Vous vous aimez, mais vous vous aimez mal. Parce que vous avez beau parler, vous marrer et tout ce que tu veux, ça n'empêche que vous ne vous dites pas les choses.

Hugo lui adresse une moue dubitative.

— Je dois avoir la mémoire sélective, mais dans mon souvenir, vous vous êtes même pas sérieusement engueulés quand elle a rompu. Ça n'arrive pas. Pas quand on est honnête l'un envers l'autre. Pas quand l'un subit la décision de l'autre. Je me trompe ?

Hugo souffle avant d'admettre qu'il a raison.

— Si tu veux pas que l'histoire se répète, tu dois d'abord mettre les choses à plat avec Milie. Lui dire ce que tu lui as pas dit la dernière fois, et aussi lui poser les questions que tu lui as pas posées. Elle te doit au moins ça.

— Elle me doit quoi, exactement ?

— De l'honnêteté. Des réponses. Et accessoirement des excuses. Parce qu'il me semble qu'elle t'en a jamais présenté.

10

— T'as des nouvelles de tes parents ? lâche Lola comme un cheveu sur la soupe.

Dans le vestiaire du restaurant, Milie manque de perdre l'équilibre ; elle enfile tant bien que mal la deuxième jambe de son pantalon de travail.

— Pourquoi tu me demandes ça ?

— Pour rien.

Lola ne pose jamais de question *pour rien*. Pas *ce* genre de question et encore moins sur ce ton. Elle rejoint son amie et s'assoit à ses côtés sur le banc.

— T'es sûre que ça va ?

Lola acquiesce, la bouche close.

— Non, pas de nouvelles, admet Milie, la voix lasse. J'espérais qu'au moins ma mère ou Brian m'enverraient un message, mais walou. Rien. J'ai l'habitude, c'est jamais la faute du patriarche.

Elle voudrait que la situation ne la touche pas autant ; souffrir, c'est ressentir. Et cela lui fait l'impression d'une laisse sur laquelle on pourrait tirer pour la ramener à la niche. Sa désinvolture apparente lui sert avant tout de bouclier contre ses propres sentiments, mais elle a beau essayer de faire bonne figure, elle ne trompe personne. Ni elle ni Lola, qui pose la tête sur son épaule. Son mutisme commence à inquiéter Milie, qui se dégage en douceur.

— Il nous reste cinq minutes avant de pointer et j'aimerais autant te voir finir l'année avec un sourire. Parle-moi, ma biche.

Lola se lève, enfile sa chemise et l'attache, l'esprit dans le vague ; Milie pose la main sur son avant-bras et prend le relais.

— T'as mis le samedi avec le dimanche. Parle-moi, insiste-t-elle en replaçant les boutons de son amie au bon endroit.

— Toi et moi, on se comprend parce qu'on vit à peu près la même chose avec nos parents. Ils sont pas mauvais, ils sont pas bons non plus. Tu vois ce que je veux dire ?

Oh que oui, Milie voit très bien. Au-delà de leur date de naissance commune, leurs relations familiales quelque peu dysfonctionnelles ont fini d'asseoir une amitié déjà solide. Aucune des deux n'a subi de maltraitance, physique tout du moins. Cependant, chaque petit coup de canif porté à leur confiance en elles par un comportement ou une parole maladroite a laissé une trace indélébile.

Chez Lola, le paraître est la règle. Les choix, le mode de vie, la moindre décision sont dictés par le qu'en-dira-t-on. Alors bien sûr, l'adolescence venue, elle s'est fait un devoir de se rebeller comme il se doit. « Cette jupe te va très bien, mais elle est un peu courte. Les gens vont parler. » Go *enfiler le poom poom short le plus court de ma garde-robe.* « Tu es trop jeune pour avoir un petit ami. » Go *rouler des pelles à la moitié des mecs – et quelques filles – du collège.* Le jour où sa mère lui a craché au visage qu'elle se comportait comme une vulgaire traînée et que son père est resté planté comme un con sans prendre sa défense, elle s'est fait la promesse de leur donner des raisons d'avoir honte. Selon leurs standards. Elle ne leur a rien épargné : ni la période gothique ni le piercing au nez façon mouchette. Le piercing au nez... Lola ne peut s'empêcher de sourire. Pendant plusieurs mois, elle a réussi à leur faire croire qu'il s'agissait d'un vrai. En réalité, il n'était que factice. Chaque matin sans exception, elle l'enfilait avec la satisfaction d'infliger un infarctus transitoire à sa mère. Le jour où cette dernière a compris le subterfuge, la vexation l'a emporté sur le soulagement. L'ego, encore l'ego, toujours l'ego.

— Pourquoi tu souris ? l'interroge Milie d'une voix douce.

— Je repensais au coup du piercing, glousse Lola.

Son amie rit franchement ; cet épisode lui était complètement sorti de la tête.

— J'étais persuadée que je m'en foutais, reprend Lola.

— De quoi ?

— De ce qu'ils pensent de moi.

— Et c'est pas le cas ?

— Je crois que non. C'était plus facile de faire genre, mais depuis l'autre jour, quand ils sont venus ici, voir qu'ils étaient fiers de moi – alors que je bosse dans un fast-food –, ça m'a quand même fait plaisir, je ne vais pas le nier. Ça fait de moi une belle hypocrite, pas vrai ?

— Oh, bichette, bien sûr que non, lui assure Milie en fondant sur elle. Pourquoi tu crois que je m'inflige tout ça ? Pourquoi ? insiste-t-elle en prenant le visage de son amie entre ses mains. Parce qu'on en est là, toi et moi : à devoir mendier une parole, un geste bienveillant de la part de nos vieux. Quand on n'a pas à jongler avec leurs contradictions. Tu veux mon avis ? Aucun enfant ne devrait avoir à *mériter* ça.

Milie a beau essayer de comprendre son père, elle n'arrive pas à savoir ce qu'il attend vraiment d'elle. Il veut qu'elle travaille à l'usine, comme lui, mais l'a poussée toute sa scolarité à bien travailler à l'école. Pourquoi ? Elle a cru déceler une pointe de fierté dans ses yeux le jour où elle lui a annoncé qu'elle se lançait dans les études supérieures. Mais l'était-il vraiment ? Pudique, il s'est bien gardé de lui adresser le moindre encouragement. « Comme tu veux », a-t-il consenti du bout des lèvres en fixant son regard sur le téléviseur. Bien sûr, il est vite retombé dans ses travers. Quelques jours plus tard, lorsque le sujet est revenu sur la table au dîner, il lui a asséné un cinglant « Si ça t'amuse de perdre ton temps », avant de lui porter le coup de grâce le soir de Noël.

— On sera pas comme ça avec nos gamins, hein ? tente de se rassurer Lola.

— Je sais pas toi, mais moi, je crois que je vais passer mon tour.

— Oh, ferme-la, tu vas avoir une ribambelle de chiards.

— L'avenir nous le dira. En attendant, on ferait mieux de se grouiller.

Milie et Lola n'ont pas le loisir de se morfondre : à croire que la jeunesse rennaise est dépourvue de personnalité, ils se sont tous passé le mot pour leur offrir un défilé continu au drive – elles remercient le patron d'avoir eu pitié de l'équipe en n'ouvrant pas la salle. Aussi sympa leur manager soit-il, le travail est pénible. En plus de rester debout des heures durant, elles doivent composer avec des collègues qui changent avant qu'elles n'aient eu le temps de les connaître. D'ailleurs, il n'est pas rare que certains repartent avant qu'elles n'aient eu le temps de retenir leur prénom. Avec trois mois d'ancienneté, Milie et Lola feraient presque office de vétéranes. Alors Jean-Paul les bichonne, histoire de s'assurer qu'elles n'aillent pas voir chez la concurrence si l'herbe y est plus verte.

En cuisine, leurs collègues transpirent déjà à grosses gouttes tandis qu'il s'égosille pour éviter le moindre grain de sable dans le rouage. Si l'un des postes déraille, tout le service en pâtira et il ne peut pas se le permettre ; la soirée du Nouvel An revêt un enjeu considérable pour le restaurant. Pour ses employés, en revanche, ce n'est rien d'autre qu'une soirée de fête sacrifiée. À l'approche des douze coups de minuit, l'affluence faiblit à peine. *Ils n'ont donc rien de mieux à faire que venir bouffer dans leur bagnole le soir du Nouvel An ?* peste intérieurement Milie en prenant une nouvelle commande.

— T'as pas oublié quelque chose ? la sermonne Jean-Paul dans son dos.

— Estime-toi heureux : j'ai pas oublié de pointer...

— Milie, arrête de faire ta tête de mule. Tu ne voudrais pas commencer l'année avec un blâme, quand même ?

Milie éclate de rire : Jean-Paul n'est jamais aussi drôle que lorsqu'il essaie de faire montre d'autorité.

— Ah, parce que tu ne m'en crois pas capable ? Je te préviens...

— Je compte jusqu'à trois, le singe Milie. Un... deux... deux et demi...

Zéro crédibilité.

Milie forme un cœur avec ses mains et le brandit en direction de son patron, qui ne peut réprimer un sourire discret.

— Je t'adore, Jean-Paul, et je sais que tu m'aimes bien aussi.

— Bref, n'oublie pas de souhaiter la bonne année aux clients.

— Je le ferai dans... vingt minutes, promis. Mais pas avant, ça porte la poisse.

Jean-Paul lève les yeux au ciel avant de rejoindre son équipe en cuisine pour lui prêter main-forte.

Sa jeune employée, elle, profite d'un moment d'accalmie pour sortir discrètement son téléphone. Trois appels en absence et deux notifications Snap de Hugo. *Ignorer.* Mais toujours aucune nouvelle de sa famille ; elle range son portable d'un geste rageur. Elle se sent comme la pire des criminelles, mise au rebut de la sphère familiale. Et si elle décidait simplement d'en faire son deuil ? Elle aimerait avoir la force de prendre cette résolution et surtout de s'y tenir. Elle doute d'en être capable.

— Terminez ce que vous êtes en train de faire et ensuite, pause express de cinq minutes, annonce Jean-Paul. C'est la maison qui offre.

Il navigue de poste en poste, guilleret, pour poser un chapeau pointu en carton sur la tête de chaque employé. Il demande à chacun de le rejoindre dans le lobby. Là, il leur remet un gobelet, rempli de la boisson préférée de chacun. Jean-Paul est ce genre de patron : exigeant, parfois intransigeant, mais toujours juste et bienveillant. Il traite chaque salarié comme un membre de sa famille. Il prend le temps de connaître chaque équipier, leur prête une oreille attentive et compatissante aussi souvent que nécessaire. En revanche, gare à celui qui chercherait à profiter de sa mansuétude : avec lui, c'est donnant-donnant et le respect mutuel est non négociable.

Ce soir, il est entouré de ses salariés les plus fiables et efficaces. Il mesure sa chance de pouvoir compter sur cette équipe et s'efforce de leur offrir les meilleures conditions de travail possible. Bien sûr, la réalité du terrain n'est pas toujours compatible avec ses bonnes intentions ; chaque fois qu'il ferme le restaurant avec le sentiment de les avoir malmenés, Morphée se charge de les venger en lui imposant une nuit chahutée.

Ce soir, peut-être plus encore que tout autre soir, il se fait un devoir de leur offrir une parenthèse festive, soit-elle accompagnée des coups de klaxon rageurs de clients qui pestent à l'idée de changer d'année enfermés dans une voiture, bloqués dans la queue du drive d'un fast-food sans âme. Aux douze coups de minuit, Jean-Paul fait sauter le bouchon de la bouteille de champagne sans alcool qu'il avait planquée dans la chambre froide. C'est pas Byzance, mais l'équipe apprécie le geste.

À minuit et trois minutes, le manager siffle la fin de la récréation sous les protestations taquines de ses salariés.

— Les enfants, tu leur donnes un doigt, ils te prennent le bras.

Il frappe dans les mains pour tuer la rébellion dans l'œuf, en riant. Dehors, la file de voitures menace désormais de déborder sur la route.

— C'est quoi leur problème ? Qui vient au drive à minuit le soir du Nouvel An ? ricane Lola.

— Ne te moque pas. Dans le lot, tu as sûrement des gens qui n'ont personne avec qui faire la fête, sans doute d'autres qui vivent un deuil ou une séparation douloureuse. Je vous demande, ce soir plus que tout autre soir, d'offrir un sourire et une parole agréable à chaque client. Parce que ça fera peut-être la différence. Je peux compter sur toi ? insiste Jean-Paul en adressant un regard appuyé à sa jeune employée. Je peux compter sur vous tous ? ajoute-t-il en direction de son équipe. Alors on y va !

Et ils vont devoir mettre les bouchées doubles pour rattraper leur retard, courir à droite et à gauche pour préparer les commandes. Milie, bien planquée à son poste du drive, est heureuse de ne devoir que les prendre, s'évitant ainsi un petit marathon.

✦ ✦ ✦

Le rythme a ralenti depuis une vingtaine de minutes, mais l'accalmie est de courte durée, l'équipe en est bien consciente. Bientôt, les premiers fêtards se presseront pour éponger leurs excès de la soirée, d'autres pour nourrir leurs estomacs affamés par une nuit de débauche sur la piste de danse.

Milie scrute la grosse pendule accrochée au mur, au fond de la cuisine. Elle a beau ne pas piétiner comme ses collègues, la station debout prolongée aura la peau de son dos. Encore un petit quart d'heure et elle aura droit à sa demi-heure de pause réglementaire. Selon son calcul – tout ce qu'il y a de plus scientifique –, elle devrait y parvenir en prenant une dizaine de commandes et en construisant autant de boîtes de menu enfant. Milie sourit en entendant le *bip* l'avertissant de l'arrivée d'une voiture.

Elle pianote sur l'écran, efface, renouvelle l'opération. Après une énième hésitation de son client, Milie plaque la main sur son micro pour souffler bruyamment : elle tient sans doute là le pénible de la soirée.

— Un sundae ? Tout ça pour ça ? peste-t-elle.

— À ce sujet, j'aurais une demande un peu particulière à formuler.

Le relou de l'extrême.

— Je vous écoute, crache Milie avec toute la bienveillance dont elle se sent capable.

C'est-à-dire aucune.

— Serait-il possible d'avoir triple dose de caramel ?

Il est sérieux ?

— Pardon ? Vous voulez un peu de glace avec votre caramel ?

— Deux en dessous, une au-dessus, s'il vous plaît, insiste-t-il en ignorant sa question

Je ne suis pas d'humeur.

— Pour la deuxième dose, ça vous fera cinquante centimes de supplément. Par contre, en dessous, au-dessus ou au milieu, ça sera à la discrétion de la personne qui le préparera.

— Et pour la troisième ?

— Ah ça... Voyez avec le père Noël. Le total de votre commande s'élève à 3,90 €. Je vous attends au prochain guichet pour le règlement.

Milie sent Jean-Paul qui arrive dans son dos : pourquoi diable rapplique-t-il systématiquement au mauvais moment ? Par chance, la friteuse se met à émettre un bruit inquiétant : sauvée par le gras.

— Client relou en approche, hurle Milie en direction de son amie. Un monsieur *Toujours-plus*.

— Ah ouais ? J'ai un fond de frites froides. Je lui en réserve avant de les benner ?

— Milie, Lola, ça suffit ! tonne Jean-Paul en essayant de s'en sortir avec la machine récalcitrante. L'expérience client, vous vous souvenez ? On en a déjà parlé.

— Non, mais le type passe une commande plus longue que mon avenir, annule tout et me demande quoi ? Un sundae. Avec trois doses de caramel. *Deux en dessous et une au-dessus.* Sérieux ? s'agace Milie en haussant le ton.

Le manager coule un regard réprobateur à son employée. S'il n'était pas accompagné d'un rictus rieur, elle s'en inquiéterait.

— Tu lui as collé le supplément pour la deuxième dose ? demande Lola.

Milie acquiesce.

— Et pour la troisième ?

— Je lui ai dit de voir avec le père Noël.

Jean-Paul manque de s'étouffer, tourne le dos à Milie pour ne pas lui offrir la satisfaction de son fou rire silencieux. Lola, elle, se penche déjà par la vitre de son comptoir pour mettre un visage sur le client *relou*. Elle opte pour un vieux solitaire.

Elle ouvre grand la bouche lorsqu'elle reconnaît la 205 du siècle dernier apparaître à l'angle.

— *Oh, my God*, murmure Lola en direction de Jean-Paul. Je ne pensais pas qu'il viendrait. Va chercher le pop-corn.

— Je te rappelle que certains travaillent, ici.

— Je te conseille de prendre dix secondes pour observer la scène de loin. Regarde bien Milie, insiste-t-elle.

Jean-Paul s'exécute, s'adosse à la machine à boissons en croisant les bras, intrigué. À l'autre bout de la cuisine, dans le coin réservé au drive, Milie, accroupie pour ranger les boîtes qu'elle vient de construire, expire bruyamment en entendant la voiture en approche. Aux premières loges, Lola se délecte de ce qui va se jouer, tandis que Jean-Paul affiche une mine circonspecte. Quand le véhicule stoppe son avancée à hauteur du comptoir de règlement, Milie accroche son sourire le plus hypocrite à ses lèvres, puis se relève.

— Qu'est-ce que tu fais là ? grogne-t-elle.

Jean-Paul, toujours avide de *dramas* mais le sens du devoir chevillé au corps, fait un pas de côté en direction de la machine à glaces pour préparer le sundae. Pénible ou pas, ce client a passé une commande qu'il compte bien honorer.

— C'est qui ? demande le manager, n'y tenant plus.

— Son ex, lui murmure Lola.

Jean-Paul fait couler une noisette de caramel.

— Enfin, ex... ex...

Il s'arrête et s'apprête à jeter le pot.

— Peut-être futur aussi.

Il appuie avec plus de conviction pour ajouter une dose.

— Attends, est-ce qu'on l'aime bien ?

Lola fait mine de réfléchir, puis décrète :

— Bien sûr qu'on l'aime bien. On l'aime même vraiment bien. Il l'aime. Elle l'aime. C'est juste pas le bon moment. Mais ces deux-là finiront ensemble et je serai la marraine de leur premier enfant.

Jean-Paul fait couler le caramel jusqu'à la moitié du pot, ajoute une noix de glace, qu'il tapisse de nouveau de coulis.

— Si avec ça je suis pas le parrain, je rends mon tablier.

Lola lui murmure un remerciement discret en attrapant la glace que le manager lui tend.

Au comptoir de règlement, Milie coupe court à la conversation, exige le paiement de la commande à son client, puis referme la vitre sans ménagement. Elle s'accroupit de nouveau, s'accorde une petite pause pour laisser couler quelques larmes et se reprendre. *Trente secondes*, se promet-elle. Hugo reste là quelques instants, immobile ; il fixe la vitre désormais close dans l'espoir de voir réapparaître Milie. Lorsqu'il comprend qu'elle ne se montrera pas tant qu'il sera là, il se résout à avancer jusqu'au comptoir suivant. Il lève les yeux au ciel lorsqu'il aperçoit Lola, qui affiche un air beaucoup trop satisfait à son goût. Il s'apprête à ouvrir la bouche ; elle le devance.

— Tiens, mon branleur préféré. Avec les compliments du chef. Mon petit doigt me dit que Milie va bientôt prendre sa pause. J'ai mis deux cuillères, ajoute-t-elle, malicieuse. Maintenant, dégage de là, y a la queue.

— Euh… y a personne derrière, s'offusque Hugo en jetant un coup œil dans le rétroviseur. Et j'ai pas l'impression qu'elle ait vraiment envie de me parler.

— Ah, ça, va bien falloir que vous creviez l'abcès. Il est hors de question que je subisse votre guerre froide.

— Jeune homme, allez vous garer et rejoignez-moi à la porte d'entrée côté aire de jeux, intervient Jean-Paul. Je suis d'humeur romantique, ce soir. Profitez-en.

— T'as entendu le patron ? Exécution !

Lola referme la fenêtre, se tourne vers le manager et lui tape dans la main.

Milie débarque, alertée par les messes basses de Lola et Jean-Paul.

— Qu'est-ce qu'il fait là ? demande-t-elle à son amie. Et qu'est-ce que vous manigancez ? ajoute-t-elle, inquiète, en promenant son regard entre les deux intrigants.

— C'est l'heure de ta pause, lui indique Jean-Paul. Pas la peine de débadger, je m'en charge.

— Il me reste dix minutes de boulot…

— Considère ça comme une prime de fin d'année. Cadeau de la maison. Et maintenant, ouste !

Loin d'être rassurée, Milie obtempère néanmoins, trop heureuse de bénéficier d'une pause à rallonge.

✦ ✦ ✦

— Milie ! hurle Jean-Paul depuis la salle.

Qu'est-ce que j'ai encore fait ? se désole-t-elle en se levant. Elle quitte le vestiaire des salariés à peine deux minutes après y être entrée. Tant pis pour la microsieste qu'elle pensait pouvoir s'accorder. Elle débarque dans le lobby en traînant des pieds, hésite à rebrousser chemin lorsqu'elle aperçoit Hugo attablé un peu plus loin.

— Sérieusement, Jean-Paul ? Tu ne vas pas t'y mettre, toi aussi.

Pour toute réponse, il lui adresse un geste de la main sans équivoque. Elle obtempère et se dirige vers son ami tandis que le manager regagne le coin drive à contrecœur.

— Qu'est-ce que tu fais là ? l'attaque-t-elle sans préambule.

— Bonne année à toi aussi, réplique Hugo en poussant le pot de glace dans sa direction.

Milie s'assoit en face de lui, se saisit de la cuillère qu'il lui tend, la plonge sans attendre dans la rivière de caramel, la porte à sa bouche et la déguste les yeux clos. Quand elle entreprend de se resservir, sa cuillère rencontre celle de Hugo.

— Qu'est-ce que tu fais là ? lui demande-t-elle de nouveau, sur un ton un peu moins agressif.

— Tu ne réponds ni à mes appels ni à mes messages. Donc, me voilà.

— Et donc, tu t'es dit que me harceler sur mon lieu de travail était une bonne idée... persifle Milie en croisant les bras.

Hugo encaisse la pique sans broncher ; il n'est pas venu pour se battre.

— Si tu veux reparler de ce qu'il ne s'est pas passé l'autre soir, tu peux dormir sur tes deux oreilles : je vais très bien et je m'en remettrai, prétend Milie, le menton haut mais tremblant.

— Premièrement, c'est faux, tu ne vas pas bien. Et deuxièmement, je ne doute pas que tu t'en remettras, mais je refuse que ce soit aux dépens de notre amitié.

— La *friendzone*, c'est encore pire que le râteau, Hugo. Là, ça pique, murmure-t-elle, les yeux fermés et les lèvres pincées.

— T'as vraiment rien compris. Si je m'étais écouté, je... J'ai pas envie de tout gâcher. On a trouvé notre équilibre. Je crois.

— T'es en train de me dire que tu ressens rien pour moi ? J'aurais juré avoir senti physiquement l'inverse, pourtant.

— Tu me fais toujours autant d'effet et tu le sais, je ne peux pas le nier. Mais j'ai pas envie qu'on souffre. Ni toi ni moi. Et ça finira forcément par arriver.

Milie se ferme comme une huître, se mord l'intérieur de la joue. Hugo la connaît par cœur : elle n'est pas en colère, elle est triste. Il aurait préféré sa colère.

— J'ai vu Paulo hier, lâche-t-il pour relancer la conversation. Et on a parlé de toi, de nous.

— Il me déteste toujours autant ?

Hugo lui répond par une moue contrite.

— Je ne peux même pas lui en vouloir. Si un mec s'aventurait à faire subir à Lola un dixième de ce que je t'ai fait subir...

Hugo laisse échapper un rire discret.

— Il m'a dit que si on ne réglait pas nos problèmes passés, tout ce qu'on essaierait de construire serait voué à l'échec. Il n'a pas tort.

— Je ne savais pas qu'on avait des *problèmes* à régler.

— C'est bien le souci, non ? Pourquoi t'as rompu avec moi, la dernière fois ? l'interroge-t-il avec douceur.

— Attaque frontale. OK, j'accepte et mon cœur reste ouvert... ironise Milie.

Elle prend une profonde inspiration : elle ne voit pas l'intérêt de remuer le couteau dans une plaie cicatrisée. Mais s'il veut la rouvrir, qui est-elle pour s'y opposer ?

— La raison n'a pas changé depuis trois ans : je n'avais plus de sentiments amoureux pour toi. T'aurais voulu que je me force, ou que je fasse semblant, pour te faire plaisir ? réplique-t-elle sur un ton incisif.

Hugo ne s'y laisse pas prendre. Si à l'époque, il accepté de balayer ses doutes sous le tapis, aujourd'hui il a plus que jamais besoin de réponses. Pour guérir ses blessures et cesser de regarder vers le passé.

— Y a prescription, là. Dis-moi la vérité. Je ne t'ai jamais rien demandé, je crois...

Milie se triture les doigts de longues secondes. Plusieurs fois, elle ouvre la bouche, puis la referme. Entre un raclement de gorge et un toussotement, elle s'agite sur le banc, comme à la recherche d'une position plus confortable.

— Je ne suis pas sûre que ce soit le moment idéal pour remuer tout ça. Et encore moins l'endroit.

— Ça ne sera jamais le lieu ni l'endroit et tu le sais. Ça fait trois ans que j'attends la réponse à cette question. La réponse *honnête*, à cette question. S'il te plaît...

— OK, comme tu veux. La vérité, c'est que j'ai eu peur. Peur de la force de mes sentiments. Plus on avançait, moins je pouvais me passer de toi. Pas un midi sans qu'on mange ensemble, pas un week-end sans qu'on se voie... J'avais l'impression de devenir émotionnellement dépendante de toi. De nous. Tu comprends, ça, que j'ai pu avoir la trouille ?

— Si tu m'en avais parlé, à l'époque, j'aurais pu te rassurer.

— Tu n'aurais rien pu dire ou faire pour me rassurer. Au moment où j'ai rompu, c'était compliqué à la maison. Tu me diras, ça n'a jamais été simple. Mais là, c'était vraiment l'enfer.

Elle lui explique combien voir sa mère prisonnière de ses engagements de jeunesse — elle a rencontré Fabrice à l'âge qu'ils avaient au moment de la rupture — était tout le contraire de ce à quoi elle aspirait. Elle voulait être libre de ses choix et de la direction qu'elle souhaitait donner à sa vie. Or, qu'il le veuille ou non, une relation installée est de nature à peser dans la balance.

— T'es en train de me dire que tu me voyais comme un boulet au pied qui t'empêchait d'avancer ?

Milie hausse les épaules, puis finit par admettre :

— C'est comme ça que je l'ai ressenti, oui. Ça ne veut pas dire que c'était vrai.

À son tour, Hugo se renfrogne ; il est touché au cœur.

— Est-ce que j'ai fait ou dit quelque chose pour que tu penses ça ?

— Ça n'a rien à voir avec toi. À l'époque, j'ai tout mélangé. Et je t'ai fait souffrir. Je suis désolée.

Hugo a-t-il bien entendu ? Il semble ne pas y croire.

— C'est la première fois que tu t'excuses pour ça, souffle-t-il, l'émotion au bord des yeux. J'avais besoin de te l'entendre dire, je crois.

Milie est saisie par cette réalité et prend conscience qu'il dit vrai. La honte l'envahit.

— Je m'excuse de ne pas m'être excusée plus tôt. J'avais pas réalisé. Oh, mon Dieu, je suis un monstre.

En plus de lui avoir infligé une rupture brutale, elle a jeté du sel sur sa plaie béante en agissant avec désinvolture à son égard. « Si tu réussis pas ton couple, réussis ta rupture » ou sa manie de fanfaronner qu'on peut parfaitement rester ami avec son ex : conneries. La réalité, c'est que cela est possible uniquement si l'une des deux parties accepte de taire sa douleur et de prétendre que tout va bien. La vérité, c'est qu'elle se doutait que Hugo souffrait, mais qu'elle a préféré ignorer les signes et les reproches que lui envoyait Lola. Elle a préféré les ignorer, parce que ça l'arrangeait bien. Sauf qu'en feignant l'amitié consentie, la blessure au cœur de Hugo n'a jamais pu cicatriser.

— T'es pas un monstre, tente-t-il de la rassurer en posant la main sur l'avant-bras de Milie. T'es même tout sauf un monstre. J'aurais dû te dire ce que je ressentais, tu ne pouvais pas le deviner.

— Sauf qu'au fond, je le savais très bien, j'ai juste préféré l'ignorer parce que c'était plus confortable pour moi. L'autre jour, Lola m'a dit que je ne pouvais pas te reprocher de vouloir te protéger. Elle avait raison.

— J'irais pas jusque-là. Disons que oui, c'est vrai, cette fois-ci, j'ai besoin de certitudes. Et je crois que toi aussi...

Hugo hésite à remettre une pièce dans la machine. Il a obtenu plus qu'il ne l'espérait. De la franchise, des réponses et même des excuses. Mais la question lui brûle les lèvres :

— Chaque fois que tu m'as sauté dessus, t'étais dans un état second. Au lycée, c'était l'alcool. Et là, c'était ton père.

— Avec lui, c'est sûr que je me tape la gueule de bois sans boire une goutte.

— Sérieusement, je me pose la question, insiste-t-il. C'est comme si t'avais besoin de ne pas être lucide pour envisager quelque chose avec moi...

— Tu prends le problème à l'envers. C'est plutôt que j'ai besoin d'être en vrac pour arrêter de voir des problèmes là où y en a pas.

Hugo approche une main de celle de Milie. Loin de retirer la sienne, la jeune étudiante fait l'autre moitié du chemin. Leurs doigts s'entremêlent, leurs regards se sondent.

— Milie, je t'aime. De toutes les façons possibles. Mais si on remet le couvert, je refuse que ce soit un truc d'un soir, ou du sexe-pansement. J'ai droit à un sourire, ça veut dire que toi et moi, on est OK ?

— Oh, crois-moi bien : je te déteste. Je te déteste *vraiment*. L'autre soir, ton rejet m'a fait aussi mal que la gifle verbale de mon père. J'avais besoin de me sentir aimée, tu comprends ?

— Je suis désolé. J'aurais voulu que tu restes dans la chambre. J'aurais pu te montrer à quel point je t'aime de plein de façons différentes. Tout sauf avec... du sexe-pansement, répète-t-il avec une moue sans équivoque.

Hugo adore avoir raison. Rectification : il ne vit *que* pour prouver qu'il a raison. Finalement, ses parents le poussent peut-être dans la bonne direction.

— C'est bon, t'es content ?

— Content d'avoir raison ? Non, ça, c'est normal. Content que tu l'admettes enfin ? Putain, grave !

Milie attrape une serviette en papier, en fait une boule et l'envoie au visage de Hugo, qui, bien entendu, a eu tout le temps nécessaire pour préparer son esquive. La boule s'échoue au sol quelques mètres plus loin.

Lasse, elle s'adosse à la banquette, plonge son regard dans celui de Hugo de longues secondes avant de le détourner et de baisser la tête. Hugo se penche au-dessus de la table, redresse le menton de Milie avec douceur ; son cœur se serre lorsque ses doigts effacent les larmes qui coulent sur ses joues.

— Je sais pas, Hugo...

— Tu sais pas quoi ?

— Je sais pas si je pourrai me contenter de notre amitié.

— Moi non plus. Mais là, tout de suite, je pense que c'est mieux qu'on prenne notre temps.

Milie hausse les épaules, bien forcée de reconnaître qu'il n'a pas tort. Elle se lève pour s'asseoir à l'endroit que Hugo tapote de sa main, accepte l'invitation de son bras ouvert et se réfugie en son creux.

— Moi non plus, je ne veux pas tout gâcher, admet-elle dans un murmure. On fait quoi, du coup ?

— On se comporte comme des adultes responsables en faisant honneur à ce caramel à la glace.

Il se saisit du pot, l'approche de Milie, qui se penche pour attraper sa cuillère. Hugo avait parié qu'elle ferait ça ; aussitôt, il écrase le sommet du pot sur son nez.

— T'es sérieux ? s'offusque Milie en se dégageant difficilement de l'étreinte. J'en ai partout ! Ça colle, en plus.

Hugo l'attrape avant qu'elle ne parvienne à s'échapper, la tire à lui et entreprend de lui manger le nez pour l'en débarrasser de toute trace sucrée.

— T'es un gamin, sérieux. C'est dégueulasse !

— Tu sais combien de meufs tueraient pour avoir droit à mon bisou escargot de l'extrême ? Ingrate que tu es ! la taquine-t-il.

Hugo la garde dans ses bras, s'efforce de lutter contre l'impatience que son corps lui impose. S'il est celui qui imprime le tempo aujourd'hui, il se sait trop faible pour maintenir le cap sur la durée. Il ferme les yeux ; un frisson le gagne lorsque Milie effleure son torse de ses doigts. Il frémit comme il relève les paupières : la bouche de Milie est désormais à un tressaillement de la sienne. Ils s'observent un long moment, tentent de lire dans le regard de l'autre. Milie s'imprègne de la respiration saccadée de Hugo.

Sur le point de flancher, il attrape son menton entre son pouce et son index, et murmure :

— Ça me tue...

Milie efface la distance qui les sépare, pose ses lèvres sur celles de Hugo avec douceur. Le baiser qu'ils échangent est bref, mais plein de promesses.

— On prend notre temps ?

— On prend notre temps, confirme Milie.

Elle enlace une dernière fois Hugo avant de se résoudre à le quitter pour retourner au drive.

11

— Milie, ouvre cette putain de porte !

Loin d'accéder à la requête bruyante de Lola, Milie enfonce sa tête plus encore sous son oreiller. Elle a bien entendu sa dizaine d'injonctions précédentes, elle les ignore sciemment.

De toute évidence, Lola n'a aucune intention de battre en retraite ; au contraire, elle accentue la force de ses poings qui s'abattent sur sa porte. Milie s'est fait avoir deux fois depuis la rentrée, pas cette fois-ci : c'est à son tour de pointer en amphi et de prendre des notes, elle n'y coupera pas.

— Ouvre-moi, sérieux. C'est important.

Même pas en rêve.

— OK, donc tu devras attendre ce soir pour entendre la bonne nouvelle.

Milie sort une oreille, hésite quelques instants, puis replonge sous la couette. Elle était à deux doigts de tomber dans le piège. *Encore.*

— Sérieux, Milie. Fais pas chier, ouvre-moi. Premier degré, c'est une bonne nouvelle et j'ai pas envie de l'annoncer à ta porte.

Milie lâche un râle de désespoir, hurle dans son oreiller, s'assoit quelques instants au bord du lit, puis finit par se lever et se traîner jusqu'à la porte.

— Je te préviens, si c'est encore une entourloupe pour esquiver ton tour de notes, je t'étrangle de mes mains.

Et de déverrouiller le loquet pour voir Lola s'infiltrer dans sa chambre après lui avoir claqué une bise furtive. Elle s'affale sur le lit comme une souche, se met bien trop à l'aise aux yeux de Milie, qui n'oublie pas que son amie est censée pointer en amphi dans moins de vingt minutes.

— Va *checker* tes mails au lieu de chouiner comme un bébé.

— T'es sérieuse ?

— Tes *putains* de mails, ma biche.

Milie rejoint son amie, s'écrase sur le lit avec tant de délicatesse que le corps de Lola se soulève sous ses vives protestations.

— J'ai rien dans ma messagerie, à part de la pub.

— T'as regardé dans tes spams ?

Lola place ses mains derrière la tête, l'observe tandis que Milie s'exécute.

— Oh, mon Dieu, est-ce que c'est bien ce que je crois ? Tu l'as reçu aussi ?

— À ton avis, triple buse ?

Si l'expéditeur du mail – Giant Airlines – lui met la puce à l'oreille, son objet – « Candidature au poste de PCB » – éteint tout suspense. Milie est à un clic de savoir si son rêve est en marche ou s'il s'arrête avant même d'avoir commencé.

— Ça dit quoi pour toi ?

— Sérieux, tu veux jouer aux questions-réponses ou tu regardes ?

— Lola...

— À ton avis ? Bien sûr que je suis sélectionnée ! Et toi aussi, j'en suis certaine. Allez, clique, meuf !

Milie s'exécute, ferme les yeux en attendant que le message s'affiche, les ouvre quelques secondes plus tard. Elle lit le mail en s'efforçant de garder un visage impassible. Elle se cale contre le mur en expirant bruyamment, puis éclate en sanglots.

— Mais non ! Impossible, je refuse. Donne-moi ça.

Lola lui arrache le portable des mains, découvre les premières lignes en adressant une moue outrée à Milie. Puis elle attrape l'oreiller et assomme son amie avec.

— À nous les épreuves de sélection ! Meuf, on va tout défoncer. Toi et moi contre le reste du monde.

— On va se limiter aux autres candidats, ça sera déjà pas mal, tranche Lola.

Les deux amies se lancent dans une danse de la joie avant que Milie ne siffle la fin de la récréation.

— Tu vas être à la bourre. Tu croyais quand même pas échapper à la corvée ? Dégage de là et va bosser pour nous deux.

— OK, abdique Lola. Je compte sur toi pour faire des recherches : on ne doit rien laisser au hasard. On a trois semaines pour être prêtes.

— Marché conclu, acquiesce Milie en claquant sa main dans celle de son amie. Allez, dégage.

Milie consacre sa matinée à naviguer sur les différents forums pour établir un plan d'attaque. Il leur faut une tenue qui leur donne l'air de déjà voler depuis des années. Elle n'a pas besoin de fouiller dans son microdressing ni dans celui de Lola pour savoir qu'elles n'ont pas ça en stock. Elle sait aussi qu'elle n'aura aucun mal à la convaincre de s'offrir une virée shopping. En ce qui concerne le train, elle hésite un moment à réserver les trajets, de peur que le prix d'appel ne leur échappe. Mais elle préfère attendre de confirmer avec son amie avant de valider l'option.

Pour le reste, toutes les informations qu'elle glane sur les différents sites se résument à des conseils de bon sens. Un détail attire malgré tout son attention : à plusieurs reprises, certains font référence à des genres de « prépa », de « cours privés » avec des PNC – personnels navigants commerciaux.

Les gens sont-ils devenus fous ? Milie souffle de dépit. Entre ça et les *nepo babies*[12] qui trustent une bonne partie des postes à pourvoir, quelles sont leurs chances ? Selon différentes sources et en fonction des années, ils sont entre plusieurs centaines et plus d'un millier de candidats toujours en lice à ce stade. Les épaules de Milie s'affaissent. Le découragement commence à la gagner, aussi décide-t-elle de s'octroyer une pause. Évidemment, il est hors de question d'offrir une chance à Lola de déserter ; elle n'hésiterait pas une seconde à sauter sur l'occasion.

> **Milie**
> Café ?

La réponse ne se fait pas attendre.

> **Hugo**
> Yes ! Je te rejoins à la cité U ?

> **Milie**
> Bien sûr… Comme ça, on est sûrs de « prendre notre temps »…

> **Hugo**
> Ça fait trois semaines, ça va, on précipite pas les choses…

Milie roule des yeux. Depuis leur discussion le soir du Nouvel An, ils se sont revus souvent, ont repris une relation la plus normale possible. C'est-à-dire sans rapprochements physiques, sans échange de salive ni paroles ambiguës.

---

[12] Contraction de *nepotism babies*. Peut être traduit littéralement par « enfants du népotisme ». Ici : enfants du personnel de la compagnie.

Bien que douloureux, le rejet de Hugo a eu au moins ce bienfait : faire éclater les non-dits entre eux. Évidemment, leur bonne résolution tient à un fil ; chaque contact, même furtif, réveille des sensations oubliées. Si jusqu'alors, aucun des deux n'a flanché, elle sait qu'à mesure que le temps passe, leur volonté s'amenuise. Pourtant, s'ils veulent donner une chance à leur histoire – *remettre le couvert*, selon l'expression consacrée de Hugo –, ils ne doivent pas répéter leurs erreurs.

Milie
RDV au QG dans 30 min.

Hugo
Que les dieux de l'abstinence soient avec moi.

Elle pose son téléphone sur son bureau en souriant ; peut-être a-t-il raison et qu'il est temps de passer la seconde. Elle attrape sa panière, y jette un jean, un pull et se faufile dans le couloir avant de disparaître dans la salle de douches communes.

✦ ✦ ✦

Elle l'aperçoit sans le chercher. Sans doute parce qu'il est assis à leur table habituelle. Ou peut-être parce qu'aujourd'hui plus qu'hier, elle y voit clair. Hugo, en revanche, a les yeux rivés sur son livre, qu'il a ouvert pour combler la grosse demi-heure de retard de Milie.

Elle approche dans son dos, se penche pour enfouir son visage dans le cou de l'étudiant studieux, qui tressaille à son contact.

— Qui êtes-vous et qu'avez-vous fait de mon ami ?

— Figurez-vous, mademoiselle Marret, que je compte vous éblouir par ma réussite fulgurante.

— Contente-toi de me commander à boire, ça suffira à mon bonheur, se moque-t-elle en prenant place face à lui.

Il s'exécute ; Milie ne perd pas une miette de la vue de dos qu'il lui offre en se dirigeant vers le bar. Elle scanne son corps de la tête aux pieds, visualisant parfaitement ce que ses vêtements cachent. D'une part parce qu'il saisit la moindre occasion pour faire valser son tee-shirt, mais surtout parce qu'elle a posé les mains sur son torse sculpté à de multiples reprises. À cette pensée, Milie déglutit ; baver au milieu d'un bar bondé serait du plus mauvais effet. *Ressaisis-toi.*

Tandis que Hugo discute avec la serveuse, la mâchoire de Milie se crispe en même temps que ses doigts : plus ça va, moins elle supporte de voir d'autres filles se pâmer devant lui sans aucune retenue. Et de constater à quel point il y prend du plaisir.

Depuis le comptoir, Hugo sent le regard de Milie dans son dos. Il la connaît par cœur ; il est donc certain qu'à cet instant précis, elle peste de voir la jolie barmaid lui faire du gringue. Loin de la freiner dans son entreprise, il l'encourage au contraire par un geste, une parole, une posture. Il n'a pas son pareil pour faire rire les gens en général, les filles en particulier, il le sait. Aussi la gratifie-t-il de quelques répliques bien senties, qui déclenchent un rire bruyant et surjoué de la part de la bartender.

Il n'a eu de cesse de mettre son talent à l'épreuve de la gent féminine ces trois dernières années. Il aspire à autre chose, désormais. Il ne rêve que de Milie, plus encore depuis leurs retrouvailles avortées à Noël. Mais il refuse de prendre le risque de souffrir de nouveau. Alors il mène la danse jusqu'à obtenir l'absolue certitude que, cette fois-ci, elle avance à la même vitesse que lui.

— T'as besoin d'aide, peut-être ?

Il se pince les lèvres pour réprimer un sourire satisfait. Il se retourne vers Milie qui, elle, peine à masquer son agacement. Si ses yeux étaient des lance-flammes, la pauvre serveuse se résumerait à un tas de cendres.

— Ça va aller, j'ai deux mains, tu sais...

Milie lui répond par une moue contrite, accompagnée d'un *gnagnagna* silencieux mais non moins enfantin. La barmaid observe la scène, circonspecte : qui est donc ce nuisible qui cherche à lui casser son coup ? Celle qui lui barrera la route d'un rendez-vous prometteur n'est pas encore née. Et si cette pimbêche, aussi belle soit-elle, se figure qu'elle abandonnera sans se battre, elle se fourre le doigt dans l'œil.

D'un mouvement furtif, la serveuse glisse jusqu'au comptoir, s'accoude en prenant soin de former une frontière bien visible entre ce beau gosse et sa courtisane. *Première arrivée, première servie, ma cocotte. Si elle savait...*

— Et voilà le latte macchiato et le café liégeois. Avec double dose de chantilly. Cadeau de la maison, ajoute-t-elle avec un clin d'œil en direction de Hugo.

Ce dernier coule un regard rieur à Milie, qui ne boude pas son plaisir. D'un mouvement assuré, elle se penche, heurtant volontairement le coude de la serveuse, qui manque d'embrasser le bar. Un tacle glissé dans les règles de l'art : « Y'a rien, ça joue », décrète Hugo, qui compte les points en silence.

— Désolée, s'excuse mollement Milie en se saisissant de la tasse débordant de crème fouettée. Et merci pour l'extra.

Sans quitter la concurrence des yeux, elle prélève un peu de chantilly, porte son index à sa bouche pour la faire disparaître en léchant son doigt de façon suggestive. La barmaid hausse les sourcils et s'apprête à riposter quand son patron la réclame à l'autre bout de la salle. *Milie : 1, la blondasse : 0.*

De retour à leur place, Hugo s'écroule sur la table, hilare.

— Encore un peu et tu lui proposais un duel à l'épée. Jalouse ?

— Efface-moi ce petit sourire satisfait.

— Même pas en rêve, rétorque-t-il en bombant le torse.

Hugo saisit la main de Milie ; il se délecte de la sentir tressaillir à ce contact. Du manque naît le désir, aussi la retire-t-il au moment où elle commence à resserrer l'étreinte de ses doigts.

Il avance, elle recule. Et vice versa. Au jeu du chat et de la souris, ils sont passés experts. Si Hugo s'amuse de la situation, Milie, elle, commence à se lasser. Dans leur duo, c'est elle qui impose le tempo depuis toujours. Le voir reprendre la main perturbe l'équilibre de leur relation, quelle qu'en soit la nature. Il veut souffler le chaud et le froid ? Parfait, elle aussi peut allumer la clim.

— Au fait, je t'ai même pas dit ! clame-t-elle en tapant dans ses mains. Avec Lola, on a reçu un mail.

— Ouais, c'est génial. Un mail, le truc de fou ! la taquine Hugo en sautillant sur sa chaise.

— Pas un mail. *Le* mail, poursuit Milie en ignorant les moqueries de son ami.

Elle déploie ses ailes et se met à tanguer de gauche à droite.

— Mais non ! s'exclame-t-il après quelques secondes.

— Mais si !

— J'ai tellement hâte de te voir dans ton uniforme. *Mamama*, ajoute-t-il en secouant la main dans le vide.

— Ferme la bouche, c'est loin d'être fait.

Milie lui fait part du résultat de ses recherches, de ses doutes quant à ses chances de passer les étapes.

— Qui a les moyens de se payer des cours pour se préparer à un entretien d'embauche ? Pour un job d'été. Qui concerne des étudiants ! s'insurge Milie. Pas moi, en tout cas.

— Mais toi, t'auras un truc qu'eux n'auront pas.

— Si c'est pour me sortir une dinguerie sexiste, franchement, abstiens-toi.

— Arrête de faire genre : bien sûr que ton physique t'avantagera. Je veux bien entendre tout leur blabla sur l'absence de critères, la discrimination, tout ça. Mes couilles. Ça compte.

Milie lève les yeux au ciel : Dieu merci, cette époque est révolue. Si *ça compte*, comme le prétend Hugo, ce n'est au moins plus un critère rédhibitoire.

— Mais c'est pas du tout à ça que je pensais, poursuit-il en ignorant la mine désespérée de son amie. Eux, là, ils vont donner des réponses toutes faites, convenues et préparées. Les recruteurs vont en entendre des centaines comme ça. Mais toi, tu vas leur apporter un vent de fraîcheur, ton naturel et ta spontanéité.

— Tout ce que je vois, moi, c'est autant de chances de sortir une connerie, et tu sais mieux que personne que je suis la reine pour mettre les pieds dans le plat.

Hugo n'a d'autre choix que de confirmer. Mais il aimerait trouver les mots pour la rassurer, pour l'encourager, aussi. Il réfléchit un moment avant d'être frappé par l'évidence.

— Mais on est débiles ! On connaît quelqu'un qui peut vous aider !

— Euh, première nouvelle. Toi, peut-être, mais moi, c'est sûr que non !

— Tu joues sur les mots. On connaît quelqu'un qui connaît quelqu'un si tu préfères.

— Je ne vois toujours pas...

— Mais si, tu t'en souviens pas ? Juline nous en a parlé une fois. Une copine de sa mère, je crois, elle est hôtesse de l'air pour une autre compagnie, je sais plus laquelle.

Milie se lève d'un bond : bien sûr, comment a-t-elle pu oublier ça ? Tout à sa joie, elle attrape le visage de Hugo à deux mains, écrase ses lèvres sur les siennes une demi-seconde à peine.

— T'es un génie !

Hugo semble ailleurs. Milie claque des doigts devant ses yeux pour le faire revenir au présent. Lorsqu'il se ressaisit, ce n'est que pour rassembler à la hâte ses affaires et celles de Milie. Sans un mot, il lui attrape la main, la tire hors du bar. Elle n'y comprend rien, mais se laisse porter, curieuse de savoir ce que Hugo a en tête.

12

— On va où comme ça ?

Milie s'efforce de suivre la cadence imposée par Hugo, mais son absence d'exercice commence à se faire sentir. Il s'arrête brusquement au détour d'une rue commerçante, se retourne vers elle sans lui lâcher la main.

— Tu me tues. Tu me tues, tu le sais ?

Il l'attire à lui, son visage est désormais collé au sien ; Milie se nourrit de sa respiration saccadée. Contrairement à elle, il est en parfaite condition physique et un petit footing improvisé ne mettrait pas son souffle à l'épreuve.

— Tu me tues, répète-t-il dans un soupir.

Il épouse ses lèvres avec urgence ; elle y répond sans retenue. Là, au milieu de cette foule pressée, ils prennent le temps de se retrouver. Ici, en pleine rue, ils sont seuls au monde.

Quelques sifflements admiratifs les ramènent à la réalité. Ils étouffent un rire complice entre leurs bouches toujours mêlées, avant de lever les yeux en direction du brouhaha : un groupe d'étudiants leur offre une ovation.

— Meuf, le jour où t'en veux plus, j'ai aucun problème à manger les restes, lance l'une des filles avant de taper dans la main de son amie.

Milie lui adresse une moue désolée : cette fois, elle ne compte pas le laisser partir. Hugo, en revanche, est bien décidé à débarrasser le plancher, puisque, déjà, il reprend sa course en entraînant Milie dans son sillage. Elle n'a plus aucun doute sur leur destination.

Devant son immeuble, Hugo se dépatouille comme il le peut avec la clé. C'est-à-dire mal.

— Donne, lui propose Milie. J'espère que tu sais toujours viser... le taquine-t-elle.

Tout heureux de s'en débarrasser, il en profite pour saisir Milie par la taille et glisser la main dans l'entrebâillement de son pantalon. Elle tressaille, laisse échapper un cri étouffé.

— Si tu continues à me déconcentrer comme ça, on n'est pas près d'entrer.

Loin de se décourager, Hugo enfouit son visage dans le cou de Milie, l'explore de ses lèvres, millimètre par millimètre. Tant bien que mal, elle vient à bout de la serrure récalcitrante. Enfin, ils s'engouffrent dans le bâtiment.

Tandis qu'ils s'engagent dans le couloir, Hugo se félicite d'habiter au rez-de-chaussée : dans quelques enjambées, ils pourront laisser libre cours à leur désir. Il peine à le refréner lorsqu'ils atteignent la porte de son appartement. D'un geste assuré, il retourne Milie, l'accule contre le mur. Il reprend son assaut, explore son corps de ses mains. Il le devine à travers ses vêtements, il lui tarde de l'en débarrasser.

Il consent à la laisser déverrouiller cette fichue porte ; lorsque, enfin, elle s'ouvre, ils se précipitent dans l'appartement. D'un coup de pied distrait, il la referme.

Milie l'attire à lui sans ménagement ; leurs gestes se font brouillons, leurs mains tremblantes. Leurs lèvres toujours collées, il l'entraîne jusqu'à la chambre ; au pied du lit, leurs vêtements s'empilent les uns après les autres. Leurs corps se trouvent dans une chorégraphie millimétrée. Leurs doigts se souviennent, leurs peaux s'imprègnent de leur amour retrouvé. À mesure que leurs baisers gagnent en intensité, l'impatience se mue en urgence. Déjà, il s'invite en elle et alors tous leurs doutes s'évaporent.

Leurs corps continuent de se chercher, de se frôler, bien longtemps après s'être séparés. Lovés dans la douceur des draps, ils n'envisagent pas d'en sortir avant un moment. Le silence dit parfois bien plus que des mots. Leurs yeux se racontent, leurs mains se parlent. Leurs bouches ne s'expriment qu'à travers leurs baisers.

Le téléphone de Milie vibre sans discontinuer, tout juste consent-elle à se pencher pour l'éteindre sans prendre la peine de regarder qui la harcèle. Sans doute Lola.

Hugo la tire de nouveau dans le lit, laissant peu de doute quant à ses intentions. Milie souffle en affichant une mine désespérée ; il se fait un devoir d'effacer cette moue lasse. Il sait parfaitement où appliquer ses mains, au centimètre près. Cette fois encore, il atteint sa cible à l'aveugle : Milie, hilare, tente des sauts de cabri en l'implorant de cesser cette torture. Les doigts de Hugo ignorent ses supplications et s'ingénient à martyriser les flancs de sa victime. Lorsqu'à bout de souffle, Milie abdique, Hugo relâche son attention. Grave erreur ; elle en profite pour prendre le dessus et bloquer les mains de son assaillant. Leurs regards se captent, leur respiration se cale sur le rythme de l'autre. Ils rendent les armes et, de nouveau, unissent leurs corps.

— Hugo ? l'interpelle Milie tandis qu'il se lève pour aller soulager une envie pressante. Est-ce que...

— Je suis flatté que tu me prêtes des capacités hors du commun, mais là, même moi j'ai besoin d'une pause.

Ce sont les premiers mots qu'ils échangent depuis qu'ils sont entrés dans l'appartement. Quelques secondes leur suffisent pour comprendre le quiproquo et éclater de rire.

— Tu m'accordes cinq minutes ? C'est une urgence sanitaire, déclare-t-il en se tortillant comme un ver dans le compost. Et après, on parle de ce que tu veux, aussi longtemps que tu le veux, lui promet-il avant de s'éclipser.

Elle se délecte du spectacle de son postérieur sautillant, pouffe lorsqu'elle entend son soulagement sonore en même temps que sa vessie se vide. Puis elle perçoit le vrombissement familier de la machine à café : que cet homme soit sanctifié, invoque-t-elle à l'idée de prendre sa dose de caféine. Elle profite de ce moment de répit pour rallumer son téléphone ; elle y découvre une dizaine d'appels en absence de sa mère, autant de Lola. Son cœur s'emballe. Avant de rappeler l'une ou l'autre, elle décide de jeter un coup d'œil à ses discussions WhatsApp.

Lola
Meuf, rappelle-moi ASAP.

Elle s'exécute immédiatement, mais tombe sur son répondeur. Un coup d'œil à l'heure lui confirme qu'elle est sans doute retournée en amphi. Elle s'apprête à joindre sa mère ; pourquoi diable ne lui a-t-elle pas laissé de message ? Elle ne voit qu'une explication à toute cette agitation : il est arrivé quelque chose à son père. Elle se détourne de son téléphone, s'accorde quelques instants de répit.

Hugo revient dans la chambre la bouche en cœur, prêt à sacrifier ses dernières forces pour ce qu'il plaira à Milie. Il la retrouve prostrée, les doigts crispés sur son portable.

— Milie, tout va bien ?

— Je... sais pas. Je crois qu'il est arrivé quelque chose à mon père.

— Comment ça, *tu crois* ?

— Ma mère et Lola m'ont harcelée, j'ai genre une montagne d'appels en absence.

— Tu les as rappelées ?

Milie secoue discrètement la tête.

— Tu veux que je le fasse pour toi ?

Nouveau hochement. La main fébrile, elle porte l'appareil à son oreille.

Sa mère décroche à la première sonnerie. Sa voix tremblante ne fait que confirmer les craintes de Milie.

— Maman, s'il te plaît, dis-moi ce qui ne va pas.

— C'est papa, il a eu un accident au travail.

Milie est incapable de prononcer le moindre mot. Elle s'y attendait, et pourtant elle est comme sidérée. Si elle a décidé de ne pas faire le premier pas, de ne rien lui pardonner tant qu'il ne daignerait pas lui présenter des excuses sincères, savoir qu'elle pourrait ne même plus avoir ce choix-là lui coupe le souffle.

Hugo prend le relais et distille les informations qu'il reçoit de Sandrine : la main de son père s'est coincée dans une machine, il a été transporté à l'hôpital, il souffre de multiples fractures et est actuellement au bloc opératoire. Sa vie n'est pas en danger. Les épaules de Milie se relâchent, des larmes de soulagement coulent sur son visage. Elle reprend le combiné.

— Tu sais pour combien de temps il en a ?

— Plusieurs mois, sans doute.

— Je parle de l'opération, Maman.

— Il y est depuis presque deux heures, il ne devrait pas tarder à sortir.

— Tu me donnes des nouvelles ?

— Je pensais que tu viendrais...

— Maman, sa vie n'est pas en danger, je travaille ce soir et j'ai cours demain.

— Ça lui ferait plaisir de te voir, insiste-t-elle.

— C'est lui qui te l'a dit ?

Silence à l'autre bout du fil.

— C'est bien ce que je pensais. J'ai eu zéro nouvelle de lui, et pas plus de toi, d'ailleurs, ces dernières semaines. Arrête de passer ton temps à parler pour lui. Il est blessé à la main, pas à la langue. S'il a des choses à me dire, je suis tout ouïe. Est-ce que *toi*, tu as besoin que je vienne ?

— Ça ira, Brian est là.

Sa réponse lui broie le cœur. Elle reste l'enfant de rechange. Celui auquel on s'intéresse quand l'autre ne réclame pas l'attention. Celui dont la présence n'est requise qu'en cas d'absence de celui qui compte vraiment.

— Alors, si Brian est là... tout va bien, crache-t-elle d'un ton sec.

— Ne me fais pas dire ce que je n'ai pas dit, souffle Sandrine. Tu crois que c'est le moment de ressortir toutes ces vieilles rancœurs ridicules ?

— Elles ne sont ni vieilles ni ridicules, mais passons. T'as raison, c'est pas le moment. Le problème, c'est que c'est jamais le moment. Donne-moi des nouvelles et ne le laisse pas faire de ta vie un enfer.

— Je te trouve bien sévère avec ton père, Émilie.

— Je suis lucide, Maman. Prends soin de toi, d'accord ? Et tiens-moi au courant pour Papa.

Elle raccroche avant que sa mère ne lui réponde. Elle a beau s'émanciper au fil des mois, elle est et restera cette petite fille aux insécurités persistantes. Si sa mère insiste pour qu'elle se rende à l'hôpital, elle finira par y aller. Pour lui faire plaisir. À elle, pas à lui. Et lui aura encore gagné par procuration.

Hugo pose sur elle une main et un regard compatissants.

— T'es inquiète ?

— Il s'en remettra.

Milie joue l'indifférence pour se préserver. En réalité, elle s'inquiète. Forcément. Plus pour sa mère que pour son père, qui ne manquera pas de la faire tourner en bourrique tout au long de sa convalescence, elle en est persuadée. Elle hésite à envoyer un message à son frère, mais décide de ne rien en faire. L'a-t-il contactée ces dernières semaines ? Non. A-t-il daigné décrocher son téléphone pour essayer de la joindre aujourd'hui ? Pas plus. *Qu'il aille se faire voir.* Pourquoi diable est-elle à ce point incapable de couper les ponts une bonne fois pour toutes ?

Hugo n'est pas dupe, il sait les tourments qui agitent sa petite amie. *Sa petite amie...* L'est-elle vraiment ?

— Ça va aller, insiste Milie. Tu dois penser que j'ai pas de cœur, mais j'en ai marre de ce chantage affectif. Je suis censée tout accepter parce que c'est mon père. Mais ça ne lui donne pas le droit de me manquer de respect.

— Milie... Je sais mieux que personne que ton cœur est à la bonne place. Je te soutiens dans ta décision, je ne veux pas que tu doutes de ça. D'accord ?

— Merci. Je crois que j'avais besoin d'entendre que je ne suis pas un monstre.

Hugo s'assoit au bord du lit, l'attire dans ses bras. Il la berce jusqu'à sentir sa respiration ralentir. Après de longues minutes, Milie finit par quitter la chaleur de son étreinte : elle doit repasser par la cité U pour se changer avant de prendre son service. Tandis qu'elle s'apprête à sortir de la chambre, elle se retourne vers Hugo, fixe ses baskets en se triturant les mains.

— Je voulais te demander, est-ce que... Est-ce qu'on...

— Oui ? s'amuse Hugo.

— Tu m'aides pas, là. Sérieusement, est-ce qu'on est...

— Je sais pas ce qu'on est, mais on progresse.

Milie attrape un sweat qui traîne sur le bureau et le lui balance en pleine tête.

— Je peux pas partir sans qu'on en ait discuté...

— Alors je vais peut-être faire valoir mon droit au silence.

L'étudiante sourit, lève les yeux en secouant la tête.

— Sérieusement, Hugo, demande-t-elle en se posant à ses côtés. Toi et moi, est-ce qu'on est... en couple ?

— Milie ! s'offusque Hugo. Bien sûr ! Enfin, si toi aussi, tu le veux. Mais de mon côté, c'est évident.

Milie souffle profondément. Malgré son soulagement visible, Hugo croit déceler autre chose dans son regard fuyant.

— Tu... tu vois les choses autrement ? ose-t-il d'une voix éteinte.

— Non, bien sûr que non.

La tendresse du baiser qu'elle lui offre confirme son propos. Pourtant, Hugo n'attend que le « mais » qui va suivre.

— Mais je me dis que, peut-être, on pourrait garder ça pour nous. Pour l'instant, suggère-t-elle en grimaçant.

Milie se triture les doigts. N'y tenant plus, elle reprend :

— J'ai pas honte de toi ou quoi que ce soit. C'est juste que... j'aime l'idée que personne ne vienne se mêler de notre couple.

— OK.

— OK quoi ?

Un sourire taquin se dessine sur les lèvres de Hugo.

— Tu peux pas être sérieux deux minutes, sans déconner, s'esclaffe Milie.

— On est sur la même longueur d'onde. J'aime aussi l'idée qu'on prenne notre temps. Qu'on se protège.

— Sous les radars ?

— Sous les radars. Même si je ne te donne pas trois jours avant que tu racontes tout à Lola.

— Alors là, t'as tout faux. Dès que Lola le saura, on sera foutus, pouffe Milie.

— Je reformule : je nous laisse trois jours avant que Lola nous grille.

Milie ne peut que confirmer. Cette fois, elle est officiellement en retard. Elle quitte l'appartement au pas de course. Devant l'immeuble, elle ne peut s'empêcher de se retourner ; là, accoudé au rebord de sa fenêtre, Hugo la couve d'un regard amoureux. Elle lui adresse un baiser volant, en luttant pour ne pas faire demi-tour.

13

Elles auraient pu prendre le premier train pour s'économiser la nuit d'hôtel, mais elles ont préféré miser sur la sécurité en arrivant la veille. Si Lola semble appréhender cette journée avec décontraction, Milie, elle, se débat avec son stress. Pour elle, cette phase de sélection revêt un enjeu majeur, contrairement à sa meilleure amie pour qui tout cela n'est qu'un divertissement potentiellement lucratif. Si sa candidature n'est pas retenue, elle passera à autre chose dès le lendemain. Milie, elle, aura toutes les peines du monde à s'en remettre.

Lola l'observe depuis le lit tandis qu'elle contrôle pour la centième fois depuis son réveil que son foulard est bien noué, qu'aucun cheveu ne dépasse de son chignon réglementaire. Dans le reflet du miroir, Milie capte son regard rieur.

— Tu sais qu'à force d'y toucher, tu vas finir par tout défaire ?

Milie lève les yeux au ciel. Elle se demande si elle n'aurait pas mieux fait de se lancer seule dans cette aventure.

— Tu te souviens de ce que l'amie de la mère de Juline nous a dit ? enchaîne Lola.

— La gestion du stress est l'un des critères de sélection les plus importants. Je sais.

— Alors détends-toi. Tu vas assurer. *On* va assurer.

Milie n'a aucun doute sur le fait que Lola tirera son épingle du jeu. Pour elle, en revanche, rien n'est moins sûr. Elle se repasse en boucle les conseils que Carine, l'amie de la mère de

Juline, leur a prodigués. Tenue impeccable, de préférence un tailleur et une chemise blanche : *check*. Chaussures cirées : *check*. Un maquillage soigné, mais pas trop criard : *check*. Des mains parfaitement manucurées : *check*. Une coiffure réglementaire : *check*. Et un petit foulard noué autour du cou, qui rappelle les couleurs de la compagnie : *check*. Tout est à sa place. Tout, sauf sa confiance en elle.

Son téléphone émet un son familier : la tonalité réservée à Hugo. Elle sourit en se saisissant de l'appareil et ne peut s'empêcher de pouffer en découvrant son message.

Hugo
```
Inspire. Expire. Et répète après moi :
« Je vais tout déchirer. » Je t'aime. Et
j'ai confiance en toi.

PS : J'attends toujours la photo de toi
en tenue…
```

Il n'y a que lui pour lâcher un « je t'aime » comme on écrirait « bisous ». Bien sûr, ils se sont déjà dit ces mots à de nombreuses reprises. Mais c'était avant. Ces trois dernières semaines, ils n'ont cessé de trouver des subterfuges pour se retrouver, se voler un baiser entre deux portes sans que personne ne les surprenne. Ils se sont aimés de toutes les façons possibles et aussi souvent qu'ils le pouvaient sans éveiller le moindre soupçon, pas même chez Lola, qui, pourtant, les devine en général les yeux fermés. Mais jamais encore ils n'avaient posé les mots. Je t'aime. Tu m'aimes. On s'aime. Un peu, beaucoup, passionnément. Déraisonnablement.

— C'est quoi ce sourire niais ? l'interpelle Lola, le sourcil haut.

Merde, jure Milie pour elle-même.

— C'est rien, tente-t-elle sans conviction.

— Je me tape ta gueule de constipée depuis hier et là, un message, et *paf*, des Chocapic. Arrête. C'est qui ?

— C'est Hugo qui fait du Hugo, consent Milie en reposant son téléphone d'un air détaché.

Lola se lève brusquement, bondit en direction du portable. Milie est plus prompte et parvient à soustraire l'appareil à la main curieuse de son amie.

— Milie !

La bouche béante de Lola lui indique qu'elle vient de se trahir.

— Alors là, tu vas devoir m'en dire plus ! Et je n'accepterai aucune de tes excuses foireuses.

— Pour commencer, je ne te dois rien du tout, s'offusque Milie en riant. Ensuite, il n'y a rien à dire. Et pour finir, si on ne part pas tout de suite, on risque d'arriver en retard.

— C'est une blague ? Il est 6 heures 30, on a rendez-vous à 7 heures 45 et on est à cinq minutes à pied en y allant à reculons. On a tout notre temps, au contraire.

Lola retourne se vautrer sur le lit en affichant un sourire satisfait qui contamine Milie. L'espace d'un instant, elle est tentée de la rejoindre pour tout lui raconter. Elle brûle de tout lui dire depuis des semaines. Jamais avant aujourd'hui elle n'avait caché quoi que ce soit à sa meilleure amie et cela commence à lui peser. Mais elle se ressaisit. Avec Hugo, ils se sont mis d'accord pour naviguer sous les radars, elle se tient à cette décision.

— Il est... 6 heures 39 exactement. Et on doit faire un stop à la boulangerie pour se prendre un truc à grignoter. Imagine, y a un carambolage ou une dinguerie du genre. Il vaut mieux partir en avance.

— On est à pied. À. Pied. T'es complètement cinglée, ma pauvre. Tu le sais ?

Lola continue de grommeler en se levant. Si Milie croit la berner, elle se fourre le doigt dans l'œil. Elle lui accorde quelques heures de répit, le temps des épreuves de sélection.

Aussitôt qu'elles auront quitté le siège de Giant Airlines, elle ne la lâchera plus tant qu'elle n'aura pas eu le fin mot de l'histoire.

Boum-boum. Boum-boum.

Boum-boum. Boum-boum.

À chaque battement suffit sa peine. Milie stoppe net son avancée lorsqu'elle aperçoit le bâtiment au loin. Et le petit groupe déjà massé devant l'entrée.

— Tu vois qu'on n'est pas si en avance que ça. Ça se trouve, on est même les dernières à arriver. Tu parles d'une première bonne impression, maronne Milie en lissant nerveusement son pantalon.

— Détends-toi, souffle Lola. Tiens, regarde : le mec à droite qui fume sa clope comme un condamné, il est *out*.

— Et il est *out* parce que...

— Le type ressemble à un zonard en manque. Le physique n'est plus un critère, admettons, mais la présentation, oui. Je sens son odeur de punk à chien d'ici. Pitié, il est même pas dans la course, il va se faire recaler direct.

Milie dodeline de la tête avant de rire franchement : il est clairement une erreur de casting.

— Sérieux, Milie, cool. Ça va bien se passer. T'es faite pour ce job, c'est évident. T'as aucune raison de stresser.

Milie accepte son bras ouvert, pose la tête une demi-seconde sur son épaule avant de se raviser. Elle se redresse, porte une main inquiète au sommet de son crâne pour vérifier que tout y est toujours bien en place.

— T'es complètement matrixée, ma pauvre. Bon, plan d'attaque : on se mêle à la populace ou on fait bande à part ?

— Étant donné qu'on est censées leur montrer qu'on aime le travail en équipe, tout ça, tout ça...

— Ouais, t'as raison, vaut mieux la jouer fine.

Milie s'esclaffe : Lola est un véritable animal social. Partout où elle va, il ne lui faut pas plus de cinq minutes avant de connaître tout le monde ou presque, quelle que soit la taille ou la nature de l'assemblée. Il lui arrive d'envier cette confiance débordante en soi, mais Milie n'est pas sans savoir que si son amie parle fort et gesticule, c'est pour être sûre qu'on la voie et qu'on l'entende. Et ça fonctionne, le plus souvent. Milie n'a plus le temps de soliloquer, puisque, déjà, Lola l'entraîne vers l'entrée du bâtiment.

Leur arrivée est saluée par un silence assourdissant. De part et d'autre, chacun se jauge, se considère avec prudence. Rien d'étonnant à cela : ils ne sont pas ici pour se faire des amis ; pas encore, tout du moins. À cet instant, chacun est le concurrent de l'autre. Et à en juger par les regards assassins qu'une petite bande de filles leur adresse, Milie et Lola sont immédiatement classées dans la catégorie de celles qui risquent de leur faire de l'ombre.

Pour avoir passé des heures à écumer les forums et discussions sur les réseaux sociaux, Milie s'attendait à une ambiance bon enfant. Tant pis pour l'esprit colonie de vacances, l'atmosphère est froide. Tout en retenue. Personne n'est venu ici pour trier les lentilles.

Milie, elle, se présente à chaque candidat qu'elle croise. Lola, surprise, la laisse prendre le *lead*. Certains ignorent sa tentative d'approche ; la plupart y répondent presque avec soulagement. Finalement, elle se dirige vers le gang des quatre furieuses, bien décidée à faire fondre la glace.

— Salut, je m'appelle Milie.

Quelques sourcils se soulèvent.

— Vous venez d'où ?

Les bouches restent closes.

— J'adore vos tenues. Vous allez tout déchirer.

Quelques ricanements étouffés.

Milie pose la main sur l'épaule de la candidate la plus proche d'elle. Suffisamment longtemps pour que le contact soit perceptible. Pas assez pour lui laisser le temps de se dégager. Milie retire sa main avec un sourire satisfait, puis s'éloigne des pimbêches, le menton haut. Elles peuvent bien rire d'elle, cette approche était avant tout tactique. Et sa mansuétude ne leur était pas destinée. Discrètement, elle lève un œil en direction des bureaux au premier étage. Comme l'avait prédit Carine, quatre personnes les observent.

Milie : 1, les harpies : 0.

Elle rejoint Lola, qui semble déjà bien intégrée au petit groupe sur lequel elle a jeté son dévolu.

— Les gars, je vous présente Milie. C'est une meuf hyper pratique, quoique légèrement névrosée. Mais dans le bon sens du terme, ajoute Lola en réponse à l'œillade acérée de son amie. Et comme vous pouvez le constater, un poil *bossy*[13].

Les trois étudiants s'esclaffent, puis, d'un geste de la main, l'invitent à s'asseoir avec eux sur le carré d'herbe. Risquer de froisser son pantalon de tailleur et de le maculer d'un vert indélébile ? Même pas en rêve. Elle se pose sur le muret adjacent. Milie espère ne pas devoir jouer un rôle qui ne lui ressemble pas : elle prie, dans le cas où sa candidature serait retenue, pour ne pas avoir à composer avec des collègues toxiques dans le genre des harpies dont elle sent le regard dans son dos. Et dans le cas contraire, pour avoir la force de les supporter.

---

[13] « Autoritaire ».

— Dis donc, t'es d'humeur charitable ou quoi ? J'ai cru qu'elles allaient t'arracher le chignon. Moi, c'est Enzo, au fait. Et rassure-toi, j'ai aucune intention de t'arracher quoi que ce soit. Sauf si tu m'y invites, bien sûr.

Milie sent le rouge lui monter aux joues. Enzo l'a prise par surprise. Elle sort donc son arme imparable pour s'extirper de ce bourbier : la diversion.

— Un des rares trucs utiles que mon père m'a appris. *Sois proche de tes amis et encore plus de tes ennemis.*

— Philosophe, le daron, siffle le blond assis à côté d'Enzo.

— Ouais, surtout après trois ou quatre whiskys, lâche Milie, blasée.

Ils discutent ainsi une dizaine de minutes. À l'image de la grande majorité des candidats avec qui elle a échangé, Enzo et ses acolytes sont en école de commerce, et elle commence à se demander si le fait qu'elle étudie dans un cursus moins sélectif ne jouera pas en sa défaveur. Dans ce groupe, Milie se rend compte qu'elle est la seule à envisager cette expérience comme un tremplin pour une carrière dans le secteur. Les autres, Lola y compris, ne sont attirés que par un job d'été stylé, bien payé, des voyages gratuits et autant d'occasions de multiplier les conquêtes. Enzo en premier lieu ; il ne la lâche pas du regard.

Les larges baies vitrées s'ouvrent enfin ; un homme les invite à le suivre. Sous son chemisier parfaitement repassé, le cœur de Milie bat à s'en froisser les muscles. Sa respiration s'accélère à mesure qu'elle s'engouffre dans le bâtiment : ce n'est pas le moment de se laisser submerger par ses émotions. Le simple fait de fouler le sol du siège de Giant Airlines l'emplit de fierté ; elle est à quelques heures de valider son ticket pour le job de ses rêves.

Dans le vaste hall, les candidats s'agglutinent au même endroit. D'un mouvement de tête discret, Milie balaie le groupe : de nouvelles têtes sont apparues, portant leur nombre à trente et un. Combien de sessions comme celle-ci sont-elles organisées ? Sans doute des dizaines. *T'occupe pas des autres*, se martèle-t-elle. *Concentre-toi sur toi.*

Il s'écoule près de dix minutes avant qu'une employée ne fasse irruption dans le hall. Contrairement à l'homme souriant qui les a invités à entrer, son visage est austère et sa voix ferme. L'assurance qu'elle dégage inspire Milie. Un jour, elle sera comme elle. Bon, les jambes interminables, elle peut faire une croix dessus. Mais pour le reste, cette femme représente tout ce qu'elle aspire à devenir.

Elle procède à l'appel, attribue un badge à chaque candidat après avoir vérifié qu'il est bien en possession de tous les documents requis. Deux postulants, dont le dossier n'est pas complet, sont renvoyés chez eux. Dur. Un autre repart d'où il est venu parce qu'il a oublié... sa pièce d'identité. Pour celui-là, Milie n'éprouve aucune peine : qui se pointe à une sélection pour un job de personnel de bord sans son passeport ? Lola se tourne vers Milie lorsqu'elle comprend que les candidats appelés se dirigent vers une salle pour passer le test d'anglais.

— Ça valait bien la peine de se fader le Linguaskill de merde. Je croyais qu'on devait forcément le passer avant de candidater[14]...

— Perso, je suis bien contente de ne pas avoir à le passer aujourd'hui. Avec le stress, j'aurais été capable de le foirer.

Les aspirants navigants restants sont ensuite séparés en deux groupes. À leur grand soulagement, les deux amies se retrouvent ensemble. La femme cède sa place à un collègue. D'une voix enjouée, il présente rapidement l'entreprise, le poste de PCB et le déroulement de la journée. Le premier groupe est conduit à l'étage. Les harpies en font partie.

---

[14] Certaines compagnies exigent que l'attestation du niveau d'anglais soit fournie préalablement à la journée de sélection.

Il s'écoule près d'une heure avant qu'enfin, quelqu'un ne vienne les chercher. Comme le groupe précédent, ils empruntent l'ascenseur direction le premier étage. Milie et Lola échangent un regard ébahi : la pièce est une reproduction d'une véritable salle d'embarquement. À Giant Airlines, ils ne lésinent pas sur l'immersion !

Là, ils retrouvent les autres, tout juste sortis de leur épreuve. Si certains semblent détendus, d'autres affichent une mine à achever le moral d'un condamné à mort.

Peu après, le large téléviseur accroché au mur se met à claironner avant d'afficher la liste des postulants toujours en lice après le test d'anglais. Aussitôt, la petite vingtaine de candidats concernés se lèvent, fébriles, et se précipitent vers l'écran. Les confiants effacent l'air satisfait qu'ils arboraient il y a quelques minutes encore, et ceux à la mine défaite se dirigent vers l'échafaud, résignés. Comme annoncé par Lola, le zonard n'y survit pas et quitte la pièce sans un regard pour ceux qui restent. Il est accompagné vers la sortie par près de onze autres candidats. C'est l'hécatombe. Le gang des furieuses, en revanche, est toujours dans la course. *C'est bien mon jour de chance*, peste Milie, qui aurait aimé les voir prendre la porte.

✈ ✈ ✈

Deux équipes ont déjà passé l'épreuve lorsqu'enfin, le nom de Milie est appelé. Cette fois, elle est séparée de Lola. Peut-être est-ce pour le mieux. Dans cette épreuve de groupe, leur dynamique de *couple* aurait pu jouer contre elles : priorité au collectif. Enzo lui adresse un sourire complice, au moins aura-t-elle un allié, puisqu'elle ne pourra pas compter sur l'esprit de camaraderie des deux autres candidates, membres émérites du gang des harpies.

— Bonne chance, meuf, lui souffle Lola en lui serrant fort la main.

Tandis qu'elle avance en direction du lieu de l'épreuve, elle se remémore les conseils prodigués par Carine : le recrutement se joue sur un pilier inébranlable. Les quatre A : autonomie, analyse, adaptation et anticipation. Sans oublier celui martelé par de nombreux internautes passés par là avant elle : rester naturel. À cet instant précis, elle se concentre surtout sur sa démarche, qu'elle devine peu assurée. Il ne manquerait plus qu'elle s'écroule au sol comme une vulgaire fiente de pigeon.

Le recruteur leur explique succinctement comment va se dérouler l'épreuve. A priori, tous les candidats se sont, comme elle, renseignés au préalable sur cet exercice tant redouté. Chacun s'attend à devoir organiser une journée d'excursion dans un pays nordique pour un public allant du jeune enfant turbulent au retraité avide de culture, en passant par le sportif souhaitant crapahuter jusqu'à l'épuisement. Ou peut-être devront-ils plancher sur la gestion d'un voyage humanitaire dans un pays fictif aux noms de ville imprononçables ?

Le rituel semble immuable depuis plus de dix ans. La surprise est donc totale lorsque l'instructeur leur explique qu'ils devront s'adonner à un jeu de rôles. Pas de temps de préparation individuelle pour se familiariser avec le sujet, comme il est de coutume. Ils plongent dans le grand bain sans échauffement.

— Vous êtes sur un vol de nuit Paris-New York. L'avion affiche presque complet, il a décollé il y a trente minutes et depuis que les roues ont quitté le tarmac, il se passe ça, annonce-t-il en appuyant de façon théâtrale sur un bouton de la télécommande qu'il tient dans sa main.

Aussitôt, un bruit strident et familier s'échappe de l'enceinte posée sur la table au fond de la salle. Par réflexe certainement, l'une des harpies se bouche les oreilles, l'autre lève les yeux au ciel. Enzo réprime une grimace de douleur tandis que Milie prend une profonde inspiration.

— Cette situation est sans doute l'une des plus redoutées par nombre de passagers et plus encore par les parents : un bébé hurle depuis le décollage, et les esprits commencent à s'échauffer dans la carlingue. Je fais office de chef de cabine principal et n'interviendrai que pour répondre à des questions d'ordre purement technique. Vous devez, dans la mesure du possible, vous débrouiller par vous-même, en équipe. Nous vous laissons le temps de la mise en place pour réfléchir à la solution la plus appropriée chacun de votre côté.

Challenge accepté, se motive Milie.

Sans autre forme de cérémonie, le recruteur recule de deux pas pendant que l'un de ses collègues s'installe sur l'une des chaises sur la droite. Au centre, une femme s'assoit avec son poupon braillard. Fictif, mais braillard par enceinte interposée. Si elle songe un jour à se reconvertir, elle pourrait clairement envisager une carrière d'actrice, estime Milie en observant l'employée embrasser son rôle avec beaucoup de sérieux.

Maintenant qu'elle y prête attention, Milie visualise bien les trois allées matérialisées par les chaises. Trois, quatre, trois. Au centre, le désespoir. À droite, le désespoir aussi, doublé d'un agacement perceptible. Milie commence à se demander par quel bout appréhender le problème.

— À vous de jouer, lance le recruteur dans leur dos.

Action, réaction. La harpie en chef, Mélodie, prend évidemment les choses en main. *Il faut. On doit.* Elle se montre très directive, ce qui, en temps normal, a tendance à mettre Milie mal à l'aise. Pas aujourd'hui. Elle est persuadée que cette attitude péremptoire desservira la candidate. Elle se cantonne donc à l'écouter en déployant des trésors de patience pour ne pas afficher son agacement. Milie oscille entre hochements de tête et sourires bienveillants en direction de Mélodie, qui se sent pousser des ailes. Sans consulter ses camarades, elle prend l'initiative d'aborder le passager mécontent pour lui enjoindre de se calmer.

— Me calmer ? À moi, vous me demandez de me calmer ? Occupez-vous plutôt de faire taire le mouflet qui me sert de voisin, éructe le recruteur.

Plus vrai que nature, s'extasient Milie et Enzo, qui échangent un regard admiratif. Au centre, la femme se met à pleurer en berçant nerveusement le poupon.

Situation de crise.

Mélodie revient vers le groupe d'un pas décidé, visiblement inconsciente d'avoir aggravé les tensions par son intervention.

— Il est retors, celui-là. On devrait...

— ... peut-être écouter les idées de tout le monde avant de prendre une décision ? suggère Milie d'une voix douce.

Elle enveloppe sa pique d'un sourire, elle reçoit un regard acerbe de Mélodie en retour. Au moins est-elle parvenue à la faire taire.

Milie recommande de proposer à boire – mais pas d'alcool – et à manger au passager agacé, histoire de lui occuper l'esprit. Enzo acquiesce, tout comme Énora, l'autre harpie, qui s'avance même pour faire le service.

Tandis qu'elle offre une diversion temporaire au voyageur nerveux, le dialogue se met en place. Enzo suggère de parler à l'homme pour essayer de l'apaiser. Mélodie lui signale sèchement qu'elle a déjà testé cette méthode, sans succès.

— On pourrait peut-être demander à la maman de se promener dans l'allée pour calmer son enfant ? ajoute-t-elle en esquissant un mouvement en direction de la femme.

D'un geste doux, Milie pose la main sur son bras pour l'interpeller.

— Tu n'as pas peur que ça crée au contraire des tensions supplémentaires avec d'autres passagers ? Ça risque de déplacer le problème. Non ?

— Bah, vas-y, donne-nous ta solution miracle, on t'écoute, tonne Mélodie en lui adressant un regard lance-flammes.

Milie affiche un sourire de façade : ne pas ajouter de conflit au conflit, lui a intimé Carine. Elle sait que leurs moindres faits et gestes sont observés, y compris la dynamique entre eux.

Milie s'apprête à prendre la parole quand Mélodie se dirige d'un pas décidé vers la femme et son bébé. Comme prévu, cela engendre une réaction en chaîne négative, matérialisée par des messages que le chef de cabine leur tend : de nombreux passagers s'énervent, le stress de la maman crève le plafond, les cris du nourrisson frôlent les ultrasons. Un carnage.

À son retour, non contente d'avoir – encore – empiré la situation, Mélodie entend bien continuer à mener la barque.

— Je crois que Milie avait une idée, l'interrompt Énora, qui se révèle être une alliée inattendue.

— Merci, Énora. Peut-être qu'on pourrait proposer des solutions à la maman ?

— T'es marrante, toi, comme s'il existait un remède miracle pour faire taire un bébé qui hurle.

— Je n'ai rien dit de tel, Mélodie, lui répond Milie d'une voix douce. Mais peut-être qu'on devrait traiter la cause plutôt qu'essayer de soigner les conséquences ?

Enzo abonde en son sens, tout comme Énora. Alors Milie entre en action, s'agenouille à hauteur de la mère et de l'enfant. Elle lui suggère de donner à boire au bébé – Lucie –, peut-être a-t-elle les oreilles bouchées à cause de la pression, et c'est très douloureux.

— Boire l'obligera à déglutir, et cela suffit parfois à régler le problème.

C'est un échec. La femme ressent l'agacement du passager adjacent et entend ses complaintes acerbes, elle se raidit un peu plus encore, ce qui n'arrange pas les pleurs de l'enfant, qui doit sentir la tension de sa maman.

— Bravo, c'est une réussite... se réjouit Mélodie lorsque Milie rejoint le groupe.

Ses trois camarades ignorent sa remarque sarcastique et continuent d'échanger. Soudain, Milie a une idée, mais elle a besoin d'informations. Enzo et Énora lui donnent le feu vert. Et Mélodie fait... du Mélodie.

Milie se tourne vers l'instructeur qui se tient à disposition pour répondre à leurs questions techniques.

— L'avion est-il complet ?

— Il reste deux sièges en classe intermédiaire ainsi qu'une dizaine au fond de l'appareil.

— Est-il envisageable de proposer au passager exaspéré de changer de place pour l'éloigner de la source de tension ?

— C'est une possibilité, en effet. À quel endroit souhaitez-vous le transférer ?

— En classe intermédiaire.

— Pourquoi pas à l'arrière de l'appareil ?

— Disons qu'étant donné l'agacement du monsieur, qui a dû payer un extra pour avoir un espace supplémentaire pour ses jambes, il risque de ne pas apprécier de se voir reléguer près des toilettes, dans une zone moins confortable et avec beaucoup de passage.

La harpie en chef intervient :

— Et donc on *récompense* le type imbuvable en le surclassant ?

Avec le plus grand calme, Milie répond :

— On essaie de trouver un moyen d'éloigner une source de stress pour la maman et son enfant.

Enzo rebondit :

— Pourquoi ne pas proposer cette place à la femme ?

— Parce que si le bébé continue de pleurer, ça risque de créer une nouvelle zone de tension, non ? suggère Énora.

— Et donc, on s'occupe d'abord du passager imbuvable ? On devrait pas plutôt se concentrer sur la maman et son enfant ? rétorque sèchement Mélodie.

— Je suis d'accord avec Milie, abonde Énora.

La harpie en chef assassine son amie du regard. Enzo l'achève en validant lui aussi la proposition de Milie.

— Est-ce que tu pourrais accompagner Monsieur en classe intermédiaire ? suggère Enzo à Mélodie.

D'une pierre deux coups, le félicite silencieusement Milie. Sentant l'attention de l'instructeur sur elle, Mélodie s'exécute à contrecœur. Milie se dirige vers la maman, s'agenouille de nouveau devant elle :

— Madame, je vous propose, si vous êtes d'accord, de prendre Lucie avec moi quelques minutes pour lui faire visiter l'avion. Ça vous permettra de souffler un peu.

La femme lève les yeux sur elle, semble hésiter, puis finit par accepter. Fin de l'exercice.

Milie pensait enchaîner sur un débriefing et même sur la fameuse session d'autoévaluation qu'elle redoutait. Ils n'ont droit qu'à des remerciements de circonstance de la part des recruteurs. Ils retournent donc dans la salle.

Les candidats suivants se dirigent vers l'instructeur à l'appel de leur nom. Milie a juste le temps de souhaiter bonne chance à Lola. Elle ignore comment juger sa prestation ; si Enzo affirme qu'elle a assuré, Milie se demande s'il est sincère ou s'il cherche simplement à la flatter pour la mettre dans son lit. Elle opte pour un mélange des deux.

14

Les instructeurs annoncent deux heures de pause et leur indiquent un centre commercial à moins de dix minutes à pied, où ils pourront se restaurer. C'est la douche froide pour tous les candidats, qui auraient préféré savoir à quelle sauce ils seront mangés avant de remplir leur estomac.

La troupe se met en marche ; les petits groupes constitués dans la matinée se désagrègent. Les épreuves rapprochent, paraît-il, et chacun est heureux de pouvoir partager son ressenti. Tous sauf la harpie qui prend la tête du cortège, la démarche assurée.

Milie profite du fait qu'elle leur tourne le dos pour échanger avec Énora. Malgré les apparences, elle ne semble pas dotée d'un mauvais esprit, leur expérience commune en atteste. Rapidement, elle découvre que la petite bande de quatre qu'elle forme avec Mélodie et ses amies se connaît depuis l'entrée au collège. Effet de groupe, sans doute, ou reproduction sociale, plus certainement ; elles sont toutes en école de commerce. Et – est-il vraiment nécessaire de le préciser ? – Mélodie prend son rôle de cheffe de gang très au sérieux.

— Je t'avoue que je préférerais me retrouver au chômage plutôt que de bosser sous ses ordres, lui murmure Milie.

Énora écarquille les yeux, balaie ses alentours immédiats du regard, l'air craintif. Milie redoute de l'avoir braquée, elle devrait apprendre à se taire.

— Confidence pour confidence : moi aussi.

La sortie d'Énora prend Milie par surprise. L'ouvrière qui s'attaque à la reine des abeilles ? Inattendu. Elle pouffe, puis bouscule sa complice de médisance de l'épaule avec une moue admirative. Anticipant sa demande, Milie zippe ses lèvres d'un geste discret.

Le groupe revient au siège l'estomac plein, mais noué. Dans quelques minutes, plusieurs d'entre eux repartiront à peine arrivés. Milie et Lola ont convenu qu'elles débrieferaient dans le train, elles se contentent donc de tromper le stress en s'amusant. Quelle riche idée elles ont eue de glisser un jeu de cartes dans leurs bagages ! Lorsque le téléviseur se met à claironner, un silence de plomb s'abat sur la pièce.

Comme souvent, il y a deux clans : les impatients et ceux qui préfèrent repousser l'échéance. La première salve de candidats se presse déjà devant l'écran. En quelques secondes, il est aisé de deviner le sort de chacun. L'un d'entre eux quitte la pièce sans même un regard pour ses camarades. Un autre leur adresse un salut de la main discret, puis s'éclipse à son tour. Énora lève le pouce en direction de Milie ; elle lui rend la réciproque, accompagnée d'un sourire sincère. Énora est-elle contente pour elle-même ? pour sa nouvelle amie ? pour les deux ? La harpie en chef, elle, se lance dans une envolée lyrique digne de la Castafiore avant de quitter la pièce de façon non moins théâtrale, le visage déformé par la colère.

— Meuf, on y va ? Maintenant qu'on est débarrassées de la tarée, je dirais pas non à une autre bonne nouvelle.

Lola presse le pas, devance son amie et ne lui laisse pas le temps de découvrir par elle-même le verdict : son cri de joie lui confirme qu'elles ont survécu à l'écrémage.

Contrairement à celui de Lola, le soulagement de Milie est contenu. Autour d'elle, les postulants non retenus affichent une mine déconfite, certains leur décochent des regards assassins. Bien qu'elle ne soit pas responsable de leur élimination, elle préfère ne pas en rajouter.

En quelques minutes, il ne reste que les candidats toujours en lice. Lola compte les forces en présence.

— Et à la fin, il n'en restera qu'un ! tonne-t-elle l'index levé, imitant un célèbre animateur télé.

L'assemblée éclate de rire ; ils sont encore dix à briguer le totem d'immunité. Bientôt, l'écran claironne de nouveau : il affiche les horaires de passage à l'entretien individuel. Le nom de Lola apparaît en premier. À peine Milie a-t-elle le temps de lui adresser quelques mots d'encouragement que, déjà, elle disparaît au bout du couloir. Tous s'étonnent d'être auditionnés un par un ; en général, ils sont plusieurs à passer en même temps. Milie les laisse à leurs délibérations, elle s'éclipse à son tour pour vérifier que sa présentation est impeccable.

✦ ✦ ✦

— Meuf, j'ai tout défoncé, s'exclame Lola aussitôt que le recruteur entraîne le candidat suivant dans son sillage. Je les ai pris, je les ai pliés en quatre et hop, c'est dans la poche ! affirme-t-elle en attrapant la main de Milie pour taper dedans.

— Attends, t'as dit « les ». Ils sont plusieurs ? l'interroge l'un des candidats.

— Ouaip. Ils sont quatre. Ils jouent à *good cop/bad cop*. Le grand brun aux cheveux bouclés, il essaie de te mettre à l'aise pendant que la blonde aux cheveux courts te lance des flammes avec ses yeux.

— Et les deux autres ?

— Des plantes vertes.

Comme toujours, Lola parvient à détendre l'atmosphère en deux coups de cuiller à pot. Entre l'épreuve collective et l'entretien individuel, cette journée de sélection ne ressemble en rien au déroulé dépeint sur tous les forums de discussion. Pas même par Carine. Leur groupe sert-il de cobaye à un nouveau *process* de recrutement ? Ça en a tout l'air. C'est bien leur jour de chance.

Milie est préparée au mieux. Elle le sait. Pourtant, sa bouche, plus sèche que jamais, lui hurle l'inverse. Elle a beau vider la moitié de sa bouteille, rien n'y fait.

Juste avant de pénétrer dans l'antre du dragon, elle ferme les yeux quelques instants, se concentre sur sa respiration profonde, serre les poings, puis étire ses doigts pour relâcher la pression. Si ce n'est les crampes qu'elle sent poindre en son creux, elle est prête, aucun doute là-dessus.

La température chute de plusieurs degrés malgré le regard de feu que porte sur elle la recruteuse.

— Parlez-moi de vous, tonne-t-elle sans préambule en posant son menton sur ses mains.

Milie brûle de lui demander quel compartiment de sa vie elle souhaite explorer. Ou devrait-elle plutôt lui raconter que chaque fois qu'elle est stressée, comme maintenant, son corps a tendance à protester en produisant des bruits inadaptés ? Cette simple pensée la fait sourire autant qu'elle l'effraie.

— Apparemment, ma question vous amuse...

— Je vous demande pardon, votre question m'a prise au dépourvu, admet Milie.

Les pieds dans le plat d'entrée. *Bravo, championne.* À ce rythme, elle risque de quitter la table sans prendre le dessert.

— Elle est pourtant tout ce qu'il existe de plus anodin.

— C'est vrai, concède Milie.

Elle hésite une demi-seconde avant de poursuivre :

— Du moins, en apparence. J'imagine que vous avez toutes les informations concernant mon état civil. Et que ce qui vous intéresse se trouve ici, déclare-t-elle en pointant son crâne du doigt. Et là, ajoute-t-elle en plaçant la main sur son cœur.

Trois recruteurs sur les quatre sourient – le dragon lui offre un visage impassible, c'était à prévoir.

Milie leur explique être une jeune femme ambitieuse et débordante de rêves. Que les études qu'elle entreprend ne la transcendent pas, mais qu'elle s'investit pleinement pour les réussir – un demi-mensonge – parce qu'elle est comme ça : persévérante, déterminée et engagée. Elle ne sait pas faire les choses à moitié. Les recruteurs rebondissent sur ses propos ; le dialogue s'installe ainsi durant de longues minutes.

Tout ce temps, la blonde garde le silence, son visage fermé renvoie Milie à tous ses doutes. Peut-être devrait-elle se focaliser sur l'enthousiasme de ses collègues. Mais elle aime trop les défis pour refuser celui qui se présente à elle. Aussi, lorsque le dragon lui pose la sacro-sainte question « Pourquoi vous plutôt qu'un autre ? », Milie sourit intérieurement. Carine lui a dit exactement ce que les recruteurs veulent entendre ; elle hésite à sortir la réponse qu'elle a préparée, sans doute devrait-elle la leur servir sur un plateau. La petite voix de Hugo lui rappelle qu'elle n'a pas à jouer un rôle pour susciter l'intérêt. Elle décide de suivre son instinct.

— J'aimerais, si vous le permettez, vous raconter pourquoi je suis là aujourd'hui.

Les recruteurs s'interrogent du regard. D'un geste discret de la tête, l'homme au centre l'invite à poursuivre.

— Je me souviens encore quand je me suis levée, ce matin-là, aux aurores. J'avais la boule au ventre, un mélange de joie et d'appréhension. J'avais quatorze ans et je m'apprêtais à partir en voyage scolaire en Italie. Pour la première fois de ma vie, j'allais prendre l'avion...

Elle se replonge dans ses souvenirs en même temps qu'elle les raconte : l'aéroport fourmillant de toute part, le bruit des valises qui sillonnent le terminal, les rires des voyageurs, les vivats des retrouvailles. Mais aussi le silence des visages fermés, la pudeur de ceux pour qui se trouver là n'est pas porteur de bonnes nouvelles. Ce jour-là, elle a découvert que l'aéroport était le carrefour de toutes les émotions. Les siennes et celles d'autres passagers. Elle leur raconte ensuite combien le personnel navigant l'a immédiatement subjuguée par ses sourires, sa bienveillance, sa prestance, et comment le steward a deviné son angoisse et s'est efforcé de la rassurer. Elle leur explique avoir beaucoup échangé avec eux, les avoir noyés sous les questions à propos de leur métier.

— Je veux être cette hôtesse de l'air pour les voyageurs que j'accompagnerai. Qu'ils volent pour la première ou pour la millième fois, je souhaite leur offrir l'expérience que j'ai vécue ce jour-là. Et qu'ils s'en souviennent avec la même émotion qui est la mienne aujourd'hui.

— Avez-vous conscience, mademoiselle, que le métier est loin d'être l'image d'Épinal que vous semblez vous en faire ?

— Vos collègues se sont montrés honnêtes sur les bons comme sur les mauvais aspects du métier. Et ils n'ont réussi qu'à me convaincre de rejoindre leurs rangs, puisque je suis devant vous.

Milie marque une pause pour réprimer un sourire ; cela ne l'empêche pas d'être fière de sa sortie. Deux des recruteurs émettent un petit rire discret. La femme au centre, elle, écarquille les yeux. Le mouvement est subtil, mais suffisamment perceptible pour que Milie le remarque. Aurait-elle commis un impair ? *C'est foutu*, se lamente-t-elle en s'efforçant de ne rien laisser paraître de sa déception. De fait, la cheffe est bien décidée à la pousser dans ses derniers retranchements.

— Mademoiselle Marret, mes collègues semblent trouver votre témoignage tout à fait émouvant.

Le dragon se tourne vers eux, ils acquiescent avant qu'elle ne darde sur elle un regard circonspect.

— Pour ma part, je le trouve très naïf.

La femme laisse passer quelques secondes pour observer la réaction de la candidate : les silences sont souvent plus parlants que les beaux discours. Elle la place volontairement en situation de stress pour voir comment elle s'en sort. Milie accuse le coup ; en réalité, elle n'en mène pas large.

— Vous prétendez avoir conscience des difficultés du métier. Je n'en suis pas si certaine. Nous recevons des centaines de candidats en entretien dans le cadre de ce recrutement. Et bien sûr, tous rêvent de voler, de décors paradisiaques, d'accompagner les voyageurs. Alors je vous repose la question : expliquez-moi en trente secondes pourquoi nous devrions vous choisir vous plutôt qu'eux.

Milie encaisse le manque d'enthousiasme de la recruteuse, mais ne se laisse pas abattre : cette question, c'est du pain bénit, elle n'a qu'à lui servir la réponse toute prête qu'elle a préparée avec Carine, puis répétée à maintes reprises avec Hugo et Lola. Elle affiche un sourire assuré, puis se racle discrètement la gorge avant de se lancer.

Et... rien. Pas un mot ne sort. Son cerveau lui dicte le texte, mais sa mâchoire crispée refuse de le laisser sortir.

— Mademoiselle Marret ? la relance la recruteuse.

— Je... C'est vraiment mon rêve, madame, parvient-elle tout juste à bredouiller, la voix tremblante.

— Je vous remercie pour votre candidature. Vous pouvez disposer.

Aussitôt la porte refermée, elle consulte sa montre ; les aiguilles lui confirment que son interrogatoire a duré dix minutes de moins que celui de ses camarades. Avant de retourner dans la grande salle, Milie court se réfugier dans les toilettes, où elle s'effondre. Elle pleure tant et plus, hoquette jusqu'à en vomir. Elle s'est autosabotée. Comment cela a-t-il pu arriver ? Elle s'accorde un moment pour rassembler ses esprits et faire dégonfler ses yeux rougis, en pure perte. Ses larmes sont plus fortes que sa volonté de les retenir.

Vingt minutes plus tard, lorsqu'elle décide que ses yeux ont retrouvé un aspect acceptable, elle retrouve Lola, qui l'assaille aussitôt qu'elle l'aperçoit.

— Meuf, t'as planté une tente ou quoi ? s'étonne-t-elle. J'étais à deux doigts d'appeler le GIGN.

— Ça fait vingt minutes que je me planque aux toilettes. J'ai jeté mon amour propre et mes rêves dans la cuvette et j'ai tiré la chasse. Sans commentaire.

— Sérieux ? Allez, arrête de faire ta *drama queen*.

— Premier degré, c'est mort. Je me suis fait goumer[15] par le dragon.

— Merde. Vas-y, raconte...

— Promis, dans le train, lui assure Milie en affichant un sourire de façade. J'ai pas envie de plomber l'ambiance.

Lola n'attend pas d'avoir quitté la gare pour revenir à la charge. Milie débriefe son échec sans rien omettre ; bien sûr, Lola l'inonde de son optimisme, mais rien n'y fait, elle a perdu tout espoir à l'instant où le dragon a mis fin à l'entretien.

— Comment j'ai pu me faire piéger par une question aussi basique ? C'est le degré zéro de la difficulté. J'avais la réponse, on a travaillé le speech pendant des heures, toi et moi. J'étais prête.

Lola acquiesce : elle était armée pour balayer cette question en donnant les mots-clés tout en apportant sa petite touche à elle. Bien sûr, elle tait son incompréhension, ce n'est pas le moment de l'enfoncer.

---

[15] Bastonner quelqu'un, avec l'idée de terrasser la personne. Peut être utilisé au sens figuré, comme c'est le cas ici.

— Quelle conne, mais quelle conne ! se rabroue Milie suffisamment fort pour que les voyageurs présents dans le wagon se retournent sur elle. *C'est vraiment mon rêve.* Âge mental : cinq ans.

Elle éclate en sanglots, repousse la main compatissante que Lola souhaitait lui offrir. Elle ne mérite rien, ni sa compassion ni son soutien. Et sa pitié encore moins.

— Je vais bosser avec Jean-Paul jusqu'à la fin de mes jours, se lamente-t-elle, théâtrale. Non, mais c'est sûr. Ma perspective d'évolution ? Lui piquer son poste et décider qui aura la lourde tâche de nettoyer les chiottes. Au moins, ça ne sera pas moi, c'est déjà ça.

En d'autres circonstances, Lola aurait renchéri, y serait allée de sa blague et n'aurait pas manqué de noircir le tableau pour entrer dans son jeu. Aujourd'hui, son amie a besoin de vider son sac ; elle lui offre donc son oreille et toute son attention.

— Ou alors je me reconvertis et je fais des spectacles de rue place Sainte-Anne, poursuit Milie dans un débit avance rapide. Ouais, c'est pas mal, les spectacles de rue. Mais je sais pas jongler, se souvient-elle, les sourcils froncés.

Lola a toutes les peines du monde à garder son sérieux.

— C'est sûr que c'est un problème...

— Super, merci pour le soutien.

— Mais j'ai rien dit ! s'offusque Lola.

— Pas besoin, je vois bien que tu te fous de ma gueule, se vexe Milie en se levant.

Elle balaie la voiture du regard en quête d'un autre endroit où se poser. La rame est pleine, elle se rassoit donc sans accorder le moindre regard à son amie.

— T'es sérieuse, tu me fais vraiment la gueule ?

— Je viens de vivre la pire journée de ma vie, je suis là en train de t'en parler et toi, tu te paies ma tête. Ouais, je te fais vraiment la gueule, lui confirme Milie en vissant ses écouteurs à ses oreilles.

Lola les lui retire avec douceur et fixe son regard dans celui de son amie.

— Je me foutais pas de ta gueule, Milie, pour qui tu me prends ? T'es hilarante quand t'enclenches le mode *drama queen*, j'y peux rien. T'as foiré ton entretien ? OK, je vais pas te faire croire le contraire. Est-ce que ta vie est foutue ? Faut pas pousser.

— Ma vie *est* foutue, la corrige son amie.

— Y aura d'autres sessions de recrutement, tu peux postuler dans des dizaines de compagnies aériennes. Ta vie n'est *pas* foutue.

— Tu sais très bien que c'est pour Giant Airlines que je veux voler. Si c'est pour vivre mon rêve au rabais, autant faire une croix dessus, conclut-elle en replaçant ses écouteurs.

Fin de la discussion. Lola n'essaie même pas de remettre une pièce dans le jukebox, elle sait que Milie vient de se refermer comme une huître. Elle sort donc un livre de son sac, se plonge dedans en gardant un œil sur son amie, qui lui fait face.

Discrètement, Milie pianote quelques textos à Hugo, c'est auprès de lui qu'elle cherche du réconfort. Comme toujours, il parvient à trouver les bons mots sans lui enjoindre d'y croire aveuglément. Elle a foiré ? La politique de l'autruche n'a jamais empêché le soleil de se coucher. Et encore moins de se lever, lui assure-t-il. Milie sourit, elle le découvre poète. Un nouveau message :

Hugo
```
Demain, le jour se lèvera et tu voleras.
Je t'aime, reviens vite.
```

140

Les lèvres de Milie prennent le chemin de ses yeux, elle ferme les paupières pour savourer le shoot de dopamine que son petit ami vient de lui offrir.

Lola coule sur elle un regard suspicieux ; elle n'est pas dupe, elle sait bien qu'il se trame quelque chose et a une idée assez précise de ce qui redonne le sourire à Milie. Ou plutôt *qui*.

15

— Arrête, elle va nous capter !

Dans l'étroit couloir qui mène aux toilettes du QG, Hugo harcèle Milie de ses assauts ; bien qu'elle proteste par principe, elle se laisse embrasser sans lui opposer la moindre résistance. C'est devenu un jeu entre eux, ils regrettent déjà le moment où ils n'auront plus à esquiver les regards indiscrets. Tout ce mystère autour de leur retour de flamme a quelque chose de galvanisant et d'excitant. Cette urgence à se trouver, à se retrouver est nouvelle, pour Milie tout du moins. Elle se demande souvent comment il est possible de découvrir quelqu'un que l'on connaît pourtant si bien.

Elle se résout à se dégager de l'étreinte de Hugo, à contrecœur.

— Tu sais que Lola était sans doute au courant pour toi et moi avant même que ça se produise ?

— N'importe quoi, elle m'aurait cuisinée si elle avait le moindre doute, affirme Milie en poussant Hugo dans le dos.

Ils regagnent la salle en riant franchement, s'arrêtent net en voyant Lola frôler l'hystérie.

— Meuf, ton portable. Allez, commence pas à poser des questions. Tes mails, regarde tes mails.

Milie est saisie de tremblements incontrôlables : elle n'a pas besoin de consulter sa messagerie pour deviner de qui émane le mail qui inflige une attaque cérébrale à sa meilleure amie.

— Ça dit quoi pour toi ? s'enquiert Milie en pianotant sur son téléphone.

— Ça dit que... Meuf, tu me prends pour qui ? Je t'ai attendue pour l'ouvrir ! Alors, c'est bon, t'es dessus ?

Silence de plomb.

— Alors ? insiste Lola.

— Alors j'ai que dalle. Mais ça fait à peine une semaine, tu crois vraiment que c'est la réponse ? Il reste encore une dizaine de journées de sélection.

— Toi, t'as pas regardé WhatsApp non plus, hein ? Ça s'excite sur le groupe, tous ceux qui sont passés la même semaine que nous ont reçu le mail, et c'était pas de la pub. Alors ?

— Alors... j'ai vraiment rien, se désespère Milie.

— T'as regardé dans tes spams ? tente Hugo.

— Bien sûr, tu crois quoi ? rétorque-t-elle sèchement.

Hugo lève les mains.

— Désolée... C'est rien, je le recevrai sans doute plus tard, décrète Milie en prenant sur elle pour masquer sa déception. Vas-y, ouvre le tien.

— Nan, sérieux, on attend le tien et on le fait ensemble !

Milie lui adresse un regard sévère ; Lola abdique et clique sur le mail. Ses yeux naviguent de gauche à droite si vite que Milie a du mal à suivre le rythme. Le visage de son amie ne trahit aucune émotion. Soudain, elle explose :

— Putain, c'est bon, meuf ! Je suis sur l'autoroute du *flight*, s'exclame-t-elle en écartant les bras.

Milie se saisit du portable de Lola, lit le mail à son tour. Elle a besoin de le voir pour le croire.

Madame,

Nous avons le plaisir de vous informer que, à la suite de la session de recrutement à laquelle vous avez participé, votre candidature est retenue.

Nous transmettons votre dossier au service concerné, qui prendra contact avec vous pour contractualiser votre embauche dans les meilleurs délais.

Avec nos félicitations, nous vous prions de croire, Madame, en l'expression de notre sincère considération.

L'équipe recrutement Giant Airlines

— *Oh bordel, t'es prise !*
— Bah oui, puisque je te le dis !
— T'ES PRISE !
— Tu radotes, ma vieille...

Milie saisit Lola par les épaules, la secoue comme une bouteille d'Orangina et se met à émettre des cris stridents. Tous les regards se braquent sur elle, mais elle s'en soucie comme de sa première couche. Dans le bar bondé, il n'y a qu'elle et Lola à ses yeux. Et Hugo aussi, qui se réjouit toujours de voir Milie se ridiculiser en public.

— Je suis sûre que tu vas recevoir le tien bientôt, lui assure Lola.

— Ouais, peut-être.

Elle a beau accompagner sa réponse d'un air désinvolte, son amie n'est pas dupe. Pas plus que Hugo, d'ailleurs ; il profite du fait que Lola s'éclipse au bar pour décréter :

— Ce soir, tu dors chez moi et je ne veux rien entendre, anticipe-t-il en plaçant un doigt sur la bouche de sa petite amie. Je te connais : quitte à faire une nuit blanche, autant s'occuper l'esprit, non ?

Milie lui sourit ; décidément, il sait trouver les arguments justes.

— Par contre, techniquement, ça va être compliqué. On bosse toutes les deux ce soir et si je rentre pas à la cité U avec elle, comment te dire qu'elle va légèrement se poser des questions...

— J'avoue. Tu termines à quelle heure ?

— 22 heures.

— Je passe te prendre à vélo à 22 heures 45. Le temps que tu vires Lola de ta chambre. *Deal* ?

✈ ✈ ✈

Milie ouvre les yeux par intermittence. En réalité, elle a échoué à les garder clos cette nuit ; un épais brouillard obstrue sa vue. Il est 8 heures moins quelque chose, le réveil de Hugo ne devrait pas tarder à claironner ; le sien est éteint depuis qu'elle a tiré un trait sur un sommeil réparateur.

Elle sourit en repensant aux événements de la veille. Comme prévu, elle a connu toutes les peines à renvoyer Lola dans ses quartiers, si bien que l'heure venue, elle a dû se résoudre à descendre dans ses habits de misère, transpirant les vapeurs d'huile accumulées tout au long de sa soirée de travail. Sur l'échelle du dégoût, son curseur crevait le plafond, elle n'imaginait pas que l'appétit de Hugo était tel qu'il parviendrait à passer outre... *tout ça*. Sous la douche, tout de même. L'homme a ses limites.

Après le deuxième *round*, Hugo a fini par s'avouer vaincu. Par K.-O. Il s'est endormi comme une souche tandis que Milie cherchait vainement à tuer son stress et son impatience en rafraîchissant la boîte d'accueil de sa messagerie toutes les dix minutes. Lorsque son esprit a finalement consenti à lui accorder deux heures de répit, elle s'est néanmoins réveillée en sursaut pour actualiser sa page internet. Vers 5 heures du matin, elle a fini par se rendre compte de l'absurdité de son comportement : comme si les ressources humaines s'amusaient à envoyer des mails en pleine nuit...

La sonnerie de son téléphone retentit. Puisqu'elle l'avait mis en veille, ça ne peut être qu'un appel d'urgence. Hugo émergeant douloureusement à ses côtés, il vient forcément de Lola ou de sa mère. Elle est soulagée de découvrir le nom de son amie.

— T'es où ? J'étais à deux doigts de défoncer la porte.

— Je suis partie me balader, j'avais besoin de prendre l'air.

— Mens mieux, ricane Lola. Passe le bonjour à Hugo.

— De quoi tu parles ?

— Bref, oublie pas que c'est ton tour de garde en amphi. On se retrouve au QG à midi pour les résultats ?

— De quoi tu parles ?

— Tu radotes, meuf. Les partiels, les notes tombent aujourd'hui.

— Merde, j'avais zappé complet. J'ai pas hâte du tout. Au fait, pourquoi tu te lèves avec les poules, alors que c'est ta journée *off* ?

— Je pensais que t'aurais besoin de moi, mais apparemment, j'arrive trop tard.

Milie raccroche en soufflant, rejette la tête en arrière en gémissant de désespoir. Hugo l'attire dans ses bras, lui embrasse le front.

— Je crois que Lola nous a grillés.

— Elle nous a grillés dès le premier jour, Milie. Est-ce que c'est si grave ?

— Sans doute pas...

— Et si tu me disais ce qui se passe vraiment ?

— Les résultats des partiels tombent aujourd'hui.

— Je suis sûr que ça va aller.

— J'espère. Je ne supporterai pas deux échecs en moins de vingt-quatre heures.

Hugo se redresse, s'adosse à la tête de lit et la fixe d'un regard circonspect.

— T'as reçu un mail de la compagnie ?

— Pas encore, mais on n'est que deux dans notre groupe à attendre. Et le deuxième ne partait pas favori, tu vois ?

— Allez, un pas après l'autre : d'abord, on se lève, ensuite on prend un café. Et pour le reste, t'es pas à l'abri d'une bonne surprise.

Milie ne se fait pas d'illusions, pas plus que Hugo, au fond. En matière d'entretien d'embauche, le « pas de nouvelles » est rarement une bonne nouvelle.

16

La petite bande est attablée à l'endroit habituel, au QG. Hugo est détendu. Ses résultats de partiels sont tombés deux semaines plus tôt et, contrairement à ses amies, il s'attendait aux notes qu'il a obtenues : excellentes. Il se retient de leur dire qu'en général, on récolte ce qu'on sème.

— Alors, ça donne quoi ?

— 12,35 de moyenne, annonce Milie. Et toi ?

— J'attendais que tu regardes les tiens d'abord, pouffe son amie en consultant son téléphone. Bim, bam, boum : badaboum. 11,2. Bon, bah, je vais devoir me sortir les doigts au deuxième semestre. T'as gagné la première mi-temps.

— Crois-moi, t'as gagné le championnat, y a pas match.

— Milie... murmure Lola. Attends au moins le mail avant de déprimer. Tu déconnes, hein ? T'as rien reçu, pas vrai ? insiste-t-elle en réponse au visage impassible de Milie.

Milie pianote quelques instants sur son portable, puis le tend à Lola.

Madame,

Nous vous remercions du temps que vous nous avez consacré lors de la sélection pour le poste de personnel complémentaire de vol.

Malgré vos qualités et l'intérêt que présente votre candidature, nous regrettons de ne pouvoir y apporter une suite favorable. Notre choix s'est porté sur des profils plus proches de nos attentes.

Nous vous souhaitons un rapide succès dans votre recherche et vous prions de croire, Madame, en l'expression de notre sincère considération.

L'équipe recrutement Giant Airlines

— Oh, Milie... souffle Lola en fondant sur elle.

Milie devrait accueillir son étreinte avec gratitude ; Lola semble sincèrement désolée pour elle. Pourtant, elle ne peut s'empêcher de lui en vouloir. Comment a-t-elle pu être prise, elle qui a traversé la journée de sélection avec tant de désinvolture ? Ce job, elle n'en voulait même pas réellement, elle a candidaté uniquement pour l'accompagner. *Pour l'aventure*, comme elle aime à dire. Alors, malgré tous les bons sentiments contenus dans son étreinte, la mansuétude de Lola l'étouffe. Pour Milie, tout ça n'a rien d'un jeu : son rêve s'envole, tandis qu'elle reste clouée au sol. Elle s'extirpe de ses bras, sans doute un peu trop sèchement, puisque Lola darde sur elle un regard suspicieux.

— T'inquiète, on va pas en faire un pâté. Je trouverai autre chose.

— T'as le droit d'être déçue et même en colère, ma poule. Je sais que c'est ton rêve, mais ça veut pas dire que tu ne le réaliseras jamais...

— Par contre, évite les discours condescendants, OK ?

La réplique acerbe de Milie prend Lola par surprise. Hugo, qui était déjà au courant de la mauvaise nouvelle, aimerait se rapprocher, enlacer sa petite amie pour la consoler ; il devine sa douleur de voir Lola vivre son rêve à elle. Mais il ne peut pas. Il a promis à Milie. De se cacher, de mentir, de ne pas s'afficher, de ne pas... De ne pas quoi ? De quoi devraient-ils avoir peur ou honte, après tout ? Les yeux brûlants de Milie lui hurlent de passer outre ce pacte ridicule. Les flammes qu'ils crachent à son attention tuent toute velléité de rébellion dans l'œuf.

— Euh, par contre, évite ton attitude passive-agressive, OK ? rétorque Lola en singeant le ton cassant de son amie.

— N'importe quoi...

— N'importe quoi ? Tu t'entends ? J'essaie de te soutenir, c'est tout...

— J'ai pas besoin de ta pitié. Vis ta *best life*, je m'en remettrai.

— T'es sérieuse ? s'étrangle Lola en observant le petit manège de son amie.

Dans une attitude théâtrale ascendant *drama queen*, Milie rassemble ses affaires sans adresser le moindre regard ni à Lola ni à Hugo. Sans se retourner, elle quitte le QG. Hugo se lève pour se lancer à sa poursuite, Lola le retient par le bras.

— Laisse, elle reviendra quand elle sera calmée. On n'a pas à supporter ses sautes d'humeur. Elle réagit vraiment comme une gamine, des fois !

— T'abuses...

— J'a... MOI ? *Moi*, j'abuse ? Je devrais m'excuser d'avoir été prise et pas elle ? J'ai pas le droit d'être heureuse ? Genre...

— Genre quoi, exactement ? Tu sais à quel point c'était important pour elle, tu pourrais éviter de monter dans les tours juste pendant quelques jours. C'est dans tes cordes ? crache-t-il entre ses dents.

— De toute façon, vous avez toujours formé un duo dans le trio. Quoi que je dise, quoi que je fasse, j'aurai forcément tort. J'ai le droit d'être un peu heureuse d'avoir eu le job ou il faut que je me shoote au Lexomil pour qu'elle se sente mieux ? Tu sais quoi ? Allez vous faire foutre. Tous les deux.

À son tour, elle rassemble ses affaires d'un geste rageur et décampe d'un pas lourd. Hugo, lui, se gratte la tête. Il le sait, une guerre entre ces deux-là n'annonce rien de bon.

✈ ✈ ✈

Lola et Milie ne font que se croiser depuis près d'une semaine. Si les regards qu'elles échangent pouvaient influer sur la météo, le réchauffement climatique ne serait plus un sujet. Hugo désespère de les réconcilier, Jean-Paul a dû se résoudre à modifier les plannings pour ne pas qu'elles imprègnent les lieux d'une atmosphère négative en se tenant dans la même pièce. Exit leur alliance pour en faire le moins possible : désormais, chacune s'occupe de ses cours, aussi traînent-elles leur mauvaise humeur jusqu'en amphi. Milie vit cet échec comme un deuil. Ce métier, elle en rêve tellement ! Et ce job d'été était pour elle une occasion en or de le toucher du doigt. Ce mail a signé l'arrêt de mort de ses espoirs, et il lui faut du temps pour ruminer dans son coin. Est-elle injuste envers Lola ? Sans aucun doute. Devrait-elle s'excuser ? Certainement. Le fera-t-elle ? Rien n'est moins sûr.

Le rendez-vous hebdomadaire est sacré. Cette habitude est devenue une tradition au fil des ans. Comme un point de repère et la garantie que, quels que soient les événements, les querelles ou les conflits, ils se retrouveront une fois par semaine. Au fil du temps, le lieu et le jour ont changé, mais le rituel reste immuable. Hugo, Milie et Lola. Juline aussi, souvent ; pas tellement depuis la rentrée. Une fois par semaine, ils se réunissent, pour s'assurer que les fondations de leur amitié résisteront au plus puissant des séismes.

Cette fois, pourtant, Milie a longuement hésité à se montrer. Elle ne se sent pas prête à affronter Lola et son attitude délétère. Non contente de lui avoir ravi le job de ses rêves, elle ne manque pas une occasion de s'en vanter auprès de qui veut bien l'écouter. A-t-elle vraiment besoin de remuer le couteau dans la plaie ? Pour couronner le tout, Hugo semble prendre le parti de Lola. Milie supporte de moins en moins ses reproches assénés sous couvert de conseils. De toute évidence, c'est elle qui abuse, pas Lola. Ainsi soit-il.

Seule la perspective de passer du temps avec Juline l'a convaincue de pousser la porte du QG ce soir. Elle ne l'a pas vue depuis les vacances de Noël ; impossible de manquer l'un des rares moments qu'elle pourra partager avec elle cette année. Milie soupçonne Hugo d'avoir œuvré pour qu'elle vienne jouer son rôle : la médiatrice du groupe.

✦ ✦ ✦

Lorsqu'elle entre dans le bar, le cœur de Milie s'alourdit un peu plus encore. La vision de Hugo partageant un fou rire avec Lola n'arrange pas son humeur. Depuis quelques jours, l'ambiance s'est quelque peu tendue entre eux ; Milie a le sentiment que son petit ami a pris fait et cause pour Lola. Selon lui, sa réaction est disproportionnée. *Mais bien sûr.*

Lola l'aperçoit la première. Aussitôt, son sourire s'efface. Milie ne décèle aucune colère dans le regard de son amie. Elle y devine de la tristesse. Cette situation la touche, elle aussi. Pourtant, elle ne parvient pas à passer outre sa rancœur.

Hugo amorce un mouvement dans sa direction ; d'un geste discret de la tête, elle l'en dissuade. Ce n'est ni le lieu ni le moment. Et elle n'a pas grand-chose à lui dire.

— Je suis contente que tu sois venue, lui confie Lola. J'avais peur que...

— Ouais, bah, comme tu vois, je suis là.

Sa réponse a tonné plus sèchement qu'elle ne l'aurait souhaité. Drapée dans sa fierté, elle s'assoit sans rien ajouter. Lola se lève, se dirige vers le bar. Hugo en profite pour essayer de briser la glace ; il se heurte à un mur. Quand Lola revient quelques minutes plus tard avec un mojito, qu'elle tend à son amie accompagné d'un sourire timide, ils n'ont échangé ni un mot ni un regard.

Milie se saisit du verre, y trempe ses lèvres, puis le repose. Elle lève les yeux, découvre l'air contrit de ses amis.

— Ça va aller, je vivrai mon rêve par procuration, t'inquiète, consent-elle en signe de paix.

— Milie, je peux leur mettre une douille et on trouve un autre boulot toutes les deux.

— Dis pas n'imp : bien sûr que tu vas accepter, pourquoi tu fais genre ? Je t'en voudrai deux fois plus si tu refuses le job.

— Ah, parce que tu m'en *veux* ? Et j'ai fait quoi exactement pour ça ?

— Rien, laisse tomber.

Hugo se fige. Lui qui entrevoyait une trêve en est pour ses frais. Il connaît le langage non verbal de Milie – qui vient de lever ostensiblement les yeux au plafond – et se doute de la réaction de Lola.

— T'es sérieuse ?

Bingo.

— Y a rien, je te dis...

Et merde.

— Mens mieux, s'il te plaît. Vas-y, crache ton venin, qu'on en finisse.

Hugo sent que Milie fulmine. Il aimerait lui prendre la main pour la calmer ; il voudrait lui souffler que, quoi qu'elle s'apprête à dire, elle serait inspirée de le garder pour elle. La colère est mauvaise conseillère, alors imaginez la jalousie !

— Arrête de forcer. Ça va, tout va bien, insiste Milie entre ses dents.

Lola s'assoit lourdement, se saisit de son verre dans un mouvement rageur, le tout sans quitter son amie du regard. Le ciel est noir et chargé, l'orage gronde. Hugo hésite à prendre la poudre d'escampette, mais la silhouette de Juline se dessine dans l'embrasure de la porte ; ils ne seront pas trop de deux pour désamorcer ce conflit naissant.

— Je savais que vous seriez là, s'exclame Juline, guillerette.

Elle prélève une tortilla, la trempe généreusement dans le bol de guacamole et l'enfourne sans ménagement.

— Putain, j'avais trop la dalle, souffle-t-elle, la bouche pleine.

Lola et Milie reçoivent une pluie de postillons verdâtres, dont une partie vient tapisser leurs tee-shirts. Elles se regardent, blasées, oublient l'espace d'un instant la crise diplomatique qui couve entre elles.

— T'es dégueulasse, Ju. Sérieux, on en a partout ! peste Lola en frottant son haut çà et là.

Juline tourne la tête vers Milie, avec l'espoir de trouver en elle une alliée.

— Elle a raison, sans déconner. T'as été élevée par des hippopotames ou quoi ?

— Sympa, l'accueil ! Je me suis dit que j'allais prendre ma pause quotidienne de trente minutes avec vous, mais aussi bien, je me casse, lâche-t-elle en riant.

— T'es pas censée être au bout de ta vie, ou un truc du genre ? tente Hugo pour détendre l'atmosphère.

— Rassure-toi, c'est le cas. J'étais à deux doigts de taper mon meilleur *nervous breakdown*[16].

— Ju, t'as tout défoncé au premier semestre, pourquoi tu stresses à ce point ?

Juline souffle ; elle a le sentiment de répéter la même chose à tout le monde, famille ou amis.

— C'est un concours. J'ai beau avoir claqué un 17 de moyenne au S1, si les autres ont 17,1, c'est mort. Donc là, c'est pas le moment de flancher, tu vois ?

---

[16] « Dépression nerveuse ».

Hugo hausse les épaules. Non, il ne voit vraiment pas. Juline est brillante, il n'a aucun doute sur le fait qu'elle réussira haut la main.

— Bon, changez-moi les idées, un peu. C'est quoi le *drama* ?

— Quel *drama* ? s'offusquent Lola et Milie à l'unisson.

Hugo et Juline s'écroulent sur la table, hilares.

— *Ce drama*, insiste Juline en promenant son doigt entre ses deux amies.

Elle attrape une chips, s'adosse à son siège et entreprend de la déguster comme on s'enfilerait du pop-corn devant un bon film au cinéma.

— Y a rien, répondent Milie et Lola sans conviction.

— OK, je m'y colle, annonce Hugo. Pour faire court : Lola a eu le job, pas Milie. Milie en veut à Lola, mais refuse de l'admettre et Lola comprend pas pourquoi.

— Sympa, merci pour le soutien, crache Milie.

— Franchement, avoue qu'il a pas tort... Lola t'a pas volé le job. C'est quoi le malaise, au juste ?

Juline vient de piquer Milie dans son orgueil et, comme souvent, elle réagit en animal blessé :

— En même temps, elle partait avec un avantage sur moi...

— Ah oui ? Genre quoi ? se renfrogne Lola.

— Je mesure un mètre dix les bras levés sur un tabouret, alors que toi, t'as la taille et le physique réglementaires pour Miss France...

Hugo et Juline se retiennent de rire en visualisant leur amie en équilibre précaire sur un escabeau. Lola, elle, se retient surtout de le lui balancer en pleine tête.

— Le fait que je sois quasi trilingue, alors que toi, tu maîtrises l'anglais, mais beaucoup moins l'espagnol, a *éventuellement* joué en ma faveur. Et peut-être, avance-t-elle en affichant une moue blasée, peut-être que j'ai juste mieux assuré que toi.

Un silence de plomb s'abat autour de la table. Milie encaisse le choc ; au fond, elle sait que Lola a raison. Si encore elles avaient traversé l'épreuve de groupe ensemble et que Lola avait vampirisé l'attention des recruteurs à son détriment, elle aurait pu lui reprocher d'avoir contribué à son échec. Mais ça n'est pas le cas. En vouloir à son amie lui permet surtout de ne pas affronter la réalité : elle n'a pas été à la hauteur.

— J'ai le droit d'être déçue, est-ce que c'est bon pour vous ?

Elle vient de prendre conscience qu'elle a sans doute surréagi, mais le sourire discret qui se dessine sur ses lèvres est tout ce qu'elle est capable de leur offrir en guise d'excuses pour l'instant ; elle l'efface aussitôt.

— J'ai foiré l'entretien, et bien comme il faut. Mais sérieux, j'ai tout déchiré à la mise en situation. Ils me disent « c'est *ciao* » juste parce que j'ai mal répondu à *une* question ? C'est abusé...

— J'avoue que c'est raide, admet Juline.

Milie souffle, résignée. Elle commence à accepter la situation. Quel autre choix a-t-elle ?

Elle s'apprête à s'excuser plus formellement auprès de Lola lorsque son téléphone sonne. *Sauvée par le gong.* Le ciel lui envoie clairement un message. Elle décroche, plisse les yeux comme si cela pouvait lui permettre de mieux entendre. Le bruit ambiant rendant les paroles de son interlocuteur inaudibles, elle sort du bar quelques instants, le portable toujours greffé à l'oreille.

Lola comprend que cet appel a sonné le glas de l'éclaircie lorsque Milie s'écrase sur sa chaise à son retour.

— Ça va, meuf ? tente-t-elle timidement en direction de Milie.

— Y a rien qui va : j'ai une vie de merde, une famille de merde.

— C'était ton père ?

— Tu crois vraiment que *Fabrice* sait se servir d'un téléphone ? Et même s'il savait, tu penses bien qu'il ne s'abaisserait pas à m'appeler. Tu comprends, c'est à moi de venir ramper devant lui pour implorer *son* pardon.

Lola ne connaît que trop bien le père de Milie pour savoir que son amie n'exagère pas, cette fois.

— Le jour où il présentera des excuses à qui que ce soit, il pleuvra des licornes. Caractère de merde.

Lola, Hugo et Juline s'esclaffent à l'unisson. La mine renfrognée de Milie ne fait qu'accentuer leur hilarité.

— C'était Brian. Le paternel est de nouveau à l'hôpital, il voudrait que j'aille le voir. Comme s'il était mourant...

— Merde, il lui arrive quoi ? s'enquiert Juline.

— Te bile pas, sa cicatrice s'est infectée, ils vont rouvrir pour s'assurer que tout va bien. Il sera sorti demain.

— T'es sûre que tu ne veux pas y aller ? Au cas où ?

— Au cas où quoi ? Au cas où on lui couperait le doigt ? Ça lui évitera peut-être de le pointer sur moi, pour changer.

— Milie ! s'offusquent ses amis à l'unisson.

— Sérieux, on doit vraiment tout accepter de nos parents pour le seul motif qu'ils nous ont conçus ? Faites comme vous voulez, moi, j'en ai ma claque.

— Sans doute pas. Tu sais que je te comprends, ton père est ce qu'il est, mais c'est pas un monstre non plus ! se risque Hugo.

Milie est lasse. À cet instant, elle a besoin de tout sauf de se sentir coupable. Leurs regards accusateurs, ils peuvent bien se les garder.

— Je me casse, leur adresse-t-elle en se levant.

— On avait bien compris, merci, rétorque Lola en retenant Hugo par le bras.

Milie fulmine, elle aimerait lui faire avaler le bol de guacamole par le nez.

17

Milie s'efforce de garder son calme. Le téléphone coincé entre l'épaule et son oreille, elle fend l'air de ses deux poings rageurs. Son cœur bat à tout rompre ; elle peine à maîtriser le tremblement de sa voix. Enfin, son interlocutrice la libère ; elle s'empresse de raccrocher avant de laisser éclater sa joie. Elle hurle tant et plus. De soulagement plus que de bonheur. Elle bondit pour prévenir Lola – les bonnes nouvelles règlent tous les conflits – quand son amie ouvre la porte de sa chambre à la volée, alertée par ses cris hystériques. Lola la découvre les joues baignées de larmes et un sourire qu'elle ne parvient pas à déchiffrer accroché à ses lèvres.

— Meuf, ça va ? s'enquiert-elle en l'enlaçant.

— Ça n'a jamais été aussi bien, la rassure Milie en reniflant.

Milie lui raconte par le menu sa conversation avec la directrice des ressources humaines de Giant Airlines. Elle a commencé par faire un débriefing peu agréable de l'entretien. Bien qu'elles soient séparées par deux appareils et des centaines de kilomètres, elle a ressenti la froideur de cette femme. Sa voix s'est quelque peu réchauffée lorsqu'elle lui a annoncé la nouvelle.

— Pour faire court : je suis priiiiiise !

Lola souffle de soulagement, puis, comme son amie l'a fait avec elle dix jours auparavant, la secoue comme un prunier.

— Attends, elle t'a expliqué pourquoi ?

— T'inquiète pas qu'elle a pris un malin plaisir à me répéter à quel point j'ai de la chance. En gros, une candidate a eu un accident et s'est cassé la jambe.

— On fait semblant de pleurer pour elle ou bien...

— T'es vraiment une connasse, s'esclaffe Milie. Sérieux, c'est horrible pour elle.

— Mais c'est trop bien pour toi ! Arrête un peu de toujours penser aux autres.

— Mais attends, ça veut dire que...

Milie sourit : depuis leur première rencontre, leur jeu préféré consiste à compléter la phrase de l'autre sans le faire vraiment. *Dis-moi que tu as compris sans me le dire.*

— Putain, la dinguerie ! On est prises toutes les deux ! s'égosille Lola d'une voix stridente.

Les deux amies sautent partout, dansent à en perdre haleine. À bout de souffle, elles s'affalent sur le lit, savourent la nouvelle en silence quelques instants.

Lola se redresse soudainement.

— T'imagines si on a un vol en commun ?

— Attends, laisse-moi atterrir avant de décoller.

— Non, mais sérieux, imagine...

Milie s'esclaffe en secouant la tête :

— Toi, quand t'as une idée en tête, tu l'as pas ailleurs ! Carine a dit que ça arrivait rarement d'avoir deux PCB sur le même vol.

— Sérieux, tu peux pas juste poser ton cerveau deux secondes sans déconner ? la rabroue Lola en levant les yeux au ciel.

— J'avoue, ça serait énorme. Genre, un Los Angeles, s'anime Milie en se redressant à son tour.

— De ouf ! J'annonce : si ça arrive, on dort deux heures par nuit et on se bourre de vitamines avant le vol retour. C'est combien de jours sur place pour cette rotation ?

— Qu'est-ce que j'en sais, moi ? Au moins quarante-huit heures, non ? T'as une idée de comment ça va se passer, d'ailleurs ?

— Pour quoi ?

Lola fronce les sourcils, la pause fraîcheur n'a pas duré bien longtemps. Le visage de Milie a déjà repris ses airs de contrôleuse des impôts.

— Pour la suite. La DRH m'a parlé de tests médicaux, elle doit m'envoyer un mail.

— Si t'avais pas fait ta tête de mule – pour changer –, tu le saurais. On va commencer par le commencement, lui lance Lola en roulant des yeux.

Elle extirpe son téléphone de la poche arrière de son jean, ouvre WhatsApp, pianote quelques instants.

— Voilà, déjà, tu reviens dans le groupe et t'évites de le quitter encore une fois en mode *drama queen*, merci, ponctue-t-elle en plaçant le doigt sur la bouche de Milie. Tu verras, on échange des infos assez pratiques. Et ensuite, poursuit-elle en tapotant de nouveau sur son téléphone, tu me feras le plaisir de consulter tes mails, je viens de te transférer celui que j'ai reçu des RH. Voilà, c'est tout pour le moment.

Milie s'apprête à réagir, mais Lola secoue vigoureusement la tête :

— Continue de te taire, pour voir ? C'est vachement sympa quand tu fermes ta gueule.

Milie obtempère, non sans avoir pris le temps de lui adresser fièrement son majeur d'abord. Elle amorce un mouvement en direction de son amie, se ravise. Réitère sa tentative, recule de nouveau. Lola pouffe d'un air désolé, puis fond sur Milie.

— T'es vraiment une inadaptée sociale. C'est pourtant pas compliqué, la tance-t-elle en l'étreignant.

— Lola, je suis...

— Oui ?

— Arrête de faire la débile, t'as très bien compris...

Lola hausse les épaules, amusée : Milie ne changera jamais, inutile de lutter.

✦ ✦ ✦

Milie aurait aimé partager cette journée avec Lola. La solution de rechange, à laquelle elle adresse un sourire, est un joli lot de consolation.

— Pourquoi tu rigoles ?

— Pour rien. Merci de me conduire à Paris. J'aurais pu prendre le train, tu sais ?

— T'aurais pu t'épargner la deuxième partie de la phrase, *tu sais* ?

Hugo appuie son trait d'esprit d'un clin d'œil taquin. Milie se mordille la lèvre, mi-amusée, mi-contrite.

— Il faut vraiment que t'arrêtes de faire ça, Milie.

— Faire quoi ?

— T'excuser de demander pardon. En général, si les gens rendent service, c'est que ça leur fait plaisir.

C'est plus fort qu'elle ; elle a grandi en apprenant à se faire discrète. Et puis il faut dire que l'ambiance entre eux s'est quelque peu tendue depuis que Hugo a pris fait et cause pour Lola pendant leur guerre froide éclair. Au fond, elle sait qu'il avait raison. Elle pose brièvement la tête sur son épaule.

— Me déconcentre pas...

Milie décèle dans sa voix une pointe de défi. Le regard équivoque qu'il coule dans sa direction la fait trembler de l'intérieur.

— Si je rends la voiture à ma mère avec la moindre égratignure, je suis un homme mort. Et pour ce que j'ai en tête, tu as besoin de moi bien vivant.

— Hum, des menaces ?

— Tu sais très bien que ce sont des promesses. Et tu me connais : je les tiens toujours.

Le sourire impatient de Milie satisfait Hugo, il peut de nouveau porter toute son attention sur la route. Milie, elle, sent la boule de stress envahir son estomac : elle intime à son corps de ne pas lui faire défaut aujourd'hui.

« Dans deux kilomètres, prenez la sortie Tremblay-en-France », annonce le GPS. Dix minutes plus tard, Hugo dépose Milie devant l'imposant bâtiment qui abrite le centre d'expertise médicale de l'aéronautique. Il desserre le frein à main pour repartir lorsqu'il repère le manège d'un homme à l'angle de la rue : il semble attendre Milie, qui ne l'a pas encore vu puisqu'il arrive dans son dos. La main sur la poignée, Hugo se tient prêt à bondir hors de la voiture. Puis, dans un geste rageur, il enfile ses lunettes de soleil lorsque l'inconnu enlace sa petite amie. Visiblement, ils se connaissent.

Une émotion malsaine s'impose à lui et il déteste ça. Serait-ce de la jalousie ? Cela ne fait aucun doute. Hugo s'est toujours promis de ne pas céder à ce sentiment pernicieux. Il en est persuadé : il résulte d'un manque de confiance en son partenaire. Prenant sur lui pour étouffer ce mal qui s'installe, il détourne la tête, souffle bruyamment, puis démarre en trombe. Le vrombissement du moteur met fin à l'étreinte entre Enzo et Milie. Tout heureuse de ne pas traverser cette matinée d'examens médicaux seule, elle a complètement occulté la présence de Hugo. Elle voudrait le rassurer d'un regard, d'un geste de la main, mais la voiture vient de disparaître à l'angle de la rue. Elle devrait lui envoyer un message, ou même lui téléphoner. Mais le connaissant, cela ne ferait qu'aggraver la situation. Elle préfère donc attendre de le retrouver pour dissiper tout malentendu.

— Mais qu'est-ce que tu fais là ? Pourquoi tu m'as pas dit que tu passais ta visite médicale aujourd'hui ?

Son ton est suspicieux, Enzo est aussi subtil qu'un enfant dans un magasin de bonbons. Ses intentions avec Milie ne font aucun doute.

— J'ai pensé que ça te ferait une jolie surprise de me voir débarquer.

— J'avoue que l'idée d'un visage familier est rassurante, consent Milie. Je déteste aller chez le médecin, j'ai peur des aiguilles. Alors toute une matinée ici est l'image que je me fais de l'enfer sur Terre.

— Promis, c'est pas si terrible que ça en a l'air. Les autres ont survécu, aucune raison que ça se passe mal pour nous.

Il accompagne ses mots d'une caresse dans le dos de Milie ; d'un mouvement discret, elle se défait de la main baladeuse d'Enzo, déjà rendue au creux de ses reins, et se retient de lever les yeux au ciel. Peut-être a-t-elle mal interprété son geste ?

— On y va ?

Son ton se fait plus sec, peut-être Enzo comprendra-t-il le message ?

— Faut vraiment que tu te détendes, ça va bien se passer.

En accélérant discrètement le pas, Milie esquive la main d'Enzo qui prenait de nouveau la direction de son dos. Elle devra se montrer plus claire avec lui, son logiciel ne décode pas la subtilité.

Milie est soulagée d'en avoir terminé avec cette matinée d'inquisition médicale. Quelques tubes de sang, une radio des poumons, des tests ophtalmologiques, respiratoires et d'audition poussés, un électrocardiogramme et une auscultation rapide par un médecin, qui lui a imposé une nouvelle piqûre. Au moins est-elle désormais vaccinée contre la fièvre jaune. Jamais elle n'avait eu droit à un check-up pareil. Elle se dirige vers le service passeport afin d'entamer les démarches pour obtenir les visas pour les pays dans lesquels ils sont nécessaires. Elle espère que celui pour les États-Unis lui sera utile ; elle rêve de visiter la Grande Pomme. Mais la cité des Anges ferait également son bonheur – enfin, surtout celui de Lola.

Elle quitte le bâtiment, heureuse à l'idée de retrouver Hugo. Elle a terminé en avance, elle s'assoit donc sur un muret en attendant que son chauffeur se montre ; il sacrifie déjà une journée pour l'accompagner, elle refuse de lui faire perdre une heure de révisions. Peut-être pourrait-elle le rejoindre ? Le fast-food dans lequel il squatte n'est pas si loin. Elle se dirige vers l'arrêt de bus adjacent, consulte la carte et les horaires. Oui, elle pourrait, mais elle décide d'avoir la flemme. Elle se pose sur le banc de l'abribus, attrape son portable dans son sac et fait ce qu'elle sait faire de mieux : scroller sur les réseaux sociaux et inonder Lola de vidéos débiles.

Milie souffle discrètement lorsqu'elle aperçoit Enzo approcher dans sa direction. Sans préambule, il lui demande ses pseudos sur TikTok et Snapchat, « histoire de rester en contact ». Elle se retient de lui répondre que, techniquement, il a déjà son numéro, puisqu'ils sont dans le même groupe WhatsApp. Elle décide de prendre sur elle et de ne pas démarrer la saison en se brouillant avec un collègue. Bien sûr, elle est présente sur plusieurs réseaux sociaux, mais sous un pseudo introuvable pour qui ne sait pas chercher. C'est bien un mec, ricane-t-elle intérieurement. Avec Lola, elles seraient capables de dénicher un sous-marin fantôme en moins de temps qu'il n'en faut pour le dire.

Lorsqu'il ajoute, satisfait et sur un ton sans équivoque, « Y a moyen que je t'envoie un message privé ? », Milie expire bruyamment.

— Écoute, on va éviter de se faire perdre notre temps mutuellement : je ne suis pas intéressée.

— Pas pour l'instant, ou...

— Pas intéressée. Point, précise-t-elle fermement.

— J'ai compris : t'as un mec, la défie Enzo, excité à l'idée de devoir relever un nouveau challenge.

— C'est dingue, ça, c'est si difficile à accepter que tu n'intéresses pas une fille ?

Milie souffle de dépit ; Enzo, lui, sourit.

— Je sais lire les signes, affirme-t-il, le torse bombé.

— Bah, tu devrais prendre rendez-vous chez l'ophtalmo, ça devient urgent.

Loin de le freiner, sa pique encourage Enzo. Les défis, c'est son carburant et Milie vient de faire le plein.

— L'avenir nous dira si j'ai perdu mon instinct. En attendant, je me contenterai de la *friendzone*.

— Je te conseille d'y planter une tente, ponctue-t-elle pour clore le sujet.

Milie aurait dû se douter qu'Enzo n'avait pas la finesse d'esprit pour comprendre la subtilité d'une métaphore. Elle est au désespoir lorsqu'il passe le bras autour de ses épaules et s'apprête à s'en défaire, quand Enzo est tiré en arrière brutalement.

— C'est quoi ton problème, mec ?

— Toi, c'est quoi ton problème ?

La tête baissée, les poings serrés au niveau des joues et les coudes placés contre le corps, Enzo indique qu'il est prêt à en découdre. Pas Hugo, qui recule d'un pas en tendant le bras pour garder son adversaire à distance.

— J'ai aucune envie de me battre avec toi. Juste : lâche ma copine.

— Tranquille, mec. Milie n'appartient à personne.

Sentant Hugo perdre patience, Milie s'interpose, agacée.

— Milie n'est pas un objet et sait parfaitement prendre ses décisions. Vous vous calmez. *Tous les deux*, insiste-t-elle en coulant un regard sévère à Hugo.

Elle tourne les talons, les fait claquer au sol jusqu'à la voiture de son petit ami, à quelques dizaines de mètres de là. Hugo la suit de près, tente un contact visuel, que Milie s'échine à éviter. De guerre lasse, il contourne le véhicule, puis s'installe au volant. Sans avoir prononcé la moindre parole, il démarre, non sans hasarder un dernier regard vers Milie, qui reste de marbre.

Après avoir roulé quelques minutes dans un silence de plomb, il n'y tient plus.

— Tu vas faire la gueule tout le trajet ?

— Je l'envisage, admet Milie, mutine.

— Je voulais juste t'aider.

— Raté...

— Milie, je croyais que ce mec était un détraqué... insiste Hugo, la mâchoire crispée.

— T'étais pas si loin de la vérité.

Hugo pile en plein milieu de la route, s'attirant au passage une nuée de klaxons des automobilistes qui le suivent.

— T'es cinglé, on a failli se faire rentrer dedans !

— Il s'est passé quoi ? éructe-t-il en ignorant le reproche de Milie.

— Rien, le rassure-t-elle en se pinçant les lèvres pour garder son sérieux. C'est juste un pauvre mec qui n'a pas l'habitude qu'on lui dise non. T'inquiète pas, je lui ai bien fait comprendre à quoi ressemble un stop.

Hugo redémarre, ses épaules se relâchent, son visage se décrispe. Et Milie réprime un sourire satisfait : lui aussi avait bien besoin d'une petite leçon de savoir-vivre.

— Je suis désolé, je me suis comporté comme un connard, je crois...

— Tu... crois ? Tu sais que je suis capable de me défendre toute seule ? Je n'étais pas en danger.

— Un peu, quand même...

— La seule chose qui était en danger, c'était ton ego de mâle, le corrige-t-elle.

Hugo marmonne quelques mots dans sa barbe, vexé par les paroles de sa petite amie. Mais il doit bien admettre qu'elle n'a pas tort.

— Tu me laisseras jamais oublier cet épisode, pas vrai ?

— Je m'en fais la promesse, pouffe Milie.

— Je peux vivre avec ça.

Milie tourne la tête, fait mine d'observer le paysage. En réalité, elle affiche un sourire attendri.

Milie et Hugo profitent de la quiétude du parking de la cité universitaire pour prolonger les au revoir. Hugo a essayé de la convaincre de faire un détour par son appartement ; Milie a bien failli accepter son offre, mais elle doit prendre son service dans une heure et Jean-Paul ne manquera pas de la rabrouer si elle se pointe avec une minute de retard.

Un bruit sourd les fait sursauter et met fin à leur baiser langoureux.

— Et merde, murmure Milie en coulant un regard désespéré à Hugo.

— Ça va, elle allait bien finir par nous griller.

Lola s'acharne sur la vitre côté passager.

— Ouvrez-moi, bande de nazes. Vous vous croyez malins ? Ça fait un bail que je vous ai captés.

Milie actionne le bouton de la vitre, qui descend lentement.

— Jamais deux sans trois... admet-elle en souriant.

— Jamais plus sans toi, corrige Hugo.

— Oh, c'est trop mignon, se pâme Lola.

Elle indique l'entrée de la cité U.

— Je vais vomir et je reviens.

Hugo et Milie s'esclaffent ; pour la première fois depuis leurs retrouvailles, ils mêlent leurs doigts sans se cacher. Et même si cette *officialisation* effrayait Milie, elle doit admettre son soulagement de ne plus avoir à porter le fardeau de ce secret.

— Par contre, les gars, vous êtes hors garantie.

Milie et Hugo froncent les sourcils ; Lola poursuit :

— Cette fois-ci, j'assure pas le SAV. J'ai déjà donné.

Milie s'extirpe de la voiture. À peine a-t-elle posé un pied à terre que son amie l'attire à elle. Elle lui murmure :

— Déconne pas. Il s'en remettrait pas. Je suis contente pour vous.

Elle lui claque un bisou bruyant sur la joue, puis fond sur Hugo.

— Y a pas moyen que vous me laissiez en chien pour vous envoyer en l'air, j'irai vous chercher par la peau du cul...

Lola entreprend de débriefer cette nouvelle – qui n'en est pas une, puisqu'elle les avait grillés dès les premiers jours – avec Milie. Aussi Hugo préfère-t-il s'éclipser. Tout amis qu'ils sont, cette discussion-là n'appelle pas sa présence.

18

Un timide battement se fait entendre à la porte. Milie peste contre Lola, dont le passe-temps favori est de l'empêcher de dormir. Un après-midi en pleine semaine, quoi de plus normal que de s'octroyer une petite sieste ? Puis elle se souvient que son amie est à la fac ; c'est son tour de *garde*.

Elle se lève à contrecœur, traîne des pieds jusqu'à la porte. Elle reste sans réaction lorsqu'elle découvre qui se trouve derrière.

— Vas-tu finir par m'inviter à entrer ? ose sa mère d'une voix timide.

Milie se décale, lui indique sa chambre spartiate et l'observe, de dos. Ses épaules affaissées et son pas lent lui fendent le cœur. Un sentiment de culpabilité envahit Milie : elle aurait dû lui téléphoner, elle aurait pu lui rendre visite en l'absence de son père.

— Je peux ? l'interroge sa mère en montrant le lit.

Milie opine, regrette aussitôt de ne pas être plus ordonnée quand elle surprend le regard de Sandrine se promener de gauche à droite. Bien qu'elle reste silencieuse, Milie sait que sa mère lutte pour ne pas briquer ses dix mètres carrés. Juste avant de s'asseoir, elle marque une hésitation, s'avance vers sa fille, penaude. Milie efface la distance qui les sépare pour la prendre dans ses bras.

— Tu me manques, Maman.

— Toi aussi, tu me manques, mon poussin.

Milie sourit ; habituellement, ce surnom lui hérisse le poil, mais pas aujourd'hui. Aujourd'hui, elle l'accueille avec gratitude et soulagement. Et avec étonnement.

— Ne lui en veux pas, mais j'ai demandé à Lola où je pourrais te trouver cet après-midi. Je ne voulais pas faire le trajet pour rien.

Il y a encore quelques semaines, Milie aurait tiqué sur les derniers mots de sa phrase. Aurait-elle mûri en si peu de temps ? Sans doute pas. Simplement, elle sent la démarche de sa mère sincère. Elle a trouvé le courage de faire le premier pas vers sa fille, Milie décide de la retrouver à mi-chemin.

— Merci d'être venue, Maman. C'est important pour moi.

— Et pour moi aussi. J'en ai plus qu'assez de payer les pots cassés du sale caractère de ton père.

Sandrine place sa main devant sa bouche comme pour masquer le rire qui trahit son propre étonnement.

— Maman, quelle rebelle tu fais ! la taquine Milie avec une moue admirative.

— Ne t'avise pas d'aller lui raconter ce que je viens de dire !

— Pour ça, il faudrait déjà que je lui parle, lui rappelle-t-elle sur un ton blasé. Tu préfères pas qu'on aille ailleurs ? J'ai pas beaucoup de place ici, et le lit n'est pas hyper confortable.

— Je suis désolée de ne pas pouvoir t'offrir plus.

La poitrine de Milie s'alourdit ; elle pose la main sur celle de sa mère.

— Maman, je m'en sors très bien. J'ai un petit boulot, j'ai des amis incroyables...

— Et un petit ami ?

— Maman ! s'offusque Milie face à l'air espiègle et satisfait de Sandrine.

Puis elle sourit, attendrie par cette curiosité inattendue.

— J'ai quelqu'un dans ma vie. Mais je préfère ne pas trop en parler, c'est récent et...

— Tu as le droit d'avoir ton jardin secret. Tu sembles heureuse, c'est tout ce qui m'importe. Ce n'est pas pour ça que je suis venue.

Sandrine s'installe sur le lit, tapote le matelas ; Milie s'assoit à ses côtés. Sa mère hésite quelques instants, se triture les mains.

— Je t'admire, mon poussin.

— Maman...

Sandrine attrape le menton de sa fille pour stopper le tremblement qui s'y invite, puis remonte légèrement sa main pour lui caresser la joue. Milie ferme les yeux pour accueillir cette tendresse inhabituelle. Ses larmes perlent désormais sur les doigts de sa mère.

— Ne pleure pas, mon poussin. Je suis désolée de ne pas te l'avoir dit plus tôt. Tu es la première de la famille à aller à l'université. Chez les Marret, ce n'est pas dans l'ordre des choses. Et je sais que tu as souffert des moqueries, du manque de reconnaissance de notre part. On ne sait pas dire ces choses-là, personne ne nous l'a appris.

— Je trouve que tu t'en sors très bien pour une autodidacte, l'encourage Milie en posant la tête sur son épaule.

Sandrine se saisit des mains de sa fille, les caresse avec une tendresse qui dit tout l'amour qu'elle lui porte sans le nommer.

— Tu as des rêves qui dépassent de loin ceux que l'on nourrissait pour toi. On ne s'imaginait pas qu'ils étaient accessibles à des gens comme nous.

— Comment ça, *des gens comme nous* ?

— Tu sais bien. On est des petites gens, comme on dit.

— On est des gens, Maman. Des gens tout court. Des êtres humains. Je ne supporte pas de t'entendre te rabaisser comme ça. C'est dur...

— Je suis désolée, mon poussin. Tu sais, à notre époque, à ton père et moi, les occasions d'évoluer socialement étaient rares. C'est une bonne chose que ta génération fasse sa petite révolution.

Milie lève le poing, le menton haut ; Sandrine s'esclaffe en secouant la tête.

— Je suis fière de toi, reprend-elle en retrouvant son sérieux. Je suis tellement fière de toi ! C'est ce que je suis venue te dire. Et je suis désolée de ne pas l'avoir fait plus tôt.

— T'es là aujourd'hui, c'est tout ce qui compte.

— Tu as raison. Je veux tout savoir.

— Tout savoir sur quoi ?

— Sur ton rêve, sur ton job d'été. Raconte-moi tout.

Milie affiche un large sourire ; elle se laisse gagner par l'excitation d'une petite fille sur le point d'écrire au père Noël. Et elle se lance dans un récit détaillé, en commençant par la genèse de sa vocation. Bien que Sandrine la connaisse, elle éprouve un réel plaisir à l'entendre de nouveau. Quand vient le moment de la candidature et des péripéties qui l'ont accompagnée, elle lutte contre l'émotion. Sa fille fait preuve d'une motivation et d'une force de caractère qui lui sont étrangères. Sa fierté ne s'en trouve que décuplée.

— C'est incroyable, tu vas découvrir tellement de choses, visiter des pays inconnus, rencontrer des gens d'horizons différents. Promets-moi de me faire voyager en me racontant absolument tout ce que tu vivras, d'accord ?

— Si je vais au bout de mon projet, Maman, tu voyageras avec beaucoup plus que des mots. Je t'emmènerai avec moi.

Sandrine éclate de rire, essuie ses larmes en secouant la tête :

— Celui qui me fera quitter la terre ferme n'est pas né.

— Challenge accepté. Et en attendant, promis, je te raconterai tout.

— Est-ce que je peux espérer te voir à la maison de temps à autre ? Ton p...

— Maman, je suis heureuse que tu sois là, ça me fera plaisir de te voir et de te parler plus souvent. Mais à la seule condition que tu ne cherches pas à me réconcilier avec Papa.

— Mon poussin, tu sais, il...

— Maman !

— J'essaierai, c'est tout ce que je peux te promettre.

— Papa est allé trop loin, tu ne peux pas le nier.

— Tu as raison.

— Et il ne le reconnaîtra jamais.

Sandrine se pince les lèvres, le regard absent. Comment pourrait-elle prétendre l'inverse ?

— Alors ne t'attends pas à de grandes retrouvailles. Il me doit des excuses et tu le sais, c'est une condition non négociable pour que je le pardonne.

— Ça me fend le cœur, mais je comprends ta position. Est-ce que tu es d'accord pour que je te rende visite de temps en temps ? En semaine, de préférence. J'aime mieux que...

— Maman, je ne peux pas dire que je comprends ta position, mais puisque tu acceptes de ne pas juger la mienne, je ne jugerai pas la tienne. Est-ce que ça te va ?

— Je suis prête à tout pour ne pas me couper de toi.

Sandrine attire Milie à elle. Leur étreinte balaie la pudeur qui régissait leur relation jusqu'alors. Elles prolongent l'instant, conscientes de la fragilité de leurs retrouvailles, certaines, cependant, de l'espoir qu'elles portent.

— Maman, je peux te poser une question ?

— Bien sûr, tout ce que tu veux.

— Pourquoi aujourd'hui ?

— Comment ça ? lui demande Sandrine les sourcils froncés.

— Ça fait des mois qu'on ne s'est pas vues. C'est à peine si on a échangé quelques mots. Et là, tu débarques comme une apparition divine. Attention, je suis super heureuse que tu sois venue, la rassurc Milie. Mais j'avoue que je suis surprise...

Sandrine inspire profondément, avant d'expirer avec lassitude. Milie a le cœur broyé, sa mère semble porter le poids du monde sur ses épaules. Ce qui, lorsqu'on fait référence au fardeau que constitue son père, n'est pas loin de la vérité.

— Tu sais, mon poussin, tu as réveillé quelque chose en moi. Faut pas croire, moi aussi j'ai eu ma période rebelle, assure Sandrine en réponse au regard circonspect de sa fille. Figure-toi que je tenais même tête à ton père.

Un rire spontané envahit la pièce ; Milie veut bien croire beaucoup de choses, mais ça ? Non, c'est impossible.

— Tu aurais dû me voir. Je le menais par le bout du nez. J'étais très courtisée, tu sais, j'avais l'embarras du choix, précise-t-elle fièrement.

— Je ne voudrais pas te vexer, Maman, mais t'as vraiment misé sur le mauvais cheval.

— Milie ! s'offusque Sandrine en lançant un regard sévère à sa fille. En même temps, il faut avouer que ton père est une sacrée tête de mule...

— Maman ! la rabroue Milie avant de pouffer.

— Je sais que ça semble difficile à croire, mais j'avais des projets, des rêves. J'étais prête à bousculer l'ordre établi, à faire mes choix de vie en suivant mes propres règles. Et crois-moi, ton père n'aurait pas osé s'y opposer, à l'époque. Il avait trop peur de me perdre.

— Mais il s'est passé quoi ? Parce que ce que tu me racontes là, ça ressemble à une jolie utopie.

Sandrine marque une pause, autant pour réfléchir au sens du mot que vient d'utiliser sa fille que pour décider quoi lui répondre. Elle fait le choix de lui dire la vérité. Milie est suffisamment grande – et mature – pour la recevoir.

— Brian. Voilà ce qui est arrivé. Je suis tombée enceinte, je n'ai jamais compris par quel miracle. Je prenais la pilule en cachette, mais il faut croire que ce n'est pas une assurance tous risques. Brian est arrivé, et là, tout a changé.

Elle lui explique qu'elle n'était encore qu'une adolescente et qu'à l'époque, elle a fini par céder à l'injonction de ses parents : elle devait se marier, il était hors de question qu'elle soit une vulgaire mère-fille. Les noces ont été célébrées en urgence. Personne n'était dupe, mais cela permettait de sauver les apparences.

— Ton père a fait bonne figure pendant la grossesse. Mais dès la naissance de Brian, il a montré son vrai visage. Il était hors de question que je travaille, ma place était à la maison, à m'occuper de mon fils. De toute façon, je n'avais pas de diplôme, qu'est-ce que j'aurais pu faire ? Je crois que j'ai fait une dépression post-partum. Aujourd'hui, on parle de ces choses-là, et c'est très bien. Mais à l'époque… J'ai cru que j'étais folle, je n'avais plus l'énergie de me battre. J'ai fini par accepter mon sort.

Milie peine à retenir ses larmes ; jamais sa mère ne lui avait raconté tout cela. Ces confidences lui font prendre conscience qu'elles ne sont pas si différentes, au fond. Aurait-elle eu plus de courage si elle s'était retrouvée dans la même situation ? Aujourd'hui, l'émancipation de la femme est encouragée. Mais à l'époque, ce n'était pas si simple, surtout dans le vase clos que constituait la vie d'un petit village. Sa mère est sans doute née trop tôt pour les idéaux qu'elle souhaitait défendre. Et au mauvais endroit.

— J'ai toujours cru que Brian était ton préféré. Et que moi, j'étais un *accident*, ton boulet…

— Oh, mon poussin, je suis tellement désolée que tu aies ressenti cela. J'aurais dû te parler plus tôt, t'expliquer les choses. Puisqu'on en est à se dire des vérités, en réalité, je pense que j'ai beaucoup compensé. Je culpabilisais tellement de ne pas aimer Brian comme une mère est censée le faire… Je n'étais pas prête à être maman, et j'ai dû faire avec.

— Si ça peut te rassurer, tu fais très bien semblant.

— Milie ! s'offusque Sandrine. J'aime ton frère ! Disons que j'ai seulement mis un peu de temps à accepter sa naissance.

Elle poursuit en lui expliquant que l'écart entre les deux grossesses ne devait évidemment rien au hasard. Elle a continué à prendre la pilule en cachette, avec plus de sérieux. Fabrice et les gens ont simplement pensé que la naissance de Brian avait *cassé* la fertilité de Sandrine – cela venait forcément de la femme. La naissance de Milie, contrairement à celle de Brian, était désirée.

— J'étais prête. Quand tu es née et que l'on a appris que tu étais une fille, je me suis promis de faire en sorte que toi, tu puisses avoir de grands rêves et les réaliser. J'ai échoué, je n'arrivais plus à m'opposer à ton père. Mais toi... Toi, tu as réussi et, pour être passée par là, je sais la force de caractère que cela demande.

Milie se glisse dans les bras de Sandrine. Mère et fille restent ainsi un long moment, embrassant le silence qui s'installe pour digérer, l'une et l'autre, ce qui vient d'être révélé.

— Pourquoi aujourd'hui ? insiste Milie.

Elle sent que sa mère ne lui dit pas tout. Depuis son arrivée, elle a bien remarqué l'ambiguïté qui transpire de ses paroles. À son arrivée, elle semblait nourrir l'espoir d'une réconciliation entre sa fille et son mari. Milie a le sentiment que toutes ces confidences ont changé la donne.

— Parce que ton père est allé un peu trop loin hier.

— Maman ! Il t'a frappée ?

— Bien sûr que non ! Ton père n'a jamais levé la main sur moi, lui assure Sandrine. C'est ma ligne rouge.

— Mais tout ce qu'il t'a fait subir est pire que des coups, Maman. Tu te rends compte ? Il t'a privée de ta liberté de penser et d'agir. C'est grave !

— Peut-être. Sans doute, concède Sandrine.

Elle hésite un moment avant de prendre sa décision. Elle décide finalement de taire les propos que son mari a tenus la veille. Aussi forte et mature que soit sa fille, cela ferait beaucoup à encaisser en une seule fois.

— Maman, tu sais qu'on n'est plus dans les années 30 ? Si tu veux le quitter, tu peux. Je vais t'aider, on trouvera une solution. Et tu sais que madame Bouassard est prête à t'accueillir.

Sa patronne ne cesse de lui proposer l'hospitalité – *le temps qu'il faudra* – si Sandrine se décide à reprendre sa liberté.

— T'as plein de possibilités. Maman, il est temps que tu penses à toi, un peu. Il n'est pas trop tard pour réaliser tes rêves.

Sandrine attrape le visage de sa fille entre ses mains, y plaque deux bisous sonores avant de l'étreindre avec force.

— Tu n'es pas censée voler à mon secours. Ça, c'est mon rôle.

— Si on ne se serre pas les coudes entre femmes...

Sandrine et Milie sont toujours enlacées lorsque des bruits de pas se font entendre dans le couloir.

— Meuf, tu devineras jamais ce qui... braille Lola en ouvrant la porte à la volée.

Elle se fige en découvrant la scène qui se joue à deux mètres d'elle.

— Je suis désolée, je ne voulais pas vous interrompre.

Sandrine et Milie s'esclaffent entre leurs larmes, invitent Lola à les rejoindre. Sandrine sait combien elle joue un rôle important dans la vie de sa fille. Elle repart rassurée de la savoir si bien entourée.

19

— C'est quoi ce délire ?

— Tu veux dire toi qui sors de ta tanière et qui débarques sans prévenir au QG ? T'as raison, meuf : le jour de gloire est arrivé !

Milie lève son verre, trinque à l'apparition divine de Juline après des semaines sans nouvelles. Quand elle annonce un black-out total, elle s'y tient.

— Oh, ferme-la, tu sais très bien de quoi je veux parler...

Juline arrache le verre des mains de son amie et trinque dans le vide avant de le porter à ses lèvres.

— Vas-y, dégomme mon mojito, je te dirai rien.

Juline s'exécute sans quitter Milie des yeux.

— Il paraît que l'amour adoucit les mœurs. Pour les meufs, ça reste à démontrer... Détends-toi, j'ai commandé une tournée en arrivant. Où sont les autres ?

— Dans ton...

— Oh que c'est fin, l'interrompt Juline.

Les lèvres de Milie s'arrondissent subrepticement. Bien sûr qu'elle sait parfaitement où Juline veut en venir. Lola n'a pas pu s'empêcher de répandre la bonne parole.

— Rien de neuf, rien que du réchauffé, concède Milie.

— Tu connais la théorie des ex et du vomi ?

— Mais t'es dégueulasse, il t'arrive quoi ?

— Je viens de me taper un cours sur l'anencéphalie, alors, crois-moi, les histoires de vomi, c'est du pipi de chat.

— Anencépha-quoi ?

— C'est une malformation congénitale du système nerveux central qui découle de l'absence de la fermeture normale du tube neural à l'extrémité antérieure, le neuropore céphalique, pour faire simple.

— Tu me tues à parler comme un robot, s'esclaffe Milie. Et c'est sûr que c'est tout de suite plus clair, avec le *neuropropre* qui fait des trucs sales.

Juline est prise d'un fou rire, qui laisse Milie de marbre. Encore trente secondes et elle se sentira officiellement vexée par l'hilarité de son amie. Elle hausse les sourcils, croise les bras, puis relève le menton en direction de Juline.

— Ça va, détends-toi, lâche-t-elle en essuyant ses larmes joyeuses. Neuropore, pas propre. Ce qui est bien avec vous, les Moldus, c'est que vous arrivez à tout rendre drôle, même les trucs les plus chiants. Putain, j'avais vraiment besoin d'un bon fou rire. Merci.

— Nourrir ou divertir, tel est le destin du bas peuple, déclame Milie en levant son verre.

Juline bondit de sa chaise, fait le tour de la table pour enlacer son amie, toujours assise et impassible, dans le dos.

— Tu m'as manqué, t'as même pas idée.

Milie lève un sourcil, regarde vers l'arrière.

— À qui la faute ?

Elle reprend son air stoïque avant de concéder :

— Toi aussi, tu m'as manqué...

Juline resserre son étreinte, puis libère son amie.

— Tu veux que je te montre des photos ?

— Des photos de quoi ?

— Bah, de bébés atteints d'anencéphalie. Attends, j'ai ça dans mon cloud...

— Ça va aller, merci.

Juline, absorbée par le contenu de son téléphone, ignore le refus poli de Milie.

— C'est fascinant. Dégueulasse, mais fascinant. Certains naissent sans voûte crânienne. C'est le dessus du crâne.

— *Call me* débile, murmure Milie, blasée.

— D'autres n'ont qu'un hémisphère cérébral ou aucun des deux. Aujourd'hui, c'est détecté tôt grâce aux échos, et donc peu de bébés naissent avec de telles malformations. De toute façon, ils ne vivraient pas bien longtemps.

Juline débite son cours comme on réciterait une liste de courses. Son ton enjoué interroge Milie.

— Perso, je trouve ça plus effrayant que fascinant, chacun son délire.

— Ça, c'est parce que t'as rien compris. Tu te rends compte de la complexité du processus ? Tout se joue avant la fin du premier mois de grossesse. C'est fascinant.

Milie ouvre la bouche avec une grimace de dégoût.

— On va dire que je te crois sur parole, abdique-t-elle.

Juline se rassoit en défiant son amie du regard. Si elle pensait pouvoir échapper à son inquisition, elle en sera pour ses frais. Milie s'avoue rapidement vaincue.

— T'inquiète pas, tout va bien, on gère. On navigue sous les radars depuis deux mois.

— Deux mois ! Mais pourquoi personne ne me dit rien ?

— Peut-être parce que tu ne réponds jamais. Et que les rares fois où tu le fais, c'est pour nous engueuler de t'envoyer des messages ou de t'appeler. Askip, t'as pas notre temps ? Peut-être, hein...

— Bref, élude Juline. Je suis heureuse pour vous. C'est juste que...

— *No more drama*, promis.

Juline lui adresse une moue sans équivoque.

— Mais pourquoi vous nous faites pas confiance, sérieux ?

— Quand il s'agit de vous deux, c'est pas en Hugo que j'ai pas confiance...

— Sympa !

Milie s'enfonce sur sa chaise, le visage fermé.

— Allez, quoi ! De vous deux, c'est lui qui a le plus souffert à chaque fois.

— Vous me prenez vraiment pour un monstre ! C'est pas toujours ceux qui crient le plus fort qui ont le plus mal. Tiens, tu devrais la retenir, celle-ci, elle te sera peut-être utile dans ton futur métier.

Hugo avait raison : pour vivre heureux, vivons cachés, ne peut-elle s'empêcher de penser. Juline rattrape son amie par le bras, consciente de s'être montrée maladroite dans son propos.

— Excuse-moi, Milie. Je ne cherchais pas à te faire passer pour la méchante ou quoi. J'espère seulement que cette fois-ci, tu sais ce que tu veux.

Les lèvres de Milie se retroussent.

— Oh, fais pas genre, t'as compris. Je vous aime tous les deux.

— Je sais. Et t'as raison, c'est juste pas très agréable de se prendre certaines vérités en pleine tête. Je vais bien, il va bien, on va bien. Et je ne referai pas les mêmes erreurs. Mais t'as pas vraiment répondu à ma question : comment tu vas, toi ? Tu tiens le coup ?

Milie prononce ces paroles pour clore le débat ; Juline les accepte pour ne pas braquer son amie.

— T'inquiète, ça ira, lui assure Juline. J'ai pas vu la lumière du jour depuis Noël. Il paraît qu'au moment de notre mort, on aperçoit un genre de lumière au bout d'un tunnel. Je ne vois ni l'un ni l'autre. Mais peut-être que je suis déjà morte ?

Le débit est si rapide que Milie n'arrive pas à en placer une. Le serveur dépose quatre mojitos sur la table. Juline en attrape un, descend la moitié du verre, le regard brillant.

— T'es sûre que ça va, mcuf ?

— Arrête de me demander ça, s'il te plaît.

— Et pourquoi ça ?

— Parce que. S'il te plaît...

— Parce que *quoi* ?

— Parce que j'en suis au stade où j'arrive plus à te mentir, lâche Juline.

Elle éclate en sanglots, mais sans un bruit. Taire sa souffrance ne l'a jamais fait disparaître. Le silence est le terreau du désespoir. Milie se lève, entoure Juline de ses bras, la berce jusqu'à ce qu'elle dépose les armes.

Le pull de Milie s'imprègne des larmes de son amie, qui se déversent en un torrent. Elle ne cherche pas à contrôler les épaules de Juline qui se soulèvent, prises de violents soubresauts. Le son se joint désormais à l'image, et des dizaines de paires d'yeux se braquent sur elles. Milie les renvoie dans leurs quartiers d'un geste de la main rassurant.

— Bravo, championne, tu te donnes en spectacle devant tout le monde, s'admoneste Juline en balayant la pièce du regard. Avec la chance que j'ai, y a des collègues de promo.

— T'occupe pas d'eux.

— Tu peux pas comprendre. C'est la guerre, OK ? Si les autres me voient chialer, ça va les motiver. Y a pas moyen qu'ils gagnent des places au concours sur mes larmes, décrète-t-elle en les effaçant d'un geste rageur du bras.

Elle expire bruyamment, puis s'inflige une paire de gifles monumentale, secoue vigoureusement la tête, attrape le verre et termine le mojito d'une traite sous le regard exorbité de Milie.

— Ça fait du bien, putain. Merci de m'avoir écoutée. Faut que j'y aille, j'ai du taf.

Elle lui claque une bise sonore, l'enlace furtivement et disparaît sans ajouter un mot, laissant Milie comme hébétée.

Elle est toujours sous le choc dix minutes plus tard quand Lola et Hugo débarquent.

— On a croisé Juline sur le chemin. Ça va, elle a l'air d'avoir la pêche.

— J'irais pas jusque-là...

— Raconte, s'inquiètent Lola et Hugo à l'unisson, en prenant place autour de la table.

— Bah, elle vient de me faire une crise de nerfs, c'était légèrement flippant, quand même...

Elle leur explique la scène en détail. Comme elle quelques instants plus tôt, ils en restent cois.

— Faut vraiment être barge pour s'infliger ça, décrète Lola en secouant la tête.

— Ou passionnée ? Juline nous bassine avec la médecine depuis qu'on la connaît. Peut-être que c'est le prix à payer ? tempère Hugo.

— Si tu veux mon avis...

— Non, mais tu vas me le donner quand même...

— Je disais donc, si tu veux mon avis, reprend Lola en roulant des yeux, le prix à payer est bien trop élevé. Il faut qu'on la fasse sortir, qu'on lui change les idées...

— Je crois surtout qu'on connaît rien à ce qu'elle vit. On la laisse gérer ça comme elle le sent et on est là si elle a besoin de nous.

— C'est les Hunger Games, le bordel ! On va la ramasser à la petite cuillère, ça sera pas beau à voir...

— Lola, fais-moi confiance, vaut mieux la laisser tranquille, insiste Milie.

— OK. Mais vous pourrez pas dire que je ne vous ai pas prévenus. Prête pour demain ?

— Toi et tes virages à 180... la charrie Hugo.

— Mec, on me demande de laisser tomber, je laisse tomber. Alors, prête pour demain ?

— Oui, je crois. Dommage qu'on ne soit pas ensemble.

— Tu pars en éclaireur, ça me va. T'as intérêt à tout me raconter ! Allez, à la vôtre ! tonne Lola en levant son verre.

Milie et Hugo trinquent avec elle, puis la suivent sans protester lorsqu'elle suggère une soirée ciné chez Hugo.

✦ ✦ ✦

Milie sourit toujours béatement quand Hugo la récupère à la gare. Lorsqu'il lui susurre à quel point elle lui a manqué, elle ne peut se résoudre à lui mentir. Bien sûr, elle est heureuse de le revoir, mais elle vient de vivre une semaine incroyable, que même les bras de son petit ami ne sauraient surpasser.

Pendant cinq jours, elle a plongé dans ce qui constituera son quotidien cet été. Le contenu du stage commercial n'avait rien de mystérieux tant elle avait lu à ce sujet. Après un résumé long comme un jour sans pain sur la compagnie et son histoire, ils ont eu droit à un laïus soporifique sur leur rôle à bord : comment gérer la voiture – le chariot –, le vocabulaire à employer, les étapes d'une rotation et, enfin, le port de l'uniforme. Et, comble du bonheur, elle a reçu le sien et ne l'a quitté que pour le troquer contre son pyjama. Le point d'orgue est venu ponctuer cette semaine le dernier jour : le stage de sécurité. Une mise en pratique de tous les enseignements théoriques : évacuation dans les conditions du réel, allant du port d'une cagoule ignifuge au saut en toboggan après avoir traversé une cabine enfumée. Et, surtout, la formation aux premiers secours.

Ah ! et elle a aussi embrassé Enzo lors du module « réanimation ». Enfin, techniquement, c'est Enzo qui l'a embrassée. Par surprise. Elle, elle s'est contentée de lui offrir ses dix doigts en deux voyages. Mais ça, elle est certaine que ça ne fera aucune différence aux yeux de Hugo.

— Ça va, Milie ? T'as du mal à atterrir ?

Hugo feint un rire forcé, Milie lui répond par le sien.

— Viens, on décide qu'on arrête ce genre de blague pourrie, suggère-t-elle en grimaçant.

Hugo hausse les épaules, déçu : il en avait une ribambelle en stock. Tant pis, il les garde pour Lola, qui les appréciera à leur juste valeur.

— T'es sûre que tout va bien ? Tu peux tout me dire, tu sais ?

— Je... suis seulement fatiguée.

Après tout, un mensonge par omission peut-il être considéré comme un mensonge ? Son baromètre de moralité décrète que non. À vrai dire, il s'agit avant tout d'une demi-vérité : elle est exténuée.

— Tu peux pas dire à Jean-Paul que t'es malade ?

— Tu rigoles ? Il a déjà été sympa de me donner ma semaine, je peux pas lui faire ça.

— Alors je passe te chercher à la fin de ton service et je te ramène chez moi.

— Je vais répéter, au cas où tu n'aurais pas compris : je suis fatiguée, lâche-t-elle en coulant un regard suspicieux dans sa direction.

— Tu me prends vraiment pour un obsédé. Je vais préciser, puisque, visiblement, *tu* n'as pas compris : je te ramène chez moi et je t'offre le plus beau massage de ta vie.

Un large sourire éclaire aussitôt le visage de Milie, elle fond sur lui. Hugo possède un talent rare : d'un simple contact, il parvient à la décontracter. Lorsqu'il s'applique à parcourir sa peau dans le moindre de ses recoins, ses muscles se relâchent instantanément. La perspective de ce moment de détente muselle la rébellion de ses pieds qui implorent du repos.

20

Milie flâne au hasard des rues ; elle savoure chaque instant du printemps qui s'installe. Qu'il vente, qu'il neige ou qu'il pleuve, elle investit les allées du parc du Thabor plusieurs fois par semaine. En automne – sa saison préférée – sans doute un peu plus souvent. Elle lève le nez, observe les arbres bourgeonner, les fleurs redonner leur éclat aux parterres ; cette saison pourrait ravir la première place.

Malgré des températures plus douces à mesure que les jours s'allongent, la légère brise qui se dépose sur ses épaules nues lui rappelle que l'heure des habits d'été n'est pas encore venue. Elle sort un gilet fin de son sac et l'enfile, à contrecœur. Les yeux fermés, elle hume l'atmosphère printanière, accompagnée du chant des oiseaux, qui reprennent possession des lieux. L'humeur des gens qui l'entourent semble égale à la sienne ; les sourires habitent les visages, la morosité est chassée à coups de rayons de soleil. Seul nuage à ce tableau éclatant : les partiels en fin de semaine. Elle ne devrait pas en faire cas, puisque sa décision est prise : elle va tout faire pour ne plus retourner à la fac à la rentrée. Mais son orgueil la pousse à tenter de valider son année malgré tout, aussi redouble-t-elle d'efforts depuis trois semaines pour rattraper le retard accumulé ces derniers mois. Contre toute attente, Lola semble également se découvrir une passion pour les études, sans doute encouragée en cela par la pression que ses parents lui mettent. En réalité, elle nourrit un projet nouveau : elle souhaite désormais devenir traductrice. Alors pas le choix, elle travaille plus qu'elle ne l'a jamais fait pour s'assurer un dossier acceptable.

Milie l'aperçoit au loin, allongée dans l'herbe à l'endroit habituel, déjà plongée dans ses cours, les écouteurs vissés aux oreilles pour se couper des bruits parasites. Milie fait un pas de côté pour l'aborder dans son dos. Elle approche furtivement et, au dernier moment, lui saute dessus en singeant un monstre de film d'épouvante. Lola pousse un cri d'effroi, se dresse sur ses jambes et se retourne les deux poings en avant, prête à en découdre. Elle découvre son amie, goguenarde, et ses voisins de pelouse se gaussant d'elle.

— T'es vraiment trop conne, tu veux me tuer ou quoi ?

— Allez, détends-toi, c'est que moi.

Lola se rassoit en bougonnant, fourre ses écouteurs dans leur boîtier d'un geste brusque sous le regard de Milie, hilare.

— Sérieux, tu vas faire la gueule longtemps ? Allez, il t'arrive quoi, là ?

— Rien, laisse tomber.

— Meuf...

— Je m'en sors pas, je te jure. On a trop de retard à rattraper, je crois.

— Je crois surtout que t'as besoin d'une pause. Ta lumière était encore allumée à 3 heures du mat, et t'étais déjà partie à 8 heures 30.

— Comment tu sais ça, toi ? Tu dors jamais, t'es un genre de vampire ?

— Je me suis fait un petit marathon Netflix, meilleure nuit de ma vie.

— Hugo sera ravi de l'apprendre...

— N'importe quoi. Au lieu de t'inquiéter pour ma vie sexuelle, tu ferais mieux de t'occuper de la tienne. Tu dois en être au stade de la toile d'araignée !

Lola éclate de rire et hausse les sourcils d'un air entendu.

— Meuf, y a quelque chose que tu ne me dis pas. Et je crois que j'aime pas trop ça.

Milie se pose face à elle et lui lance un regard inquisiteur ; Lola secoue la tête, blasée, avec la ferme intention de ne rien révéler à sa meilleure amie.

— À moi, tu fais ce coup-là ? Sérieux, à moi, tu caches des informations de la plus haute importance ?

Une lumière s'allume dans le cerveau de Milie : voilà donc l'explication aux comportements mystérieux de Lola ? Ses absences répétées, les soirées où elle l'abandonnait sous prétexte de réviser seule dans sa chambre ? Les « c'est rien » chaque fois que son téléphone sonnait et qu'elle le retournait avec empressement ? Lola entretiendrait-elle une liaison sulfureuse ? Et si oui, avec qui ?

— Me dis pas que tu te tapes le prof de linguistique. OK, il est mignon, mais quand même !

— Mais t'es complètement malade ! Ce mec est une antiquité !

— Abuse pas, il a trente-deux ans...

— Je me *tape* personne, OK ?

— Et mon cul, c'est du poulet ?

— Si t'es venue pour m'empêcher de réviser, tu ferais aussi bien de retourner à la cité U, annonce Lola en replaçant ses écouteurs. Allez, va pointer à Pôle emploi, espèce de chômeuse.

Milie est sur le point de répliquer lorsqu'elle aperçoit Juline au loin. À la vue de son large sourire, son cœur se relâche : elle sort tout juste de la dernière épreuve de son « concours de la mort ».

Juline plaque un doigt sur sa bouche pour demander à Milie de ne pas prévenir Lola de son arrivée. Un rictus satisfait s'invite sur ses lèvres. « Quoi ? » lui adresse silencieusement cette dernière. « Toi, *quoi ?* » rétorque Milie en s'efforçant de garder son sérieux. Lola souffle bruyamment en roulant des yeux. Son répit est de courte durée, puisque, déjà, Juline arrive dans son dos, arrache les écouteurs des oreilles de son amie, puis entonne – ou plutôt se met à hurler avec une justesse toute relative :

— *Libérée, délivrée, je ne souffrirai plus jamais. Libérée, délivrée, au diable les polycopiés. Oui, je suis là, cernée jusqu'en bas. Mais pendant un mois, à moi la glande et la liberté.*

— *Perturbée, ou tarée, mais va donc te faire...* réplique Lola, blasée.

Milie s'écroule, hilare, Lola se renfrogne, puis finit par lâcher :

— T'as l'air bien en forme pour une meuf qui était au bout de sa vie hier. Ça s'est bien passé ?

— Disons que pour les quatre prochaines semaines, je considère que oui. On en reparle le 15 juin...

— Le prends pas mal, je suis contente pour toi, mais j'aimerais autant que ça se *passe bien* pour moi aussi. Tu vois ? Donc, je vais vous laisser à votre danse de la victoire pendant que moi, j'essaie de me garantir un avenir pas trop moisi.

Joignant le geste à la parole, elle rassemble ses affaires à la hâte, les fourre dans son sac sans ménagement, puis se lève.

— Je me casse, je vais trouver un endroit où personne ne viendra flinguer ma session de révisions.

— Rendez-vous au QG dans une heure, la taquine Juline.

— Plutôt deux. En vous remerciant.

Elle décampe sans se retourner, en dodelinant de la tête.

— Elle est en train de marmonner, là, non ?

— Elle est carrément en train de marmonner, confirme Milie en pouffant.

— Et toi, tu prévois de...

— D'y aller au talent. Franchement, flemme de me vriller le bide.

— Mytho... la taquine Juline.

— J'avoue, je charbonne, mais pas aujourd'hui. J'ai trop envie de profiter de toi. J'ai l'impression qu'on n'a pas parlé depuis des siècles !

— Réel. Ressenti : une éternité. On fait un tour en ville ?

Milie la toise de la tête aux pieds, lui offre une moue désespérée.

— Faut vraiment que tu te remplumes. Tu flottes dans tes fringues. Shopping ?

— Shopping ! valide Juline. J'ai perdu huit kilos. Ma mère est carrément flippée. Mais je te jure, c'est une dinguerie, la P1[17], c'est tout juste si j'avais le temps de pisser. Alors manger, tu penses bien...

— Correction : bouffe bien grasse d'abord, shopping après.

— Toi, tu sais comment me parler. Et on finit au QG.

— Histoire de terminer Lola. Je préviens Hugo.

Milie s'éloigne bras dessus, bras dessous avec Juline, ravie de la retrouver après plusieurs mois en pointillé. Sa mère lui martèle que les amitiés, les vraies, ne souffrent pas de l'absence. Qu'elles se nourrissent du manque. Et elle a raison, comme souvent. Il lui tarde de la revoir la semaine suivante. Leurs rendez-vous mensuels, clandestins, lui sont devenus indispensables.

---

[17] Première année de médecine.

21

Milie est subjuguée par la taille de l'aéroport, jamais elle n'en avait vu de si grand. Il faut dire qu'elle n'en avait visité que deux jusque-là. Bien sûr, elle s'était renseignée, documentée. Et elle l'avait entraperçu au cours de sa journée de sélection. Mais elle n'avait pas eu alors le loisir d'y déambuler. Le briefing n'est que dans deux heures, elle a largement le temps avant de pointer. Dehors, le soleil ose une incursion discrète à travers la nuit, qui rechigne à se retirer.

Elle erre au hasard, observe la foule, s'imprègne de l'atmosphère déjà bruyante malgré l'heure matinale. Elle croise tantôt des visages crispés, tantôt des yeux rieurs. Des fragrances foisonnantes envahissent ses narines ; certaines ont l'odeur des vacances, d'autres celle des gens pressés. Elle n'ignore pas que Roissy-Charles-de-Gaulle est l'une des plateformes multimodales les plus grandes du monde. Mais le voir de ses yeux, ressentir toutes ces émotions qui cohabitent la transporte avant même que ses pieds ne quittent la terre ferme.

Elle fait partie des premiers PCB à voler cette année. Contrairement à elle, nombre de ses camarades ne sont pas encore en vacances. Elle ouvre donc la saison ; les autres suivront dans les jours et les semaines à venir. En attendant, elle leur a promis de les faire voyager par procuration ; elle leur offre une immersion dans son baptême de l'air sur le groupe WhatsApp, puis transfère les messages à sa mère. Hugo a droit à un résumé plus fourni.

Milie débarque dans le terminal 2 de l'aéroport la démarche assurée. En réalité, elle n'en mène pas large. Elle sent bien le regard admiratif que les enfants portent sur elle et ses collègues en tenue. Certains les pointent même du doigt, provoquant le courroux de leurs parents. *On ne montre pas les gens du doigt, choubichou.* Milie leur adresse un signe de main ou un sourire. Ils présument sans doute qu'elle est habituée à tout ça. L'attention, l'adrénaline... C'est tout l'inverse. Son estomac doit ressembler à un paquet de nœuds et son cerveau est en surchauffe. Elle passe mentalement en revue toutes les informations glanées lors de la formation. Elle craint que son stress n'efface son disque dur ; reprendre chaque *process* étape par étape la rassure, elle n'a rien oublié.

On y est, songe-t-elle en esquissant un sourire timide. Elle s'arrête un instant, s'accroche à la poignée de sa valise cabine comme pour vérifier qu'elle ne rêve pas. De sa main disponible, elle lisse le tissu de son uniforme, pourtant parfaitement repassé – elle s'en est assurée à plusieurs reprises la veille. Pour ce premier jour de travail, elle a longuement hésité entre le pantalon et la jupe crayon taille haute. Elle a finalement opté pour le pantalon, préférant privilégier le confort pour son premier vol. La jupe a trouvé une place de choix dans son bagage, peut-être la sortira-t-elle au retour.

À partir du moment où vous portez l'uniforme, vous représentez la compagnie. À chaque instant. Milie n'a pas oublié cette règle martelée tout au long de sa formation. Elle s'efforce donc d'avancer le dos droit et le menton haut. Le cliquetis des roulettes des valises, le bruissement des passeports et les annonces crachées par les haut-parleurs l'accompagnent.

Tandis qu'elle approche de la zone 5, qui abrite la salle de briefing, elle est envahie par un mélange d'appréhension et d'impatience. Tout est nouveau pour elle, à commencer par ses collègues. L'accueilleront-ils chaleureusement ? Où seront-ils au contraire froids et distants ? Elle sera bientôt fixée.

Milie pénètre dans les locaux de la compagnie avec une demi-heure d'avance. Elle doit ressembler à une enfant perdue au milieu d'un supermarché ; une femme vêtue du même uniforme qu'elle lui offre un sourire bienveillant. Milie est subjuguée par l'assurance et la prestance qu'elle dégage. Ses cheveux tirés en un chignon impeccable et son maquillage exécuté à la perfection l'empêchent de lui donner un âge précis. *La petite quarantaine*, tranche-t-elle.

— Tu dois être Émilie ?

— C'est bien moi. Comment avez-vous deviné ?

— Je ne sais pas... Ton air juvénile, ou d'oisillon tombé du nid, peut-être ?

Milie sent le rose lui monter aux joues. Elle qui pensait afficher un aplomb de façade en est pour ses frais.

— Détends-toi, je te taquine, s'esclaffe la femme. Si tu m'avais vue le jour de mon premier vol, tu saurais que je suis mal placée pour te juger. Carole, je suis la cheffe de cabine pour ton baptême de l'air. Bienvenue à Giant Airlines.

Milie lui tend la main, Carole sourit, puis lui attrape les épaules pour lui faire la bise.

— Tu vas vite découvrir que les PNC sont une grande famille. Pas de « monsieur » ou de « madame » entre nous, et encore moins de poignées de main.

Milie acquiesce poliment. Elle redoute plus que tout de commettre un impair ou de faire mauvaise impression pour son premier jour.

— Stressée ?

— Un peu.

— Le contraire serait surprenant. Ça doit grouiller, là-dedans, ajoute Carole en indiquant le ventre de Milie.

— On ne peut rien vous...

— Tss, tss...

— On ne peut rien *te* cacher. Mais pour être tout à fait honnête, j'ai surtout hâte. J'attends ce jour depuis des années.

— Tu fais donc partie des passionnés, je l'avais deviné.

— Comment vous... *tu*...

— On va dire que c'est l'expérience, affirme Carole, espiègle. Le reste de l'équipe ne devrait pas tarder à arriver. J'ai encore quelques détails à régler, je te conseille de manger un peu et de boire un café. Ou même deux, ajoute-t-elle en indiquant la salle de repos sur la droite. New York pour ton vol de familiarisation : sacrée veinarde. Crois-moi, tu voudras maximiser chaque minute de ton escale.

Milie obtempère, coule un double expresso dans un mug aux couleurs de la compagnie. Tout, dans ces locaux, porte le sigle de la boîte, jusqu'aux tubes de sucre en papier. Elle en attrape deux et les verse dans le liquide chaud en se promettant de corriger cette mauvaise habitude.

La tasse fumante entre ses mains, Milie laisse son esprit vagabonder, revenir quelques semaines plus tôt lorsque, enfin, elle a reçu son emploi du temps pour le mois de juin.

New York (escale : 36 h)

—

4 jours de repos

—

Punta Cana (escale : 36 h)

—

4 jours de repos

—

Niamey (escale : 24 h)

—

7 jours de repos

Elle a relu son planning trois fois ; Lola au moins autant de fois avant de lâcher son plus élégant « connasse ». Et de lui faire promettre de l'appeler en visio depuis Times Square à la nuit tombée, quitte à la réveiller à 2 heures du matin. Avec à peine 36 heures à passer sur place, sans doute n'aura-t-elle pas le temps de visiter d'autres lieux qu'elle rêve de découvrir. Shopping pour Lola, sport pour Hugo qui, lui, l'a exhortée à assister à une partie de baseball au Yankee Stadium. Grâce au Ciel, son escale ne coïncide pas avec un jour de match.

Des voix qui lui parviennent du hall poussent Milie à oser une tête discrète par l'entrebâillement de la porte ; sans doute ses collègues pour le vol. Elle rassemble ses esprits et fait atterrir ses pensées : avant de songer à jouer les touristes, elle va d'abord vivre sa grande première en tant qu'hôtesse de l'air. Une chaleur nouvelle envahit son ventre : le jour tant attendu est enfin arrivé.

Carole précède le reste de l'équipe dans la salle de réunion. Milie s'efforce de faire une revue d'effectif le plus discrètement possible ; les sourires affables qu'elle reçoit en retour la rassurent autant qu'ils lui empourprent les joues. Grillée. Chacun s'installe autour de la table. Certains semblent se connaître, d'autres moins. Milie n'a pas le loisir de leur inventer une vie, comme elle aime à le faire avec les inconnus qu'elle rencontre. Carole sonne déjà la fin de la récré.

— Merci pour votre ponctualité. Comme toujours, on va commencer par un tour de table pour que chacun se présente. Mais laissez-moi avoir un mot particulier pour Émilie, qui officiera en qualité de PCB pour la saison. Aujourd'hui, elle est avec nous pour son vol de familiarisation. Bienvenue à Giant Airlines, Émilie.

Les applaudissements qui suivent surprennent l'intéressée. *Attendez que je renverse un verre sur un passager, on verra si j'aurai droit à une* standing ovation.

— Merci pour votre accueil. J'ai hâte de vivre cette expérience à vos côtés.

Le tour de table se poursuit, le rituel semble bien rodé : en moins d'une minute, les présentations sont faites. Carole reprend la main.

— 286 PAX[18], taux de remplissage 92 %, avec la répartition suivante : 11 business, 24 premium, dont deux enfants et trois ados, et 251 éco avec 3 UM, 4 PMR. Configuration PNC standard : 3 en business, 2 en premium et 6 en éco. Des envies particulières pour les postes ?

Tous ces acronymes obligent Milie à une concentration maximale ; elle relira ses notes après la réunion.

Carole lance un tour de table rapide, chacun donne sa préférence ; la plupart des employés ne se positionnent pas, ce qui surprend Milie. Elle était persuadée que la business était le graal ultime. En réalité, seule Léa demande à y être placée.

— Donc : Karim, Léa et Cécile en business ; Christophe et Maud en premium ; les autres en éco. Je vous laisse décider de vos postes. En cas de désaccord, je trancherai, mais je suis sûre que je n'aurai pas à le faire, ajoute-t-elle en souriant à son équipe. Le commandant de bord prévoit une durée de vol de 8 heures 05, aucun phénomène météo signalé. C'est bon pour tout le monde ?

Le groupe approuve en continuant à prendre des notes. Milie s'efforce de suivre : le débit est rapide, les informations sont nombreuses.

— Je n'ai pas compté Émilie dans la distribution, je l'enverrai aux différents postes en fonction des besoins, pour qu'elle en découvre le maximum. En qualité de PCB, elle n'est pas autorisée à effectuer des actions relevant de la sécurité. Merci de vous en souvenir.

----

18 Abréviation pour « passagers ».

L'équipe acquiesce de nouveau, certains adressent un clin d'œil complice à Milie. Bien que ce genre de réunion soit la routine pour eux, tous sont concentrés sur les paroles de leur cheffe de cabine. Dans son imaginaire, et sans doute dans celui de nombreux clients, les PNC investissaient l'avion peu avant les voyageurs et se contentaient de reproduire à l'infini le même schéma. La formation s'est chargée de casser cette idée reçue ; cette réunion confirme que rien n'est laissé au hasard. Encore moins les détails.

— Nous aurons trois UM : des enfants non accompagnés à bord, précise Carole en direction de Milie. Ils seront placés ensemble à l'avant de la cabine. Avec un peu de chance, ils s'entendront bien. Niveau embarquement prioritaire, nous avons quatre personnes à mobilité réduite signalées. Restons vigilants ; parfois, les PAX n'osent pas faire valoir leur droit à passer les premiers. Si vous identifiez une personne âgée, en béquilles, ou une famille avec des enfants en bas âge par exemple, c'est à vous d'intervenir.

Carole enchaîne sur les détails pratiques concernant le service à bord. Par mimétisme, Milie prend des notes sans savoir si elles lui seront utiles.

— Vous trouverez en page 2 les allergies alimentaires signalées ainsi que les demandes particulières. Comme toujours, nous commencerons par apporter le repas aux enfants. Émilie, je te conseille de mettre en place un code couleur pour t'y retrouver en un coup d'œil. Personnellement, je surligne les allergies d'une couleur, les repas spéciaux d'une autre. Et les enfants en jaune fluo. Parce que tu comprendras vite qu'un enfant occupé est un enfant heureux. Et qu'un enfant heureux évite beaucoup de problèmes à bord.

L'équipage s'esclaffe : apparemment, ils craignent plus de devoir gérer une crise en culotte courte qu'une série de turbulences gratinée.

Le briefing pré-vol se poursuit, chaque membre du personnel navigant reçoit sa *check-list* des points de sécurité à vérifier à bord, les procédures propres à l'appareil sont rappelées.

— Des questions ? Aucune ? Alors en vol.

Milie s'attendait à une réunion sans fin ; elle aura duré moins de trente minutes. Carole se lève la première, puis s'éclipse après avoir donné rendez-vous à l'équipage vingt minutes plus tard à bord.

— T'es une sacrée veinarde, affirme avec douceur sa collègue de droite.

Milie s'efforce de remettre un prénom sur le visage de la jeune femme.

— Angelina, mais tout le monde m'appelle Gina.

— Tout le monde m'appelle Milie, lui répond-elle en souriant. Je me sens très chanceuse, c'est vrai. Mais à quoi tu fais référence ?

— Au fait que Carole est sans doute la meilleure cheffe de cabine que tu puisses avoir pour un premier vol. Par contre, petit conseil d'amie, t'as pas intérêt à tirer au flanc avec elle.

— C'était pas dans mes intentions. J'ai vraiment hâte de commencer.

Avant de quitter les bureaux, chacun vérifie que sa tenue est impeccable. Certaines font une retouche maquillage, d'autres ajustent leur chignon. Gina s'approche de Milie, replace son foulard et forme la boucle un peu plus largement.

— Voilà, comme ça, c'est parfait, assure-t-elle.

— Eh bien, allons-y si on ne veut pas être en retard, annonce Christophe en attrapant son trolley.

Le reste de l'équipe lui emboîte le pas. Gina passe son bras sous celui de Milie, puis lui adresse un clin d'œil complice.

Lorsqu'elle avance dans les dédales de l'aéroport, Milie se sent envahie par une sensation nouvelle et puissante. Entourée de ses collègues, qu'elle vient pourtant tout juste de rencontrer, elle a le sentiment d'avoir trouvé une famille. Dans son esprit, la scène se joue au ralenti. Elle progresse, pas à pas, dans le hall. Dans un *slow motion* qui ferait rougir les déesses de l'Académie de Magie de Beauxbâtons[19], affublée de son sourire le plus radieux, elle tourne la tête à droite, puis à gauche. Elle reprend pied avec la réalité lorsqu'elle se prend les siens dans le tapis. Gina la rattrape *in extremis*.

— Va pas te casser une jambe ! Ça serait con que ta carrière se termine le jour où elle a commencé.

Elles s'engouffrent dans le hall des contrôles, puis empruntent le coupe-file réservé au personnel en riant franchement.

---

[19] L'académie de magie Beauxbâtons est une école fictive dans la saga de l'auteure anglaise J. K. Rowling, *Harry Potter*.

22

L'odeur forte et caractéristique du kérosène envahit ses narines. Ce parfum, pourtant toxique, l'a toujours attirée ; petite déjà, Milie s'arrangeait pour s'asseoir côté réservoir lorsque son père prévoyait de faire le plein. À la station, elle baissait discrètement la vitre. Oh, très peu, juste l'espace suffisant pour laisser les émanations investir l'habitacle. Puis, inlassablement, son père ouvrait la sienne en grand pour l'en débarrasser.

Son père.

Sans doute devrait-elle ravaler sa fierté et faire le premier pas ; cela fait près de six mois qu'ils ne se sont pas parlé. Bien sûr, il aura *gagné*, une fois encore.

Un bruit de métal qui s'entrechoque la pousse à tourner la tête vers sa droite ; déjà, les agents avitailleurs prennent le chemin d'un autre géant des airs pour remplir son estomac. Carole ramène Milie au présent en posant la main sur son dos avec douceur.

— Stressée ?

Milie sourit.

— J'étais dans mes pensées. L'odeur de l'essence a réveillé des souvenirs. Et pour répondre à ta question : je dirais plutôt que j'ai hâte.

Si elle se montre tout à fait honnête, elle appréhende un peu ce premier vol dans son costume d'hôtesse. Sera-t-elle à la hauteur ? Le job de ses rêves va-t-il se révéler être un cauchemar ?

— Tout va bien se passer, lui assure Carole. Crois-en mon expérience : quand on a le feu sacré comme tu sembles l'avoir, ce travail est un rêve éveillé.

La cheffe de cabine tait les inconvénients du métier ; Milie aura bien le temps de les découvrir par elle-même.

Tandis que ses collègues complètent leur *check-list* sécurité, Milie s'occupe de faire l'inventaire du *galley*[20]. Manquer de repas, de boissons ou même de gobelets peut paraître futile ici-bas ; à 10 000 mètres d'altitude, la moindre contrariété peut prendre des proportions inattendues. Elle lance un regard envieux aux autres membres de l'équipe, qui accomplissent des tâches bien plus gratifiantes à ses yeux. Pour elle, la sécurité est le cœur du métier ; le service n'en est que la face apparente. Milie referme le dernier casier, rassurée que les stocks soient pleins. Une main posée sur son épaule la fait sursauter.

— Reste concentrée sur ta tâche, Émilie.

Carole ouvre deux casiers pour inverser des caisses que Milie a placées au mauvais endroit.

— Désolée.

— Je sais que tu prends tes marques, mais on ne peut pas se permettre d'avoir la tête ailleurs quand on est en cabine, d'accord ?

— Ça ne se reproduira plus.

Quelle conne, se fustige Milie. *L'avion n'a pas quitté la terre ferme et je me fais déjà remarquer.* Elle se racle la gorge, fulmine de son étourderie et entreprend de revoir l'ensemble de sa *check-list.*

— On n'a pas le temps de vérifier qu'on a bien fait notre travail. Je t'observais : tout est OK. Mais pour les prochaines fois, il faudra bien faire au premier passage. Le reste de

---

[20] Nom donné à la cuisine d'un avion.

l'équipe doit pouvoir compter sur toi. S'ils sentent que tu n'es pas fiable, ils auront la tentation de surveiller tes tâches et seront moins attentifs aux leurs. Tu comprends le problème ?

— Oui, bien sûr. Je suis désolée.

— C'est ton premier jour, on est tous passés par là, la rassure Carole. Je te dis ça pour que tu aies conscience que l'attitude des uns a des conséquences pour les autres. On est une équipe : on gagne ensemble, on perd ensemble. Sauf que nous, quand on perd, on peut rarement se rattraper au match suivant.

Carole lui caresse l'épaule, puis disparaît à l'avant de la cabine. Dans moins de dix minutes, les passagers se presseront à bord ; Milie n'a pas le luxe de ruminer.

✈ ✈ ✈

Milie se tient droite comme un piquet à l'avant de l'appareil, prête à accueillir les voyageurs du jour. Aucun n'est censé deviner qu'elle effectue cette mission pour la première fois, aussi s'efforce-t-elle de maîtriser les tremblements qui cherchent à prendre possession de ses jambes. Tandis qu'elle aperçoit les premiers passagers au niveau du dernier virage de la passerelle, elle se répète mentalement les mots qu'elle connaît déjà par cœur. Lorsqu'ils sont suffisamment proches pour décrypter ses expressions faciales, elle accroche son plus beau sourire à son visage.

— Bonjour, bienvenue à bord !

Le passager lui tend sa carte d'embarquement sans même un regard. Comme l'instructeur le leur a martelé pendant la formation, elle reste de marbre, cherche les informations sur le billet, puis le dirige vers la droite ; Léa prend le relais en haussant discrètement les sourcils en direction de Milie.

— Les joies de la business. Faut pas croire, ils sont souvent gratinés, lui souffle Christophe entre ses dents, sans se départir de son sourire.

Déjà, un petit groupe se presse à la porte d'embarquement. Ceux qu'elle attend sont facilement reconnaissables : ils sont jeunes, portent un badge coloré autour du cou et sont escortés par Maud, sa collègue au sol. Elle les confie à Milie, puis prend sa place pour accueillir les derniers passagers prioritaires.

— Bonjour, les enfants, je m'appelle Émilie, ou Milie, comme vous préférez.

Le plus âgé des trois lève un sourcil blasé, remet son écouteur et pianote sur son téléphone comme pour lui signifier qu'il ne cherche pas à se faire des amis. Message reçu ; au moins, celui-là ne lui causera pas de problème : il se suffit à lui-même. Elle se tourne vers les deux autres.

— Ève et... Noah. Vous avez huit ans, j'ai tout bon ?

— Oui, et même qu'on va voir nos papas, c'est trop cool !

— Mais vous n'êtes pas frère et sœur ? interroge Milie en vérifiant leurs badges.

— Bah non, on se connaît pas. Lui, il va voir son papa, et moi le mien. C'est drôle, hein ? lance la petite fille, aussi pétillante que sa voix.

— Sacrée coïncidence, oui. Vous avez l'habitude de prendre l'avion sans vos parents ?

Milie masque son étonnement face à la décontraction affichée par les deux jeunes passagers. À leur âge et dans les mêmes circonstances, l'enfant timide qu'elle était se serait sans doute liquéfiée sur place.

— Bah oui, je le fais à toutes les vacances. Maman travaille et de toute façon, elle veut plus voir Papa... Ils sont plus trop copains, alors... lâche Noah en haussant les épaules.

— Moi, ça dépend, ajoute Ève d'une voix mélancolique. Des fois, c'est Papa qui vient en France, mais j'aime mieux quand je vais chez lui à New York.

Milie attrape les mains de la fillette, dépose un *bisou magique* dessus. Elle n'en a pas eu beaucoup, petite, mais elle sait de source de sûre que ça fonctionne. Le sourire d'Ève le lui confirme.

— Je veux un Coca, lance l'adolescent taciturne sans lever les yeux de son téléphone.

Et... le charme est rompu. Milie manque de s'étouffer. Elle s'attendait à devoir faire face à des passagers retors ou malpolis. Mais que cela vienne d'un enfant de treize ans la choque d'autant plus. Elle fait mine de ne pas avoir entendu, poussant le jeune voyageur à se répéter.

— Un Co-ca. Ça va comme ça ?

— Je te l'apporterai dès que tous les passagers auront embarqué.

Milie n'a pas le temps de ruminer le manque de politesse de Lubin, puisque, déjà, l'agitation grandit à la porte avant de l'avion : l'embarquement de la classe économique vient de débuter. Milie sort trois petits paquets de bonbons de sa poche, se ravise, en range un, puis tend les deux restants à Ève et Noah. Ils l'accueillent avec un grand sourire, arrachent le papier sans ménagement et s'emploient à engloutir leur contenu en un temps record. Lubin se redresse sur son siège, la mine renfrognée ; Ève promène son regard entre l'ado revêche et son paquet de bonbons éventré. Elle semble hésiter quelques instants et finit par en proposer à son voisin.

— Cool, lâche-t-il en dirigeant sa main vers le sachet.

Ève retire son offre en même temps que son bras, courroucée ; la main de Lubin rencontre le vide, puis l'accoudoir. Il interroge la petite fille d'un sourcil relevé.

— T'as pas dit le mot magique.

Elle livre son verdict sur un ton neutre, en haussant les épaules sans quitter le paquet de bonbons des yeux, comme si elle craignait une incursion ennemie. Lubin porte la main à sa bouche pour étouffer le rire qui s'en échappe ; Ève reporte son attention sur lui, les yeux en mode lance-flammes. La jeune hôtesse se délecte d'avance.

— Tu trouves ça drôle d'être malpoli ?

L'adolescent se pince les lèvres, se racle la gorge, puis, avec le plus grand sérieux qu'il est capable d'afficher, déclare :

— Je veux bien un bonbon, *s'il te plaît*. Merci, anticipe-t-il pour assurer sa pitance.

Ève savoure pleinement son succès, accorde la friandise à son voisin, reporte son attention sur Milie et lui adresse un clin d'œil complice. La jeune hôtesse tape dans la main offerte par sa passagère, déclenchant un râle désespéré de Lubin. Bien sûr, elle finit par lui donner son paquet de bonbons, à lui aussi.

Milie se redresse ; à peine a-t-elle le temps de lisser son pantalon du plat de la main que, déjà, un homme l'alpague pour négocier une place plus spacieuse et plus à l'avant de l'appareil. Ses collègues l'avaient prévenue de cette obsession des passagers de se retrouver aux premiers rangs – pour débarquer plus rapidement à destination. *Erreur*, est-elle tentée de leur répondre. Selon ses nombreuses recherches, les passagers ont pourtant statistiquement plus de chances de survie à un accident s'ils se trouvent à l'arrière de l'appareil, sur le siège central. Les places les moins prisées, en somme. Milie sourit en se remémorant l'air outré de son collègue, Christophe, lorsqu'elle a osé lui demander s'il y pensait, parfois. Aux crashs. Christophe lui a fait promettre de ne plus prononcer ce mot. *Tu veux nous porter l'œil ou quoi ?* Les navigants seraient-ils superstitieux ?

— L'avion affiche presque complet, je vais voir ce que je peux faire. Je reviens vers vous après le décollage.

La réponse ne semble pas satisfaire le voyageur ; il s'en retourne à sa place en queue de peloton, bougon.

L'embarquement suit son cours à un rythme soutenu. Entre ceux qui cherchent leur siège et ceux qui s'évertuent à faire rentrer un carré dans un rond dans les porte-bagages supérieurs, un petit embouteillage se forme. Milie accompagne les uns à leur place, joue au Tetris pour ranger le maximum de valises. En vingt minutes, tous les passagers sont installés. Déjà, ses collègues se positionnent dans les allées, établissent un contact visuel avec les voyageurs pour capter leur attention. À l'avant de l'avion, Carole se saisit du micro et invite les passagers à regarder la vidéo délivrant les consignes de sécurité. Dans une chorégraphie maîtrisée, les hôtesses et stewards indiquent l'emplacement des sorties de secours, la manière de boucler les ceintures, d'utiliser les gilets de sauvetage et les masques à oxygène. Depuis le *galley* central, Milie promène son regard dans la cabine et se surprend à constater que peu de passagers s'intéressent à leur écran. Ont-ils si peu de considération pour leur propre sécurité ? Elle préfère y percevoir une confiance aveugle en la compagnie et ses salariés, en premier lieu les pilotes.

Les consignes de sécurité terminées, les collègues de Milie déambulent dans les allées. Tandis que les uns comptent les passagers, les autres s'assurent que toutes les ceintures sont bien bouclées et les tablettes rabattues.

— PNC aux portes, indique le commandant de bord au micro.

Milie prend place sur l'un des *jump seats*[21] au fond de l'avion tandis que ses collègues s'affairent aux dernières vérifications de sécurité. Carole lui a attribué le *galley* arrière pour le premier service ; Gina et Christophe la rejoignent. *La fine équipe*, ne peut s'empêcher de penser Milie en souriant.

---

[21] Siège pliable utilisé par les membres d'équipage pendant les phases de décollage, d'atterrissage ou en cas de turbulences.

23

Milie voudrait figer l'instant, se souvenir de ce moment précis lorsque dans quelques années, elle l'espère, il sera devenu sa routine. Alors elle pourra retrouver la sensation de la chaleur qui monte, du rythme cardiaque qui s'accélère. Et de l'impatience qui la gagne.

Elle ferme les yeux pour mieux ressentir chaque vibration. Lorsque le pilote allume les deux moteurs, un grondement sourd et puissant se fait entendre. Milie laisse échapper un sourire satisfait. Les vibrations s'intensifient à mesure que les moteurs montent en régime, ils rugissent désormais comme un lion cherchant à marquer son territoire. L'avion accélère le long de la piste, gagne rapidement en vitesse. Milie savoure la poussée qui la colle à l'arrière de son strapontin. *Je vole.* Elle vole.

— Ouvre les yeux, lui murmure Christophe, assis à sa droite. On est censés faire gaffe à un truc qui s'appelle la sécurité.

Les lèvres pincées, Milie affiche un air penaud et reporte immédiatement son attention sur l'extérieur, à travers les hublots. L'avion continue de gagner en altitude, un bruit de mécanisme en action se fait entendre ; les trains d'atterrissage se rétractent.

Milie se focalise sur les sons et les sensations, les met en relation avec ce qu'elle a appris en formation ainsi qu'à travers ses nombreuses recherches. Contrairement à beaucoup de ses jeunes collègues, son expérience en vol se limite à un aller-retour, lors d'un voyage de moins de deux heures. Chaque sensation est, sinon nouvelle, inhabituelle pour elle. Bien consciente que les passagers concentrent leur attention sur elle chaque fois qu'ils ont besoin de se rassurer, elle s'efforce de garder un visage impassible malgré ses quelques appréhensions. Lorsque la puissance des moteurs diminue, le bruit sourd dans la carlingue s'amenuise ; l'avion vient d'atteindre son altitude de croisière. Un voyant lumineux le leur indique. Christophe se lève le premier, entraînant Gina dans son sillage. Sans avoir à échanger la moindre parole, ils se dirigent chacun vers un côté du *galley*, s'affairant à leurs tâches respectives. Tout cela a été appris et répété lors de la formation ; Milie est tout de même fascinée par l'efficacité dont ils font preuve. Contrairement à ses collègues, elle hésite sur le rôle qui est le sien. Doit-elle les rejoindre ? Ne risque-t-elle pas de les gêner ? Son regard est attiré par une tête qui s'aventure dans le couloir, à l'avant de l'appareil ; Ève lui adresse un petit signe de la main.

— Est-ce que c'est OK si je sers à boire aux UM ?

— Oui, bien sûr. Tiens, profites-en pour distribuer le kit aux enfants en éco, lui suggère Christophe en lui tendant une caissette.

Milie s'en saisit, y ajoute quelques canettes et gobelets, puis consulte la liste de service pour repérer où sont assis les jeunes passagers. En suivant sa progression, elle leur remet le petit paquet et une boisson ; ils auront ainsi de quoi s'occuper en attendant le repas. Arrivée à hauteur de son trio, elle décide de jouer un peu avec son ado rebelle. Lubin daigne lever un sourcil. Elle lui tend le kit en insistant volontairement sur « enfant », se délecte de la grimace de contestation qui déforme son visage. Puis elle lui remet un gobelet et se saisit d'une bouteille d'eau minérale. Les yeux de Lubin semblent lui demander si elle se paie sa tête. *Un peu que je me paie ta tête.*

— Ça va, je rigole, le rassure-t-elle en vidant une canette de Coca dans un verre.

L'adolescent revêche consent un sourire discret avant de retourner à son téléphone. Ève et Noah lèvent leur pouce dans sa direction, elle y répond par un clin d'œil complice.

De retour au *galley*, Milie s'affaire à remplir le dessus du chariot de boissons, puis insère les tiroirs contenant les barquettes que Gina lui tend. Quelques instants plus tard, les voilà engagées dans l'allée de gauche pour commencer la distribution des menus enfant et des repas spéciaux. Régulièrement, des passagers les interpellent pour réclamer qui une boisson qui un repas. Chaque fois, elle leur explique que leur tour viendra bientôt.

— À croire qu'ils n'ont rien avalé depuis trois jours, lui souffle Gina, blasée, à travers son sourire de façade.

Deux heures et demie après le décollage, les estomacs des voyageurs satisfaits et les chariots vidés, Milie peut enfin se poser quelques instants avec Gina et Christophe, pour manger le repas qu'ils ont précommandé avant le vol. Même s'il est loin d'un menu gastronomique, il est plus consistant que celui offert aux passagers et, surtout, bien plus appétissant. Pour cette première rotation, Milie a jeté son dévolu sur une salade norvégienne en plat de résistance, qu'elle déguste avec envie. Ne sachant pas à quoi s'attendre, elle avait prévu quelques snacks ; elle n'y touchera sans doute pas.

Christophe et Gina profitent de ce moment pour la questionner sur son parcours et ses projets tandis qu'ils préparent déjà le chariot pour la vente de produits détaxés. Lorsqu'elle leur confie son rêve d'embrasser la même carrière qu'eux, leur visage s'éclaire.

— Par contre, te laisse pas endormir par les compagnies pourries. Tu trouveras un taf plus vite, mais les conditions de travail n'ont rien à voir. Je ne dis pas que tout est parfait chez nous, mais on a certains avantages que d'autres n'ont pas, la prévient Gina.

— J'ai surtout entendu dire que c'était hyper compliqué d'être embauché à Giant Airlines. Apparemment, il y a eu très peu d'ouvertures de postes ces dernières années.

— Le Covid a fait beaucoup de mal au secteur aérien, admet Christophe. Mais selon les rumeurs, ça devrait recommencer à bouger.

Milie observe ses deux collègues, essaie de leur attribuer un âge. La petite trentaine pour Christophe ; vingt-sept, peut-être vingt-huit ans pour Gina ? Cette dernière l'interrompt dans ses pronostics :

— Vas-y, pose ta question.

— Quelle question ?

— Celle qui te brûle les lèvres.

— Je me demandais, mais arrêtez-moi si je suis trop indiscrète...

— Chérie, lance-toi, l'encourage Christophe.

— Est-ce que vous avez une famille ?

L'hôtesse et le steward se regardent quelques secondes avant d'offrir un visage effaré à leur jeune collègue.

— Tu nous as pris pour des antiquités ? Est-ce qu'on a l'air d'être en âge d'avoir des gosses ? Merde alors, la claque.

Milie ne sait pas à quel saint se vouer avec le steward. Le sourire discret qui s'invite à la commissure de ses lèvres la soulage instantanément.

— Perso, je tombais que sur des tocards, donc j'ai arrêté de chercher, reprend Gina plus sérieusement. Avec moi, les mecs, ça va, ça vient. Et quand ça vient, ça va.

— Quand *ça va et vient*, surtout.

— T'es lourd, pouffe l'hôtesse en bousculant discrètement son collègue. Bref, je suis célibataire et pour l'instant je suis bien comme ça. Et en ce qui concerne celui-là, ajoute-t-elle, il en a fait un art de vivre.

Loin de se vexer, le principal concerné lève un sourcil, visiblement heureux de se retrouver au centre de l'attention.

— Oublie le glamour, tempère Gina. Il déboîte des hanches à l'international.

Milie manque de s'étouffer en voyant la mine effarée de Christophe.

— Ne crois pas tout ce qu'elle raconte. C'est la plus grosse mythomane que la Terre ait portée, s'offusque le steward.

— Vraiment ? rétorque Gina en le toisant.

— Disons qu'il est possible que, de temps à autre, je prenne du bon temps en escale. Je suis irrésistible. *What can I say?* concède-t-il en haussant les épaules.

Milie souffle de dépit avant de joindre son rire aux leurs. Elle s'imagine facilement faire de ces moments-là sa routine.

— Vous volez souvent ensemble ?

— Tu rigoles ? C'est quoi, la troisième fois en cinq ans ? interroge Gina en tendant quelques parfums à Milie.

Christophe confirme et lui explique que, pour des raisons de sécurité, les équipes sont toujours constituées de personnes différentes. Ainsi, chacun reste concentré sur sa mission sans se reposer sur son collègue.

— Pourtant, vous semblez proches ?

— On a eu le coup de foudre au premier regard...

— Amical, précise Gina pour évacuer tout malentendu.

— Et donc, on a gardé contact ensuite.

— Toi et moi, on va bien s'entendre, je le sens. Sous tes airs de nana hyper sérieuse, je suis sûre que t'es fun.

— Alors je ne voudrais pas être accusée de publicité mensongère. « Fun », c'est pas vraiment le mot que je choisirais pour me définir. Par contre, je suis sympa et hyper pratique.

Christophe et Gina se concertent du regard et rendent leur verdict dans la seconde :

— Vendu, décrètent-ils à l'unisson.

Carole approche dans leur dos, un sourire en coin.

— Quand vous aurez terminé votre petite réunion Tupperware, vous pourrez éventuellement lancer le service de vente à bord. On a quelques objectifs à remplir, si je ne m'abuse.

— Comme tu le vois, on était justement en train de préparer les chariots, prétend Christophe en fourrant un parfum dans un tiroir.

— Mais bien sûr, rétorque la cheffe de cabine, dubitative. Allez, au boulot, les taquine-t-elle. Émilie, tu te sens de gérer un chariot seule ?

— Absolument, j'ai été formée et je travaille dans un fast-food depuis un an pour financer mes études. La vente, je maîtrise.

— Alors, à toi de jouer. Ensuite, vous pourrez prendre votre pause tous les trois.

Milie consulte sa montre ; elle n'a pas vu le temps passer. Tandis que Gina et Christophe terminent la préparation du chariot, elle s'éclipse à l'avant de l'appareil pour prendre des nouvelles de ses jeunes UM. Elle place une couverture sur Ève, qui s'est endormie, s'assure que ses deux compagnons n'ont besoin de rien, les prévient qu'elle s'absente une petite heure, puis retourne à l'arrière de l'avion. En chemin, quelques passagers l'interpellent ; elle les invite à aller se servir en boissons et en snacks au niveau du *galley* central, où un buffet en libre-service est installé.

✦ ✦ ✦

Milie est sur le point de découvrir la *pièce secrète*. Le fameux poste de repos, l'un des seuls éléments dont elle n'a trouvé que très peu de traces sur Internet. Sentant l'excitation de sa jeune collègue, Gina ouvre cérémonieusement la porte sur laquelle est inscrit « Accès interdit. Personnel autorisé uniquement ». Cela donne à Milie le sentiment d'appartenir à un club sélect.

Elle emprunte donc l'étroit escalier en colimaçon le torse bombé de fierté. Dans son dos, Christophe lui souffle de ne pas s'attendre à un palace. L'endroit est étriqué, certes, mais les deux couchettes disposées de part et d'autre du couloir exigu, et les trois côte à côte au fond de la pièce lui semblent tout à fait confortables, pour peu qu'on ne soit pas trop grand. Les rideaux épais, une fois tirés, offrent une certaine intimité à chaque membre d'équipage.

— Je te conseille un petit *sleep attack*.

La mine circonspecte de sa jeune collègue déclenche un rire bruyant de Christophe.

— Une sieste flash, va pas m'envoyer ton slip à la tête !

Les épaules de Milie se relâchent. Elle admet sa difficulté à trouver le sommeil rapidement ; Gina lui conseille alors de télécharger un podcast de relaxation et de l'écouter.

— À défaut de dormir, tu reposeras tes yeux, comme on dit. On aura le temps de discuter pendant l'escale. Mais si tu veux en profiter à fond, Christophe a raison : repos. Avec des écouteurs à réduction de bruit, c'est encore mieux. T'as ça ?

— Je te rappelle que je suis étudiante, et donc par définition : fauchée. Mais j'ai des écouteurs de Wish, indique Milie en les sortant de son sac.

— Je te prêterais bien les miens, mais c'est pas génial niveau hygiène. Tu sais quoi, regarde dans la petite pochette, tu y trouveras des boules Quies. C'est pas le Pérou, mais c'est toujours mieux que rien. Et, surtout, n'oublie pas de régler ton réveil dix minutes avant ta reprise, histoire de ne pas débouler avec une énorme trace d'oreiller.

Sur ce vol de huit heures, l'équipage a droit à une heure de pause, autant dire à peine le temps de se poser que, déjà, il faut se relever. Au moment d'enclencher son alarme, Milie hésite à enlever le mode avion pour consulter ses messages et en envoyer quelques-uns. Grâce au Wi-Fi auquel le personnel navigant a accès, elle pourrait même regarder une série ou un film sur une plateforme en ligne si l'envie lui en prenait.

Elle se ravise rapidement : si elle met le doigt dans cet engrenage, elle y consacrera toute sa pause. Suivant les conseils de ses collègues, plus aguerris, elle place les boules Quies, tire le rideau, s'allonge et fixe le plafond de sa cabine quelques instants. De sa couchette, nichée au plus haut de la carlingue, elle devine à peine les vibrations de l'appareil, suffisamment malgré tout pour se laisser bercer par le ronronnement des moteurs.

Le vrombissement insistant de son téléphone la sort d'un sommeil bien installé, sa sieste flash s'est muée en une nuit avortée. Elle se lève dans un état semi-léthargique, ce qui ne manque pas de déclencher l'hilarité de ses collègues. Gina lui tend un miroir et lui conseille une retouche coiffure et maquillage avant de descendre ; Carole a beau faire partie des cheffes de cabine les plus appréciées, elle n'en reste pas moins intransigeante sur les règles, notamment celles concernant le devoir de représentation. Milie s'exécute, laisse échapper une grimace en découvrant le désastre capillaire. Elle fait au mieux pour réparer les dégâts malgré l'épais nuage de laque qu'elle a imposé à son crâne ce matin. *Tu parles d'un chantier.* Son œuvre relève plus du cache-misère que de l'art. *Ça fera l'affaire,* décrète Christophe, qui émerge frais comme une rose.

— Comment...

— Comment je fais pour afficher ce physique d'Apollon en toute circonstance ? Le talent, ma chère collègue. Le talent.

— Le botox aussi. Un peu. Non ? le tance Gina.

— Un magicien ne révèle jamais ses secrets. Et son assistante est soumise à un devoir de réserve, rétorque-t-il, le regard faussement sévère.

Sur ces bonnes paroles, le trio, d'humeur joyeuse, rejoint l'étage inférieur pour la dernière ligne droite du vol.

Après un deuxième service sans accroc, l'équipe se prépare doucement pour l'atterrissage.

PNC aux portes.
Armement des toboggans.
Vérification de la porte opposée.

Tandis que ses collègues sacrifient aux vérifications d'usage, Milie retourne voir ses jeunes passagers non accompagnés. Elle leur tend un paquet de bonbons chacun, qu'ils reçoivent avec enthousiasme. Elle les prévient qu'ils devront rester assis après l'atterrissage, ils seront les derniers à débarquer.

Tandis qu'elle remonte l'allée, elle poursuit sa distribution auprès des autres enfants de l'avion. La déglutition atténue les effets du changement brusque de dépression atmosphérique lors des phases de décollage et d'atterrissage ; ces sucreries préserveront, elle l'espère, les jeunes passagers d'un mal d'oreilles carabiné. Elle profite de la vue offerte par les hublots ouverts ; seraient-ce les gratte-ciel caractéristiques de la ville qu'elle distingue au loin ? Son sourire trahit sans doute son excitation ; qu'importe, elle ne peut plus cacher son impatience.

Dernier virage, annonce le pilote.

Christophe capte le regard de sa jeune collègue, porte la main à son oreille pour attirer son attention sur le bruit de mécanisme qui se fait entendre : le train d'atterrissage est sorti. Il lui indique les *jump seats*.

Déjà, l'avion commence à ralentir. La décélération est discrète, mais perceptible. À travers le hublot, les immeubles gigantesques se font plus précis ; l'appareil entame sa descente vers la piste. Lorsque la pression s'accentue dans ses oreilles, Milie s'efforce d'appliquer les conseils reçus de la part de ses collègues ; elle avale sa salive à intervalles réguliers. Bien que désagréable, la sensation n'est pas douloureuse à proprement parler, aussi prend-elle son mal en patience : elle sait le phénomène transitoire.

Lorsque l'avion touche finalement la piste, Milie tressaille ; le choc des roues sur le tarmac est discret et la secousse légère, mais cela reste un ressenti nouveau pour elle.

Dès lors que l'appareil s'engage sur le *taxiway*, les PNC détachent leurs ceintures. Milie suit le mouvement.

— Les passagers vont commencer à se lever dans cinq... quatre... trois... Ah, ils sont vifs ! se désole Gina lorsque les premiers voyageurs lui donnent raison. C'est pas comme si la phase de roulage était légèrement délicate.

À l'avant, Milie distingue Carole qui se saisit du micro.

Mesdames et messieurs, merci de bien vouloir rester assis et de garder votre ceinture de sécurité attachée et bien ajustée jusqu'à l'arrêt complet de l'appareil à son point de stationnement.

— Je déteste les *gate lices*, j'ai du mal à comprendre le concept, se lamente Christophe.

— Les quoi ?

— Les poux de porte, ceux qui font la queue avant que l'avion soit garé, ceux qui marcheraient sur un gosse pour être les premiers à débarquer. Tu sais le pire ? C'est qu'ils finissent souvent par attendre leur valise plus longtemps que ceux qui sortent les derniers.

Milie glousse à demi-voix, son collègue est un acteur qui s'ignore.

Avant que les PAX ne s'agitent pour de bon, Milie se dirige vers les premières rangées de la cabine, rappelle à ses UM qu'ils doivent rester assis pendant que les autres voyageurs descendent. Enfin, elle rejoint Carole à la porte de débarquement comme elle le lui a demandé.

L'avion a désormais terminé sa course et les passagers sont déjà presque tous debout lorsque le voyant « Attachez vos ceintures » s'éteint. Milie atterrit, elle aussi, et commence à reprendre pied avec la réalité : elle vient de vivre son premier vol en qualité d'hôtesse de l'air. Dans quelques minutes, elle foulera le sol new-yorkais. *Pincez-moi, je rêve !*

24

Du bruit. Partout. Des voyageurs. À perte de vue. Certains flânent, au grand dam de ceux qui, derrière, voudraient s'offrir un sprint. Pour attraper une correspondance ? Pour profiter de chaque minute à New York ? Les gens qui vivent au pas de course ont toujours fasciné Milie. Au bout du chemin, on se retrouvera tous au même endroit, non ? Alors, pourquoi y aller en courant ?

Milie referme ses doigts autour de ceux de sa jeune passagère.

— Ne t'inquiète pas, Ève, je reste avec toi.

La fillette lui décoche un regard circonspect.

— Je suis pas inquiète, c'est toi qui es inquiète. Ça va aller.

Elle ponctue sa phrase, prononcée sur un ton suffisant, d'une tape sur la main non moins condescendante. Milie se retourne vers ses collègues, la mine outrée, en quête de soutien ; elle ne reçoit que leurs gloussements en réponse. Noah et Lubin, eux, rient à gorge déployée. Elle esquisse un sourire en secouant la tête. Ils ne paient rien pour attendre.

Bien qu'elle suive le mouvement amorcé par Carole, qui ouvre la marche, Milie ne peut s'empêcher de regarder partout, inquiète de constater qu'elle doit se concentrer pour déchiffrer ce qui est inscrit sur les panneaux et comprendre les discussions qu'elle saisit au vol autour d'elle. Son ego en prend un coup : elle qui pensait être bilingue ou presque doit admettre que c'est loin d'être le cas.

L'aéroport John-F.-Kennedy est l'un des plus fréquentés des États-Unis et l'un des principaux hubs pour les vols internationaux : une fourmilière qui ne dort jamais, à l'image de la ville qui l'abrite. Aussitôt que les membres d'équipage franchissent les portes automatiques qui marquent l'entrée de la zone des arrivées, un brouhaha sourd leur parvient. Milie porte son attention sur la foule qui se masse devant les comptoirs de la police aux frontières ; une véritable mer de têtes cherchant à grappiller le moindre millimètre dans ce qui ressemble à un pèlerinage de chenilles processionnaires. La file s'étire sur plusieurs dizaines de mètres, serpentant à travers le vaste hall. Son humeur s'assombrit brusquement.

— On va mettre des heures à sortir d'ici !

— C'est trop mignon, les bleus, lâche l'un des deux pilotes, taquin. Tu crois vraiment qu'on n'a que ça à faire ? Bifurque à droite et lève la tête. Tu vois quoi ?

Crew lane.

Le coupe-file réservé aux membres d'équipage est presque vide ; Milie retrouve le sourire.

— Et voilà, elle a compris, se félicite le capitaine. L'uniforme confère quelques avantages. Le mien plus que le tien, mais on peut s'arranger, ponctue-t-il avec un clin d'œil suggestif.

Connard, articule silencieusement Milie. *Tu pourrais être mon père, gros porc*, se désole-t-elle. *Peut-être même a-t-il une fille de son âge*, ne peut-elle s'empêcher de compléter en observant avec dégoût l'alliance qui orne son annulaire.

— Le mien me convient parfaitement, lâche-t-elle en plantant son regard froid dans celui de son collègue impudent.

Les yeux du pilote brillent d'une lueur suspecte. Son visage se ferme quelques instants ; Milie garde la tête haute malgré la fébrilité qui la gagne. Est-elle allée trop loin ? Elle n'a rien fait de mal, et pourtant elle se sent coupable. Ève lui tire la main, puis, lorsqu'elle obtient l'attention de Milie, lève les yeux au ciel ostensiblement, déclenchant le ricanement de la jeune hôtesse. Si même une gamine de huit ans est capable de comprendre la lourdeur de la manœuvre... *Fais un effort, Alain.* Elle s'apprête à tourner la tête en direction de ses collègues, espérant y trouver du soutien, mais avant qu'elle n'amorce le mouvement, un rire bruyant, rapidement rejoint par d'autres, s'élève. L'équipage au complet rit à ses dépens. Alain lui assène une légère tape dans le dos.

— Sans rancune ?

Super, la blague. Milie souffle de dépit, puis acquiesce :

— Vous êtes vraiment des gamins.

— Tu n'as pas idée à quel point, confirme Carole.

La cheffe de cabine s'arrête pour laisser passer le reste du *crew* tandis qu'elle sort le dossier contenant les documents de ses jeunes passagers. Elle invite Milie à observer la procédure afin de pouvoir l'appliquer lors des prochains vols. Quand elle franchit à son tour le contrôle aux frontières – en moins de cinq minutes –, la file en serpentin à sa gauche n'a pas désempli. Au contraire, une nouvelle horde de voyageurs l'a allongée de plusieurs mètres. Alain avait raison, après tout : l'uniforme confère bel et bien quelques avantages.

Noah ne s'est pas encombré des politesses d'usage : il s'est éclipsé sans même un geste ou un mot pour l'équipage qui l'a accompagné sur ce vol. Son géniteur l'a probablement biberonné à la méthode « On ne va pas remercier les gens d'avoir fait leur boulot » : il n'a pas accordé le moindre regard au *petit personnel.* Lubin, lui, repart avec un homme en costume.

— Le chauffeur de son père, lui glisse l'un de ses collègues, rompu à ce genre de situation.

Milie est prise de compassion pour l'ado rebelle, qui a sans doute quelques raisons de l'être. La jeune hôtesse s'accroupit, offre une dernière accolade à Ève, sèche la larme qui perle au bord des yeux de sa passagère et fait mine de la camoufler dans la poche de la petite voyageuse : elle s'imaginait pouvoir retrouver son hôtesse préférée sur son vol retour quelques semaines plus tard.

— C'est ta cachette à chagrins. Dedans, tu peux aussi y ranger des bisous, comme ça, ils se tiendront compagnie.

Milie sent un regard peser sur ses épaules. Satisfaite d'avoir arraché un sourire à Ève, elle se redresse le cœur léger, puis lève la tête en direction du père de la fillette. De ses mocassins parfaitement vernis à sa cravate nouée avec soin, tout semble maîtrisé chez cet homme, jusqu'à sa barbe naissante taillée au millimètre. Étant donné l'âge de sa fille, Milie se résout à lui attribuer la petite trentaine. À première vue, elle l'aurait plutôt imaginé fraîchement diplômé. Il la fixe sans un mot ; elle s'efforce de ne pas se noyer dans le bleu de ses yeux. Son sourire n'a rien de malaisant, elle y lit de la reconnaissance. Sa foi en l'humanité est restaurée.

— Vous avez une fille adorable. Espiègle et pleine d'esprit ; c'était un plaisir de l'avoir parmi nous.

— Merci. J'aimerais m'attribuer le mérite de toutes ces qualités, mais mon honnêteté m'oblige à admettre qu'elle les tient de sa mère.

Milie ne peut réprimer un sourire, accompagné d'un haussement de sourcils : un homme qui n'essaie pas de tirer la couverture à lui, et qui va même jusqu'à en accorder le crédit à son ex-femme ? Elle ne pensait pas être témoin de ce petit miracle de son vivant. Malgré ses efforts pour rester professionnelle – et pour appliquer la distance émotionnelle requise –, elle ressent une connexion avec Ève. Et son père n'ayant rien à envier aux plus belles stars hollywoodiennes, elle ne rechigne pas à prolonger ce moment.

Un raclement de gorge discret dans son dos lui rappelle qu'elle n'est pas maître des horloges.

— La navette nous attend, lui souffle Carole.

D'un geste lent, l'homme retire un objet de la poche intérieure de son costume et le tend à Milie.

— Si vous revenez un jour à New York et que vous avez besoin de quoi que ce soit, n'hésitez pas à me solliciter.

Un frisson parcourt l'échine de Milie au contact de sa main sur la sienne.

— Je n'hésiterai pas, lui assure-t-elle en lisant la carte de visite.

Elle le gratifie d'un hochement de tête froid et professionnel – du moins, l'espère-t-elle – et retire sa main avec empressement. Elle s'éloigne, met une distance qui lui paraît acceptable avec l'homme dont elle sent le regard peser dans son dos. À vouloir trop approcher le soleil, on finit par se brûler. Elle ne peut s'empêcher de risquer une œillade derrière elle : *gagné*, il n'a pas bougé d'un iota et lui adresse un geste discret de la main, qu'elle décide d'ignorer.

— Tous les mineurs non accompagnés sont des gosses de riches ou c'est juste une impression ?

— New York, c'est un peu différent. Pour le coup, là, ton impression est justifiée, admet Carole. Et tu es tombée sur un beau spécimen, ajoute-t-elle avec une moue admirative.

— Si t'en fais rien, je suis sur le coup, intervient Gina en lui chipant la carte de visite.

— Ah, ça ? Tu peux la garder, j'en ferai rien.

— Tu peux bien jouer les indifférentes, personne n'en croit un mot ici. T'as intérêt à le rappeler, lui intime Gina en fourrant le carton dans la poche de sa jeune collègue.

— Je vais tous vous calmer en deux secondes : premièrement, j'ai un mec. Deuxièmement, je ne suis pas sûre que flirter avec le parent d'un client soit autorisé. Et troisièmement, il n'est pas prévu que je revienne à New York.

Christophe pouffe, puis se racle la gorge avant de déclamer :

— Premièrement, quand bien même tu serais mariée, je n'y verrais rien de rédhibitoire. Deuxièmement, t'as cru que t'étais médecin, curé ou un truc du genre ? Tu t'envoies bien qui tu veux en dehors de tes heures de travail. Et troisièmement, il y a de grandes chances que tu reviennes à New York. Mon petit doigt me dit que tu continueras à voler bien après l'été.

La navette qui s'arrête devant eux offre une échappatoire à Milie. Certains membres d'équipage s'endorment avant même que le chauffeur ne démarre. Carole conseille à sa jeune collègue de faire de même : le trajet d'une heure et demie lui permettra de s'octroyer une sieste réparatrice. Milie acquiesce poliment, attend que la cheffe de cabine retrouve sa place, puis reprend son téléphone. Elle *doit* tout raconter à Lola. Absolument tout. Il se peut qu'elle saute un chapitre de l'histoire avec Hugo...

25

— Meuf, me dis pas que tu vas te taper un délire *bookboyfriend* papa veuf...

Milie a attendu de quitter le bus – et ses collègues – pour sonner Lola, qui avait eu droit à son débrief détaillé par messages jusque-là. Elle connaît trop bien son amie pour risquer d'échanger à voix haute à portée d'oreilles indiscrètes.

— Techniquement, il n'est pas veuf.

— Joue pas sur les mots...

Milie branche le téléphone sur haut-parleur, bascule l'appel en mode visio et balaie la pièce avec son portable.

— Tu veux vraiment me saouler avec ce type ? Mate-moi plutôt cette chambre incroyable. T'as vu la taille du lit ? Je vais pouvoir dormir en diagonale. Au. Calme.

Elle joint le geste à la parole, saute sur le matelas et se vautre dedans en émettant un râle de satisfaction.

— Arrête de faire ce genre de bruit dans ce genre de contexte en ma présence. Ça me dégoûte.

Milie s'en donne à cœur joie, encouragée par les vives protestations de son amie. Quand elle décide qu'elle l'a suffisamment traumatisée, elle se lève d'un bond et se dirige vers la fenêtre.

— Et cette vue, on en parle de cette vue ?

— Des immeubles, des fenêtres, encore des immeubles et d'autres fenêtres. Super, je kiffe.

— Fais pas la rageuse, t'es trop jalouse.

— Je suis carrément jalouse. Putain, avec ma chance, j'aurai même pas un petit New York en juillet.

— Tracasse, tu l'auras en août, c'est obligé !

— Ouais, y a intérêt, sinon je câble.

Milie s'esclaffe ; elle se dirige vers la salle de bains, pose le téléphone sur le meuble et commence à se déshabiller.

— Tu fais quoi, meuf ?

— À ton avis ?

— Si tu te mets en pyj, je te dégomme. Me dis pas que tu vas squatter ta chambre, t'es pas sérieuse ?

— Je vais prendre une douche, bouffonne. Et ensuite, c'est *ciao* : à moi New York City !

Milie se glisse sous un filet d'eau bouillante et s'époumone pour faire la conversation à Lola, qui n'y comprend rien. C'est ce qu'elles font souvent quand elles ne sont pas au même endroit : partager une discussion qui n'a aucun sens et qui se finit toujours par un double monologue. Lorsque Milie s'extirpe de la douche sous un nuage de buée épais, Lola n'y voit déjà plus rien depuis un moment. Milie essuie l'objectif et reprend là où elle en était :

— Du coup, t'en penses quoi de mon programme ?

— J'en dis que tu devrais arrêter de tout planifier et profiter. Les indispensables selon moi : le pont de Brooklyn, le mémorial du 11-Septembre, tu fais coucou à la statue de la Liberté de loin. Ce soir, tu vas à Times Square, demain matin tu te prends un latte à emporter et tu vas le siroter à Central Park telle une *queen*.

— C'est exactement ce que je t'ai dit y a deux minutes.

— Et entre tout ça, poursuit Lola en ignorant l'intervention de Milie, tu trouves le temps de faire un peu de shopping.

— Avec quelle thune, niquedouille ?

—Avec celle que t'économises depuis des mois en prévision de ce moment précis, tel le gros rat que t'es, par exemple ?

Milie lâche un sourire satisfait, peaufine son maquillage avant de claquer un bisou dans le vide en direction de sa meilleure amie.

— Comment ça, tu me laisses en chien ? Sérieux, fais-moi visiter avec toi !

— De un, j'ai pas ton temps. De deux, tu crois que ma batterie a la vie éternelle ? De trois, je dois appeler Hugo.

— Les préférences, c'est grave. Je le prends mal. Très mal. Et d'ailleurs, tu ne vas pas t'en tirer aussi facilement : on n'a pas fini de parler de ce Mat...

La fin de sa phrase se perd dans les limbes du réseau téléphonique international. Milie n'a pas fermé la porte de sa chambre que, déjà, elle reçoit un emoji arborant fièrement son majeur dressé. Elle n'en attendait pas moins de Lola.

✦ ✦ ✦

Milie ne sait pas où poser les yeux. Dans son esprit, elle se trouve en plein épisode de *Gossip Girl*, qui compte parmi ses séries préférées. C'est d'ailleurs en hommage à Blair Waldorf qu'elle a choisi sa tenue à consonance B.C.B.G. ; un blazer bleu marine, une chemise en dentelle blanche entrée dans un pantalon cigarette taille haute. Un style *preppy* saupoudré d'une touche *trashouille* : un bracelet fin et clouté. Évidemment, le look serait incomplet sans un foulard noué dans les cheveux et son *it bag*. Sans qu'elle sache vraiment pourquoi, Milie s'identifie à ce personnage iconique. Lola, elle, le sait très bien : *elle est ouvertement la* bitch *que nous sommes toutes intérieurement*. Débat clos.

Milie sourit en apercevant au loin un nuage de vapeur s'échapper d'une bouche d'égout. Les clichés existent parce qu'ils renvoient à une réalité. Et quitte à tomber dedans, autant le vivre à fond. Elle s'arrête dans le premier Starbucks qu'elle croise sur son chemin, commande un Mango Dragonfruit en Venti et manque de s'étouffer au moment de régler la douloureuse. Elle sirote sa boisson par petites gorgées – histoire de rentabiliser son investissement –, se filme et prend des dizaines de selfies, jusqu'à trouver l'angle parfait. Elle est sur le point de l'envoyer à Hugo ; comme s'il lisait dans ses pensées, son nom s'affiche sur son portable. Elle place ses écouteurs avant de décrocher.

— Je commençais à croire que tu m'avais déjà oubliée.

— T'es au courant qu'il est 20 heures ici ? Je te signale que je sors à peine du taf et que j'ai toujours pas mangé. Quelqu'un pourrait-il souligner l'effort, s'il vous plaît ?

— Que quelqu'un décerne une médaille à cet homme dévoué, *s'il vous plaît*, s'esclaffe Milie. Attends, je passe en visio, comme ça on se promène à New York ensemble.

— T'es canon, j'aimerais tellement être avec toi. Tu me manques déjà...

Milie lui offre une moue attendrie en portant la main à son cœur.

— Et moi, j'aimerais tellement que tu sois ici avec moi. Tu commencerais par quoi, d'ailleurs ?

— Par t'embrasser à chaque coin de rue, par te faire danser en plein Times Square. Ensuite, on visiterait le Summit pour que tu comprennes à quel point tu me donnes le vertige. On retrouverait la terre ferme pour faire un détour par Grand Central. Là, je filmerais quarante-huit fois ta descente de l'escalier jusqu'à obtenir le résultat parfait. On ferait une pause au *food court*, où tu mangerais ce que j'ai commandé et je ferais semblant de préférer ton plat, alors que pas du tout. On se promènerait des heures sans se lâcher la main, on reprendrait notre souffle en partageant notre oxygène. Au coucher du soleil, on ferait un crochet par Times Square pour s'imprégner du lieu, puis, au plus haut des marches rouges, je commencerais à t'embrasser dans le cou, là, précise-t-il en indiquant la pointe de son lobe, parce que je sais que tu me traînerais jusqu'à l'hôtel. Et là, je...

— Tu me rends dingue, arrête, je suis en pleine rue, glousse Milie, émoustillée.

Hugo retire son tee-shirt, s'adosse à la tête de lit, lui adresse un regard ténébreux et une moue mutine. Milie déglutit en s'efforçant de se contenir.

— T'es au courant que tout Manhattan peut te voir à moitié à poil, là ?

— Plaisir d'offrir. Je voulais juste te rappeler ce que t'as à la maison. Et montrer à la concurrence contre qui elle se bat.

— Ça y est, t'as fini de jouer au mâle alpha ? se désole Milie en roulant des yeux.

Hugo se lève d'un bond, envoie son pantalon rejoindre le reste de ses vêtements dans un coin de la chambre. Milie pousse un cri de panique lorsqu'il glisse un doigt dans son caleçon et qu'il entreprend de s'en débarrasser. Bouche bée, elle scanne les alentours pour s'assurer que personne ne profite du spectacle. Raté. Les sourires entendus et le regard de deux passantes qui s'attarde sur son écran laissent peu de place au doute. Hugo, hilare, se délecte de la gêne visible de Milie. Fier de sa nouvelle facétie, il envoie un clin d'œil à sa belle, qui lui demande – avec un détachement feint, histoire de faire chuter la température de quelques degrés – de se concentrer un peu sur son programme du jour.

— C'est quoi, le début d'aprèm là-bas ? Je sais que t'as vraiment envie d'aller au mémorial du 11-Septembre, vas-y, et ensuite, promène-toi dans le quartier financier. De mémoire, tu peux tout faire à pied. Après, tu pousses à Brooklyn Bridge pour le coucher du soleil. Merde, c'est un truc à faire en amoureux, ça.

— Alors on sera obligés de revenir tous les deux...

— J'ai envie de faire le tour du monde avec toi.

Milie contient son émotion au bord des yeux. Elle aimerait que son téléphone soit un Portoloin[22], pour que Hugo puisse la rejoindre en un battement de cils.

— Allez, maintenant, je veux tout savoir ! lance-t-il au débotté.

— Sur ?

— Le réchauffement climatique. À ton avis ?

— Ah, ça...

— La meuf est déjà blasée, j'hallucine.

Milie s'exécute ; elle lui raconte par le menu – ou presque – l'ensemble du vol avec force détails. Elle s'interrompt çà et là pour observer ce qui l'entoure et surtout pour essayer de se repérer.

— Attends, je crois que je suis perdue.

— Comment tu peux te perdre à New York ?

— Genre, le mec est new-yorkais...

— Tu connais l'obsession bizarre de mon père pour New York.

— Ton père bosse littéralement à New York la moitié de l'année. C'est pas une obsession, c'est son bureau et t'es bien content qu'il t'emmène dans ses bagages régulièrement.

— Donc...

— Donc tu connais New York comme ta poche, admet Milie à contrecœur.

— Maintenant que j'ai toute ton attention...

Il lui indique comment trouver la station de métro la plus proche, lui explique – pour la quinzième fois depuis qu'elle a reçu son planning deux semaines plus tôt – comment s'y retrouver. Cela lui semble pourtant simple, bien plus qu'à Paris, par exemple. Le plan de Manhattan est hippodamien,

---

[22] Objet magique utilisé pour se téléporte dans la saga *Harry Potter*.

ses rues sont rectilignes et se croisent à angle droit. En somme, un damier avec une station à presque chaque intersection.

— Pour faire court : si t'es pressée, tu prends l'*Express*. Si t'as le temps, tu prends le *Local*. Vu que tu restes à peine une journée, l'*Express* sera plus efficace. Uptown, tu vas vers Times Square ; Downtown, tu vas vers Brooklyn.

Forte de ces conseils, Milie fourre son téléphone dans son sac à main en dévalant deux à deux les marches de la station de métro qui, comme prévu, l'attendait au coin de la rue.

✈ ✈ ✈

L'astre brille par son absence ; cela n'empêche pas nombre de visiteurs de déambuler autour du mémorial les lunettes de soleil vissées sur le nez. Milie est hypnotisée par la mélodie des cascades qui se déversent le long des parois en granit, dans les deux bassins construits à l'emplacement exact des anciennes tours. Ils sont immenses ; elle ne peut imaginer deux gratte-ciel s'élevant plus haut que ceux qui l'entourent, et encore moins deux Boeing 767 s'y encastrer. Comment cela a-t-il pu se produire ? Comme un rappel cruel des événements, le bruit sourd d'un avion se fait entendre dans le ciel. Intriguée, elle lève la tête et voit, au loin, un appareil fendre les nuages. Puis elle se souvient que, quelques heures plus tôt à peine, c'était elle qui se trouvait là-haut. Quelle torture ça doit être pour les familles de victimes, qui viennent se recueillir devant l'un des 3 000 noms gravés autour des bassins, de subir le vrombissement des moteurs qui envahissent à intervalles réguliers le ciel new-yorkais... À quelques mètres d'elle, justement, deux femmes tiennent chacune une rose à la main. *Une mère et sa fille*, estime Milie. La plus âgée, soutenue par la plus jeune, dépose la fleur au pied du bassin, puis promène le doigt sur le marbre, sans doute à l'endroit où le nom de l'être cher, disparu ce jour-là, est inscrit. Cette femme a-t-elle perdu un mari, un frère, une sœur ou un parent ? Plus de vingt ans après l'attentat, l'émotion semble intacte et vrille le cœur de Milie.

Elle repart du mémorial avec un sentiment étrange : pourquoi cet événement, qui s'est produit avant sa naissance, la touche-t-elle à ce point ? Elle se promet de visiter le musée si, par chance, elle revient un jour. Tandis qu'elle déambule dans le quartier financier, elle ne peut s'empêcher d'y repenser, encore et encore. De questionner son émotion. Lorsqu'elle bifurque en direction du pont de Brooklyn, elle en vient à la conclusion que son intérêt pour cette tragédie est au contraire sain : le souvenir et le devoir de mémoire sont les ennemis du mal.

Les trottoirs fourmillent de travailleurs quittant leurs bureaux, les taxis jaunes vrombissent dans les rues, slalomant entre les piétons pressés et les cyclistes indisciplinés. Surplombant le brouhaha de la ville qui ne dort jamais, le ciel commence à se teinter d'une couleur dorée. Milie devrait accélérer, elle aussi ; il lui reste peu de temps pour prendre des photos et profiter de la vue à la lumière du jour. Mais les gens, les rues, l'ambiance l'appellent.

Tous les dix mètres, elle marque une pause pour filmer, immortaliser ce qu'elle découvre. Milie craignait de se sentir perdue, ridicule, à se promener seule. Elle prend conscience au contraire qu'elle aime cette liberté de flâner, de s'autoriser à faire passer ses besoins et ses envies avant ceux des autres.

Son regard est soudain attiré par une silhouette familière, mettant un terme à son soliloque. Le pont de Brooklyn se dresse, majestueux, reliant deux mondes, deux réalités. Elle s'en approche, le cœur battant et le portable à la main, pour graver l'instant où elle posera le pied sur le pont. Sa montée des marches à elle.

Sur la passerelle piétonne, Milie assiste à une danse de langues et de cultures qui se croisent et se mêlent ; des rêveurs et des pragmatiques, des touristes ébahis et des citadins pressés. Des amoureux, aussi, qui la renvoient à l'absence du sien. Milie les observe quelques instants. Le couple lui tourne le dos ; la jeune femme a la tête posée sur l'épaule de son petit ami tandis qu'il l'entoure de ses bras. Ils se regardent longuement, amoureusement. Sur une impulsion, elle les mitraille sous tous les angles jusqu'à obtenir le cliché parfait, au moment où ils échangent un baiser plein de tendresse. Milie s'empresse de l'envoyer à Hugo avec pour légende : « *Toi, moi, dans un an. It's a date.* »

Elle hésite à aborder le couple, qui semble hermétique à ce qui se joue autour de lui. Les regards des amoureux se perdent dans l'horizon. Milie s'arrête un instant pour contempler à son tour la vue à couper le souffle. Au loin, elle croit deviner la silhouette de la statue de la Liberté. La fameuse *skyline* de Manhattan, plus proche, se dresse majestueusement face à elle ; les gratte-ciel semblent vouloir caresser les nuages. À ses pieds, l'East River s'étire comme un trait d'union entre les quartiers animés de Manhattan et le charme éclectique de Brooklyn. Les eaux reflètent les lueurs cuivrées du soleil couchant. Milie se tourne pour repartir quand son regard croise celui de la jeune femme ; elle ne peut se résoudre à garder la photo pour elle. Dans un mélange d'espagnol et d'anglais, elles parviennent à se comprendre. Touchée par la démarche de Milie, la touriste mexicaine lui indique son compte Instagram avant de la remercier chaleureusement.

Milie reprend sa marche, heureuse de cette rencontre furtive. Au milieu de l'emblématique structure suspendue, Milie s'imprègne une dernière fois des lieux, puis se résout à rebrousser chemin. Avant de quitter la passerelle, elle s'arrête devant les artistes qui esquissent des croquis du pont et de la *skyline* au loin. Elle en achète un, qu'elle compte accrocher au mur de sa chambre dès son retour. Ce voyage marque le début de sa vie d'adulte, et ce dessin au fusain sera le rappel que les rêves, même les plus fous, sont faits pour être réalisés.

26

Milie consulte sa montre : il lui reste un quart d'heure avant de rejoindre l'équipage dans le hall de l'hôtel. Elle s'installe donc au bureau qui fait face à la vue magnifique que lui offre sa chambre : *des immeubles, des fenêtres, encore des immeubles et d'autres fenêtres*. Oui, mais des immeubles, des fenêtres, encore des immeubles et d'autres fenêtres à New York. Et ça fait toute la différence.

Là, à ce bureau avec vue, elle s'adonne à un petit rituel désuet. Pour être tout à fait précis, c'est une première, mais puisqu'elle compte renouveler l'exercice à chacun de ses déplacements, il s'agira alors d'un rituel, elle ne fait qu'anticiper. De sa plus belle écriture, elle noircit une carte postale. Quelques mots qu'elle aurait aussi bien pu taper sur son téléphone pour un envoi express. Instantané, même. Tandis qu'elle colle le timbre, elle repense à l'émotion qu'elle ressentait quand sa mère hurlait au bas de l'escalier : « Émilie, tu as reçu du courrier. » Cela ne se produisait qu'à l'été, une à deux fois tout au plus. Mais ce souvenir reste ancré. Elle qui a toujours reçu n'a jamais envoyé. Pourquoi l'aurait-elle fait ? Ses rares vacances se résumaient à un camping sans charme dans un coin dénué d'intérêt. Ces quelques mots griffonnés sur un rectangle de carton représentent bien plus qu'il n'y paraît. Cette fois, c'est elle qui envoie. C'est elle. Et ça fait toute la différence.

Elle range les quatre cartes postales dans son sac, se passe du gloss sur les lèvres. Un dernier coup d'œil au miroir lui arrache un sourire satisfait.

Ses collègues l'accueillent avec enthousiasme ; visiblement, ils sont ravis de lui faire découvrir leur *cantine* et de partager ce moment avec elle. Christophe lui a confié que l'équipage presque au complet qui dîne ensemble à New York, ça n'arrive pas si souvent. Cette destination fait partie des escales pendant lesquelles chacun vaque à ses occupations. Milie n'en est que plus touchée. Sur le chemin du restaurant, elle glisse son courrier dans la première *mailbox* qu'elle croise. La cheffe de cabine observe la scène avec un regard attendri.

— Je pensais que ta génération n'envoyait plus de cartes postales, s'étonne Carole.

— Oh, mais c'est le cas. C'est juste moi et mes idées bizarres. Je ne sais même pas si les gens à qui je les envoie seront heureux de les recevoir.

— Crois-moi, recevoir ce genre de courrier, ça fait toujours plaisir. Les tiennes sont pour qui ? Désolée, je suis peut-être indiscrète.

— Pas du tout ! À mes deux meilleures amies, à mon copain. Et à ma mère.

En réalité, si elle a bien écrit un mot pour sa mère, elle l'a envoyé à son travail. Avec la chance qu'elle a, c'est Fabrice qui relèverait le courrier et sa carte postale finirait au fond de la poubelle. Cette pensée lui serre le cœur, mais elle connaît suffisamment son père et sa rancune tenace pour savoir que c'est exactement comme ça que la scène se déroulerait.

— Tu comptes faire ça à chaque escale ? intervient Alain, le pilote.

— C'est le plan.

— Je te donne quatre rotations avant de te lasser, affirme Christophe.

— Mais t'en as pas marre de répandre ta négativité comme ça ? le rabroue Gina. Tu sais quoi, j'espère bien que tu continueras à le faire dans quinze ans. Même après plus de mille escales. C'est romantique, c'est romanesque, j'aime, j'adore ! déclame-t-elle en levant les bras au ciel.

— Et après, on dit que c'est moi qui exagère, souffle Christophe en roulant des yeux.

— Tu sais quoi ? Tu m'as donné envie de faire pareil, ajoute Gina en ignorant son collègue. Demain, j'achète la plus belle des cartes.

— Et tu l'écriras à qui, à ton chat ? la raille le steward.

Gina lui adresse une moue boudeuse, attrape Milie par le bras pour l'éloigner de ses mauvaises ondes. Dans leur dos, plusieurs membres échangent avec entrain sur les personnes de leur entourage à qui ils pourraient, eux aussi, envoyer une carte.

— Tu sais quoi, je vais t'imiter. Dans quelques jours, ma fille en recevra une. Elle a seize ans et le caractère qui va avec ; elle va sans doute se payer ma tête, mais je prends le risque.

— Crois-moi, Carole, elle aura beau faire genre devant toi, au fond, elle sera hyper touchée. Et je suis sûre que non seulement elle la gardera précieusement, mais qu'en plus, elle attendra les suivantes avec impatience !

L'idée que son rituel inspire des membres d'équipage chevronnés emplit Milie de fierté. Carole lui tapote affectueusement l'épaule.

— Le restaurant se trouve au coin de la rue, lui souffle-t-elle à l'oreille.

Parfait : l'estomac de Milie commence à se faire entendre.

La façade du bâtiment ne paie pas de mine. À vrai dire, seule, Milie n'aurait sans doute pas tenté l'expérience. La queue qui s'étire devant l'entrée la rassure et lui arrache une grimace inquiète : elle est affamée. Elle se dirige vers le couple qui ferme la marche quand Gina la tire sur la gauche.

— On débarque à dix, tu nous prends pour des amateurs ? Notre table nous attend.

L'équipe emprunte un petit couloir froid et impersonnel jusqu'à atteindre le comptoir. Mais dans quel boui-boui l'entraînent-ils ? Seul le bruit sourd de la musique qui lui parvient lui indique qu'ils sont – peut-être – au bon endroit ; elle croit deviner une chanson de BTS, le groupe de K-pop préféré de Juline. Elle sourit au souvenir de leurs nombreux débats, Milie n'a jamais compris l'obsession de son amie pour ce genre musical.

Les effluves de viande grillée qui trouvent leur chemin jusqu'à Milie s'insinuent dans ses narines et se faufilent dans son estomac pour le narguer. Une serveuse les invite à la suivre ; lorsque les deux portes coulissantes s'ouvrent à leur approche, les décibels grimpent en flèche et la musique se fait assourdissante. Par réflexe, Milie porte ses mains à ses oreilles.

— T'inquiète, on a demandé une pièce fermée, on sera tranquilles, la rassure Gina.

Milie s'imprègne de l'ambiance tandis que le groupe traverse la salle et se sent comme désorientée : en une fraction de seconde, elle est téléportée de New York à Séoul. Bien qu'elle n'y ait jamais mis les pieds, la passion dévorante de Juline lui aura au moins permis de découvrir la culture sud-coréenne et cet endroit ressemble en tout point à certaines des photos qui tapissent la chambre de son amie.

L'atmosphère tamisée, presque sombre, confère au lieu une ambiance de marché traditionnel nocturne. Seul le plafond, de type industriel, détonne avec la décoration du restaurant. Les inscriptions en hangul[23] qui s'affichent sur les murs, les larges tables en bois, entourées de bancs et placées sous des tonnelles en bois travaillé, les pièces privées, cachées derrière des façades d'échoppes traditionnelles, tout dans ce restaurant

----

[23] Alphabet coréen.

invite au voyage. Lorsque le groupe investit la salle qu'il a réservée, Milie a presque oublié qu'elle se trouve à New York.

Elle découvre la carte avec un mélange d'excitation et de désarroi : c'est officiel, elle n'y comprend rien. Mais les odeurs et les mets disposés sur les tables qu'elle a découverts en chemin lui mettent l'eau à la bouche.

Carole, en bonne cheffe de bande, prend les choses en main. *Comme d'habitude ?* Tout le monde approuve. Milie est circonspecte.

— Je croyais que vous voliez rarement plusieurs fois avec le même équipage ?

— C'est vrai. Mais en général, dans ce genre de restaurant, quand on débarque à dix, on demande un mix de la carte, ça permet à chacun de trouver son bonheur et on peut goûter à tout. Ça te va ?

Milie acquiesce. Son ventre proteste de plus en plus bruyamment : à ce stade, qu'importe l'assiette, pourvu qu'elle soit pleine. Lorsque le serveur revient dix minutes plus tard les mains chargées de deux plateaux débordant de mets, qu'il dispose sur la table, Milie écarquille les yeux. Tout lui fait envie et en même temps, bien qu'elle s'efforce de profiter du moment présent, elle ne peut s'empêcher de penser à l'addition, qui s'annonce salée. Elle devra sans doute se serrer la ceinture en attendant que son salaire tombe. Si le banquier ne lui bloque pas sa carte d'ici là. Au centre de la table, les deux barbecues sont à bonne température. Sans perdre de temps, l'équipage y dépose des morceaux de viande et des légumes tranchés en lamelles. Milie, pour qui tout cela est nouveau, profite de l'effervescence pour les observer, histoire de ne pas passer pour la plouc de service.

— C'est ta première fois dans un restaurant coréen ? l'interroge Alain face à son hésitation.

— Ça se voit tant que ça ?

Il lui sourit. Un sourire qui n'a rien de condescendant ni de moqueur. Milie y décrypte plutôt de la nostalgie.

— Tu vas découvrir tellement de choses grâce à ce métier, tu n'as pas idée. Je te suggère de commencer par placer la viande de ton choix sur le barbecue.

Milie jette son dévolu sur la poitrine de porc finement tranchée.

— Et en attendant qu'elle cuise, tu devrais goûter...

— Au *kimchi*, l'interrompt Gina avec enthousiasme.

— J'allais dire au *pajeon*, mais le *kimchi* n'est pas mauvais non plus, admet le pilote.

Milie aimerait suivre leur conseil. Sauf qu'elle ignore à quels mets ils font référence. Comme s'ils lisaient dans ses pensées, ses deux collègues lui tendent chacun un plat. Elle y prélève une petite part et, sentant leurs regards peser sur ses épaules, y goûte en s'efforçant de garder un visage neutre.

— Alors ? la questionnent-ils à l'unisson.

— Alors... les deux sont excellents, tranche Milie.

— Non, non, non, c'est trop facile, intervient Christophe.

Salaud, s'amuse Milie.

— Le *pajeon*, mais c'est vraiment parce que j'ai pas le choix.

Gina la houspille tandis qu'Alain célèbre sa victoire. Milie les observe, attendrie : ils ne se connaissent pas – ou peu –, et pourtant ils sont tellement complices !

— J'ai l'impression de me revoir à ton âge. Quoique, j'avais sans doute déjà quelques années de plus au compteur.

Carole se perd dans ses souvenirs ; tout le monde autour de la table lui laisse le temps de les rassembler.

— Ton enthousiasme, ta naïveté sur la profession, dans le bon sens du terme, sont rafraîchissants. Je crois qu'on a beau prétendre le contraire, même dans notre métier hors du commun, on cède parfois à la routine.

Milie balaie l'assemblée du regard ; tous approuvent.

— C'est vrai, mon premier vol me paraît tellement loin, souffle Gina.

— Je viens de vivre le mien et j'ai déjà peur d'oublier mes souvenirs, les sensations.

— Avec un *crew* comme nous ? Aucune chance, statue Christophe, la bouche pincée.

Sa sortie et ses mimiques outrées provoquent un fou rire général. Milie saisit l'occasion pour attiser sa curiosité.

— Vous vous souvenez vraiment de votre premier vol ? Tous ? s'étonne-t-elle.

— Un peu que je m'en souviens ! clame Christophe en se redressant fièrement sur sa chaise.

Ses yeux brillent d'excitation, ceux de ses collègues de désespoir.

— Allez, il va encore nous bassiner pendant une heure avec son fait de guerre, se lamente Gina. Le mec est connu dans toute la compagnie parce qu'il raconte cette histoire à la moindre occasion. Tu sais qu'il s'est même fait imprimer un tee-shirt spécial ?

— Sérieux ? l'interroge Milie, dubitative.

— Ah oui, sérieux ! *I survived my first flight* pour, je cite, être compris à l'international. Le boulard, ajoute-t-elle en mimant une tête qui explose.

— Sois pas jalouse. J'y peux rien si ma vie est plus palpitante que la tienne.

— Ma vie chiante et monotone me convient parfaitement. Vas-y, fais-toi plaisir, abdique l'hôtesse.

— En gros, j'ai failli mourir pendant mon premier vol. La carrière la plus courte de l'histoire de l'aéronautique.

— L'abuseur ! s'exclame la tablée à l'unisson.

— Quoi ? C'est factuellement vrai ! Écoute bien.

Milie observe la scène avec une émotion contenue. Bien qu'ils soient tous en tenue civile, elle appartient désormais à leur cercle. *Une famille*, a insisté Carole au moment de l'apéritif.

— Hé oh, tu m'écoutes ?

— Je suis tout ouïe, lui assure-t-elle.

— Je disais donc que je volais sur un Boeing 747 – un mastodonte, *le* géant des airs.

— Allez, toujours dans l'hyperbole... le tance Gina.

— Je peux raconter *mon* histoire comme bon *me* semble ? Et pour info, « géant des airs » est littéralement l'un des surnoms de cet avion. Mais tu n'auras jamais la chance de voler dans un Jumbo Jet, ils les ont mis à la retraite.

Il adresse un regard menaçant à Gina pour la dissuader de l'interrompre de nouveau. Le copilote approuve :

— Franchement, laisse-le raconter son histoire, sinon on est encore là demain, se moque-t-il.

— C'était donc mon premier vol. Un Paris-Mexico, je m'imaginais déjà siroter un Charro Negro au bord de la piscine.

— *Charro*, s'étrangle Gina, hilare. Ce cocktail est vraiment fait pour toi.

La tablée se pince les lèvres pour échapper au courroux de Christophe, qui s'abat sur son amie.

— Bref, l'avion est immense : deux étages, trois rangées de sièges, 460 PAX. Tu visualises ? Et moi, le *rookie*, au milieu de tout ça en mode même pas peur. Peur de quoi ? Moi ? s'esclaffe-t-il de façon théâtrale. Je suis au niveau des issues d'ailes, on décolle, j'ai trop le moral. Et là. Là, insiste-t-il en frappant dans ses mains.

Milie sursaute sans le lâcher du regard.

— Exactement. Un gros *boum*, une explosion des enfers. Je sens bien qu'on fait du surplace, l'avion ne prend plus d'altitude. À travers le hublot, une énorme lueur orange. Et vu qu'il est presque midi, c'est pas le coucher de soleil, tu piges ? Je te le dis tout net : là, mon cœur s'arrête. Pour moi, c'est fini : je suis mort avant d'avoir vécu. Le réacteur crache des boules de feu. À quel moment ça m'arrive à moi, ça ?

— Les gens devaient être hystériques ! s'exclame Milie, les yeux écarquillés.

— Même pas ! Je crois qu'ils étaient sidérés. Moi, je me mords l'intérieur des joues pour ne pas hurler. Je garde la posture, comme on me l'a appris. Mais à l'intérieur, je me liquéfie.

Milie est surprise par le détachement de l'équipe face au récit de Christophe. Tous continuent à manger comme si de rien n'était. Milie repose sa fourchette, elle est incapable d'avaler la moindre bouchée. L'idée même qu'une catastrophe puisse arriver ne lui a pas effleuré l'esprit.

— Mais du coup, vous avez fait quoi ?

— À ton avis ? Ça se passe au décollage. Quelle est la consigne ?

— Oh merde, mode interro surprise activé. Ça devient intéressant, se réjouit Alain. Alors, on fait quoi dans ce cas de figure ?

— Moi, rien du tout, je suis PCB et je ne m'occupe pas de la sécurité à bord, répond Milie sans se démonter.

— Bien envoyé, la *rookie*, approuve Christophe.

Alain et ses collègues s'esclaffent.

— Mais si ma mémoire est bonne, vous non plus. On n'a pas le droit de se lever avant le signal.

— Donné par le chef, c'est-à-dire moi, ajoute le pilote en bombant le torse.

— Là, perso, je me dis : mais est-ce qu'ils savent, devant, que c'est la merde derrière ? J'oublie tout ce que j'ai appris, sur le moment. Tout sauf qu'il faut que je reste stoïque pour ne pas affoler les passagers, qui commencent à nous regarder, l'air inquiet. Moi, je leur souris comme un con, alors que j'ai envie de leur demander à eux, ce qu'il se passe. *I don't know shit, guys*[24]*!*

Christophe fait le spectacle et toute la tablée s'en délecte. Toute la tablée sauf Milie, qui fronce les sourcils, essayant de rassembler les informations ingurgitées lors de sa formation.

— Arrête de faire ça, lui conseille Christophe en indiquant l'espace entre ses deux yeux. À ce rythme, tu vas te cogner une belle ride du lion avant tes vingt-cinq ans. Je sais exactement à quoi tu penses, là.

— Et je pense à quoi, exactement ?

— Mais pourquoi personne ne prévient le cockpit ?!

Milie hausse les épaules comme pour souligner l'évidence. *Bah oui, pourquoi ?*

— Bien sûr que la cheffe de cabine a essayé de le joindre, mais elle n'a reçu aucune réponse parce que...

— Parce que le poste de pilotage est stérile au décollage et à l'atterrissage, le coupe Milie, heureuse d'avoir retrouvé la mémoire.

— Par contre, quand on voit la cabine qui nous appelle de façon répétée, on sait que quelque chose cloche, précise Alain. Et de notre côté, on a des alarmes qui se mettent à sonner. Donc, oui, on est au courant que c'est la merde derrière, pour reprendre les termes très élégants de notre cher collègue. Franchement, ce genre d'incident est hyper impressionnant, mais c'est vraiment pas...

— Tss... Viens pas gâcher mon histoire, Alain, l'interrompt Christophe sur un ton solennel.

Le pilote lève les mains en réprimant un sourire entendu, puis hoche la tête pour l'inviter à poursuivre.

----

[24] « Je sais que dalle, les gars ! »

— Je disais donc, pendant cinq minutes, je ne sais pas si je vais vivre ou mourir. Me regardez pas comme ça ; mon collègue, qui avait quelques miles au compteur, il faisait pas le malin non plus. Et au bout de cinq longues minutes, le téléphone sonne enfin. Là, je me détends. C'est un pompage réacteur, on va tourner un moment pour larguer du kérosène et atterrir là d'où on vient de décoller. L'avion s'est posé et l'incident était clos.

— Moins de vingt minutes pour pitcher un pompage réacteur, bravo, le taquine Carole. Et si on passait au dessert ?

Milie retient les dizaines de questions qui lui brûlent les lèvres ; elle aura sans doute l'occasion de les poser à d'autres collègues lors de ses prochaines rotations.

— On est à New York, on se ferait pas un donut bien gras à Times Square ? Histoire que Milie vive le truc à fond ? propose Christophe.

— Je suis partante, répond Gina.

Le reste de la tablée décline poliment et décide de faire l'impasse sur le dessert. Lorsque vient le moment de l'addition, Milie sort sa carte bleue et la tend au serveur.

— Tu fais quoi ? lui demande Christophe en stoppant le geste de sa jeune collègue. C'est ton premier vol, l'équipage t'invite, c'est la tradition. *Enjoy.*

— Merci, bredouille Milie en sentant le rouge lui monter aux joues.

Ce ne sont donc pas de simples mots, se réjouit Milie. Ils l'ont vraiment accueillie comme un nouveau membre de la famille et ça la touche bien au-delà de ce qu'ils peuvent imaginer. Sans doute le font-ils régulièrement, peut-être le vivent-ils comme un geste anodin, mais pour elle, qui a le sentiment d'avoir perdu la sienne à Noël, l'idée d'appartenir à une famille est synonyme d'espoir.

27

Milie a beau n'avoir passé que deux jours avec l'équipe, la quitter lui a fait un pincement au cœur. Quarante-huit heures dans une vie, ce n'est pas grand-chose ; une parenthèse, tout au plus. Pourtant, lorsque Milie s'installe dans son siège, dans le train qui la ramène à Rennes, elle a le sentiment d'être partie depuis une éternité.

Le sommeil l'appelle, mais ses souvenirs plus encore. Elle muselle le bâillement qui cherche à se frayer un chemin et replonge dans la photothèque de son téléphone. Elle fait défiler les clichés un à un, comme dissociée de ce qu'elle vient de vivre. Ce n'est pas possible qu'elle, Émilie Marret, soit sur ces photos. Prises à New York. Ça voudrait dire qu'il y a quelques heures à peine, elle, Émilie Marret, se trouvait bien sur le pont de Brooklyn, qu'elle a bien mangé ce donut ultragras sur les marches rouges de Times Square avec deux collègues. Deux collègues avec qui, elle en est persuadée, sa relation dépassera très vite le cadre du travail, en témoigne le groupe WhatsApp auquel elle vient d'être ajoutée.

Je reviens de New York, bordel. C'est surréaliste.

Elle hésite à répondre à l'appel de la sieste, qui lui ouvre grand les bras. Sans doute les vibrations du train la cueilleront-elles quand il se mettra en route. S'il est déjà 15 heures en France, le soleil s'est levé il y a deux heures à peine outre-Atlantique. Son vol lui a donc imposé une nuit blanche. Un coup d'œil à sa montre lui indique qu'il lui reste un petit quart d'heure avant le départ. Sentant la fatigue gagner la bataille, elle enclenche le mode avion, une alarme dix minutes avant l'heure d'arrivée et lance une playlist de musiques relaxantes. Elle s'évapore dès les premières notes.

Milie émerge douloureusement, complètement désorientée. Quelle heure est-il ? Où est-elle ? *Dans le train, je suis dans le train, mais pourquoi ?* Son téléphone. Elle émet un râle désespéré lorsqu'elle constate qu'elle a dormi à peine une heure et que Morphée a définitivement levé le camp. Son déficit de sommeil crève le plafond ; ses muscles, comme atrophiés, refusent de répondre aux ordres que leur envoie son cerveau. De guerre lasse, elle soupire bruyamment et enlève le mode avion.

Elle sourit en découvrant le message de Hugo, qui l'inonde de compliments et se désole de ne pas pouvoir la serrer dans ses bras avant le soir venu. Elle lui répond qu'il lui tarde de s'y lover, en sachant qu'il ne lira ces mots qu'en sortant de son travail en fin d'après-midi.

Milie repose son téléphone, regarde le paysage défiler à travers la fenêtre. *Cette vie pourrait me plaire*, songe-t-elle en souriant à l'horizon. Elle penche légèrement la tête, une moue pensive accrochée à ses lèvres, puis sourit de nouveau. Cette vie lui plaît déjà.

✈ ✈ ✈

Ils n'ont rendez-vous que dans une heure. Mais puisque Hugo a fait l'erreur de lui donner un double des clés de son appartement il y a quelques semaines, Milie s'affaire dans son petit salon depuis dix bonnes minutes. Dans ses valises, elle a rapporté de quoi lui rappeler le goût de la *gastronomie* américaine : gras, sucré et tout sauf équilibré. Sur la table basse, les donuts rejoignent les pop-corn à toutes les sauces,

les Nerds, les M&M's aux saveurs improbables, les cookies...
Bref, ce soir, ce sera dîner-goûter.

Hugo
`J'arrive, femme. Homme avoir faim. Homme`
`pas vouloir manger nourriture.`

Mais qu'il est con, s'esclaffe Milie. *Monsieur a faim, Madame a soif*, décrète-t-elle en vidant son verre d'une traite. Elle allume les petites bougies qu'elle a savamment disposées partout dans la pièce ; leur flamme libère désormais une senteur fruitée. Un détail qui va lui valoir les sarcasmes de son petit ami, alors, foutu pour foutu, elle en allume une dernière. Son cœur palpite comme à l'approche d'un premier rendez-vous. Son corps alterne le chaud et le froid. Hugo ressent-il la même urgence à la retrouver ?

Dans moins de dix minutes, il fera sans doute une entrée fracassante ; Milie compte bien l'accueillir... et le cueillir. Elle s'éclipse dans la chambre, sort de son sac une petite surprise – et folie – rapportée de New York. Elle fait un détour par la salle de bains, s'y affaire quelques instants, jette un coup d'œil satisfait au reflet que lui renvoie le miroir : ses lèvres, ourlées d'un rouge profond, invitent à l'interdit. Elle espère bien pousser Hugo à le braver.

De retour au salon, Milie s'assoit sur le canapé, tente un croisement de jambes façon princesse distinguée. *Trop coincée.* Elle s'enfonce dans le sofa, décroise les jambes, croise les bras, se ravise et les pose le long de son corps, comme inertes. *Yo bro, give me five.* Elle se relève, s'adosse nonchalamment au mur, y remonte un pied, coule un regard langoureux à la porte. *Trop* Pretty Woman. Elle retourne s'affaler sur le canapé, souffle de dépit. Pour le *sexy raffiné*, on repassera.

Hugo ouvre la porte, guilleret. Oubliée, la fatigue de sa longue journée de travail au drive du supermarché. L'odeur des bougies lui promet une soirée... intéressante. L'appartement est plongé dans une ambiance tamisée, la musique romantique qui tourne en fond sonore laisse peu de place au doute quant aux intentions de Milie.

Son appétit grandissant, il efface le couloir en deux enjambées et s'apprête à s'annoncer de sa voix de crooner. Il pouffe bruyamment en découvrant sa belle, endormie dans une position pour le moins acrobatique : les jambes relevées sur le dossier du canapé de façon très distinguée, le bras gauche ballant en direction du tapis, la tête dans un équilibre précaire, semblant hésiter entre le confort de l'assise et l'appel du vide. Et sa bouche... *Cette bouche parfaite*, ne peut s'empêcher de penser Hugo en retenant un fou rire. Cette bouche est parfaite 99 % du temps. Mais ce soir, cette bouche entrouverte affiche l'ersatz d'une promesse bafouée ; elle ressemble plus à la nationale 7 un jour de chassé-croisé qu'à un fantasme inavouable. Milie commence à s'agiter mollement. Avec douceur, Hugo attrape ses jambes, les allonge, les recouvre avec le plaid fin qui trône au pied du canapé. Puis, comme s'il s'agissait d'un explosif instable, il soulève sa tête, s'assoit et l'installe sur ses genoux.

Hugo pose sur Milie un regard qui dit bien plus que les mots. Il amorce un mouvement de la main en direction de son front. Lentement, il saisit la mèche qui campe devant les yeux de sa petite amie pour la replacer derrière son oreille. Elle tressaille, soulève une paupière de quelques millimètres en grommelant dans une langue qu'elle seule peut sans doute comprendre à cet instant.

— Dors, lui ordonne Hugo en relevant la couverture sur elle. *Homme manger nourriture,* ajoute-t-il en se penchant pour attraper un donut.

Il ricane, fier de sa blague, fait disparaître le beignet en deux bouchées, frotte vaguement le bout des doigts sur son jean pour effacer les traces de sucre glace. Puis il reprend ses caresses sur le crâne de Milie sans la lâcher du regard. A-t-elle au moins conscience de la force de ses sentiments ? Si la discussion qu'ils ont eue le soir du Nouvel An a su le rassurer, il garde néanmoins la crainte qu'elle ne soit rattrapée par ses doutes.

Il ne saurait se relever d'une nouvelle rupture, c'est d'ailleurs l'une des raisons pour lesquelles il s'est montré réticent à l'idée de reprendre leur histoire là où elle s'était arrêtée. Mais sa raison a beau le mettre en garde, il est irrémédiablement attiré par la promesse d'un amour sans nuages. Elle est à la fois sa force et sa plus grande faiblesse. Depuis le premier jour et jusqu'à son dernier souffle. Il l'aime à s'en broyer la poitrine.

✦ ✦ ✦

L'arôme intense et enveloppant du café fraîchement coulé sort Hugo de sa léthargie. L'image qu'il découvre en ouvrant les yeux finit de le réveiller. Milie, vêtue d'une nuisette en soie noire qui caresse délicatement ses courbes, approche avec une grâce féline. Ses mouvements, empreints d'une confiance tranquille et d'une sensualité naturelle, n'ont qu'un but : capter son attention et le séduire avec une aisance déconcertante. *Tu as toute mon attention, Milie.*

Elle lui tend la tasse avec un sourire malicieux. Hugo s'en saisit sans lâcher sa petite amie du regard. Il la vide sans ciller et se délecte des mouvements de poitrine de Milie qui se font plus saccadés. Lorsqu'il pose le mug sur la table basse et que, dans un geste provocateur, il retire le plaid qui lui recouvre les jambes, elle émet un murmure satisfait. Hugo sent qu'il échouera bientôt à contenir son désir. Mais ce petit jeu lui plaît. Il brûle de la toucher, de la caresser. Il se penche en avant, approche sa main de sa chute de reins rebondie ; il se ravise, se mord le poing pour étouffer son excitation. *Plus tard*, décide-t-il. Il compte bien la déshabiller sans poser ses doigts sur sa peau.

Milie hoche la tête. *Il veut jouer ? Eh bien, jouons.* Elle lève les yeux dans sa direction sans se départir de sa moue mutine ; elle est aux ordres. Fort du pouvoir qu'elle vient de lui accorder, il indique l'épaule gauche : Milie se saisit de la bretelle, la fait glisser le long de son bras, le regard fixé sur Hugo. Le sien est comme hypnotisé par la fine lanière qui, en quittant son emplacement, a entraîné dans sa chute une partie du décolleté ; il laisse désormais entrevoir assez de peau pour offrir un voyage agréable à son imagination. À son tour, Milie invite Hugo à se débarrasser du tissu inutile qui recouvre son torse. Il s'exécute avec un enthousiasme spontané. Milie se mord la lèvre pour ne pas rire. *Ce mec vit pour s'exhiber.* Ce qui, à cet instant, lui convient parfaitement. Ils s'effeuillent à tour de rôle jusqu'à découvrir le moindre centimètre de peau.

Milie défie Hugo du regard, recule au moment où il tend la main pour l'attraper. Puis revient à sa portée pour se laisser happer par ses bras impatients. Un léger frisson parcourt son corps tandis qu'il effleure délicatement sa nuque, elle tressaille quand son doigt s'aventure entre ses deux seins, puis glisse jusqu'à son terrain de jeu favori. Milie est captivée par le magnétisme de leur connexion.

N'y tenant plus, Hugo saisit Milie par la taille avec autorité ; un cri de surprise lui échappe. Décidée à mener la danse, elle l'enjambe et se place à califourchon sur Hugo, ravi de la laisser prendre le jeu à son compte.

Hugo promène son doigt le long de la colonne vertébrale de Milie ; un petit rituel instauré dès leur première fois. Depuis son réveil, ils n'ont pas échangé le moindre mot ; Milie, lovée dans ses bras, brise le silence dans un murmure.

— Je ne pensais pas être aussi fatiguée. Désolée pour hier, je me suis endormie comme une...

— Merde ?

Hugo a toujours en tête l'image peu glorieuse de Milie, échouée sur le canapé comme une baleine sur une plage.

— J'allais dire comme une souche.

— Oh, si : comme une merde, j'insiste.

— T'abuses... pouffe Milie.

— Moi, j'abuse ? Attends, la défie-t-il en se penchant pour attraper son téléphone.

— MAIS NON ! s'insurge Milie. T'as pas fait ça !

— Un peu que j'ai fait ça !

Milie reste bouche bée en découvrant la photo que Hugo a prise la veille. Preuve à l'appui, il lui semble difficile de se défendre : elle s'est effectivement endormie *comme une merde*.

— Il va falloir que j'apprenne à doser, sinon je ne vais pas faire long feu. Mais c'est tellement dur de se limiter, j'avais envie de tout visiter. Du coup, bah, j'ai pas beaucoup dormi pendant deux jours, admet-elle. Imagine, je ne retourne jamais à New York...

— Tu iras à New York des centaines de fois parce que tu vas devenir la plus canon et la plus prisée des hôtesses de l'air. T'es faite pour ça. Regarde-toi ! OK, t'es défoncée, mais je t'ai rarement vue aussi enthousiaste.

Milie se lance dans une description détaillée de son premier vol, de chaque étape de son escale. Elle le suit dans la salle de bains et poursuit son récit pendant qu'il prend sa douche. Son débit est rapide, elle veut avoir le temps de tout lui raconter avant qu'il ne la quitte pour sa journée de travail.

— C'est quoi ton prochain vol, déjà ? l'interroge-t-il en enfilant son sweat.

— Punta Cana. Quarante-huit heures d'escale.

— Tu comptes vadrouiller un peu ?

— Franchement, j'envisage fort deux jours de glande totale à lézarder sur la plage.

— Ton été s'annonce tellement pourri...

— Jaloux ?

— Absolument. Tu veux que je te raconte comment j'optimise la place en jouant à Tetris avec des bouteilles de lait et des sacs de pommes de terre ?

Milie pouffe ; elle lui promet de l'écouter attentivement le soir venu.

— Je suis sûre que Juline et Lola vont boire tes paroles.

— Ah oui, c'est vrai, on se rejoint au QG. Dommage, j'aurais bien joué la deuxième mi-temps en *one to one* avec toi...

— Garde ça en tête, j'aime bien l'idée, lui répond-elle en l'embrassant langoureusement. Juste un petit aperçu de ce à quoi tu auras droit en rentrant. Allez, bouge, tu vas être en retard...

Elle lui plaque vigoureusement la main aux fesses, il se retourne et lui offre un visage outré. Lorsqu'il referme la porte d'entrée, il l'entend toujours rire aux éclats.

✦ ✦ ✦

Il est des lieux, comme ça, qui occupent une place centrale dans une vie. À ce stade de la sienne, le QG fait office de valeur refuge. Cela fait seulement dix mois qu'ils ont désigné l'endroit comme point de rendez-vous incontournable ; son nom ne doit sans doute rien au hasard. Quand, enfin, Milie prend possession de *leur* table – pourquoi est-elle libre chaque fois qu'ils débarquent ? Cela reste un mystère –, elle a pourtant le sentiment d'avoir déserté les lieux depuis une éternité. Juline ne lui laisse pas le loisir de poursuivre sa discussion avec sa voix intérieure ; déjà, elle lui saute dessus.

— Tu m'as trop manqué, putain ! Milie, je te l'annonce solennellement : tu vas m'avoir sur le dos tout l'été !

— Ça fait plaisir de retrouver la version de toi un peu plus fun. Tu m'as trop manqué aussi, lâche-t-elle, le cœur léger, en étreignant son amie. Par contre, je vais casser tes plans, mais je risque de dormir H42 entre deux vols. Je suis é-cla-tée.

— T'inquiète, il faut juste que tu trouves ton rythme. On commande ou on attend les autres ?

— Évidemment qu'on commande ! J'ai pris de l'avance pour l'apéro.

Tandis que son amie s'affaire à couper le saucisson que vient de lui apporter la serveuse en tranches les plus fines possible, Milie ne peut s'empêcher de l'observer. Est-elle aussi sereine qu'elle le prétend ?

— Comment tu vas ? Pour de vrai...

— La dernière fois que tu m'as posé cette question ici même, j'ai failli finir en HP. Mais aujourd'hui, en vrai, ça va. C'est demain que ça risque d'être compliqué. Viens, on parle pas de ça ce soir ? Laisse-moi encore quelques heures de déni, s'il te plaît...

Les résultats de son concours de médecine seront publiés dans la journée, demain. Milie a conscience de ce qui se joue pour elle. Ce n'est pas un simple examen, c'est son avenir qui lui sera révélé dans quelques heures. La conclusion d'une année de travail, de souffrance et de privations.

— OK, mais promets-moi de ne pas rester seule...

— Franchement, c'est mieux pour tout le monde si je reste dans mon coin. En plus, je sais même pas à quelle heure exactement ils seront en ligne. C'est au bon vouloir de Corinne de la scola...

— Corinne, pouffe Milie. T'abuses.

— Premier degré, c'est son prénom. Bref, ça peut aussi bien tomber à 10 heures qu'à 18 heures.

— Eh bah, je resterai avec toi de 10 heures à 18 heures, alors.

— T'es sûre ?

— Évidemment !

— T'es la meilleure !

Juline se penche sur la table pour étreindre Milie, entraînant les verres sur son passage. Elles écrasent quelques larmes joyeuses en épongeant leur maladresse, se font surprendre par des applaudissements sarcastiques.

— Bien joué, les championnes. L'expression « boire un coup » sous-entend qu'on rince son gosier. Pas la table... les chambre Hugo.

Juline souffle en levant les yeux au ciel.

— Sérieux, même contre un billet de loto gagnant, je me tape pas ce mec.

— *My name is Raf*, comme : rien à foutre, se marre l'intéressé en lui claquant la bise.

— Tu veux pas aller chercher à boire, plutôt ? suggère Lola, qui arrive dans son dos.

— Tu permets que je salue ma dulcinée comme il se doit ?

— « Ma dulcinée ». Tu t'es pris pour un Bridgerton ou quoi ?

Il la défie du regard, saisit Milie par la taille, l'attire à lui et l'embrasse avec passion.

— Sérieux, prenez une chambre, j'sais pas. C'est indécent... s'indigne Lola.

Juline y va de sa grimace de dégoût, provoquant les rires satisfaits du couple, qui s'en donne à cœur joie. Lola tapote sur le verre vide pour battre le rappel ; Hugo obtempère et se dirige vers le bar.

— Par contre, faut arrêter ça, Milie. J'ai pas baisé depuis 283 jours, huit heures et quarante-deux minutes...

— Ju, demain, quel que soit le résultat, tu fais péter le bouchon, je veux rien savoir. Ça devient une question de santé publique, à ce stade ! se désole Lola.

Juline éclate de rire, conseille à Hugo de ne pas chercher à comprendre lorsqu'il l'interroge du regard à son retour, les mains chargées du ravitaillement liquide.

Milie est soulagée que Lola ne puisse pas la coincer entre quatre murs. Ses œillades insistantes et ses invitations à la rejoindre aux toilettes pour *discuter* l'oppressent. Cette soirée est parfaite telle quelle, un *débrief* « papa sexy à New York » viendrait tout gâcher.

✈ ✈ ✈

Le parc du Thabor s'anime à mesure que la belle saison s'installe. Les pelouses autorisées sont prises d'assaut par les lycéens qui, en ce mois de juin, ont retrouvé leur liberté, les allées ombragées grouillent de poussettes et les aires de jeu résonnent des cris d'enfants. Comme souvent, Milie s'offre un détour par la roseraie, au grand désarroi de Lola. Elle est subjuguée par l'immense variété de ces fleurs reines. Parfois, elle marque une pause pour observer le spectacle hypnotique des abeilles qui butinent, mais pas aujourd'hui.

Aujourd'hui, elle presse le pas pour retrouver Juline à l'endroit habituel, sous l'un des nombreux arbres remarquables que compte le parc. Dans dix minutes, il sera 10 heures. Les chances que les résultats soient annoncés à l'heure prévue sont minces, mais elle refuse de prendre le risque de rater l'instant, que ce soit pour célébrer la réussite avec son amie ou la réconforter. Lola s'efforce de suivre le rythme imposé par son amie.

— Au fait, t'as vu les messages d'Enzo sur le groupe ?

— Tu parles du Seventh Heaven Challenge ? Me dis pas que t'envisages de le faire ?

Milie en avait eu vent lors de la journée de sélection ; elle s'était persuadée qu'il s'agissait de l'une des nombreuses légendes urbaines qui circulent à propos du métier. Elle aurait presque préféré. Le défi – qui se joue entre PCB – se résume à un été de luxure, en vol, au sol, à deux ou plus si affinités. Le but ? Cumuler le plus de points possible en fin de saison. Pour gagner quoi ? *Le plaisir de jouer et jouir pour gagner,* selon Enzo.

— Bien sûr que je vais le faire. Tu veux pas mettre un peu de fun dans ta vie ?

Milie souffle, lasse des sous-entendus de son amie.

— Tu veux pas arrêter de me juger H24 ? Ma vie me convient parfaitement telle qu'elle est.

— T'es vraiment sûre de ça ?

Elles se jaugent quelques instants, chacune espérant que l'autre efface ce conflit naissant. Cela ne viendra pas de Milie, qui aimerait que son amie lui livre enfin le fond de sa pensée. Un vœu que Lola est sur le point d'exaucer.

— T'as beau me répéter que tu kiffes ta *life*, je sais pas... C'est comme si ta bouche disait l'inverse de ce que tu ressens.

— Comment ça ?

— Milie, tu m'aides pas, là...

Elle n'a aucune intention de lui faciliter la tâche, en effet.

— L'idée que tu te fais du bonheur est... T'es pas née au bon siècle, quoi.

— Je comprends pas trop ce que tu veux me dire. Tu pourrais pas mettre les sous-titres ?

Lola souffle discrètement ; Milie cherche à lui faire perdre patience. Elle la connaît par cœur, sa réaction lui indique qu'elle vise juste.

— Franchement, tu sais à quel point j'aime Hugo, mais sérieux, parfois, j'ai l'impression que tu t'enfermes dans cette relation parce qu'elle est confortable...

— Hugo serait refait de t'entendre dire ça.

— Dire quoi ?

— Essayer de me convaincre de rompre avec lui. T'as câblé ou quoi ?

— Me fais pas dire ce que j'ai pas dit.

— Euh... bah... C'était plutôt clair, non ? C'est pas toi qui m'as promis l'enfer si par malheur je le faisais de nouveau souffrir ?

— Milie, tu crois vraiment que je veux que tu rompes avec lui ? C'est juste que quand tu m'as parlé du papa veuf...

— Il est pas veuf.

— ON S'EN FOUT ! Quand tu m'as raconté, t'étais... différente. Ta voix, toi. Fais pas genre, tu vois très bien où je veux en venir...

— On appelle ça l'attrait de l'interdit. Tu captes le concept ? J'étais flattée, intriguée... J'en sais rien, moi, on est toujours attiré par ce qu'on ne peut pas avoir. T'as conscience que je ne reverrai jamais ce type et que ça me va très bien comme ça ?

— Tu pourrais... T'as son numéro, non ?

— Mais t'es sérieuse en plus ? Pour ça, il faudrait que je retourne à New York ET que j'aie envie de le revoir. Lâche-moi les côtes avec lui, OK ?

Lola hausse les épaules, peu convaincue par la diatribe de Milie.

— Je te laisse avec tes délires, je vais rejoindre Juline.

Milie l'aperçoit au loin ; elle déambule en cercles concentriques, le nez vissé sur son téléphone.

— Viens, on s'embrouille pas pour ça.

— C'est toi qui pars loin. Sérieux, tout va bien avec Hugo, on s'aime, d'accord ? Toi et moi, on est différentes, on cherche pas la même chose en amour. Viens, on se juge pas ?

Lola est prise de remords. Parfois, elle maudit son incapacité à *fermer sa grande gueule*.

Juline n'a pas besoin du son pour savoir que ses amies sont *encore* en train de se prendre le bec. Plus elles approchent, plus la tension est palpable.

— Je vous préviens, je suis pas là pour compter les points, annonce-t-elle sans préambule. J'ai pas l'énergie pour vous gérer, alors, si vous comptez vous pourrir toute la journée, je préfère me ronger les sangs toute seule dans mon coin.

— T'inquiète, je dois partir, je bosse dans vingt minutes, la rassure Lola. J'ai juste fait un petit détour pour te souhaiter bonne chance.

— Je te dis pas merci, ça porte la poisse. Mais le cœur y est.

Juline a déjà décroché ; elle marmonne dans sa barbe, le regard happé par l'écran de son téléphone. Soit elle s'exprime dans une langue qui leur est inconnue, soit elle sacrifie à une incantation pour s'attirer les bonnes grâces d'une puissance obscure. Ses amies se pincent les lèvres pour ne pas éclater de rire.

— Milie, je te jure que je ne disais pas ça avec de mauvaises intentions. Je suis désolée, je ne voulais pas te blesser.

— Ça va, c'est cool, on passe à autre chose, lui assure-t-elle.

Elles tombent dans les bras l'une de l'autre, actant leur réconciliation.

— Vous me tenez au courant pour les résultats ? Je garde mon tél dans la poche.

— Si tu te fais choper, Jean-Paul va péter un câble... s'amuse Milie.

— Jean-Paul devrait surtout s'estimer heureux que je fasse du rab, je te rappelle que mon contrat s'arrêtait dimanche dernier. Vivement la semaine prochaine, j'en ai marre de puer la frite.

Les deux amies éclatent de rire : elles savent pertinemment que, dès la rentrée, elles y retourneront. Le job est ingrat, difficile, mais les horaires sont flexibles et la nourriture gratuite est toujours un argument de poids.

Aussitôt Lola partie, Milie reporte son attention sur Juline, qui tourne en rond, le nez toujours vissé sur son téléphone. Elle s'efforce de garder son sérieux : elle sait que le niveau de stress de Juline crève le plafond et celle-ci serait incapable de s'en amuser aujourd'hui. Mais, quel que soit le résultat, elle sera sans doute heureuse d'avoir un souvenir de ce moment. Milie décide de filmer la scène ; quand elle estime avoir suffisamment de matière, elle stoppe l'enregistrement et range son téléphone dans la poche. Alors seulement, elle avance à hauteur de Juline en faisant de grands gestes pour se signaler. Il ne manquerait plus qu'elle lui claque un arrêt cardiaque !

— Dix heures pile, l'heure du crime ! lance Milie en l'enlaçant.

— Je vais clamser, meuf. Je suis en fibrillation, carrément.

— Et en langage normal, ça veut dire quoi ?

— Que mon cœur est sur des montagnes russes. Il va pas tenir jusqu'à ce soir.

— T'inquiète, on va le divertir, ton cœur.

— Bon courage…

Milie soutire le téléphone des mains de Juline, les enferme dans les siennes pour maîtriser le tremblement qui secoue son amie jusqu'aux épaules. Puis, avec douceur, l'attire à elle et l'étreint avec autorité. Après une résistance de principe, Juline s'effondre dans ses bras, inonde le torse de Milie de ses larmes.

— Je vais mourir, c'est dégueulasse de nous faire poireauter comme des merdes. La théorie de la récompense aléatoire, tu connais ?

Milie secoue la tête ; elle n'a aucune idée de ce à quoi elle fait référence et à vrai dire, c'est le cadet de ses soucis.

Visiblement, parler calme Juline, alors, tout en la laissant débiter sur cette méthode *ignoble* selon elle, Milie l'attire au sol, mine de rien, s'assoit en tailleur face à elle et commence à battre les jambes en papillon. Juline l'imite par mimétisme et par habitude. Depuis leur plus jeune âge, elles adoptent cette posture pour bavasser. Milie fixe son attention sur les épaules de Juline ; elle se détend lorsqu'elle les voit enfin se relâcher.

— File-moi mon téléphone, s'il te plaît.

— Ju, viens, on établit des règles. Tu mets ton portable sur vibreur, et on le pose là, juste entre nous deux, mais face contre sol.

— Euh, je dois *checker* mes résultats. Concentre-toi.

— Et tu crois que rafraîchir la page toutes les trente secondes les fera apparaître plus vite ?

Juline hausse les épaules, la main toujours tendue pour réclamer son bien.

— On fait un deal ? Tu rafraîchis la page toutes les dix minutes.

— T'es tarée ? Même pas en rêve. Donne !

— Attends, laisse-moi finir. Vous êtes combien dans la promo ?

— Si on enlève ceux tombés au combat au S1, environ 700.

— Et parmi tous ces fendus du cerveau qui se disent que c'est une bonne idée de se taper une année de torture, j'imagine que tu en connais quelques-uns ? Et que vous avez au moins une dizaine de groupes sur Insta, WhatsApp, Snap, j'en sais rien, même sur Messenger ?

Juline confirme en pouffant.

— Jure ! Messenger ? Mais vous avez quel âge ? Bref, tu crois pas que dès que les résultats seront publiés, ça va envoyer des messages partout dans la minute ? Tu vois où je veux en venir ?

— C'est pas faux...

— Du coup, bah, je sais pas, laisse les autres se flinguer le dos à secouer l'arbre et contente-toi de ramasser les fruits...

Juline s'esclaffe ; comme si elle relâchait la pression accumulée au fil des mois, elle part dans une crise de rire incontrôlable.

— Mais c'est quoi encore cette expression du siècle dernier ?

— Ça fait plaisir de t'entendre rire ! Du coup, on fait comme ça ?

— Je te promets pas de tenir toute la journée, mais vas-y, on essaie.

Milie attrape son sac à dos, en sort une serviette de bain et y pose deux bouteilles, de quoi grignoter, son enceinte et plusieurs petites boîtes de jeux.

— T'as vraiment pensé à tout !

— Je suis clairement au max. *Go* divertir ce cerveau, déclare Milie en tapotant la tempe de Juline. Vas-y, choisis, on commence par quoi ?

Elles enchaînent les parties ; bien sûr, Juline ne peut s'empêcher de vérifier son téléphone à intervalles réguliers, mais la diversion semble faire son œuvre. Jusqu'à l'instant où son portable se met à vibrer frénétiquement. Elle s'en saisit, fébrile, puis l'envoie valser du côté de Milie, dépitée.

— Une bataille de mèmes. Ils font une putain de bataille de mèmes.

— Vas-y, montre, on va se marrer !

— Tu crois vraiment que j'ai envie de rire, là ?

— T'as peut-être pas envie, mais t'en as besoin.

Milie attrape le portable, le place devant le visage de Juline pour le déverrouiller et éclate de rire instantanément. Elle remonte la discussion ; lorsqu'elle repose le téléphone, ses joues, humides, sont courbaturées.

— Oh putain, je croyais vraiment que vous étiez chiants. Mais en fait, vous être drôles. Bizarres, mais drôles. Sérieux, ça te fait pas rire ?

— N'importe quel autre jour de l'année, oui. Aujourd'hui, non. Parce qu'ils tournent en boucle sur les résultats et moi, j'ai besoin de penser à autre chose, sinon je vais devenir dingue.

— Qu'est-ce qui pourrait t'aider à te détendre ?

— Un bon gros *drama* des familles, tu vois ? Un truc genre « embrouilles à la villa » : débile et pas grave.

— Je crois que j'ai ça en stock, annonce Milie.

Une lueur espiègle brille dans ses yeux tandis que sa bouche se tord, semblant osciller entre l'envie de se taire ou de parler. Juline se redresse, soudain très intéressée par ce que son amie est sur le point de lui dire. L'hésitation de Milie nourrit son impatience ; elle lui adresse un « Parle » version corse.

— Jure de ne pas me juger.

— Je le jure, répond solennellement Juline en faisant le signe scout de sa main droite. C'était ça, le délire avec Lola quand vous êtes arrivées ?

Milie dodeline de la tête, mal à l'aise de déblatérer une nouvelle fois sur sa meilleure amie.

— Sérieux, même moi je m'embrouille moins avec ma sœur. Et crois-moi, je pensais que personne pouvait faire pire. C'est quoi la crise, cette fois-ci ?

Juline se saisit du paquet qui lui faisait de l'œil depuis un moment. Les chips qu'elle déguste sont aussi savoureuses que le récit de Milie : la rencontre avec le père d'Ève à l'aéroport retient toute son attention.

— *Long story short* : Lola a fait du Lola, Milie a fait du Milie...

— T'avais dit...

— ... qu'on ferait des Knacki ?

— T'es con, pouffe Milie. Sérieux, on avait dit zéro jugement.

— Je ne juge pas, j'établis les faits. Et en vrai, je m'en tape un peu du *drama* entre Lola et toi.

— Sympa...

— Franchement, on sait toutes très bien comment ça va se finir. Moi, ce qui m'intéresse, c'est la cause du *drama*. Je veux tout savoir. Tout ! Comment il s'appelle ? Raconte !

— Raconte quoi ? Y a vraiment rien à dire : le type m'a dragouillée, on est repartis chacun de notre côté et je le recroiserai jamais. Fin de l'histoire.

— Le type t'a donné sa carte. Lui, il espère te revoir, par contre.

— J'ai jeté sa carte.

— T'es pas sérieuse ? Putain, t'es irrécupérable, toi. Allez, c'est quoi son nom ? Il fait quoi dans la vie ? Je suis sûre que t'as regardé...

— Mais tu crois que je lui ai demandé son CV ? J'en sais rien, moi, de ce qu'il fait dans la vie. En vrai, on s'en cogne.

— Mais tu te rends compte que là, t'es genre dans la première scène d'une comédie romantique et nous, on fait tourner la machine à fantasmes ? Ta vie est un film, Milie.

— Ma vie est d'une banalité affligeante.

— Tu peux me rappeler quel est ton job d'été et où t'étais y a deux jours ?

Touché. Mais enfin, ce petit détail mis à part, Milie ne voit pas en quoi sa vie pourrait sembler enviable à quiconque. Une famille dysfonctionnelle, un compte en banque qui crie famine le 5 du mois, des études qui l'emmerdent au plus haut point...

— *Vraiment* ? s'offusque Juline. *Vraiment* ? T'as un mec qui te donnerait un rein sans la moindre hésitation. Meuf, t'as beaucoup plus que ce que la plupart des gens n'auront jamais.

Milie sourit niaisement. Effectivement, de ce point de vue-là, elle a de la chance.

— Et du coup, tu peux m'expliquer pourquoi Lola et toi, vous cherchez à m'envoyer dans les bras d'un *random* ?

— Mais qui te demande de faire quoi que ce soit, à part nous faire rêver ? C'est quoi son nom ? s'impatiente Juline en arrachant le téléphone de Milie. Allez !

Dans n'importe quelle autre circonstance, Milie se serait énervée, coincée en plein conflit de loyauté envers Hugo. Mais pour la première fois depuis qu'elle l'a rejointe, elle voit son amie se détendre, s'animer et ne plus penser à cette foutue page à rafraîchir. Cela lui semble être un sacrifice acceptable. Un petit coup de canif au contrat moral qui la lie à son petit ami.

— Mathieu Je-sais-plus-comment.

— Alors, si je tape Mathieu *Je-sais-plus-comment* sur Google, on va le retrouver, c'est sûr. Ah, j'ai une idée ! Il suffit d'ajouter New York et c'est bon. Sérieux, fais un effort.

— Je te rappelle que j'ai jeté sa carte, me mets pas la pression. Mathieu Train... Tra-quelque chose.

— Tra-quelque *quoi* ? Allez, fais manger ta copine, un peu !

— Tramoulet. Mathieu Tramoulet ! s'écrie Milie en se levant d'un bond. Mathieu Tramoulet, le beau gosse qui distribue des cartes de visite comme un puceau glisse des dollars dans les strings des strip-teaseuses à Vegas, ajoute-t-elle en mimant le geste.

Juline se roule par terre en se tenant les abdominaux. Son rire franc atteint par contagion les deux groupes de jeunes qui se trouvent non loin d'elles. En quelques secondes, une dizaine de personnes s'esclaffent à gorge déployée sans savoir vraiment pourquoi. A-t-on toujours besoin d'une raison pour rire ? Milie décrète que non et se laisse à son tour gagner par l'hilarité générale. Elles mettent cinq minutes à retrouver leur sérieux. Quand, enfin, elles parviennent à échanger trois mots sans repartir en crise de rire, elles sèchent leurs larmes et Juline reprend le portable de Milie.

— Mathieu Tramoulet, du coup... Hop. C'est lui ?

Milie acquiesce.

— Ma cochonne ! lui lance Juline avec un sifflement admiratif. En amour, c'est comme à la banque : on ne prête qu'aux riches !

Leur discussion est interrompue par les vibrations intempestives du portable de Juline.

— Sur la tête de ma future descendance, si c'est encore leur putain de concours de mèmes, je les... Oh, merde. Les résultats sont tombés.

Les deux amies s'observent quelques secondes, paralysées par l'information qu'elles s'apprêtent à recevoir. Les mains de Juline sont prises de tremblements, ses yeux brillent de la peur qui la saisit. Dans quelques clics, son rêve se réalisera ou sera brisé à jamais. Elle n'y arrivera pas.

— S'il te plaît, regarde pour moi, supplie-t-elle en tendant le portable à Milie.

— T'es sûre ?

Juline acquiesce en avalant douloureusement sa salive. Elle se lève, maltraite ses mains et tourne comme un lion en cage, en émettant des râles qui déchirent le cœur de Milie. *C'est inhumain de soumettre les gens à une telle pression*, se désole-t-elle.

Milie passe le téléphone devant le visage de Juline pour le déverrouiller, ouvre le navigateur et tombe directement sur la page Accès Santé de l'université de Rennes. Elle la rafraîchit, pose la main sur l'avant-bras de Juline, qui semble au bord du point de rupture.

— Je vais mourir.

— Ça va aller. Je te jure que ça va aller, lui assure Milie en l'étreignant. Respire lentement, voilà. Inspire, ajoute-t-elle en joignant le geste à la parole. Et expire.

Juline pleure en silence, tangue dangereusement. Milie tente de faire ralentir son rythme cardiaque en forçant son amie à la regarder dans les yeux. Juline se balance légèrement d'avant en arrière comme pour bercer son angoisse.

— Je suis dessus, j'ai juste à cliquer. Je commence par quoi, « Admis premier groupe » ou le truc du deuxième groupe ?

— Je sais pas, lâche-t-elle dans une supplication aiguë.

— C'est quoi la diff ? Premier, t'es pris direct et deuxième, t'es au rattrapage, comme au bac ?

— Je sais pas, je sais pas, geint-elle.

— OK, je décide pour toi. Premier groupe d'abord.

— Et si j'y suis pas ?

— Et si t'y es ?

— Mais...

— Chut.

Milie clique sur le lien en surveillant Juline du coin de l'œil. Instantanément, une liste apparaît. Elle a beau jouer les fortes devant son amie, son palpitant crève le plafond, lui aussi. Numéro 36. GALAVA Juline. *Bordel.*

— J'y suis pas, c'est ça ?

— Numéro 36, meuf.

— J'y suis ? demande-t-elle d'une voix stridente.

— Bien sûr que t'y es.

— J'y suis ! J'y suis ? insiste-t-elle.

— GALAVA Juline, ADME 36. T'y es !

— T'es sûre que t'es bien sur la bonne spé ?

Milie lâche un rire nerveux et tend le téléphone à son amie ; elle a bien compris qu'à cet instant, Juline ne croit que ce qu'elle voit. Elle attrape le portable, fait défiler la page de haut en bas à plusieurs reprises, ses yeux suivent le mouvement, s'écarquillent plusieurs fois. Enfin, Juline redonne l'appareil à son amie et se fige.

Milie a beau claquer des doigts devant son visage, battre des mains près de ses oreilles, rien n'y fait, son cerveau s'est mis en mode sécurité. Milie commence à filmer, histoire d'avoir une preuve, mais son amusement s'évanouit en même temps que Juline. Elle la rattrape juste avant que sa tête ne heurte le sol, l'allonge et hurle de toutes ses forces pour que quelqu'un lui vienne en aide.

Le groupe d'étudiants qui s'esclaffaient avec elles sans savoir pourquoi un peu plus tôt se lève d'un bond. Leur envie de rire les a quittés, eux aussi ; ils affichent un visage grave et la bombardent de questions. Non, Juline n'a pas de problème cardiaque. *Pas à sa connaissance.* Non, elle ne suit pas de traitement médical et non, elle ne se drogue pas. *Pas qu'elle sache.*

— Elle respire, son cœur bat un peu vite, mais tout va bien. Elle est stressée en ce moment ?

En voyant Juline ouvrir les yeux lentement, Milie se détend et se met à rire.

— Un peu qu'elle est stressée, elle vient d'avoir ses résultats de concours.

— C'est une P1, hurlent les trois étudiants à l'unisson.

— P2, les gars, murmure Juline en esquissant un sourire.

Ils l'assoient, l'étreignent en la félicitant et lui souhaitent bienvenue dans leur grande famille. Milie, elle, observe la scène comme une étrangère ; elle ne comprend pas tout à ce qu'ils se racontent, mais voir le visage détendu et le sourire de Juline suffit à son bonheur.

Elle pianote un bref message sur son téléphone, qu'elle envoie à Hugo et à Lola, puis s'interroge sur ce qu'elle ressent face à l'émotion de Juline. De la jalousie ? Certainement pas. De l'envie. Voilà, elle envie son amie. Contrairement à Juline, qui est désormais assurée de réaliser son rêve, Milie, elle, doit se contenter de vivre le sien le temps d'un été.

28

Milie pénètre dans l'avion avec la boule au ventre ; la réunion prévol lui a laissé une drôle de sensation. Elle essaie de se convaincre qu'elle se fait une montagne d'un détail insignifiant. Pourtant, l'arrivée de Carl dans son dos déclenche son alarme interne. Elle se faisait une joie de ce vol en direction de Punta Cana, qui lui promettait une escale de rêve à l'arrivée. Il se pourrait bien que son paradis emprunte le chemin de l'enfer.

Selon l'adage, la première impression est toujours la bonne ; son collègue ne s'est pas encombré de bonnes manières. D'abord, il s'est planté devant elle en la scrutant de la tête aux pieds. Son regard valait tous les mots. Il ne lui en a pas adressé le moindre. Ensuite, pendant le tour de table traditionnel, lors duquel chacun se présente succinctement, il a ponctué le tour de Milie d'un laconique « Au moins un prénom qu'on n'aura pas besoin de retenir ». Bien sûr, le courage n'étant pas l'apanage des lâches, il a prononcé cette phrase suffisamment fort pour que Milie l'entende, mais trop bas pour qu'elle parvienne aux oreilles du chef de cabine. Autour de lui, ses deux collègues ont pouffé discrètement en dardant sur Milie un regard condescendant. *Les emmerdes, ça vole en escadrille, il paraît.* Et pour couronner le tout, Marin, le chef de cabine, l'a assignée au *galley* central... avec Carl et sa cour. Pour la solidarité féminine, on repassera ; les deux hôtesses se font un devoir de lui faire sentir qu'elle n'est rien d'autre qu'un boulet. Elle aurait pu s'en sortir par une pirouette lorsque Marin lui a demandé si cette assignation lui convenait. Mais qui est-elle pour choisir son poste ? S'il y a bien une chose que son père lui a martelée, c'est que le chef est fait pour « cheffer », et l'ouvrier pour la fermer. Surtout lorsqu'il débute.

Milie se répète, en même temps qu'elle effectue ses tâches, combien elle est privilégiée de se trouver là. La méthode Coué montre cependant ses limites lorsque Carl la rabroue pour se trouver sur son passage. *Pardon de faire mon travail.*

— Écoute, *Milou*, si tu veux que ce vol se passe bien, il va falloir y mettre du tien. J'ai pas signé pour faire du baby-sitting. Concentre-toi.

— Milie, murmure-t-elle, la voix incertaine.

— Oui, bon, on va pas en faire un fromage. Milie, Milou, c'est pareil. Allez, bouge, lui intime-t-il en la bousculant pour passer.

Ce vol a beau n'être que son deuxième, Milie sait bien qu'il n'avait nullement besoin d'emprunter ce chemin pour gagner la porte de secours, sur laquelle il reporte son attention. *Inspire, expire.* L'arrivée des premiers passagers lui offre une respiration. Chacun étant occupé à les accueillir dans sa zone, elle s'évite les remarques acerbes de ses trois collègues du jour. Seul réconfort : Gaïa, l'hôtesse à l'avant qui, ayant bien senti l'accueil timoré réservé à la *rookie*, l'inonde de sourires bienveillants chaque fois qu'elle croise son regard.

Lorsqu'elle s'installe dans son siège, Milie prend une profonde inspiration pour se donner du courage. *Plus que neuf heures vingt à tenir*. Quand, enfin, les roues quittent le tarmac, son estomac se transforme en un sac de nœuds inextricable. *Encore neuf heures dix-neuf à tenir.*

Bien sûr, Carl se fait un devoir de la choisir pour faire équipe au premier service. Évidemment, il la place à l'avant du chariot et, puisque c'est lui qui impulse le rythme, il prend un malin plaisir à avancer à contretemps, multipliant les impacts sur les tibias de Milie. Elle serre les dents, à la fois pour ne pas exprimer sa douleur, mais aussi pour ne pas sauter à la gorge de son imbécile de collègue. Il lui semblait pourtant qu'il avait passé l'âge de ce genre d'enfantillages. Et qu'a-t-elle donc bien pu faire pour mériter son mépris ? Rien, bien entendu. Pourtant, elle ne peut s'empêcher de chercher à se faire le plus petite possible pour échapper à son radar. Heureusement, les passagers se montrent bien plus civilisés que ses collègues, aussi prend-elle plaisir à déambuler dans les allées, plateau à la main, pour s'assurer qu'ils ne manquent de rien.

Alors qu'elle est surprise par une turbulence impromptue, le plateau lui échappe et s'écrase au sol, répandant son contenu sur la moquette. Milie s'empresse d'éponger ce qu'elle peut. Carl, qui ne manque pas une occasion de la rabrouer, l'accueille dans le *galley* le sourcil sévère.

— C'est bon, t'as fini ta petite promenade ? Et en plus, tu n'es pas foutue d'aligner trois pas sans faire une connerie... lui murmure-t-il sur un ton incisif.

Milie s'abstient de toute réponse. À quoi bon ? Elle aurait tort quoi qu'elle réponde.

Encadré de ses deux groupies, Carl affiche un aplomb insolent. *Pitié, donnez-moi l'assurance d'un mec médiocre.* Après s'être assuré qu'aucun passager ne traîne dans les parages, il plante son regard assassin dans celui de Milie. Dans ses yeux brille la lueur inquiétante d'un torero qui s'apprête à porter l'estocade.

— On est entre nous, tu comptes vraiment faire carrière dans le secteur ?

Milie fronce les sourcils ; son « oui » discret déclenche un rictus moqueur chez son collègue.

— C'est pas pour te vexer, mais je pense que tu n'es pas faite pour le métier. La beauté ne fait pas tout.

Première nouvelle, il me trouve belle.

— Une bonne hôtesse se doit d'être sérieuse et appliquée. Pardon, mais t'es quand même sacrément maladroite. Franchement, si tu n'es pas capable de faire ton travail correctement, tu deviens un danger pour tes collègues et pour les passagers.

Sympa.

— Je te dis ça pour te rendre service et t'éviter de perdre ton temps.

Milie encaisse sans broncher, se contente de reposer le contenu de son plateau sur le plan de travail, puis d'annoncer sur le ton le plus neutre possible :

— C'est l'heure de ma pause. Est-ce que je peux faire quelque chose avant d'y aller ?

— Ah, parce que t'es déjà fatiguée ? De mieux en mieux. C'est le problème avec les PCB : ils se croient en vacances même en plein vol.

Les deux hôtesses acquiescent en levant les yeux au ciel. Ceux de Milie sont sur le point de déborder. Qu'est-elle censée faire ? ou dire ? Elle tente :

— Marin m'a demandé de prendre ma pause maintenant, la décision ne vient pas de moi.

— Si tu le dis...

— Elle te le dit, et confirme. Il y a un problème, Carl ?

Il n'a pas entendu Gaïa approcher dans son dos et manque de lâcher la bouteille qu'il tient dans sa main. Le loup se transforme en agneau ; le steward se pare de son sourire le plus hypocrite, bredouille une explication foireuse et pousse même le bouchon jusqu'à souhaiter une bonne pause à Milie. Gaïa attend de se trouver au calme dans le poste de repos pour s'adresser à sa jeune collègue :

— Ne te préoccupe pas de lui. Des retors comme ça, tu en croiseras peu à Giant Airlines.

— Je vais essayer de faire mieux après ma pause. Mais j'ai l'impression que quoi que je fasse, rien ne trouvera grâce à ses yeux.

— Laisse tomber, ce type est un idiot. T'as bien vu comme il a changé d'attitude avec moi.

Milie acquiesce ; Carl lui a joué un docteur Jekyll et *mister* Hyde de qualité.

— Pourtant, je ne le connais pas, poursuit Gaïa. Enfin, si, de réputation, et crois-moi, c'est pas à son avantage. Carl est en fin d'alternance, il ne sait pas encore si la compagnie lui proposera un contrat derrière ou pas. Mon pronostic ? Il peut toujours attendre.

Milie se pince les lèvres : elle ne veut pas s'abaisser à se réjouir du malheur d'autrui. Mais elle ne va sûrement pas pleurer sur son sort.

— Tu sais pourquoi il t'a prise en grippe ? Tu as fait l'erreur de préciser à la réunion prévol que ce job d'été n'était qu'une étape et que tu espérais en faire ton métier. Ne cherche pas plus loin : il est tellement bête qu'il te voit comme une concurrente.

— Oui, enfin, j'avais pas ouvert la bouche qu'il me détestait déjà, précise Milie en repensant à sa rencontre façon guerre froide.

— À mon avis, quand son berceau a pris feu, ils l'ont éteint à coups de pelle. Il fait le mielleux avec moi parce que je suis une *titulaire*. Si j'avais un poste saisonnier comme toi, j'aurais droit au même traitement. Tu sais comment on l'appelle, entre nous ? Carl Lacarpette. Parce qu'il est fort avec les faibles et faible avec les forts. Ce type est un nuisible de la pire espèce.

Milie se prépare à lui répondre, mais Gaïa l'interrompt :

— On a une heure de break, profites-en pour faire le vide dans ta tête et te reposer. La bonne nouvelle, c'est qu'à ton retour, il partira en pause. Tu n'auras à le supporter qu'en fin de vol. Chut, lui murmure-t-elle en indiquant l'entrée de la pièce. Allez, à tout à l'heure.

L'acolyte de Carl vient de faire son apparition. Avant que leurs regards ne se croisent, Milie tire le rideau pour s'épargner la douleur de sa compagnie. Elle visse ses écouteurs à ses oreilles et se repasse la conversation qu'elle vient d'avoir avec Gaïa. Si Milie accueille ses paroles avec soulagement, cela ne l'empêche pas de ruminer. Elle s'endort sur ces émotions contradictoires.

✦ ✦ ✦

Allongée sur un transat, avec une vue imprenable sur une magnifique plage de sable blanc, Milie accueille la caresse du soleil sur sa peau avec un enthousiasme... tout relatif. Ses verres teintés lui permettent d'écraser une larme en toute discrétion ; sa gorge nouée lui interdit de siroter ce cocktail qui lui fait pourtant de l'œil sur la petite table accolée à sa chaise longue. Avant de céder aux sirènes de la sieste, elle se tartine une nouvelle fois de crème solaire. Son vol retour sera un fardeau suffisamment lourd à porter, pas besoin d'ajouter la douleur d'un coup de soleil carabiné. Elle est à Punta Cana, une destination qu'elle pensait inaccessible, un endroit paradisiaque, où elle exerce le métier qui est fait pour elle. Et pourtant, son ciel est chargé de nuages.

Après sa première rotation, elle s'était figuré que toutes les autres suivraient un schéma identique. Avec ses collègues, du moins – elle a bien intégré que les conditions de vol dépendaient de trop d'éléments extérieurs et que par conséquent, c'était un peu comme un Kinder Surprise. Finalement, les relations humaines sont soumises aux mêmes turbulences que les carlingues et sur ce trajet, la perturbation s'appelait Carl. Les taches violacées qui apparaissent sur ses tibias témoignent de la violence de son attitude. Si une pommade soignera celles-là, ses bleus à l'âme seront plus difficiles à effacer.

Au loin, elle aperçoit Néron et sa petite cour. Lui donner un surnom ridicule l'aide à maîtriser sa colère et sa tristesse. Et à se protéger de son venin. Bien sûr, elle n'a pas été conviée à la soirée de la veille, dont elle n'a pas raté une miette ; les chambres contiguës offrent une intimité discutable. Aurait-elle voulu prendre part à leur petite sauterie ? Pas pour tout l'or du monde.

— T'as la gueule de bois ? lui demande une voix dans son dos.

Milie se retourne, peu rassurée. Elle se détend en découvrant Gaïa.

— Parce que tu crois vraiment que j'ai été invitée ? T'y étais ?

— Tu rigoles ? Si j'avais su qu'il était sur ce vol, j'aurais essayé de *switcher*.

Si Milie a bien compris, Carl était de réserve et a dû remplacer une collègue malade au dernier moment. La tête de l'équipage en le voyant débarquer au briefing aurait dû lui mettre la puce à l'oreille. Apparemment, sa réputation le précède.

— Personne ne veut voler avec lui, il est insupportable. Il pourrit l'ambiance, crée des embrouilles avec tout le monde, lui confie sa collègue. T'as bien vu qu'il a même réussi à énerver le chef de cabine, qui est pourtant connu pour être un sucre.

— A priori, les deux pom-pom girls qui l'entourent boivent ses paroles... Apparemment, je suis la *gamine* de l'équipage, ricane Milie, amère. Pourtant, c'est eux qui se comportent comme des enfants.

— Laisse tomber, ignore-les.

— Oui, enfin, il a quand même menacé de me coller un rapport... D'ailleurs, merci d'être intervenue, je prenais cher, lui rappelle Milie, la lèvre tremblante.

— Pour un plateau renversé à cause d'une turbulence imprévue ? s'esclaffe-t-elle. Tu crois vraiment que les RH ont que ça à faire ? Ils te féliciteraient d'avoir réussi à ne pas avoir touché le moindre passager.

— T'es sûre ?

— Évidemment. Carl est un petit con. Tu le reverras sans doute jamais de ta vie. Kiffe ta *life* ici, serre les dents là-haut, et *finito pipo*. T'as quoi de prévu aujourd'hui ?

— Franchement, il m'a passé l'envie de faire quoi que ce soit. Je vais chiller sur mon transat, manger ce soir, dormir cette nuit et me préparer mentalement au vol retour demain matin.

— Même pas en rêve.

— Même pas en rêve *quoi* ?

— Même pas en rêve, je laisse ce connard ruiner ta première fois à Punta Cana. Toi et moi, on est de sortie, affirme-t-elle en l'attrapant par la main. Et fais-moi le plaisir d'amener ton copain, là, avec toi, ajoute-t-elle en pointant du doigt le cocktail sur la table. On se l'enfilera en même temps que nos petites robes.

Milie se laisse gagner par l'enthousiasme de sa jeune collègue. Elle ne connaît pas ce pays et elle est beaucoup moins sereine en espagnol qu'en anglais. Un guide est clairement le bienvenu.

Une robe légère sur le dos et un gilet fin dans son cabas, elle suit le mouvement, heureuse, en fin de compte, de sortir de l'hôtel. Jamais elle ne l'aurait fait seule. Dans quelques vols, peut-être, mais à cet instant, elle ne se sent ni les ailes ni le courage de s'aventurer en solo. Dans la voiture qui la conduit elle ne sait où, elle oublie la raison de sa présence ici. Pour quelques heures, elle est en vacances. Demain est un autre jour.

Juan est passé les prendre à l'hôtel vingt minutes plus tôt, il sera leur taxi – et guide – pour la journée. Gaïa l'a rencontré lors de sa première escale à Punta Cana, il y a trois ans, et fait appel à ses services régulièrement depuis.

Milie était persuadée qu'à force, on finissait par être blasé, même par les décors les plus incroyables. Ce n'est pas le cas de sa jeune collègue, qui foule les terres dominicaines très souvent. « Le jour où je me lasserai, il sera temps pour moi d'arrêter », lui a-t-elle répondu quand Milie l'a interrogée à ce sujet.

Milie écoute d'une oreille distraite la discussion entre Juan et Gaïa, dont elle comprend quelques bribes. Son attention est captée par le décor qui défile sous ses yeux et qu'elle filme à travers la fenêtre. Les palmiers se balancent au gré du vent léger, leurs feuilles frémissent comme pour saluer cette étrangère qui découvre leur paradis tropical. Les couleurs vives des fleurs sauvages rehaussent les teintes pastel des bâtiments parfois vétustes qui se succèdent.

Sur le trottoir, des vendeurs ambulants exposent leur marchandise ; Milie compte bien s'y arrêter pour rapporter un souvenir à sa mère. Hugo l'a mandatée pour un barreau de chaise. Elle s'imaginait déjà embarquer dans son bagage un bout de bois sculpté et lui a demandé à quoi diable cela pourrait bien lui servir. Elle a fini par comprendre le malentendu lorsqu'il a mimé le geste en portant un cigare à la bouche, hilare.

— Premier stop : Uvero Alto. T'es pas prête, mais je te préviens, je veux rien entendre.

Milie coule un regard suspicieux dans sa direction. Dans quelle galère l'entraîne-t-elle donc ? Ses craintes s'envolent lorsqu'elle découvre la splendeur de l'endroit. En contrebas, une plage de sable fin, ombragée par de hauts cocotiers, l'appelle de ses vœux. Juan gare la voiture sur le bas-côté quelques instants, pour lui permettre de prendre des photos, mais douche son enthousiasme en redémarrant.

— T'inquiète pas, on se baignera plus tard, la rassure-t-il avec son accent ensoleillé.

— Sérieux, tu veux pas me dire où on va ?

— Tu le sauras bientôt.

De fait, Juan stoppe le véhicule peu après. Milie regarde partout autour d'elle, en se demandant qui pourrait bien la trouver ici, aussi loin de la bande de villégiature qui abrite les complexes hôteliers. Elle repense aux thrillers américains, dans lesquels des touristes imprudents s'aventurent hors des sentiers battus, mis en confiance par des locaux crapuleux. Un rire nerveux lui échappe ; s'ils réclament une rançon, ils en seraient pour leurs frais. Ses parents ne roulent pas sur l'or et son père se garderait bien de casser sa tirelire pour sauver sa fille transfuge.

— Détends-toi, on va passer un bon moment.

— T'es sûre de ça ? Quelqu'un sait qu'on est ici ?

Gaïa s'esclaffe, échange quelques mots en espagnol avec le chauffeur, qui éclate d'un rire franc à son tour.

— Tu regardes trop de films. Allez, viens, suis-moi, on va faire une jolie balade.

Milie vire pâle lorsqu'elle découvre à quel type de promenade sa collègue fait référence.

— Euh… j'crois pas, non…

— Tu vas pas nous faire une crise d'angoisse, quand même ! la taquine Gaïa.

— Je monte pas là-dessus. Je sais même pas si j'en serais capable, je l'ai jamais fait.

— Si des gamins de huit ans y arrivent, pas de raison que toi non. Si ?

Gaïa marque un point. Milie approche prudemment de l'un des canassons, hésitant entre peur et fascination face à cet animal majestueux ; sa taille impressionnante est amplifiée par sa posture fière. Milie se sent bien petite à côté.

L'excitation prend le dessus à mesure que la distance s'efface ; arrivée à sa hauteur, elle tend la main avec précaution, comme pour se présenter. Il pourrait la lui arracher en un coup de mâchoire ; contre toute attente, Milie est sereine. Bientôt, elle accueille le souffle chaud de l'animal contre sa peau, une caresse douce et apaisante qui dissipe ses dernières réticences.

— C'est magnifique, lâche Gaïa dans un murmure ému. C'est ta première fois avec un cheval ?

— T'as des délires bizarres, toi, lui répond Milie, espiègle.

— Et... tu viens de ruiner un joli moment. T'es vraiment grave. Mais grave *bien*.

Le cheval, d'un geste délicat, porte de légers coups de tête à Milie, comme pour signifier à la jeune femme l'importance de sa présence.

— Mais oui, je sais que t'es là. Tu es le seul qui compte, OK ? Comment tu t'appelles ? *¿Cómo se llama?*

— Cariño. *Because he always asks for love.* L'amour, ajoute Juan avec un accent à faire fondre un glacier.

Milie coule un regard entendu à Gaïa, qui boit les paroles du jeune homme, puis reporte son attention sur l'animal.

— Mon cœur est pris, mais si je te fais quelques câlins, il n'en saura rien. Ça reste entre nous, OK ? lui chuchote-t-elle.

Cariño hennit pour exprimer sa satisfaction, Milie frotte le dessous de son nez avec douceur.

— Juan me dit que Cariño t'a adoptée. D'habitude, il est plutôt méfiant avec les inconnus.

— C'est la première fois que j'approche un cheval de si près. Je pensais que j'aurais peur, je suis du genre froussarde avec les animaux.

— Alors on va profiter de cet état de grâce. C'est toi qui monteras Cariño.

Milie écarquille les yeux, intègre l'information que sa collègue vient de lui donner. Cariño, aussi beau soit-il, a tout l'air d'être intrépide et elle est censée le monter ? *Elle est tombée sur la tête ?*

— Je doute que monter à cheval pour la première fois ici, au milieu de nulle part et à l'autre bout du monde, soit une bonne idée. Et puis, ajoute-t-elle, hésitante, je ne suis pas sûre d'avoir les moyens.

Milie est toujours gênée d'aborder les questions d'argent, surtout devant une inconnue. Mais elle aimerait autant éviter de se retrouver devant le fait accompli et dans l'incapacité de payer l'addition. D'autant plus qu'elle n'a aucune idée du coût de ce genre d'excursion.

— T'inquiète pas pour le prix, la rassure Gaïa, guillerette. Les chevaux appartiennent au cousin de Juan. C'est pas un piège à touristes à la con, tu vas voir, c'est incroyable. Je leur rapporte quelques trucs de France et je paie le reste en nature, ajoute-t-elle en adressant un clin d'œil au chauffeur. Quand c'est gratuit, c'est youpi. *Enjoy.*

Milie met quelques secondes à percuter et manque de s'étouffer lorsque l'information trouve son chemin jusqu'à son cerveau. Gaïa est aussi débridée au sol qu'elle est sérieuse dans les airs.

Milie découvre la plage d'Uvero Alto, coincée entre les eaux cristallines des Caraïbes et le paysage tropical. Le bruit des sabots de Cariño et la musique apaisante des vagues qui viennent caresser le rivage accompagnent son avancée ; au loin, Juan lui indique la silhouette des montagnes de la Cordillère centrale.

Juan leur ouvre le chemin, s'arrêtant çà et là pour montrer un lieu, raconter une anecdote, ou simplement vérifier que Milie suit le rythme et se sent à l'aise sur sa monture. Elle le rassure, en profite pour gratouiller la ganache de son compagnon équin, qui semble également apprécier sa compagnie. Lorsqu'ils regagnent le centre équestre, Milie regrette de devoir quitter son nouvel ami. Elle prolonge l'instant en le brossant, en le nourrissant. Juan lui promet qu'elle pourra revenir le voir chaque fois que la vie l'amènera sur ses terres.

— Tu ferais un excellent guide, lui glisse-t-elle tandis qu'ils cheminent vers la plage.

Bien qu'il ait saisi quelques mots, Gaïa se charge de la traduction, réclamant son dû entre deux phrases ; Juan ne se fait pas prier et s'exécute avec entrain. Encore un peu et Milie se sentirait de trop.

— Il est guide. À la base, il bossait à l'hôtel où la compagnie nous loge. C'est comme ça que je l'ai connu.

— Elle boire beaucoup, tente-t-il dans la langue de Molière, en mimant un lever de coude.

— T'as fini de me chambrer ? Il gérait le bar et il est long à la détente : il a mis deux heures à capter que je le draguais.

À peine ont-ils posé les pieds sur le sable chaud que Juan et Gaïa envoient valser leurs vêtements et se jettent à l'océan en riant comme des enfants. Milie les observe avec tendresse, puis reporte son attention sur la droite pour leur offrir un moment d'intimité.

L'eau est plus agitée, ici. Juan lui a expliqué que, cette partie de l'île n'étant pas protégée par une barrière de corail, les courants et les vagues se font plus sauvages, ce qui rend l'endroit propice aux surfeurs, ravis d'essayer de les dompter.

Milie n'est pas assez téméraire pour s'y risquer. Peut-être qu'en revenant souvent ici, elle finira par balayer ses craintes, mais pour l'heure, un bon roman lui semble plus conforme à son niveau de courage : nul.

Milie n'est pas un rat de bibliothèque. À vrai dire, elle est plus du genre à trouver des subterfuges pour rendre ses devoirs sans avoir à se farcir les œuvres au programme. Pour elle, lecture rime surtout avec torture. Ce roman, c'est Gina qui le lui a offert. *Format poche, plus pratique dans un avion ou à la plage.* Elle a souri en découvrant le titre du roman. *The Love Hypothesis.*

En redressant la tête, elle en voit deux pour qui l'amour n'a rien d'hypothétique. Ni de théorique. Est-ce vraiment de l'amour ? Au sens chimique du terme, cela ne fait aucun doute. Elle fait un selfie dans l'idée de l'envoyer à Hugo pour le faire saliver, et un autre pour ses amis, histoire de les faire rager. Malheureusement, elle ne capte rien, pas même un résidu de réseau Wi-Fi. C'est bien sa veine.

Faute de mieux, elle ouvre donc son livre ; contre toute attente, elle tourne les pages à un rythme effréné. Ceux qui la connaissent penseraient, à la voir ainsi absorbée par sa lecture, qu'elle a sans doute pris un coup de chaud ; les autres se pencheraient pour épier le titre du roman qui fait oublier le monde qui l'entoure à cette jeune femme, sur l'une des plus belles plages de l'île. Depuis combien de temps est-elle plongée dans l'histoire d'Olive et Adam ? Elle n'en a aucune idée. Elle en est sortie brutalement par une pluie battante. Du moins le croit-elle au premier abord. Gaïa et Juan, hilares, secouent leur tête à côté de Milie, comme le ferait un chien qui sort de son bain pour se sécher.

— Vous êtes vraiment des gamins, se désole-t-elle en riant. Mais ça fait du bien. Je crois que je vais aller me baigner maintenant que la mer est de nouveau fréquentable.

— J'ai autre chose à te proposer, tente Gaïa, profitant que Juan s'éloigne. T'as prévu un budget pour tes escales ?

— J'ai pas encore touché ma première paie, donc je tourne un peu sur mes économies. Mais j'ai quand même envie de profiter.

— C'est toujours raide le premier mois, mais crois-moi bien que la première paie va te régaler tout l'été.

— Là pour cette escale, j'ai prévu entre 50 et 100 euros. Max de chez max.

— Mais t'es laaaarge !

— Je dois acheter quelques gousses de vanille pour ma mère, un *barreau de chaise* pour mon mec, quelques cartes postales, des timbres, et il faut accessoirement que je me nourrisse ce soir. J'ai pas l'impression de nager dans l'opulence, la corrige Milie en riant.

— Ah ! c'est sûr que si tu vas dans les pièges à touristes, t'es marron. Mais tu sais quoi ? J'ai quelques contacts sur l'île, confie Gaïa avec un clin d'œil. Regarde, là-bas.

Milie porte son attention sur des cabanes aux toits en feuilles de palmier, qu'elle avait aperçues au cours de leur balade à cheval. La plupart étaient vides ; celle que Gaïa lui indique est occupée. Une femme, de corpulence honorable, est adossée à ce qui fait office de porte d'entrée. Elle semble attendre que le temps passe. Ou que quelqu'un passe. Ce que lui confirme Gaïa : le mois de juin est loin d'être très animé, encore moins dans ce coin de l'île.

— Me dis pas que c'est une... qu'elle... Enfin, tu vois, quoi.

— Absolument pas, lui assure Gaïa, taquine. Voilà ce que je te propose. Juan et moi, on doit aller faire un tour, il doit me montrer un truc.

— Tu veux dire : *son* truc ?

— C'est peut-être la seule fois que tu viens ici, poursuit-elle en ignorant sa remarque. En tout cas avec moi pour te filer les bons plans. Franchement, fais-toi plaisir. Cette femme, là-bas, elle t'attend et, clairement, elle va t'offrir un kiff que t'es pas près d'oublier. Casse ta tirelire, ça va te coûter 30 dollars, mais je te garantis que ça sera les 30 balles les mieux dépensés de ta vie.

Milie est circonspecte, mais curieuse.

— *One life*.

Tandis qu'elle se dirige vers le cabanon, Juan et Gaïa, eux, s'éloignent dans le sens opposé, visiblement pressés de se retrouver seuls.

Milie n'a jamais mis les pieds dans un spa. Au-delà du fait qu'elle ne pourrait jamais dépenser l'équivalent de deux semaines de courses pour une heure de plaisir, elle a toujours eu le sentiment qu'elle n'était pas à sa place dans ce genre d'endroit. Un héritage, sans doute, des centaines de fois où elle a entendu son père lui dire qu'ils n'appartenaient pas à ce monde-là et qu'ils n'y seraient jamais les bienvenus. De quel monde parlait-il ? De celui qu'elle découvre depuis qu'elle a quitté le nid ? De celui qu'elle expérimente depuis une dizaine de jours ? Milie se demande sur quelle planète vit son paternel, et comment elle a pu croire à ses conneries aussi longtemps. En se présentant devant Ruth – elle a manqué de s'étouffer quand Gaïa lui a donné son prénom –, elle en vient à la conclusion que la seule place qui nous revient en ce bas monde est celle à laquelle on aspire. Certains doivent-ils se battre plus que d'autres pour l'obtenir ? Sans aucun doute. Est-ce normal ? Évidemment que non. Mais Milie a désormais compris que deux choix s'offrent à elle : chouiner contre l'injustice ou faire en sorte de ne pas la subir. Elle a pris sa décision à Noël, et même si le prix à payer est lourd, elle ne le regrette pas.

Lorsque Ruth l'invite à s'installer sur la table de massage, Milie sait déjà que l'expérience sera extraordinaire. Elle refuse le terme « unique », car alors cela signifierait qu'elle ne la revivra jamais. Or, avant même d'avoir goûté à ce petit plaisir, elle sait d'avance qu'elle touche à une drogue si addictive qu'elle sera incapable de s'en passer.

Le bruissement doux des vagues vient caresser ses oreilles tandis que Ruth applique ses mains au niveau de ses épaules. Milie se détend instantanément, se laisse envahir par les frissons. Les senteurs exotiques de l'huile de massage se mêlent parfaitement au décor et rendent l'expérience plus immersive encore. Avec un mélange de délicatesse et de fermeté savamment dosé, Ruth s'attaque à tous les muscles de son corps, s'attardant sur les plus récalcitrants à se relâcher. En moins de quinze minutes, elle sombre dans une relaxation profonde, bercée par la brise discrète qui s'invite sur sa peau et par la chaleur enveloppante du soleil qui lui succède.

Lorsque Ruth lui tapote légèrement l'épaule pour lui signifier la fin du massage, Milie a bien du mal à émerger de cette expérience inoubliable. Un jour, elle viendra ici avec sa mère et lui permettra de vivre, elle aussi, ce moment suspendu.

Après avoir remercié chaleureusement sa bienfaitrice, elle rejoint le bar à quelques pas de la plage, dans lequel Gaïa et Juan lui ont donné rendez-vous. Comme c'était à prévoir, elle y arrive la première ; il est des *soins* que l'on ne peut pas chronométrer. Et c'est heureux.

Milie profite de ce moment seule et de son réseau retrouvé pour envoyer quelques messages. Ses collègues PCB ne retiennent que son compteur toujours à zéro pour le Seventh Heaven Challenge, ce qui ne manque pas de la faire sourire : elle n'a pas l'intention d'inscrire le moindre point. Lola et Juline bavent de jalousie sur la photo d'elle prise par Ruth un peu plus tôt, allongée sur la table de massage avec en toile de fond l'eau cristalline et le ciel bleu à perte de vue.

— Bureau des pleurs, bonjour, annonce-t-elle, guillerette, en décrochant.

— C'est pour me tuer, la photo de toi ?

— Je peux arrêter de t'en envoyer si c'est vraiment trop douloureux... susurre-t-elle.

Elle sirote son cocktail bruyamment pour enfoncer le clou.

— Ce qui est douloureux, c'est que quelqu'un d'autre ait passé une heure à te toucher partout. Et que ce quelqu'un ne soit pas moi.

— Elle s'appelle Ruth et porte très bien son nom, tu vois ?

Hugo s'esclaffe. Oui, il voit très bien.

— T'as kiffé ?

— T'as même pas idée. C'est mort, je ne pourrai plus m'en passer. Et vu que je ne risque pas de revenir ici de sitôt...

— Quand tu veux, où tu veux, aussi longtemps que tu veux. Fais de moi ta chose.

— Je te prends au mot. Dès demain, à mon retour.

— Ça a été, ton vol, au fait ?

— Oui, t'inquiète, élude-t-elle.

— Oh, toi, tu ne me dis pas tout.

— T'inquiète, répète-t-elle plus fermement.

Milie refuse de poser le moindre nuage sur ce moment parfait ; Hugo bat en retraite, il sait qu'il ne tirera rien de sa petite amie. Mais il reviendra à la charge à son retour. Dans le langage de Milie, « t'inquiète » signifie qu'il y a justement de quoi s'inquiéter.

29

Milie n'est pas peu fière de tendre le petit bocal à sa maman. Comme le lui a suggéré Juan, elle l'a rempli de cassonade et y a glissé des gousses de vanille. Sandrine s'en saisit, circonspecte mais touchée, et ouvre le contenant ; la senteur grasse, sucrée et épicée envahit ses narines.

— Ma puce, c'est beaucoup trop. Je ne veux pas que tu dépenses ton argent pour moi.

— T'inquiète pas, Maman, j'ai pas cassé ma tirelire. Et je sais qu'elles te seront utiles. En plus, ça va parfumer le sucre, tu pourras t'en servir aussi.

Sandrine étreint sa fille, lui prend le visage entre les mains, puis lui embrasse longuement le front.

— Je suis tellement fière de toi, de la femme que tu deviens. J'admire ton courage.

— Quel courage, Maman ?

— Le courage de vivre tes rêves, le courage de risquer ta vie là-haut, ajoute-t-elle en se signant.

— Maman, je suis pas pilote de chasse, je pars pas à la guerre, s'esclaffe Milie.

— C'est pareil. Nous les humains, on n'est pas des oiseaux, on n'est pas censés voler. Mais enfin, si ça te rend heureuse, alors vole.

Milie pose un regard plein de tendresse sur sa maman. Bientôt, elle l'invitera au restaurant, elle lui offrira une belle robe colorée qui mettra en valeur ses yeux de chat. Et elle l'emmènera au spa. À Uvero Alto. Elle la confiera à Ruth, qui aura fort à faire pour relâcher ses épaules tendues par des décennies à porter le poids du monde. Elle lui fera découvrir des endroits incroyables, même si elle doit l'assommer de somnifères pour l'obliger à monter dans un avion.

— Tu me gâtes beaucoup trop. La carte, ça... Fais attention, je pourrais y prendre goût !

Sandrine a reçu la première carte postale la veille, l'a accueillie avec la joie d'une enfant à qui l'on offre un cadeau sans raison. Juste comme ça. Pour le plaisir de faire plaisir.

— Ton père va se demander d'où viennent ces gousses.

Milie hausse les épaules, blasée, désespérée, agacée.

— *Fabrice* met les pieds en cuisine ? Première nouvelle.

— Milie ! Il est toujours ton père ! s'insurge Sandrine.

— Ah bon ? Deuxième nouvelle. Au pire, t'auras qu'à lui dire que c'est madame Bouassard qui te les a rapportées.

Sandrine travaille à mi-temps chez cette femme depuis vingt-cinq ans. Milie a traîné ses guêtres dans chaque pièce de cette maison bourgeoise de près de 400 mètres carrés avec son frère, y a fait ses devoirs chaque soir après l'école. Pour autant, elle y a rarement croisé la patronne, plus souvent en voyage aux quatre coins du monde que chez elle. Peut-être sa vocation lui vient-elle également de là ? Elle rapportait régulièrement un petit souvenir à Milie et Brian, un cadeau à Sandrine. Et rien pour le paternel. Combien de fois a-t-elle offert à sa mère de l'accueillir le temps de se retourner, si elle souhaitait s'émanciper de son mari ? Fabrice a bien des défauts, mais la violence physique n'en fait pas partie. Alors, dans l'esprit de Sandrine, il n'y avait pas de quoi se plaindre ; d'autres vivaient bien pire qu'elle. Elle allait même jusqu'à dire, parfois, qu'elle avait de la *chance*, ce qui ne manquait pas de faire sortir de ses gonds sa patronne. Madame Bouassard abhorre Fabrice, il n'a d'ailleurs jamais mis les pieds dans sa demeure, où elle reçoit pourtant facilement. Aussi fait-elle office de havre de paix pour Sandrine, qui y prétexte de temps en temps un surplus de travail lorsqu'elle souhaite retarder son retour au foyer.

Sentant l'ambiance s'assombrir, Milie entreprend de lui raconter sa dernière escale ; les cocotiers font plus rêver sa mère que les gratte-ciel. Comme avec Hugo, elle élude Carl et ses groupies. Milie a déjà l'esprit tourné vers sa prochaine rotation.

— Tu sais quoi, Maman, *l'argent ne fait pas le bonheur*, c'est une expression inventée par les riches pour endormir les pauvres. Sérieux, c'est quand même plus facile de vivre pépouze quand tu peux te payer ce genre de conneries.

— Milie, ton langage !

— Roooh, tu vas pas me faire la leçon ?

— J'espère que tu ne parles pas comme ça dans ton avion. Quand même, il faut un peu de... bredouille Sandrine, le torse bombé et le menton haut. Un peu de classe, quoi !

— Tu me reconnaîtrais pas, je suis une autre femme, là-haut. Dès que j'enfile ma tenue, je me transforme.

— Oh oui, j'ai vu sur la photo que tu m'as envoyée. Dieu que tu es belle dans ton uniforme !

Milie essaie de maîtriser son émotion ; à travers son « sermon », elle décèle surtout l'envie de sa mère de la porter haut. Faisant fi des gens qui l'entourent dans le café, Milie se lève, adopte l'attitude qui est la sienne au travail, lui joue une scène de service en versant de l'eau dans son verre, puis se rassoit sous le regard amusé de sa mère.

— Si tu n'avais pas choisi ce métier, tu aurais pu être actrice, la taquine Sandrine en riant.

— Pour l'instant, c'est juste un job d'été, tu sais.

— Oh, moi, ce que j'en dis, c'est que t'es douée pour ça, alors je ne suis pas inquiète. Tu ne voudrais pas rentrer à la maison quelques jours cet été ? embraye-t-elle, l'air de rien.

— Maman...

— Quoi ? Je te rappelle juste que tu es la bienvenue.

— Maman...

— D'accord, d'accord.

Sandrine ne cessera jamais de jouer son rôle de médiatrice, mais n'insiste pas face au refus de Milie de saisir, une nouvelle fois, sa main tendue. Elle caresse le visage de sa fille, puis, sentant sa capacité à retenir ses larmes s'amenuiser, attrape sa tasse, la porte à ses lèvres et en boit le contenu par petites gorgées. Peut-être aura-t-elle plus de chance le mois prochain.

✦ ✦ ✦

Toujours avides de bons plans, Milie et Lola ont trouvé la parade pour faire des économies cet été. Comme le permet le règlement de la résidence universitaire, Lola a rendu sa chambre, qu'elle retrouvera à la rentrée. Les deux amies se partageront celle de Milie. Et puisqu'elle passe plus de temps chez Hugo qu'à la cité U, cette histoire, c'est un peu gagnant-gagnant pour Lola. De temps à autre, Milie se rappelle au bon souvenir de sa colocataire estivale. Sans s'annoncer, bien entendu : *sans gêne, y a pas de plaisir*, selon l'une des expressions favorites de Lola. Cette fois-ci, son intrusion sera sans doute pardonnée dans la minute : Milie apporte un plat format familial des fameuses lasagnes de sa mère, que Lola adore. Elle prévoit de s'offrir un festin pour fêter la bonne nouvelle du jour : les plannings de juillet sont tombés.

D'un coup de coude assuré, elle clenche la porte ; par chance, elle n'est pas verrouillée.

— Meuf, *checke* tes mails !

Milie manque d'envoyer valser le plat qu'elle tient dans les mains. Dans le lit, la forme humaine que Lola tente de cacher et les cheveux en bataille de son amie sont des indices limpides sur ce à quoi elle était occupée.

— Merde, t'aurais pu frapper avant...

— Avant d'entrer chez moi ? se marre Milie. T'avais qu'à mettre le foulard sur la poignée, je suis pas voyante. Salut, toi, là-dessous.

Lola lui envoie la foudre par le regard, et l'invite à décamper d'un mouvement de tête. *T'as raison, je vais partir. Bouge pas*, pense-t-elle, trop heureuse de pouvoir s'amuser un peu de la situation.

— Bah alors, on a perdu sa langue, là-dessous ? À moins qu'elle soit occupée à autre chose ?

Lola la noie sous des insultes silencieuses, ce qui, loin de décourager Milie, nourrit sa curiosité.

— Salut, finit par prononcer dans un murmure étouffé l'inconnu sous la couette.

Cette fois-ci, c'est Milie qui en reste sans voix. Celle qui vient de la saluer est suffisamment singulière pour lui indiquer qui en est le propriétaire.

— Mais non ! s'exclame-t-elle, éberluée, avant d'éclater d'un rire franc. Sans déconner, c'est toi, Enzo ?

La mine désespérée de Lola ne fait qu'augmenter le plaisir de Milie. Elle n'a pas fini d'en entendre parler.

— Je vous donne cinq minutes pour me rejoindre à la cuisine. Pas une de plus. C'est énorme. Énorme, répète-t-elle, hilare, en claquant la porte de la chambre.

Lola et Enzo font leur apparition dans un *walk of shame* digne des plus beaux lendemains de cuite. Milie boit du petit lait. Un dialogue muet s'installe entre Milie et Lola ; le sujet principal et unique étant bien entendu le type qui avance comme un bagnard derrière son amie. Milie l'a connu plus valeureux.

— Quelqu'un m'explique ? lance Milie sur un ton guindé.

— Tu t'es prise pour la CPE des cœurs, carrément, la calme Lola.

Enzo, lui, reste muet comme une carpe. *Ah, on fait moins le malin...*

— T'es bien la dernière personne que je m'attendais à trouver dans mon lit !

— C'est pas faute d'avoir essayé, lâche l'intéressé en attrapant une chaise.

Il la retourne, s'installe à califourchon, puis s'accoude au dossier en la défiant du regard. *Branleur.* Lola est hilare.

— L'encourage pas, toi ! En fait, vous vous méritez, abdique Milie en ouvrant une bouteille de soda. Vous êtes... en couple ou un truc du genre ?

— Plutôt *un truc du genre.* On s'amuse, on prend du bon temps. Tu devrais essayer, ça te détendrait.

Milie lui répond par une grimace enfantine, puis reporte son attention sur Enzo. Une lumière s'allume subitement dans son cerveau.

— Non, mais attends, tous ces messages et coups de fil mystérieux, c'était lui ? Et tu veux me faire croire que vous deux, c'est un truc comme ça ? *Pour s'amuser ?*

Milie se retient de rire ; quel plaisir de les torturer ! Ils sont comme deux lapins pris dans les phares d'une voiture.

— Franchement, je t'ai connue plus exigeante niveau mecs.

— Hé, je suis là, se signale Enzo.

Lola devine Milie, elle vient de comprendre le petit jeu auquel elle s'adonne et décide d'y prendre part.

— J'avoue, je passe un peu de l'hyper au *hard discount.*

— Youhou, le mec de Wish est juste là et il entend tout, insiste l'intéressé.

— En vrai, je prends seulement de l'avance pour le Seventh Heaven Challenge.

— T'es sérieuse ? s'offusque Enzo.

— Alors là, il a pas tort : même pas en rêve, votre saison n'a pas encore commencé, intervient Milie.

— Mais de quoi tu parles, toi ? Tu joues pas, donc tu te prends pour l'arbitre ?

— Chut, lui adressent d'autorité les deux amies à l'unisson. On a un point de règlement à éclaircir.

Milie sort le téléphone de sa poche, cherche le document posté sur le groupe WhatsApp il y a quelques semaines.

Calcul sur l'ensemble des vols de la campagne PCB. Un comptage par vol sera également effectué. En cas d'égalité en fin de saison, le PCB ayant le plus gros score sur un vol l'emporte. En cas de doute, une preuve peut être sollicitée par les autres participants. La curiosité malsaine et le voyeurisme sont considérés comme des motifs valables pour exiger lesdites preuves.

— Ah bah voilà, c'est bien ce que je disais : *sur l'ensemble des vols de la campagne PCB.* Bim, savoure Milie en faisant mine de lâcher un micro. Tu t'es sacrifiée pour rien, meuf.

— Sacrifiée, carrément ? T'es pas un peu dans l'abus ? se renfrogne Enzo.

— Mais c'est qu'il est susceptible, en plus, le taquine-t-elle en lui pinçant les joues. Ça va, on rigole, détends-toi. N'empêche, maintenant que j'y pense, t'es tellement en galère que t'es obligé de prendre le train pour gérer une meuf ? Franchement, ça doit pas être facile d'être toi.

Enzo ouvre la bouche à s'en décrocher la mâchoire, incapable de répondre à cette attaque bien sentie. Lola, prise de compassion, prend place sur ses genoux, et l'embrasse langoureusement sous le regard désespéré de Milie, qui mime un réflexe nauséeux.

— Juste pour info, j'étais venue annoncer à Lola que les plannings de juillet sont tombés. Si jamais ça vous intéresse.

Enzo, fidèle à lui-même, sort le téléphone nonchalamment, consulte son mail, hausse les épaules et range son portable.

Lola trépigne en hurlant silencieusement, mais semble rencontrer quelques difficultés à trouver le sien. Elle grommelle, lâche quelques jurons.

— Regarde dans tes spams, lui conseille Milie.

Lola peste de ne pas y avoir pensé, déniche le message en question et recommence à jurer. Mais ces jurons-là ont une saveur différente. Elle entame une danse de la victoire, à laquelle elle met un terme le souffle court.

— J'ai un planning de ouf ! Même moi, je trouve ça indécent.

— Si t'espères qu'on va te supplier pour que tu nous le montres, tu risques d'attendre longtemps.

— T'es pas prête, je te préviens.

— Mais vas-y, balance, souffle Milie, un sourire en coin.

— On part sur un petit Séoul, trois jours sur place, un aller-retour express à Dakar, vingt-quatre heures sur place, puis un San Francisco, deux jours sur place et on finit par un Île Maurice pas piqué des hannetons, deux jours sur place.

Enzo émet un sifflement admiratif ; Milie une moue blasée.

— Mouais, pas mal, lâche-t-elle pour faire vriller Lola.

— Quoi, pas mal ? C'est tout ? Genre...

— J'avoue, t'as un planning stylé.

— Séoul, c'est un truc de dingue. J'avais même pas pensé pouvoir y aller un jour.

— Mais pas de New York.

— Pas de New York.

Enzo ricane dans son coin, s'attirant les foudres de Lola.

— Moi, j'ai New York, la nargue-t-il.

— Super, merci pour ta contribution.

— Franchement, je comprends pas pourquoi vous voulez tous New York. Perso, j'aurais préféré un Los Angeles.

Milie lève timidement la main, l'air contrit.

— Tu déconnes ! Alors là, je suis jaloux. Combien, l'escale ?

— Deux jours. Ça me laisse le temps de faire deux ou trois trucs. Et de dormir un peu. Franchement, j'imaginais pas que ça serait crevant à ce point. Vous pensez aux escales, mais avant, y a quelques heures de vol à assurer, et après aussi. Et c'est pas les vacances.

Lola et Enzo échangent un regard avant d'éclater de rire.

— Non, mais ça va, on a la pêche, affirme Enzo.

— Franchement, on en reparle. J'ai pas du tout géré mon temps sur les deux premières rotations et je suis explosée. Là, L.A. avec un jet-lag des enfers, je pense que je vais morfler.

— *One life*, meuf, on dormira quand on sera morts.

Lola lève la main en direction de Milie. En l'absence de réaction de sa part, elle la tourne vers Enzo, qui écrase la sienne dessus.

— J'enchaîne Niamey, vingt-quatre heures, Dubaï, vingt-quatre heures, Pékin, trente-six heures, Los Angeles, quarante-huit heures et, pour finir, Buenos Aires, soixante-douze heures, annonce Milie.

— Los Angeles et Dubaï dans le même mois, se pâme Lola. Je veux échanger nos plannings.

— Ton plan de carrière, c'est star de téléréalité, en fait ! Perso, Dubaï, j'irai me balader par curiosité, mais je pense rattraper mon déficit de sommeil là-bas.

— *Déficit de sommeil*. La meuf a même pas vingt ans et elle parle déjà comme une daronne, la tacle Lola en levant les yeux au ciel. *Girls just wanna have fun.* Profite, un peu !

— Toi, t'as deux mois pour profiter. Moi, si tout se passe comme prévu, j'aurai toute la vie.

— Genre, là, au bout de deux vols, tu sais que c'est ce que tu veux faire ? s'étonne Enzo.

— *Genre* elle sait que c'est ce qu'elle veut faire depuis qu'elle a quatorze ans, lui répond Lola. Bon, si je vous laisse dix minutes le temps de prendre une douche, vous allez pas vous entretuer ?

Enzo amorce un mouvement, dans l'espoir qu'elle l'invite à la rejoindre. Pas de chance, elle lui met un stop verbal avant de lui opposer la paume de sa main pour lui passer toute envie d'insister.

— J'suis trop sa victime, putain, peste-t-il en souriant lorsqu'elle disparaît au bout du couloir.

— Enzo, t'es la victime d'absolument tout le monde, le corrige Milie en enfournant le plat de lasagnes.

Hugo débarque comme prévu à la cité U ; ce soir, les filles jouent à domicile. Ne trouvant personne dans la chambre, il décide de suivre le fumet savoureux qui lui parvient. Lorsqu'il entre dans la cuisine, Milie a la tête dans le frigo. La première personne qu'il aperçoit est donc Enzo.

— Qu'est-ce que tu fais là, toi ? lui lance-t-il, agressif.

— Tranquille, mec, je...

— Merde, souffle Milie dans sa barbe.

Elle a complètement oublié de lui envoyer un message pour le prévenir. Un sourire satisfait se dessine sur son visage.

— Je l'ai trouvé dans mon lit en arrivant, j'ai failli faire une crise cardiaque, intervient-elle, décidée à faire marcher son petit ami. Je te jure, le mec recule devant rien.

Hugo voit rouge, s'avance vers Enzo, prêt à en découdre.

— T'as pas intérêt à avoir posé tes mains de gros dégueulasse sur elle. Je vais le démolir, fulmine-t-il.

— Milie, arrête, la supplie Enzo. Déconne pas.

Milie éclate de rire, efface la distance qui la sépare de Hugo et l'embrasse avec passion. Hugo tente de reprendre la parole entre deux assauts, mais elle étouffe ses protestations en pressant ses lèvres sur les siennes. Quand, enfin, elle sent les muscles de Hugo se relâcher, elle se recule.

— Détends-toi. Je l'ai trouvé dans mon lit... avec Lola. Et de ce que j'ai vu, ils étaient pas en train de beurrer des sandwiches.

Hugo coule sur lui un regard suspicieux ; il n'oublie pas que le type s'est montré particulièrement insistant avec Milie quelques mois plus tôt. *Il bouffe vraiment à tous les râteliers.*

— Reste tranquille, quand même, le menace-t-il. Et bon courage, t'as pas chopé la plus facile des deux. Aïe !

Pris dans sa rage puérile, il n'a pas entendu Lola approcher dans son dos. Évidemment, elle n'a rien raté de ses derniers mots et lui assène une tape franche derrière le crâne.

— Toi, reste tranquille. Bouffon, va.

Ils entament leur *check* sans fin ; Enzo en profite pour s'écarter un peu. On n'est jamais trop prudent.

Le plat de lasagnes ne fait pas long feu et a surtout le mérite de mettre tout le monde d'accord. Les estomacs pleins apaisent toutes les tensions, Hugo se surprend même à rire avec Enzo. Ils se quittent presque bons amis. Presque.

Sur le chemin vers l'appartement de Hugo, Milie ne peut s'empêcher de revenir sur l'altercation avortée entre son petit ami et Enzo.

— La confiance n'empêche pas le contrôle, lui répond-il lorsqu'elle le taquine à ce sujet.

— Oh, le gros *red flag* !

— Non, mais c'est lui que je surveille. Pas toi.

— Et le *red flag* vole au vent. Ça souffle fort, entre tes deux oreilles...

Hugo se renfrogne, marmonne. Bref, il boude, comme chaque fois qu'il est mis en difficulté.

— Sérieux, le mec drague comme un puceau dans une maison close, tu peux comprendre que je sois pas tranquille ?

— Bah, non...

— Bah, pourquoi ?

— J'en sais rien, BG, peut-être parce que je ne bosse pas dans ladite maison close et que, par conséquent, il ne se passera jamais rien entre lui et moi ?

— Ça n'a rien à voir.

— Mais ça a au contraire *tout* à voir. Si t'as confiance en moi, t'as pas besoin de t'occuper des autres. Et moi, j'ai besoin de savoir que t'as confiance en moi à 100 %. C'est pas la première fois que ça arrive, et ça me plaît pas.

— N'importe quoi, bien sûr que j'ai confiance en toi.

C'est les autres qui m'inquiètent, ne peut-il s'empêcher de penser malgré tout.

— Si tout se passe selon mes plans, je serai un jour hôtesse de l'air. C'est-à-dire que je voyagerai aux quatre coins du monde, avec des collègues hommes, souvent dans des endroits paradisiaques. Je veux pas être obligée de te mentir ou de filtrer les photos que j'envoie quand je suis en escale ; j'ai pas envie non plus de me prendre des remarques ou des bouderies.

Milie attrape sa main, glisse ses doigts entre les siens, les porte à sa bouche pour y déposer un baiser.

— Si c'est trop pour toi, dis-le-moi maintenant.

— Ça changera quoi ?

— Sans doute beaucoup de choses, mais on peut pas avancer si on se dit pas les choses. Les non-dits et les frustrations dans un couple, j'ai grandi en les subissant. J'ai pas envie de ça. Et on a déjà donné, non ?

Hugo aperçoit un banc au loin. Le jour commence à décliner et ils ne sont plus loin de son appartement ; il hésite un instant, mais décide de s'y poser avec Milie. Elle a raison, ils devront avoir cette discussion tôt ou tard. Autant arracher le sparadrap.

— Je te mentirais si je te disais que je m'en fous, que ça ne me dérange pas. Bien sûr que ça me saoule de t'imaginer avec des mecs sur une plage de sable blanc. Me dis pas que ça te ferait rien si c'était l'inverse ?

— Tu te fais draguer H24. Même quand on marche main dans la main, certaines meufs te balancent leur meilleur sourire, alors j'imagine même pas quand je suis pas là. C'est *déjà* l'inverse. Je vis l'inverse depuis la première fois qu'on est sortis ensemble. Et j'en fais pas un ulcère.

Hugo hausse les épaules, mais doit admettre l'évidence. Et puisque lui ne prête pas attention à toutes ces tentations, pourquoi Milie le ferait-elle ?

— Je peux pas te dire que ça me fera plus chier juste parce qu'on vient d'avoir cette discussion, et j'ai pas envie de te mentir. Mais j'ai compris. Je suis désolé de réagir en mâle alpha. Putain, je détestais quand mon père faisait ça, en plus. Tu veux bien me promettre un truc ?

— Ça dépend quoi, marivaude Milie.

— Garde ça pour tout à l'heure.

Hugo la bouscule de l'épaule avec tendresse.

— Non, mais sérieux, me laisse pas devenir comme lui, OK ? Mets-moi un taquet chaque fois que je dérape.

— Mais j'y compte bien. Maintenant, j'aimerais autant que ce soit toi qui me mettes un taquet.

— Milie ! s'étrangle Hugo, qui ne s'y attendait pas. Milie, Milie, Milie, qu'est-ce que je vais bien pouvoir faire de toi ?

— Absolument tout ce que tu veux.

Hugo se lève d'un bond, la tire par la main, soudain pressé de retrouver son nid. Milie, décidée à ne pas lui faciliter la tâche, lui saute sur le dos, enroule ses jambes autour de sa taille. Son rire cristallin s'invite dans la nuit qui s'installe.

30

Milie vole depuis trois semaines seulement, et déjà, sa routine est bien installée. On lui avait affirmé que voler avec les mêmes collègues n'arrivait jamais – ou presque. Pourtant, moins d'un mois après son baptême de l'air, elle retrouve déjà Carole sur le Niamey du jour.

En l'apercevant au briefing prévol, Milie se sent libérée d'un poids ; après l'expérience mitigée sur le Punta Cana, elle craignait de retomber sur des collègues peu avenants. Ce poids lui revient au centuple lorsque la cheffe de cabine annonce les règles de sécurité inhérentes à cette rotation.

À plusieurs reprises, et parfois durant de longues périodes, la compagnie a annulé les liaisons vers différents pays du Sahel, instables sur le plan politique. Dont le Paris-Niamey. La ligne a rouvert il y a quelques semaines à peine. *C'est pas les destinations les plus fun en ce moment*, lui a confirmé Gina. *Mais ça fait partie du job et c'est bien que tu puisses découvrir cet aspect du métier si tu envisages de l'exercer.* Milie en a bien conscience, mais cela ne l'empêche pas d'appréhender cette journée. Pas le vol en lui-même. Plutôt l'arrivée sur le territoire nigérien.

Malgré les efforts de Milie pour paraître détendue, Carole ne se laisse pas duper. La force de l'expérience, sans doute. À la fois pour garder un œil sur elle, mais aussi pour gratter un peu sous la surface de cette jeune collègue, elle l'a placée dans son secteur. Ainsi, elles peuvent échanger tout au long du vol, détournant l'attention de Milie de ce qui l'angoisse vraiment.

Et ça fonctionne. Pendant cinq heures, la jeune hôtesse ne pense à rien sinon aux tâches dont elle doit s'acquitter.

Le problème avec les diversions, c'est que leur efficacité est limitée dans le temps. Et la réalité reprend ses droits. Si l'atterrissage ne pose aucune difficulté, pas plus que le débarquement, la sortie de l'aéroport sonne comme un rappel brutal de l'endroit où elle se trouve et de l'ambiance austère qui entoure l'équipage. Les hommes en armes qui les escortent en sont l'indice le plus flagrant. Ou peut-être est-ce le blindé dans lequel ils se massent... avec les soldats ?

Les rues bondées compliquent leur avancée, et cela inquiète visiblement leur garde rapprochée. *On n'est jamais plus vulnérable que lorsqu'on est statique.* Lorsqu'un embouteillage se forme, provoqué par la traversée intempestive de nombreux piétons, et que le convoi se fige, les agents de sécurité bondissent hors du véhicule, kalachnikovs bien visibles pour essayer de dissiper la foule. Sans résultat. Ils se montrent plus insistants, presque menaçants, et n'hésitent pas à bousculer les plus récalcitrants pour les faire déguerpir. L'état nerveux de Milie passe de *pas tranquille* à *complètement flippée* en quelques secondes. Carole, malgré une main posée dans son dos et un sourire bienveillant, ne parvient pas à la dérider.

Au terme d'une avancée chaotique, les deux véhicules blindés rejoignent enfin l'hôtel, aussi barricadé que Camp David un jour de G20. En pénétrant dans le bâtiment, Milie ne peut s'empêcher de chercher du regard les issues de secours. Bien qu'elle fût jeune à l'époque des faits, elle se souvient de l'attentat sanglant perpétré par un groupe terroriste contre un hôtel occupé par des Occidentaux, à Ouagadougou.

L'équipe de sécurité accompagne l'équipage tout au long de leur escale, mais que pourront-ils faire en cas d'attaque ? Sans doute pas grand-chose. Ici comme dans une poignée d'autres destinations, hors de question de s'aventurer à l'extérieur. *Qui pourrait bien avoir envie de mettre le nez dehors ?* s'interroge Milie.

Malgré l'environnement anxiogène, l'équipage sacrifie au traditionnel pot d'arrivée. Autour d'un verre, l'ambiance se détend un peu, les rires s'invitent parmi les plus aguerris, qui ont appris à composer avec les aléas de ces destinations. Milie, elle, peine à apprécier cette légèreté incongrue ; elle sait d'avance qu'elle sera incapable de fermer l'œil. La nuit s'annonce courte. Ou longue. Quand vient le moment de regagner sa chambre, elle profite du trajet dans l'ascenseur pour échafauder des plans totalement farfelus. Une fois à l'abri, elle en met un à exécution : elle se barricade en coinçant la porte avec une chaise, puis en plaçant le bureau et tous les meubles non fixés devant. *Ça n'arrêtera pas les intrus, mais ça les ralentira.* Pour lui laisser le temps de quoi ? Un coup d'œil par la fenêtre suffit à souligner l'absurdité de sa stratégie ; elle se trouve au sixième étage sans balcon, son emplacement ne lui offre aucune échappatoire. Elle est faite comme un rat.

Milie sursaute lorsque des coups sourds lui parviennent de la porte d'entrée. Son cœur bat la chamade, elle retient sa respiration pour ne pas indiquer sa présence. Les coups se répètent à deux reprises, avant qu'une voix familière ne s'exprime :

— Milie, tu es là ? murmure Carole. Je sais que tu es là. J'ai entendu un barouf depuis ma chambre et ça venait d'ici. J'ai besoin de vérifier que tu vas bien.

— Ça va, lui assure-t-elle, le souffle encore court. Ça va.

— Allez, ouvre-moi. Je ne partirai pas avant d'avoir pu le confirmer de mes propres yeux.

Milie entreprend de libérer le chemin jusqu'à la porte. Cinq minutes plus tard, elle la déverrouille enfin, le front luisant de sueur. Avant qu'elle n'ait pu prononcer le moindre mot, l'un des gardes fait irruption dans sa chambre, la bousculant sans ménagement. Après une inspection minutieuse des lieux, il décampe en lâchant un « RAS » assuré dans son talkie-walkie.

— C'était quoi, ça ? s'enquiert Milie, encore interloquée.

— Tu m'as fait une belle frayeur avec tout ce bruit. Ici plus qu'ailleurs, on est attentifs les uns aux autres. Je ne pouvais pas débarquer la fleur au fusil. S'il y avait eu le moindre souci, le fusil nous aurait été plus utile que la fleur. Et c'est une ancienne hippie qui te le dit.

Carole s'invite d'autorité dans la chambre, balaie la pièce du regard, éberluée.

— C'est pire qu'une ZAD[25], la taquine-t-elle. Allez, viens, on remet tout à sa place.

Milie ne proteste pas ; héritage, sans doute, de son histoire familiale. Chez les Marret, on déteste les chefs, mais on ne défie pas leur autorité. Courageux, mais pas téméraires...

Sauf que Milie, elle, ne déteste personne, à moins qu'on lui donne des raisons de le faire. En l'occurrence, elle accueille la présence de Carole dans sa chambre avec gratitude.

— Je suis désolée de t'avoir inquiétée, ce n'était pas mon intention.

— Ne t'excuse pas, Milie. J'avais bien compris que tu n'étais pas rassurée, on sera tous soulagés quand les roues de l'avion quitteront le tarmac. Mais je ne pensais pas que tu avais peur à ce point. Ça ne va pas du tout.

L'anxiété de Milie monte d'un cran ; elle se maudit de ne pas savoir gérer ses émotions. N'est-elle pas censée le faire en toute circonstance ? Sentant sa jeune collègue sur le point de perdre pied, Carole l'accompagne jusqu'au lit, l'oblige à s'y asseoir.

---

[25] Zone à défendre : acronyme militant pour désigner des espaces occupés illégalement par des activistes.

302

— Tout va bien, Milie. Parle-moi. Tu peux tout me dire. Tu crains pour ta sécurité ?

Milie hoche timidement la tête.

— D'accord, c'est tout à fait normal. Mais j'ai le sentiment que ce n'est pas le cœur du problème. Je me trompe ?

Milie acquiesce. Après quelques secondes de réflexion, elle se décide à se confier. *Foutu pour foutu...*

— Si je suis incapable de me maîtriser ici, est-ce que je le serai en vol en cas d'urgence ?

— Ça n'a absolument rien à voir, la rassure Carole. Tu as peur de quoi ? Que je te juge ?

— Sans doute un peu.

Carole s'esclaffe, puis enlace Milie.

— Sois tranquille, ce n'est pas le cas. Du tout. Tu as besoin de te reposer, et mon petit doigt me dit que tu ne fermeras pas l'œil si tu restes seule. Voilà ce qu'on va faire : je vais appeler la réception, leur demander de séparer les lits dans ma chambre et, si tu es d'accord, tu dors avec moi cette nuit. Ça te va ?

Milie se jette dans les bras de Carole, enfouit son visage dans le creux de son épaule.

— Je prends ça pour un « oui ». On s'occupe du déménagement, puis on rejoint le reste de l'équipe en bas pour manger, décrète-t-elle en se levant.

Plus tard, ce soir-là, les deux femmes se retrouvent dans le secret d'une chambre d'hôtel, dans une ambiance propice aux confidences. Carole lui partage des anecdotes, Milie lui fait part de ses rêves et de ses aspirations. Et de sa désillusion, nommée Carl *Lacarpette,* lors de son dernier vol. Carole sourit.

— Tu sais, des collègues un peu retors, tu en croiseras d'autres dans ta vie. Que ce soit dans le ciel ou sur Terre, au demeurant. Mais des comme Carl, à Giant Airlines, je ne crois pas qu'il y en ait tant que ça.

— Ça me rassure, admet Milie. Il a réussi à entrer dans ma tête avec ses mots. Je comprends pas ce que j'ai pu faire pour déclencher ce flot de méchanceté.

— Sans doute rien. Et contrairement à lui, je suis persuadée que tu es faite pour ce métier. Je t'ai vue à l'œuvre, aujourd'hui. Tu es à l'aise avec les adultes autant qu'avec les enfants, tu as un sens du service très développé, tu as envie de faire plaisir aux gens, de rendre leur voyage agréable. Et tu es consciencieuse.

Milie ne retient pas le sourire qui s'invite sur son visage. Les joues pourpres et toujours aussi mal à l'aise dès lors qu'il s'agit de recevoir des compliments, elle est malgré tout heureuse qu'ils lui soient adressés.

— Ne sois pas gênée, je ne dis pas tout ça pour te faire plaisir. Tu es proactive en vol, et attentive aux détails de sécurité même si tu ne peux pas t'en occuper pour l'instant. En revanche...

Nous y voilà, se désole Milie en baissant la tête. Carole applique avec douceur ses doigts sous le menton de la jeune femme pour le relever.

— La critique fait partie de notre quotidien. Il faut savoir se remettre en question dans ce métier, accepter de questionner notre pratique, également. À la fois pour ne pas tomber dans la routine, mais aussi pour s'assurer que l'on suit bien les protocoles. Ça peut paraître contradictoire, mais ça ne l'est pas.

Carole marque une pause ; Milie boit ses paroles. Cette femme est tout ce qu'elle aspire à devenir.

— Dans ton cas, il faut que tu apprennes à doser tes efforts. Tu dois prendre toutes les plages de repos qui te sont offertes en vol, même si tu n'es pas fatiguée sur le moment. Chaque fois que tu le peux, tu dois t'asseoir, te retirer dans le PRE[26].

— Je n'ai pas voulu laisser les collègues dans le jus...

— En cas de nécessité de service, le ou la cheffe de cabine n'hésitera pas à te solliciter. Mais pour reprendre l'exemple du vol d'aujourd'hui, tu as mangé quoi ?

— Je... Rien, est forcée d'admettre Milie.

— Exactement. Tu avais l'estomac vide. Ce qui veut dire qu'en cas de procédure d'urgence, tu aurais pu manquer d'énergie ou de lucidité. J'appelle ça les trois R : règles, repas, repos. Tu ne peux t'affranchir d'aucun des trois en vol. Sans quoi tu pourrais te mettre toi en danger, mais aussi tes collègues et les passagers.

Milie acquiesce, elle n'avait pas vu cela sous cet angle.

— Et maintenant, il est temps d'appliquer le dernier de la liste si on veut être en forme pour le vol retour. Bonne nuit, Émilie, ajoute-t-elle en éteignant la lumière.

Une heure après l'extinction des feux, Milie a toujours les yeux grand ouverts. En dépit des paroles rassurantes de la cheffe de cabine, elle ne peut s'empêcher de s'interroger sur la réalité de ce métier, si différente de l'idée qu'elle s'en faisait. Est-ce vraiment la vie qu'elle souhaite mener ? Bien sûr, les rotations comme celle-ci ne sont pas le quotidien des personnels navigants. Mais elles font partie de leur métier. Sera-t-elle capable de supporter la peur qui lui ravage toujours le ventre ?

---

[26] Poste de repos équipage. Pièce à laquelle on accède par un petit escalier soit à un niveau supérieur, soit au niveau de la soute.

31

Dans le train qui la conduit à l'aéroport, Milie prend le temps de répondre aux nombreux messages qu'elle a reçus. S'il est bien une chose qu'elle n'avait pas anticipée, c'est la croissance exponentielle de sa vie sociale. Appliquant les conseils de Gaïa, sa *partner in crime* à Punta Cana, elle a organisé son répertoire en conséquence. « GA » – pour Giant Airlines –, suivi du prénom pour les collègues ; le lieu suivi du nom pour les contacts sur place. Là, par exemple, elle répond à un message de *Punta Cana Juan*, qui lui a envoyé une vidéo de Cariño. Elle espère voir apparaître un Punta Cana sur son planning d'août ; elle se languit de le monter de nouveau.

Elle a gardé celui de *GA Carole* pour la fin. Milie est touchée qu'elle prenne de ses nouvelles. Alors qu'elle termine à peine de lui répondre, cinq notifications sont venues alimenter sa messagerie. Milie sourit en repensant au dernier conseil qu'elle lui a donné à Niamey, quelques semaines plus tôt. Un parmi tant d'autres. Tant pis ; si c'est urgent, ils insisteront. Elle met son portable en mode « Ne pas déranger », programme une alarme sur vibreur trente minutes plus tard, pose la tête contre la vitre et se laisse cueillir par les frémissements du train. Carole a raison : elle doit apprendre à apprécier les microsiestes si elle veut tenir sur la durée.

Milie est revenue de sa rotation pékinoise aussi ébahie qu'exténuée. Si elle a découvert, ravie, son planning du mois de juillet, elle se demande aujourd'hui si l'enchaînement de trois vols longs était vraiment l'idée du siècle. Onze heures la semaine dernière, près de douze heures pour rejoindre Los Angeles demain et même quatorze heures dans dix jours pour un vol direction Buenos Aires, qui la fait tant rêver. Sans compter le décalage horaire à digérer.

Lorsque le train fait son entrée en gare de Roissy-Charles-de-Gaulle, Milie range son manuel. Elle le passe en revue à chaque trajet vers l'aéroport, pour être certaine de ne rien oublier. Peut-être, dans quelques années, si sa vie suit le cours qu'elle souhaite lui donner, n'aura-t-elle plus besoin de le faire. Mais pour l'heure, elle a conscience d'avoir encore tout à apprendre. Aujourd'hui, elle se languit surtout de revoir Gina.

Milie avait prévu de réserver une chambre dans un hôtel proche de l'aéroport ; aucun train n'arrivait suffisamment tôt pour son vol matinal en direction de la Cité des Anges le lendemain. Avec Lola, elles ont hésité à se louer un studio à deux et à diviser les frais, pour avoir un pied-à-terre en cas de départ aux aurores ou d'atterrissage trop tardif. Après de savants calculs – et surtout la crise cardiaque en découvrant le prix de l'immobilier dans le secteur –, elles ont vite compris qu'il serait bien plus intéressant de réserver une chambre au cas par cas. En l'occurrence, c'est la première fois en plus d'un mois que Milie a besoin de le faire. Mais Gina, qui habite non loin de là, a gentiment proposé de lui ouvrir les portes de son appartement. *Une boîte à chaussures*, selon elle, et un lit deux places à partager. Rien de rédhibitoire pour Milie.

Gina lui saute dans les bras dès son arrivée, la scrute sous tous les angles.

— Dis donc, t'as pris quelques couleurs depuis la dernière fois. T'es canon !

— Je te retourne le compliment, répond Milie avec une moue admirative.

— Tu parles. J'ai des valises, même avec supplément bagages, elles passent pas en soute. Mais merci pour l'effort.

Le logement de Gina est en effet à peine plus grand que sa chambre étudiante. « De toute façon, je n'y suis que pour dormir, lui a expliqué sa collègue. Même quand je suis en repos, je ne suis que de passage. » Preuve en est : aussitôt les affaires de Milie déposées, elles sont déjà dehors. Direction ? Milie n'en a aucune idée. Seul indice, elles marchent vers la station RER la plus proche.

Quelle n'est pas sa surprise lorsque, arrivées à la gare Saint-Lazare, elles sont accueillies avec enthousiasme par Christophe. Les retrouvailles sont aussi chaleureuses que bruyantes, ce qui attire sur le groupe des regards à la sympathie variable. Peu importe ; le bonheur de se revoir surpasse la honte de se donner en spectacle.

Christophe les traîne dans un petit troquet, caché dans le recoin d'une ruelle étroite. Au milieu du brouhaha de ce quartier animé, l'endroit bénéficie d'une quiétude surprenante. Une chose est sûre : seule, Milie ne s'y serait jamais aventurée. Pour ça, il aurait déjà fallu qu'elle arrive jusque-là. Et finalement, c'est bien ce que viennent chercher ici Christophe et les autres clients de ce bar : la convivialité autant que la tranquillité. Alors qu'ils s'apprêtent à s'installer, le téléphone de Milie se met à vibrer, provoquant le courroux malicieux du steward :

— Ah non, on va pas passer notre temps pendus au bout du fil. Portables interdits ! s'offusque-t-il en peinant à garder son sérieux.

— C'est ma meilleure amie, Lola. Elle est en rotation à San Francisco, je pense qu'elle veut me narguer.

Christophe lui arrache le téléphone, accepte l'appel visio sous le regard amusé de Milie.

— T'es qui, toi ?

La voix de Lola est un mélange de curiosité et d'inquiétude.

— Toi, t'es qui ? rétorque Christophe sur un ton sec.

Il place la main devant la caméra pour étouffer un rire sans se faire prendre.

— Oh, sérieux, elle est où Milie ? Je te jure que si tu me la passes pas, je débarque.

— Tu vas débarquer où, s'il te plaît ? Et dans combien de temps ? Vas-y, profite bien de San Francisco, laisse-moi m'amuser avec ta copine et arrête de me casser le crâne.

Il raccroche sans demander son reste, sous le regard interloqué de Milie, qui finit par éclater de rire.

— Mais t'es un grand malade, elle est capable de lancer un *swatting*. T'es pas prêt pour Lola, toi.

— Tu parles, je lui donne trente secondes pour... Ah, c'est une rapide, ta copine. Ça fuse là-haut, lâche-t-il avec un sifflement admiratif tandis qu'il accepte de nouveau l'appel. T'as pas compris la première fois ? Faut te le dire en quelle langue ?

Lola commence à insulter les ancêtres de Christophe et à invoquer les siens. Prise de pitié, Milie se saisit du téléphone, hilare, sous les injures encore plus fournies de son amie.

— T'es sérieuse, Milie ? Tu sais comment j'ai flippé ? J'ai cru que tu t'étais fait enlever ou un truc du genre. C'est qui ce type ?

— Ce *type*, s'offusque l'intéressé, c'est le meilleur collègue avec qui tu pourrais voler un jour, *my dear*.

Lola se fige quelques instants, fronce les sourcils avant d'écarquiller grand les yeux.

— Attends, t'es le fameux Christophe ?

— Fameux ? savoure le steward en se tournant vers Milie. C'est bien moi, le seul et l'unique.

Ils discutent comme s'ils se connaissaient depuis toujours, s'amusent à mettre Milie en boîte malgré ses protestations. Gina l'invite à les ignorer et à se concentrer sur son cocktail.

— Ils vont finir par se lasser, parie Gina.

— J'y crois pas une seconde. En même temps, je ne suis pas surprise. Ils étaient faits pour s'entendre.

Lorsque, enfin, Christophe daigne leur porter l'attention qu'elles méritent et lève la main pour commander à boire, Gina tapote sur le cadran de sa montre.

— Merci de nous accorder un peu de ton précieux temps, mais va falloir qu'on pense à bouger. On a un vol à assurer tôt demain matin, annonce-t-elle en attrapant son sac.

— On mange un morceau avant, non ? s'inquiète le steward en refermant la porte du troquet.

— Tu crois vraiment que je me cogne trente minutes de RER aller-retour juste pour le plaisir de voir tes beaux yeux un quart d'heure ? J'ai réservé le resto. Et si on veut pas perdre notre place, on ferait bien de se bouger.

— Le coréen ? s'enquiert Christophe en tapant des mains.

Gina lève les yeux au ciel.

— Évidemment, souffle-t-elle, blasée.

— Et pour info, mes yeux ne sont pas beaux. Ils sont incroyables, juge-t-il utile de préciser, le torse bombé.

Milie suit leur joute verbale trois pas derrière eux, ravie qu'ils l'accueillent dans leur petit cercle. Et qu'ils lui fassent découvrir leurs adresses secrètes.

32

— Dans un avion, les adultes ont la maturité d'un enfant de sept ans, lui murmure Yan.

— Comment ça ?

— Ils nous prennent pour des instits de maternelle. « Maîtresse, Dylan, il m'a traité. » « Maître, Marie, elle m'a mis des coups de pied. » Une cour d'école, se désole le steward en esquissant un sourire.

— Je touche du bois, ça ne m'est jamais arrivé...

— Milie, Milie, Milie. Deux choses. Un : on dirait un bébé qui se vante de ne jamais avoir raté son permis. Tu peux toucher tout ce que tu veux, ça t'arrivera. Deux : ne jamais dire « jamais » dans un avion. C'est quoi ton projet ? Porter la poisse à tout l'équipage ?

— Désolée, lâche-t-elle avec une moue contrite.

Milie place beaucoup d'espoirs dans ce vol. Après la rotation désastreuse à Punta Cana, pendant laquelle son collègue Carl l'a malmenée, puis celle à Niamey, qui lui a dévoilé un aspect du métier peu rassurant, ce quarante-huit heures à Los Angeles arrive à point nommé.

— Crois-moi, en cas de conflits, les passagers sont souvent incapables de se parler, même pour des futilités. Ils nous sonnent. Point. On est là pour ça. Et quand on arrive, ils parlent de leur voisin, rarement en termes élogieux, comme s'il ne se trouvait pas juste à côté. Et c'est gênant pour tout le monde.

— Surtout pour le voisin en question, non ?

— J'ai tellement hâte de te voir à l'œuvre. Mais ça n'arrivera *jamais* sur ce vol, lui adresse-t-il, le regard luisant de malice.

— Salaud, lui souffle Milie, en se levant de sa couchette.

Carole a raison : ces plages de repos, même si elles ne sont pas consacrées au sommeil, permettent de se détendre. Yan est hilarant, il l'a abreuvée d'anecdotes plus ou moins crédibles, mais toujours savoureuses. Comme la fois où, s'inquiétant de voir un passager s'attarder aux toilettes, et après avoir frappé à la porte à plusieurs reprises, il s'est résolu à déverrouiller la serrure pour s'assurer que celui-ci n'avait pas fait un malaise. Ses AirPods vissés aux oreilles l'avaient coupé du monde et des sollicitations de Yan qui, en lui tapotant l'épaule, l'a surpris. L'homme s'est retourné brusquement, l'*engin* encore en main, et a terminé de vider sa vessie sur le pantalon du steward.

Milie retrouve la cabine ; dans une vingtaine de minutes, il sera temps de satisfaire l'estomac affamé des passagers. En réalité, elle a le sentiment qu'il s'agit plus de rythmer le voyage que de les nourrir : la plupart des plateaux sont à moitié pleins quand elle les récupère. L'équipage s'affaire dans le *galley* pour chauffer les repas lorsque la lumière d'appel clignote. Le sourire satisfait de Yan ne dit rien qui vaille à Milie. De fait, il lui demande de bien vouloir se charger du 23A, qui réclame son assistance.

Tandis qu'elle remonte le couloir, Milie essaie de se convaincre que la malédiction dont lui a parlé son collègue un peu plus tôt ne va pas s'abattre sur elle. La mine renfrognée du passager douche ses espoirs. Elle appuie sur le bouton d'appel pour le désactiver, en maudissant Yan de lui avoir porté l'œil. *Quand faut y aller, faut y aller...*

— Bonjour, monsieur, comment puis-je vous aider ? lui adresse-t-elle avec son plus beau sourire.

Milie a très tôt compris le pouvoir d'un sourire. Qu'il soit amical, en coin, complice, béat, malicieux ou à pleines dents, il enrichit celui qui le reçoit sans appauvrir celui qui le donne. Pourtant, à peine le passager a-t-il ouvert la bouche que son sourire passe de sincère à poli. Et contraint. *Oh,* Lord...

— Ces deux jeunes gens, voyez-vous, veulent m'obliger à mâcher un chewing-gum. Je ne comprends pas le sens de leur acharnement.

De mon point de vue, c'est plutôt toi qui t'acharnes à maltraiter leur odorat... Milie se pince les lèvres pour se retenir de rire. À défaut de pouvoir se pincer le nez. *Donnez-moi la force.* Elle se tourne vers le couple ; leur regard crie à l'aide.

— Madame...

Milie encaisse le coup.

— Sérieusement, on a essayé de ne rien dire. Mais là, c'est plus possible. Je suis vraiment désolé, mais j'ai pas l'impression de demander la lune.

L'homme se renfrogne, visiblement vexé. On le serait pour moins que ça.

— Personne ne s'est jamais plaint de mon haleine... s'insurge-t-il en soutenant le regard de Milie.

Elle ne peut s'empêcher de repenser à la discussion qu'elle a eue avec Yan un peu plus tôt. Il disait donc vrai.

— Personne n'a jamais osé, sans doute. Mais, madame, reprend le passager en se tournant vers Milie, « va manger tes morts », c'est une expression. Pas une injonction.

Cette fois, c'en est trop pour Milie, qui étouffe péniblement un rire. *Poker face,* se martèle-t-elle. La larme qui perle au coin de son œil droit est sur le point de la trahir. Après une lutte intérieure pour ne pas joindre son rire à ceux des passagers autour d'elle, elle tente :

— Voilà ce que je vous propose. Je n'ai aucun moyen de vous déplacer. Donc, monsieur, vous pourriez faire un pas en acceptant de mâcher un chewing-gum ?

L'homme bougonne, mais capitule.

— Et vous, peut-être pourriez-vous essayer de ne plus lui faire de remarques désobligeantes ?

Le jeune couple échange un regard blasé, puis finit par hausser les épaules. Milie prend ça pour un « oui », s'assure que l'homme sacrifie un chewing-gum, puis remonte l'allée, les yeux mouillés de son hilarité contenue. Aussitôt arrivée au *galley*, elle la libère en essayant de rester discrète.

— Tu fais profiter les collègues ? quémande Yan.

Les trois membres d'équipage s'agglutinent autour d'elle. Milie s'exécute, trop heureuse de pouvoir, pour une fois, être celle qui fait rire l'équipe.

— Non, mais il pue de la gueule à ce point ? murmure Yan pour s'assurer qu'aucun passager ne l'entende.

— Il a une haleine, tu voyages... lui confirme Milie sur le même ton.

Les quatre membres d'équipage s'esclaffent à l'unisson ; une fois son sérieux retrouvé, Milie ose une tête dans le couloir. Elle est soulagée de voir *Maurice Pudubec* le front posé contre le hublot. A priori, il n'a rien entendu. Reste à espérer qu'il ne fende pas la vitre en soufflant dessus.

À peine arrivée dans sa chambre, Milie lorgne le lit. Le cœur ou la raison ? Si elle pose un quart de fesse sur ce matelas, elle le sait, elle n'en sortira pas avant plusieurs heures. Or ses collègues l'attendent sans doute déjà dans le lobby de l'hôtel pour un après-midi de vadrouille. L'excitation le dispute à la tentation de décliner leur offre. S'il n'est pas encore 15 heures côté Pacifique, le carrosse est sur le point de se transformer en citrouille côté Atlantique, et Cendrillon crève de fatigue. « Cale-toi sur l'heure locale », lui a conseillé Yan. Sauf qu'à

Niamey, Carole lui a au contraire suggéré de rester à l'heure de Paris. Yan a éclaté de rire. « Tu feras ça dans vingt ans. »

Comme à chacune de ses escales, elle regarde par la fenêtre de sa chambre toutes les deux minutes. Pour s'imprégner de la vue – plus ou moins agréable –, mais surtout pour imprimer l'endroit où elle se trouve. Son cerveau déconnecte parfois, pour insuffler le doute dans l'esprit de sa propriétaire.

Elle pose un regard mélancolique sur le sourire que lui renvoie l'écran de veille de son portable. Elle n'a pas eu le temps de téléphoner à Hugo. Il se couche à l'heure où elle atterrit, elle s'endort à l'heure où il se réveille. Milie souffle de dépit ; elle avait bien conscience qu'en choisissant cette voie, son rythme de vie serait en perpétuel décalage avec celui de ses proches. Mais comme souvent, il existe un fossé entre savoir et vivre. Il leur faudra jouer de compromis pour trouver un équilibre. Elle repense aux mots de Carole : « Oui, on vit des moments incroyables, c'est vrai. Les gens ne voient que cet aspect. Ce qu'ils ne voient pas, ce sont tous les sacrifices, toutes les réunions de famille manquées, les Noëls passés loin des siens. L'essentiel n'est pas ce qu'on vit, mais tout ce qu'on rate. » S'il est bien une chose que Milie ne regrettera pas, ce sont les Noëls et les réunions de famille. Pour le reste, il lui faudra composer.

Comme le vent refoule les nuages, la douche chasse le sommeil. Et le spleen. Si tant est qu'elle soit prise à l'eau froide. En moins de dix minutes, la fatigue a laissé place à une joie enfantine, muselant au passage les ondes négatives. Si elle veut cocher quelques cases sur sa *to-visit list, Los Angeles version,* il faut qu'elle profite maintenant et qu'elle se repose plus tard. Quand elle sera morte, selon Lola. Et entre aujourd'hui et le moment où cela arrivera, elle n'aura d'autre choix que de revenir à Los Angeles plusieurs fois si elle espère fouler tous les lieux inscrits sur sa fiche bristol. Oui, elle utilise des fiches bristol et, bien sûr, absolument tout le monde se paie sa tête pour ça.

Apparemment, cette escale s'est muée en défi : l'équipage s'est pris d'affection pour l'étudiante et a décidé de la chouchouter pendant quarante-huit heures. La candeur de leur jeune collègue, sa passion toute neuve et son entrain déteignent sur eux, qui déjà sentent le temps passer et la routine s'installer. À son contact, ils retrouvent la fraîcheur de leurs débuts. Candice est aux manettes, elle a mis à profit le transfert vers l'hôtel pour établir un emploi du temps, optimisé à la minute près.

✦ ✦ ✦

Le groupe remonte le *bike path*, la piste cyclable qui longe l'océan. Chacun gonfle ses poumons d'une bouffée d'air frais et ses yeux d'un condensé de clichés californiens : le skate park, les allées de palmiers, les adeptes de rollers, plus ou moins confirmés. Il paraît que deux camps s'affrontent, concernant Venice Beach : ceux qui adorent et ceux qui détestent. Comme souvent, Milie est incapable de choisir le sien. Bien sûr, tout le folklore est divertissant et l'atmosphère si particulière l'emballe. En revanche, elle ne s'attendait pas à voir se côtoyer sans ciller l'abondance et la misère. Impossible pour elle de détourner le regard de ces tentes de fortune qui s'invitent entre cette jeunesse qui s'amuse et ces touristes qui consomment. Comment ne pas s'interroger sur cette dichotomie qui devrait rendre la vue à un aveugle ? Elle retrouve ce sentiment de malaise qui l'a étreinte lors de son escale à New York, et que Lola a également ressenti à San Francisco la veille.

À mesure qu'ils progressent sur la piste cyclable, ils aperçoivent le *pier* de Santa Monica se dessiner devant eux.

Plus que le fait de se promener bientôt dans ce lieu mythique, Milie est soulagée de voir son calvaire s'achever. Après un après-midi à vadrouiller à vélo, elle se demande combien de temps ses jambes pourront encore la porter.

Lorsqu'elle pose enfin un pied à terre vers 18 heures 30, l'un des stewards est déjà occupé à installer le pot d'équipage sur la plage en contrebas. Ce soir, ils trinqueront à la lueur du coucher de soleil. Tout ce dont rêve Milie à cet instant, c'est de poser ce fichu vélo. S'asseoir d'abord, boire ensuite. Elle envoie un dernier message à Hugo pour s'assurer d'être la première personne à qui il pensera en se réveillant demain, puis range son téléphone, un sourire satisfait accroché aux lèvres.

De tout le groupe, Milie est la seule à découvrir l'endroit. Pourtant, la joie enfantine affichée par les plus anciens laisse peu de place au doute : elle va vivre un bon moment. Le Santa Monica Pier, c'est *la* carte postale de L.A. : sa jetée, ses restaurants et notamment le fameux Bubba Gump, son parc d'attractions, le Pacific Park... C'est aussi la fin de la légendaire Route 66, et Milie compte bien se prendre en photo devant le non moins célèbre panneau.

— Quand on a de la chance, on peut apercevoir des dauphins nager au loin. A priori, aujourd'hui, on a la poisse, décrète le pilote. Par contre, ça te dit quelque chose, ça, non ?

— Tu parles des papys qui font de la résistance ?

Milie indique à quelques pas de là un groupe de seniors qui terminent leur cours de yoga sur la plage. Chose étonnante, il n'est composé que d'hommes.

— Fais la moitié de ce qu'ils viennent de faire et on en reparle, la défie Candice. Sérieux, j'ai essayé une fois, j'ai cru que je ne survivrais pas au vol retour. Des courbatures de l'espace, ma pauvre...

— Concentrez-vous, les filles...

Après un coup d'œil à sa montre, Yan propose de profiter de la plage et ses fameux cabanons de secouristes avant qu'ils ferment et que le jour tire sa révérence.

À grand renfort de sourires, Milie parvient à se faire inviter par un sauveteur à prendre *la* photo cliché. Le *lifeguard* affiche une moue contrariée : non, ses lunettes de soleil et sa casquette ne font pas assez couleur locale.

Rompu à l'exercice, il lui prête les siennes, place Milie au bon endroit, bombarde, descend un peu, se décale et matraque de nouveau. Les joues en feu, elle lui demande l'autorisation de prendre une photo avec lui. Il accepte avec joie, joue le jeu à fond, tend le téléphone à Yan, la porte comme s'il comptait faire passer la porte à sa jeune mariée le soir des noces, puis simule une course au ralenti avec force mimiques. Milie est hilare. Elle remercie chaleureusement le sauveteur, qui lui attrape la main. Sans la lâcher du regard, il sort un feutre de sa poche arrière, ouvre la paume de Milie et y inscrit son numéro de téléphone.

— *Anytime, beautiful.*

Elle répond à son clin d'œil par un sourire poli. À peine s'est-elle éloignée qu'elle entreprend de l'effacer. Elle reçoit le courroux de la copilote, qui l'enregistre dans son portable.

— T'es pas mariée, toi ? l'interroge Yan.

— *Not anymore*, réplique-t-elle en agitant son annulaire nu.

— Ah ! s'exclame le steward, l'œil brillant.

— Ah ?

— Oui, ah ! confirme-t-il en passant le bras autour de son épaule. T'as quelque chose de prévu, ce soir ?

— A priori, maintenant, oui...

La curiosité de Milie devra se contenter de ces promesses ; déjà, les amants d'une escale s'éloignent des oreilles indiscrètes de leurs collègues en leur donnant rendez-vous le lendemain au petit déjeuner.

Ce qu'il reste du groupe admire l'océan inviter l'astre à se lover dans l'horizon, assis sur le sable encore chaud du soleil qui décline. L'un des stewards fait sauter le bouchon d'une bouteille de mousseux local. Loin des leurs, ils trinquent à cette famille d'un jour qu'ils forment. Dans trente-six heures, chacun retournera à son quotidien, avec le souvenir d'un beau moment partagé.

Un petit tour au Pacific Park, sur la fameuse grande roue Ferris et, déjà, Candice siffle la fin de la récréation. Les yeux se font lourds autant que les jambes, qui doivent pourtant pédaler quelques kilomètres pour regagner l'hôtel.

— Demain, programme de dingue, prévient-elle.

Le reste du groupe se jauge ; personne n'ose protester.

✈ ✈ ✈

— Aujourd'hui, c'est strass et paillettes, annonce Candice.

Sa voix est beaucoup trop perchée et enthousiaste pour cette heure très matinale. Le bataillon a perdu deux soldats, constate la cheffe d'orchestre, déçue. La raison de leur désertion ne fait aucun mystère.

Strass et paillettes, donc. Milie n'en saura pas plus, elle a accepté d'accorder une confiance aveugle à ses collègues pour cette escale. L'équipage presque au complet se masse dans le métro direction Hollywood Boulevard. Ils sont bien trop excités pour des gens qui ont déjà marché sur des *stars* plus de fois qu'ils n'ont de doigts pour les compter. *Y a mammouth sous gravier*, se méfie Milie. C'est pourtant bien à l'angle de Hollywood Boulevard et de Vine Street qu'ils ressortent, et les étoiles qui pavent le trottoir à perte de vue lui confirment qu'ils sont au bon endroit. Pourquoi diable sautent-ils comme des puces sur un matelas plein de poussière ? Tandis qu'ils avancent, les yeux rivés sur le sol en quête d'un nom familier, l'affluence grossit. L'excitation également. Milie filme l'effervescence qui gagne le lieu à mesure qu'ils progressent sur l'avenue et les pancartes brandies fièrement par les visiteurs du jour. Toutes arborent le nom de l'un de ses acteurs favoris qui, en plus de son talent, présente le grand mérite d'être à moitié français. Et les Français sont particulièrement chauvins, ce n'est un mystère pour personne.

— Je ne pensais pas dire ça un jour, mais les Américains ont bon goût, concède Milie en repérant un nouvel écriteau à la gloire de son compatriote. Aussi bien, on croise le type au prochain carrefour.

Le groupe étouffe un rire. Milie les interroge du regard sans obtenir la moindre réponse. Quelques dizaines de mètres plus loin, alors qu'ils bifurquent dans une rue, elle aperçoit un tapis rouge ainsi qu'une estrade. Tout autour, des barrières délimitent un périmètre de sécurité. Déjà, une petite foule se masse derrière.

— Bon, ça va, on arrive à temps pour être bien placés.

Candice se tourne vers Milie et pose les doigts sous son menton pour lui fermer la bouche. *C'est impossible.*

— Me dis pas que...

— Que ?

— Que Timothée Chalamet va débarquer ? Me fais pas une fausse joie...

— C'est pas mon genre. Et crois-moi, même si je ne suis pas particulièrement fan du gars, c'est la première fois que j'assiste à une intronisation sur le Walk of Fame, mes escales ne tombaient jamais au bon moment. Je suis comme une gamine.

Le reste du groupe aussi, bien qu'ils mettent un coup à la moyenne d'âge de la foule présente.

— Par contre, on va passer la matinée ici. C'est OK pour toi ?

— Tu rigoles ? Même si on devait y passer la journée, ce serait OK. Je vais le voir en vrai, truc de dingue !

Milie agrippe la barrière de sécurité comme si sa vie en dépendait. Elle est aux premières loges et celui qui arrivera à lui piquer sa place n'est pas encore né. Dans deux heures, l'un de ses rêves deviendra réalité. Un de plus.

33

— T'as vu qui ? Et comment ça, t'attends vingt-quatre heures pour me le dire ? s'insurge Lola lorsque son amie lui raconte sa journée de la veille.

— Sérieux, t'en as pas marre de râler ? Tu veux savoir ou tu veux pas savoir ?

Milie vient à peine de poser ses valises dans la chambre, le lit la nargue, mais l'excitation – malgré le jet-lag qui joue à la toupie avec son horloge interne – lui donne l'énergie de lutter encore un peu.

Depuis que Lola a commencé à voler, elles ne font que se croiser et Milie passe ses journées de repos terrée dans l'appartement de Hugo. Aussi a-t-elle sacrifié quelques heures dans les bras de son amoureux pour rattraper le temps perdu avec elle.

— J'étais fracassée de la veille, on attendait depuis des heures et j'avais envie de pisser. Et tu sais comment je suis quand j'ai envie de...

— Tu veux pas zapper tout le blabla et aller droit au but ?

Milie prend un plaisir malsain à la faire mariner.

— C'était la folie, j'ai cru que j'allais mourir étouffée tellement ça poussait derrière moi. J'ai des bleus partout, annonce-t-elle en soulevant son tee-shirt.

Elle affiche fièrement ses blessures de guerre, preuve irréfutable qu'elle était bien là-bas, et qu'elle a bien vécu ce qu'elle raconte à Lola.

— Quand il est arrivé... J'ai même pas les mots. Ça hurlait dans tous les sens. J'ai encore du mal à y croire. Le mec est hyper *chill*. Il est en vrai comme en interview. Bon, la cérémonie, c'était sympa, mais après, il a pris le temps avec sa *fan base*.

— Je suis trop jalouse. T'as rencontré Timothée Chalamet. Genre, *lifegoal*.

— J'ai pas fait *que* le croiser.

— Meuf, il est sur ta *celebrity cheat list*[27], j'espère bien que t'as pas fait *que* le voir.

— Jamais dans l'abus, toi. Mais...

Milie extirpe le téléphone de son sac, glisse son doigt sur l'écran, puis le tourne vers Lola. Certaine d'avoir toute son attention, elle appuie sur *play*. Milie ne remerciera jamais Candice d'avoir filmé la scène de la rencontre avec son idole.

— « Entre Français, on se fait la bise, non ? » la singe Lola. J'y crois pas, t'as vraiment négocié une bise ?

— Mais bien évidemment. Et je l'ai eue. Comme si j'allais laisser passer ma chance !

— Ça, c'est un truc que moi je ferais. Pas toi. Je suis tellement fière de toi. J'ai la mort, mais je suis fière de toi. Celle-ci est iconique, ça part direct en impression, décrète-t-elle en scrollant la galerie photo de Milie. Tu viens de faire passer ma vie de trépidante à chiante, se lamente Lola en s'écrasant dans le lit.

— N'importe quoi. C'est pas comme si t'avais été invitée à l'ambassade de France à San Francisco pour fêter le 14 Juillet...

— J'avoue, c'était stylé. Mais sur l'échelle du *swag*, tu gagnes quand même.

---

[27] La *celebrity cheat list* est une liste de célébrités avec qui une personne est « autorisée » à flirter et plus si affinités.

Milie ne nie pas l'évidence. Pour une fois que c'est à elle que ça arrive, elle ne boude pas son plaisir. Lola l'attire dans ses bras ; Milie s'y blottit. Il lui semble qu'elles ne l'avaient plus fait depuis des siècles. Ces dernières semaines, entre leurs plannings incompatibles et les tensions sporadiques, Milie avait le sentiment désagréable qu'elles s'éloignaient. Si elle venait à perdre Lola, elle ne s'en remettrait pas. Depuis toujours, elle est son roc, son refuge. Et malgré les secousses, leur amitié a tenu bon. Sans doute émoussées par leur été aussi excitant qu'éreintant, elles finissent par s'endormir ainsi. Comme au bon vieux temps.

✈ ✈ ✈

Milie émerge douloureusement. Combien de temps a-t-elle dormi ? Sans doute beaucoup trop pour une sieste, mais pas assez pour rattraper son déficit de sommeil. Lola lui tend une tasse de café fraîchement coulé. Bénie soit-elle.

— Tu ronfles, l'attaque-t-elle sans préliminaires, la moue taquine.

— C'est faux.

— C'est vrai.

— Si tu le dis... abdique Milie.

— Je ne le dis pas, je l'affirme. Bref, Juline vient de m'appeler. Elle visite des apparts avec sa mère cet aprèm, elle pète son crâne.

— Elle trouve rien ?

— *Nada.* Elle m'a demandé si elle pouvait squatter chez nous ce soir. J'ai dit oui. C'est bon pour toi ?

— Vu que t'as déjà accepté, j'ai pas trop le choix.

Lola coule un regard suspicieux vers son amie.

— Bien sûr que c'est OK, tu me prends pour qui ? De toute façon, je dors chez Hugo, donc vous avez la chambre pour vous. Elle arrive quand ?

— On la rejoint au QG dans une heure. Tu préviens ton mec ? J'déconne, c'est déjà fait, vu que t'étais pas en état. Évidemment, je lui ai envoyé la raison de ton indisponibilité en vidéo. Et j'ai donc une preuve que tu ronfles.

— T'as pas fait ça ? T'es vraiment une connasse... lui reproche Milie en lui balançant son oreiller.

Elle se lève péniblement, le corps perclus de courbatures. Suivant les conseils de Gina, elle s'offre une séance d'étirements, sous le regard moqueur de Lola.

✦ ✦ ✦

— J'vais câbler. Je suis à deux doigts de tout envoyer valser, lâche Juline en même temps que son sac.

L'étudiante s'écrase sur le tabouret. Elle semble porter le poids du monde sur ses épaules.

— J'annonce : je vais finir SDF, les gars. La première année de médecine, c'est du pipi de chat à côté de ça. Non, mais ils ont vrillé ? Vous avez vu le prix des loyers ? Ma mère gagne trop pour que j'aie droit à la cité U, mais pas assez pour payer un appart en ville. En plus, soit c'est des taudis, soit on est trente dessus. Et limite, il faut donner son ADN pour déposer un dossier. C'est les Hunger Games, ils sont complètement cinglés. J'ai envie de caner.

— Ju, nous vivantes, tu ne dormiras pas dehors. Si t'es vraiment en galère à la rentrée, on s'arrangera en attendant que tu trouves, non ? propose Lola en se tournant vers Milie. Tu passes ta vie chez Hugo, de toute façon, donc y a un lit de dispo à la cité U.

— Et Hugo, on lui demande pas son avis, comme d'hab ? proteste l'intéressé.

— Ah, parce que ça te fait chier que je squatte chez toi ? Première nouvelle... se renfrogne Milie.

— Mais non, tu sais bien que j'attends que ça. Allez, fais pas genre, t'as très bien compris ce que je voulais dire, insiste-t-il en lui attrapant la main.

— Ah, parce que tu peux lire dans mes pensées ? Deuxième nouvelle...

Milie retire sa main, les lèvres pincées pour garder son sérieux. Elle tient trois secondes avant d'éclater de rire ; Juline et Lola se mettent à gémir tel un chiot quémandant l'attention de son maître, en se penchant vers Hugo. Il souffle de dépit.

— À trois contre un. Bravo, belle mentalité. Mais tu sais bien qu'un mot de ta part, et je te libère la moitié de mon armoire.

Juline et Lola se regardent, interloquées, avant de se tourner vers Milie.

— Comment ça, on n'est pas au courant ? Genre, tu lui as demandé d'emménager ?

— Ça fait un bail. Tu leur as rien dit ?

Hugo s'efforce de masquer son étonnement. Ou sa déception ? Il était persuadé qu'elle s'empresserait de le raconter à ses meilleures amies.

— Je te signale que tu ne m'as *jamais* proposé d'habiter avec toi.

— Je t'ai filé un double de mes clés, j'ai vidé un tiroir de ma commode, j'ai mis un deuxième verre dans la salle de bains, avec une brosse à dents toute neuve juste pour toi. Et j'ai même acheté ton shampoing et ton gel douche préférés. J'ai fait tout comme dans les films débiles que tu m'infliges. C'était pas clair ?

Non, elle n'avait pas compris, de toute évidence. Mais son regard embué est de nature à rassurer Hugo. Elle fond sur lui, l'embrasse avec ferveur.

— Bon bah, j'allais vous proposer une coloc à quatre. A priori, ça sera deux contre deux.

— Ou pas, tempère Milie. On en reparlera.

Malgré la caresse de Milie sur sa cuisse, censée l'apaiser, Hugo accuse le coup. Décidément, il ne la comprend pas. Juline et Lola non plus.

— Me regardez pas comme ça, tous les trois. J'ai pas dit oui, mais j'ai pas dit non. Juste, me mettez pas la pression.

Elle ne sait pas comment se dépatouiller de cette situation inconfortable. Évidemment qu'elle est ravie de la tournure que prend sa relation avec Hugo ; il est aux petits soins, multiplie les attentions à son égard et parle souvent de leur avenir. À leur âge, ce n'est pas si commun, elle en a bien conscience. Bien sûr, elle aussi s'imagine ce que sera leur vie dans quelques mois, dans quelques années. Mais ce n'est pas si simple. Il faudra bien qu'elle leur annonce la nouvelle un jour, alors pourquoi pas aujourd'hui ?

— Gina, vous savez, la collègue de mon premier New York ? J'ai dormi chez elle avant mon dernier vol. Elle m'a briefée sur ce que je pouvais envisager si je voulais vraiment devenir hôtesse de l'air. Et en cherchant avec moi pour me montrer de vieilles annonces, elle est tombée sur une de Petrofly. Vous connaissez forcément cette compagnie ?

Ses trois amis sont suspendus à ses lèvres. Si elle décèle de l'excitation dans les yeux de Lola et Juline, elle devine de l'inquiétude dans ceux de Hugo. Bien sûr qu'ils connaissent cette compagnie. Il faudrait vivre dans un monde parallèle pour que ça ne soit pas le cas.

— Ils recrutent sans condition particulière. J'avais tous les documents demandés sur mon cloud, en gros, c'est les mêmes que pour le poste de PCB. Donc, pour une fois, je me suis dit : *one life*. J'ai tout envoyé.

Milie marque une pause en quête d'une réaction de son public. Rien. Manifestement, ils attendent la chute. *Bougez pas, elle arrive.*

— Bon, en vrai, Gina m'a pas trop laissé le choix. Selon elle, j'avais peu de chances que ma candidature soit retenue. Sauf que ce matin dans le train, j'ai reçu un mail de la compagnie. Je vous le donne en mille : je suis convoquée à la phase de test. J'ai pas encore la date, mais ça sera sans doute fin août, dans un hôtel près de Roissy.

— Meuf, c'est énorme ! s'exclame Lola. Félicitations ! Sérieux, cachez votre enthousiasme ! houspille-t-elle en se tournant vers Hugo et Juline.

Juline a souvent une longueur d'avance sur Lola ; si Milie n'a rien dit plus tôt, ce n'est pas un hasard. Hugo, lui, est vexé d'apprendre une nouvelle de nature à tout remettre en cause pour leur couple presque entre deux portes. Et en même temps que *tout le monde*. Et, surtout, il voit le loup foncer droit sur lui.

— C'est pas la compagnie qui oblige son personnel à vivre sur place, genre dans une prison dorée à l'autre bout du monde ?

— Ça a changé, depuis, mais oui, c'est pas dingue niveau liberté. C'est surtout un bon moyen de me faire une première expérience dans l'aérien. De toute façon, c'est loin d'être fait et même si je suis prise, c'est pas dit que j'y aille. Ça me permettra de voir à quoi ressemble un entretien pour ce genre de poste.

Hugo sourit à l'extérieur et pleure à l'intérieur. Si Milie obtient et accepte ce job, alors c'en est fini d'eux. Il a beau être patient, deux ou trois ans dans ces conditions sont bien plus qu'il ne pourra supporter. Le simple fait que Milie étudie cette option lui déchire le cœur. Leur histoire représente-t-elle si peu à ses yeux qu'elle envisage de faire une croix dessus ?

Lola, devenue maître dans l'art de deviner ces deux-là, sent le souffle froid du blizzard s'échapper du regard absent de Hugo.

— *Incendio*[28] ! tonne-t-elle en mimant le geste à l'aide d'une baguette magique imaginaire.

Milie lui adresse un sourire plein de gratitude : ce code, qu'elles seules connaissent, signifie que l'une a compris que l'autre se trouvait dans une situation délicate. *Incendio*, comme son nom l'indique, permet d'allumer un contre-feu. Et Lola n'a pas son pareil pour détourner l'attention.

— Faut que je vous raconte, et avant que je commence, je vous jure que j'exagère pas. Il m'est arrivé un truc de dingue pendant mon retour de San Francisco... PCB *duty* : les UM, c'est pour nous.

— UM ? interrogent de concert les deux Moldus de la bande.

— Mineur non accompagné, leur répond Lola, blasée.

— Meuf, on parle pas votre langue. Concentre-toi, rétorque Juline en claquant des doigts.

Lola roule des yeux, puis reprend :

— Bref, je me cogne donc une UM de dix ans. Vous connaissez ma passion pour les mouflets : j'étais ra-vie. Elle déboule toute mignonne avec ses deux couettes, toute souriante. Ça, c'est la tactique du diable pour voyager *incognito*. Moi, pas folle la guêpe, j'embarque le Sheitan, en gardant mon crucifix à portée de main. Et là, la gamine est un amour, limite à me donner envie d'arrêter la pilule. Je vous laisse imaginer le niveau de mignonnerie.

La bande boit ses paroles. Elle commence à peine son récit que, déjà, ils sont hilares.

— J'avoue, c'est bien raconté, mais l'histoire est chiante, tranche Hugo.

— Sans déconner, tu peux pas te taire pour voir ? Attends la chute avant de juger ! Si je voulais un enfant, elle est tout ce

---

[28] Formule magique dans la saga *Harry Potter*, qui permet d'allumer un feu.

que je rêverais qu'il soit : cette gamine est drôle, elle balance des *punchlines* de l'espace. Bref, on atterrit ; comme d'hab, on demande aux UM de rester assis, ils sont toujours les derniers à sortir. Je me colle à la porte de débarquement pour saluer les passagers.

Hugo se lève et se lance dans une imitation de la scène :

— « Au revoir, monsieur, merci d'avoir volé avec Giant Airlines », singe-t-il, les lèvres pincées.

— Heureusement que t'as pas postulé, s'esclaffe Milie. Le sourire, c'est en option ? Et avec les mains dans le dos, ça sera mieux.

— Je peux raconter mon histoire ou vous voulez le faire à ma place ? C'est bien ce que je pensais. Je disais donc que je me colle à la porte. On débarque toujours les première classe et les business d'abord. Et là, une business, la quarantaine bien tassée, petit tailleur de créateur et sac Chanel, se plante devant moi pour demander à récupérer sa fille.

— Comment ça, récupérer sa fille ? Qui perd un enfant dans un avion ? s'étonne Juline.

— Attends, t'es pas prête... Sa fille, c'était l'UM qui m'a réconciliée avec les mouflets.

— Déconne ! s'écrient les trois à l'unisson.

— Vous avez bien entendu : la daronne a vécu sa *best life* en business en envoyant sa fille limite en soute, sans se soucier une seule fois de savoir si elle allait bien. Et là, elle voulait reprendre son enfant histoire de ne pas avoir à attendre après avoir récupéré ses bagages. Normal, quoi !

— Y en a qui sont vraiment matrixés. Sans déconner, qui fait ça ? s'offusque Juline.

— Apparemment, elle. Et en toute décontraction.

— Sérieux, dis-moi que tu lui as pas rendu la môme ?

— Hugo, je croyais que tu me connaissais mieux que ça. De un : on n'a pas le droit. De deux : même si c'était le cas, je ne l'aurais pas fait. Et de trois : je croyais que tu me connaissais mieux que ça. Non seulement je ne lui ai pas rendu la gamine, mais en plus, avec le *crew*, on a bien, bien pris le temps de débarquer, de visiter l'aéroport avant d'arriver au guichet. La daronne était dans tous ses états, j'ai mangé du pop-corn en la regardant câbler.

— Franchement, c'est à se demander si on vit dans le même monde. Sans déconner, je suis choquée, s'étrangle Juline.

Hugo acquiesce ; Milie, elle, n'est pas surprise. Si le métier lui offre beaucoup de jolis moments, il lui montre aussi la face sombre de l'humanité. Par procuration jusqu'à présent. Elle n'est pas pressée de la découvrir par elle-même.

— Quand on prenait l'apéro sur la plage, à Santa Monica...

— *Quand on prenait l'apéro sur la plage à Santa Monica*, répètent Juline et Hugo en affichant un air pincé.

Ils éclatent de rire, puis se tapent dans la main sous le regard désespéré de Milie.

— Tant pis pour vous.

— Allez, fais pas la gueule, raconte, l'encourage Hugo en caressant sa main.

— Ça te coûtera un verre.

Hugo ramasse le premier, vide, sur la table, et le présente à Milie, fier de sa blague.

— T'es désespérant... pouffe-t-elle. Je vais vous faire passer l'envie de rire, par contre. Quand on faisait vous savez quoi, vous savez où, Candice nous a raconté une dinguerie. Sur un vol, une cliente enceinte de sept mois perd les eaux. Je vous la fais courte : accouchement express, le bébé est mort-né.

— Pause. Milie, elle est horrible ton histoire. Lola, tu veux pas nous raconter un truc drôle, plutôt ? implore Juline.

— Meuf, t'as pas idée des dingueries qui peuvent arriver en vol. Les collègues m'en ont raconté des tellement barges que même moi, j'ai eu du mal à y croire. Vas-y, je veux connaître la suite, s'impatiente Lola.

— Dans la famille gros *schlag*, donc, je vous présente Jean-Michel Abusey. Le *crew* est légèrement occupé à gérer la crise. Quelques rangs plus loin, Jean-Michel sonne pour se plaindre qu'il n'a pas eu son plateau. L'équipage lui explique la situation, le type en a rien à foutre. Puisqu'il a payé son billet plein tarif, il exige un service complet, pas au rabais. Et il lâche « l'enfant est mort, ça ne va pas changer si vous prenez cinq minutes pour faire votre travail et m'apporter mon repas ». En beuglant assez fort pour que la jeune maman l'entende.

— Mais non !

L'indignation est unanime.

— Véridique. Le mec est né avant la honte. Comment on peut faire ça, sérieux ? J'ai même pas les mots.

— J'ai une vraie question : est-ce que ta collègue a fini par lui servir son repas ? interroge Juline.

— Figure-toi que oui. Après lui avoir apporté son plateau, elle a demandé si d'autres, comme ce monsieur, ressentaient le besoin impérieux, je cite, de se nourrir, car dans le cas contraire, une urgence réclamait l'attention de l'équipage. Évidemment, personne n'a moufté. La légende raconte que Jean-Michel Abusey se serait enfoncé tellement profond dans son siège qu'il aurait terminé le voyage en soute.

— Le meilleur *name and shame*[29] de l'Histoire, je veux rien entendre, décrète Lola.

La bande trinque à ces bonnes paroles et réclame d'autres anecdotes. Elles en ont à la pelle. Souvent rapportées, parfois vécues. Certaines drôles, d'autres plus tristes. Lola, toujours prompte à faire le spectacle, se délecte de se trouver au centre de l'attention. Hugo, lui, sourit pour la foule, mais se consume de l'intérieur. Les filles peuvent bien essayer de faire diversion, il n'en oublie pas moins la bombe que Milie a lâchée. Ni les conséquences qu'elle pourrait avoir sur leur histoire.

---

[29] Littéralement « nommer et couvrir de honte ».

34

Milie promène ses doigts le long de la colonne vertébrale de Hugo. Il est bientôt 6 heures du matin ; elle en a désormais l'habitude, elle est debout avant que l'alarme de son téléphone ne sonne et tente de le réveiller en douceur. Son train pour Roissy part dans une heure ; il doit pointer au supermarché dans deux heures. Après deux mois à ce rythme décousu, ils ont fini par trouver un équilibre entre leurs emplois du temps incompatibles au moment où leurs jobs d'été touchent à leur fin.

Hugo émerge avec difficulté, lève un coin de paupière. La vue de Milie en tenue et apprêtée achève ce qu'il lui restait de sommeil ; il l'attire à lui sans crier gare, lui arrache un cri mêlant surprise et protestation. Protestation qu'il s'empresse d'étouffer en couvrant les lèvres de Milie des siennes. Elle se dégage sans grande conviction, râle de devoir reprendre sa coiffure et son maquillage ; Hugo retourne l'argument à son avantage. *Quitte à tout recommencer, autant se faire plaisir avant...*

— Je suis officiellement à la bourre, souffle-t-elle.

Elle affiche un sourire mutin tandis qu'elle récupère son pantalon, que Hugo a envoyé valser à l'autre bout de la chambre quelques minutes plus tôt. Elle l'enfile à la hâte en se pressant devant le miroir qu'elle a installé sur la commode. Là, elle réajuste son chignon, retouche son maquillage. Elle aura le temps de s'en préoccuper pendant le trajet vers l'aéroport : elle doit absolument être partie dans trois minutes si elle veut avoir une chance d'attraper son train.

— Pas de blague, prévient-elle en approchant de nouveau du lit.

— Sinon quoi ? Tu me mets une fessée ? la défie Hugo. Allez, tu vas quand même pas partir sans me faire un bisou ?

Il lui offre son visage d'enfant, à qui l'on donnerait le bon Dieu sans confession. Comment est-elle censée résister à ça ? Elle approche avec précaution, l'embrasse plus que de raison ; elle est officiellement en retard, mais quitter ses bras chauds lui coûte. Elle ébouriffe une dernière fois sa coupe de poulpe, puis déserte la chambre en expirant bruyamment. Elle revient sur ses pas, passe la tête dans l'encadrement de la porte.

— Je t'ai dit que t'allais me manquer ?

— Ça fait plaisir. Mais si tu ne pars pas tout de suite, je ne vais pas du tout te manquer, vu que t'auras raté ton train...

Milie ne résiste pas à la tentation d'embrasser une dernière fois Hugo ; bien sûr, il s'exécute, puis la pousse dehors à contrecœur. Lorsque la porte d'entrée claque, Hugo lutte contre l'envie de se terrer sous la couette jusqu'au retour de Milie dans deux jours. Depuis qu'elle a annoncé avoir candidaté et obtenu un entretien à Petrofly, il projette dans chacun de ses départs l'absence que ce poste lui imposera si elle le décroche. C'est simple : si elle est embauchée, il se retrouvera tout seul comme un con. Il a bien tenté de remettre le sujet sur le tapis à plusieurs reprises, mais chaque fois, le courage lui a manqué au dernier moment. Tant qu'ils n'ont pas cette discussion, il peut se draper dans le déni. *Elle ne va pas sérieusement accepter ce job ? Impossible*, se matraque Hugo pour se rassurer. Il existe tellement de possibilités d'exercer ce métier dans l'Hexagone, pourquoi envisage-t-elle donc de s'expatrier à des milliers de kilomètres, sinon pour partir loin de lui ? Il remonte la couette sur sa tête, y étouffe un cri de désespoir. *Ça n'arrivera pas*, se répète-t-il en boucle.

✤ ✤ ✤

Milie relit le mail trois fois pour s'en imprégner, s'apprête à y répondre avant de faire machine arrière. Elle fixe le téléphone, le maudit de la mettre face à ce dilemme. À défaut de pouvoir l'aider à prendre une décision, il lui indique l'heure. Elle hésite, puis écrase son pouce sur l'écran.

— Maman, souffle-t-elle.

— Émilie, tout va bien ?

Jamais sa fille ne lui a téléphoné à une heure si matinale. Milie ne l'appelle jamais, au demeurant. Elle lui envoie des messages. Aussi, quand elle a vu son nom s'afficher sur l'écran, son cœur a-t-il manqué un battement. Sa voix incertaine l'a privé d'un second.

— Ma puce, parle-moi. Tu es où ?

— Je suis dans le train. Ça va, t'inquiète pas. Enfin, ça va pas, mais je vais bien.

Sandrine sourit ; elle reprend son souffle. À l'autre bout du fil, Milie se demande pourquoi c'est à elle qu'elle a téléphoné. Depuis toujours, elle lorgne la relation que Juline partage avec sa mère, envieuse. Elle lui raconte tout, dans les moindres détails. Milie, elle, ne s'est jamais épanchée auprès de la sienne ; chez les Marret, on est des sentimentaux taiseux. Les choses de l'amour ne se disent pas. Pourtant, aujourd'hui, elle ressent le besoin impérieux de se confier à elle. Sans doute les rencontres clandestines de ces derniers mois ont-elles ouvert des portes dont elle ne pensait jamais trouver la clé.

— Maman, je suis perdue, j'ai peur de prendre la mauvaise décision.

— À quel sujet, ma puce ?

— Mon avenir. Mon avenir dans tous les sens du terme.

Milie hésite un instant, puis se lance. Elle lui raconte tout. L'annonce, la candidature, l'entretien dont elle n'a rien dit à personne. Puis le mail, reçu la veille, lui souhaitant la bienvenue à Petrofly.

— J'ai plutôt l'impression que c'est une très bonne nouvelle, Émilie. Je me trompe ?

— Oui, quelque part, ça veut dire que j'ai le profil. Mais...

— Mais ? Tu aimes ce que tu fais, il me semble. L'autre jour, tu me racontais tes vols, tes escales, toutes les belles rencontres que tu as faites. New York, Buenos Aires. Tu étais où la semaine dernière ? En Chine ?

— À Tokyo, Maman, lui répond-elle en souriant. Au Japon.

— Tu vois, je n'arrive même pas à tout retenir. Tu voyages plus que je ne le ferai dans toute ma vie. Et tu fais voyager les gens. Chaque fois que tu me racontes tes vols, tes yeux brillent d'une lumière que je n'avais jamais vue chez toi. Ma fille, quand on a des rêves et qu'on a la chance de pouvoir les réaliser, il faut la saisir. Je sais de quoi je parle. Mon grand malheur est de ne jamais avoir rêvé. Ou pas assez longtemps, du moins.

— Maman...

— Ne sois pas triste pour moi, ma puce. Ma vie me convient telle qu'elle est.

Milie n'ose pas la contredire, mais *voir le monde*, comme le dit sa mère, lui a surtout offert de découvrir à quel point le sien était étriqué jusqu'alors. Combien elle a eu raison d'écouter son instinct et de prendre son envol. *Non, Maman, ta vie ne te convient pas telle qu'elle est. Tu l'acceptes parce qu'elle est la seule option que l'on t'a présentée.* Milie ravale ses pensées et l'amertume qui lui ravage l'estomac.

— Dis-moi ce qui te tracasse vraiment, Émilie.

— C'est une super opportunité, Maman. Petrofly est l'une des plus grandes compagnies du monde, elle fait partie des plus prestigieuses. Et ils offrent un très bon salaire.

— Mais...

— Mais je devrai vivre à l'étranger pendant au moins deux ans, habiter dans un appartement avec des collègues que je ne connais pas et je n'ai pas le droit d'avoir un petit ami là-bas. Enfin, techniquement, je peux, mais ils ne doivent pas le découvrir.

— C'est... Je comprends mieux ton hésitation. C'est légal, tout ce que tu me racontes ? Ils n'ont pas des syndicats pour défendre les droits des salariés ?

Milie étouffe un rire ; la naïveté de sa mère est rafraîchissante.

— Pas là-bas, Maman. Là-bas, toutes leurs exigences sont légales. Donc, si j'accepte, je sais pour quoi je signe.

— Si je devine bien, le plus gros « mais » s'appelle Hugo. Je me trompe ?

— Non.

— Vous en avez discuté ? Il en pense quoi ? C'est lui qui essaie de te faire renoncer à ton rêve ? Parce que si c'est le cas...

— Maman, il n'est pas au courant. Enfin, si, il sait que j'ai candidaté, mais au départ, l'entretien était prévu fin août. Je ne lui ai pas dit qu'il avait été avancé. Et je ne lui ai pas dit non plus pour la réponse positive.

— Émilie...

— Je sais, Maman.

— Lola et Juline, elles en pensent quoi ?

— Elles ne savent pas non plus.

La gorge de Sandrine se serre ; elle est donc la première à apprendre la nouvelle ? L'espace d'un instant, son inquiétude cède la place à un sentiment nouveau pour elle : la fierté. Et au bonheur que sa fille s'enquière de son avis, à elle qui ne sait rien sur rien hormis ce que son cœur lui dicte.

— Ma puce, tu attends quoi de moi ? J'aime ça, que tu m'appelles pour me demander mon opinion. Mais c'est nouveau pour moi, et je n'ai pas envie de tout gâcher. Donc ça m'arrangerait que tu m'expliques les *règles*, tu vois ?

Milie voudrait se téléporter pour enlacer sa mère.

— Maman, il n'y a pas de règles, je te raconte ce qui me tracasse, et tu me dis ce que tu penses de la situation.

— Même si je ne vais pas dans ton sens ?

— Surtout si tu ne vas pas dans mon sens. En général, quand on demande l'avis de quelqu'un, c'est qu'on se doute qu'on prend une mauvaise décision. Et le rôle de ce quelqu'un est justement de nous dire qu'on fait n'importe quoi.

— D'accord. Tu fais n'importe quoi, Émilie.

Milie fronce les sourcils, le rire malicieux de sa mère la laisse sans voix.

— Milie, je plaisante.

— Je sais, Maman. C'est juste que ça sort de nulle part, je ne m'y attendais pas. Maman, j'aime cette version de toi.

Elles rient un moment de cette nouvelle facette de Sandrine, qu'elle-même se découvre.

— Ma puce, reprend-elle plus sérieusement. Cette offre semble incroyable, mais si mes souvenirs sont bons, ton rêve est de voler pour Giant Airlines. Tu n'as pas peur de manquer cette opportunité-là si tu acceptes le contrat de l'autre compagnie ?

— Le problème, c'est que Giant Airlines n'a plus recruté depuis deux ans. Peut-être qu'ils vont lancer une campagne bientôt, ou peut-être pas. Et même si c'est le cas, rien ne dit qu'ils voudront de moi.

— Ils auraient tort.

— Maman, t'es pas objective. Et tu m'as biberonnée à « un tiens vaut mieux que deux tu l'auras »...

— Qu'est-ce qu'on peut raconter comme conneries quand on est parent !

— Maman ! Surveille ton langage !

Milie se fait un plaisir d'imiter sa mère au ton près.

— Pardon. Mais sérieusement, ne fais pas comme moi. C'est en étant raisonnable qu'on passe à côté de sa vie. Si tu sens que tu dois saisir cette opportunité, alors saisis-la. Il vaut mieux vivre avec des remords qu'avec des regrets.

— Mais ?

— Comment tu as deviné ?

— Je te connais comme si tu m'avais faite.

— *Mais*, en tant que Maman, c'est tout ce qui entoure cette offre qui m'inquiète. Si ça se passe mal, pourras-tu repartir ?

— Je n'ai rien entendu ou lu qui indique le contraire. Au pire, je ne respecte pas le couvre-feu et hop, retour à l'envoyeur. Maman, le problème, c'est surtout que si j'accepte le job, je fais une croix sur...

— Hugo, on y revient. Je peux te donner mon avis sur beaucoup de choses, mais personne ne peut répondre à cette question à ta place. Tout ce que je peux te dire, c'est que renoncer à ses rêves par amour, c'est mettre beaucoup de pression sur son couple, ma puce. Et tôt ou tard, crois-moi, les regrets se transforment en amertume.

Milie se gratte la tempe ; sa mère lui a plus appris sur elle en cinq minutes qu'elle ne l'a fait depuis sa naissance. Malgré toutes ces confidences involontaires, elle sent qu'elle lui cache encore bien des secrets. Elle se promet de creuser le sujet la prochaine fois qu'elles se verront.

— Milie, j'ai dit quelque chose qu'il ne fallait pas ?

— Non, pas du tout, je réfléchis à ce que tu viens de dire.

— Ma puce, l'amour, on aimerait que ce soit simple, mais ça l'est rarement. C'est à toi de décider de la place que tu veux lui accorder dans ta vie. Pour définir tes priorités, tu dois savoir ce qui te rend heureuse.

— C'est bien ça le problème, Maman, je ne veux pas vivre sans Hugo, mais je ne pourrai plus vivre sans voler, je crois.

— Tu crois ? Pour moi, le choix des mots est assez clair.

— Maman, depuis quand tu analyses ce que je dis ?

— Depuis toujours. Sauf qu'avant, je gardais ça pour moi. Mais puisque tu m'as demandé mon avis, je ne vais pas me gêner pour te le donner, quand même !

— Tu sais quoi, je ne suis pas sûre que tu aies à 100 % raison. Mais tu n'as pas tort non plus.

— C'est déjà ça, lâche Sandrine. Je m'en contenterai. Par contre, si je peux me permettre d'ajouter quelque chose...

— Maman, arrête de t'excuser de demander pardon...

— Oui, bon, tout ça pour dire que tu auras beau demander conseil à quinze personnes, moi, ce que j'en pense, c'est que les deux seules avec qui tu devrais avoir une discussion, c'est toi-même et Hugo. Dans cet ordre-là. Le reste, c'est que du blabla.

— Merci, Maman.

— De quoi, d'avoir donné mon avis ? Je dois admettre que ça fait du bien. On devrait faire ça plus souvent.

— Je suis bien d'accord. Maman ?

— Oui, ma puce ?

— Je t'aime.

— Je t'aime aussi. Et sois prudente, là-haut.

Milie raccroche le sourire aux lèvres : sa main à couper que sa mère s'est signée en prononçant la dernière phrase. Elle porte son regard sur le paysage qui défile trop vite pour qu'elle puisse en apprécier le détail. Lorsqu'elle appuie sa tête sur le dossier, qu'elle ferme les yeux pour s'offrir sa petite sieste rituelle, elle ne remarque pas que son téléphone n'a pas bougé d'un millimètre, lové contre sa poitrine.

35

Milie aurait dû profiter de son escale à Fort-de-France pour découvrir la Martinique. Ses collègues lui ont bien proposé de se joindre à eux pour une sortie en catamaran. N'importe quel autre jour, elle aurait accepté, mais hier, son esprit était trop accaparé pour apprécier l'excursion. Et la migraine occasionnée par le bébé hurleur sur ce vol n'a sans doute pas arrangé les choses. Après le traditionnel pot de l'équipage, elle a jeté son dévolu sur le premier transat qu'elle a trouvé sur son chemin. Face à la mer, elle a posé les yeux sur l'horizon et s'est laissée endormir par la caresse du soleil sur sa peau. Un choix qu'elle regrette amèrement. Non contente d'avoir manqué l'occasion de vivre une expérience inédite, elle s'est réveillée sans réponse à ses questions, flanquée d'un coup de soleil carabiné. Apparemment, la brûlure s'est frayé un chemin jusqu'à son cerveau et a détruit jusqu'à sa dernière cellule. Sur une impulsion, elle a téléphoné à Hugo pour tout lui raconter. Et la discussion a tourné au vinaigre. *Note pour plus tard : ne jamais agir sur un coup de tête.*

Le dernier passager à peine débarqué, Milie salue ses collègues et presse le pas pour rejoindre le terminal 2. Dans moins d'une heure, elle doit retrouver Carole au centre de briefing, avant sa réunion prévol. Milie l'a contactée pour lui annoncer qu'elle avait obtenu le job à Petrofly, elle espère... quoi, au juste ? Qu'elle la pousse dans cette voie ou, au contraire, qu'elle la dissuade de signer un contrat chez eux ? Plutôt un avis objectif sur la situation, qui ne serait parasité ni par son cœur ni par ses peurs. Ce chassé-croisé de trente minutes l'aidera, elle l'espère, à y voir plus clair.

Elle aperçoit Hugo aussitôt les portes vitrées de la zone des arrivées franchie. Comment pourrait-elle l'ignorer ? Il brandit, l'air incertain de l'accueil qu'il va recevoir, une pancarte à son nom. *Super, merci pour l'affiche.* Au milieu de la foule de voyageurs au visage marqué par un vol de huit heures, celui de Milie manifeste sa lassitude. Elle n'a ni le temps ni l'énergie pour l'entendre geindre. Elle n'a pas plus le cœur à l'écouter lui dire que ses mots ont dépassé ses pensées. Ses mots ont au contraire traduit le fond de sa pensée à la virgule près. Elle en est certaine. Milie ferme les yeux l'espace d'un instant, inspire profondément, les rouvre ; pas de miracle, Hugo est toujours là, à la fixer comme un cocker en quête d'un biscuit. Elle souffle – fort –, puis avance d'un pas décidé, le dépasse sans un regard, sans même un pincement au cœur. Oui, il a fait le déplacement ; non, elle ne lui a rien demandé et, donc, elle ne compte pas culpabiliser pour une décision absurde qu'il a prise tout seul comme un grand. Malgré leur engueulade, elle a eu l'élégance de le prévenir qu'elle resterait à Paris, chez Gina, jusqu'à son vol pour New York trois jours plus tard.

— Milie, s'il te plaît. On peut discuter ? Juste cinq minutes...

Il la retient par le bras, dans l'espoir de capter son attention. Elle se dégage sans se retourner, repart sans un regard.

— S'il te plaît. Juste cinq minutes. Tu peux mettre le minuteur, insiste-t-il en posant de nouveau la main sur son bras.

Un agent de sécurité approche, inquiet de voir un homme importuner une hôtesse de l'air. Milie le rassure. Le vigile s'éloigne tout en restant dans les parages.

— Je suis en tenue. Si tu cherches à me faire virer, c'est bien joué. Mais je ne suis pas sûre que ça arrangera quoi que ce soit entre nous.

— Je... Désolé, c'était pas mon but. On peut aller s'asseoir là-bas ? propose-t-il en indiquant un banc plus à l'écart. Juste cinq minutes.

Milie consulte l'heure sur un panneau ; elle n'a pas beaucoup plus à lui consacrer. Ils s'installent en silence ; Hugo place son téléphone entre eux. Il affiche un compte à rebours de cinq minutes, qu'il enclenche. Milie sourit furtivement, avant d'être happée de nouveau par sa colère froide.

— Je suis désolé, j'ai réagi comme un con.

Sans blague.

— J'aurais jamais dû te mettre un ultimatum.

On y vient.

— Milie, je t'aime, je ne ferais jamais rien pour te blesser volontairement. J'espère que tu le sais.

— Je sais que tu m'aimes. Mais là, tout de suite, tu m'aimes mal. Et moi, là, tout de suite, j'ai pas besoin de ça, tu comprends ?

Hugo respire mieux. Entendre le son de sa voix le rassure, elle lui indique qu'elle est désormais ouverte à la discussion. Même si Milie peut se montrer corrosive lorsqu'elle est en rogne, il préfère sa colère à son silence.

— Je vais te faire gagner du temps. Tu m'as dit, je cite : « C'est soit le job, soit moi ». Tu te rends compte ? Et pour enfoncer le clou, t'as osé me reprocher d'avoir postulé sans t'en avoir parlé avant ? Parce que j'ai besoin de ton autorisation pour faire mes choix de vie ?

— Milie, c'est pas ce que j'ai voulu dire et tu le sais.

— Ah, donc c'est moi qui ne comprends rien...

— J'ai pas dit ça.

Hugo remplit ses poumons ; cela lui donne le temps d'organiser sa pensée. Il le sait, il avance sur une ligne de crête.

— Milie, j'ai juste dit – et tu ne peux pas le nier – que ce choix de vie-là a des conséquences pour nous deux, en tant que couple. On parle de toi qui pars t'installer à l'autre bout du monde pour au moins deux ans.

— Et ?

— Et, oui, même si tu es libre de tes choix et que je suis plutôt un mec patient, je ne supporterai pas la situation. Tu ne peux pas me reprocher d'être honnête.

Milie acquiesce. Elle a bien des défauts ; la mauvaise foi n'en fait pas partie. La plupart du temps.

— Et c'est pas comme si tu pouvais pas trouver un job en France, à Giant Airlines, par exemple.

Quand c'est trop beau pour être vrai, c'est souvent que c'est trop beau pour être vrai. Milie aventure un œil sur le minuteur. À peine une minute trente. Elle lui en a accordé cinq.

— Sérieusement, t'es venu pour t'excuser ou juste pour me culpabiliser un peu plus ? Chut, lui adresse-t-elle en plaçant son index sur sa bouche. Tu comprends que, là, je touche mon rêve du doigt ? Ta solution, c'est de faire un pari sur mon avenir. Peut-être que je trouverai un job ici, ou peut-être pas. Je deviens quoi, moi, si aucune compagnie ne veut de moi en France ? Tu vois, perso, c'est ça que je supporterais pas. De me retrouver sans rien.

— Mais tu n'aurais pas rien. Tu m'aurais moi...

Milie laisse échapper un rire nerveux. Elle se tourne vers lui, en espérant apercevoir un rictus malicieux au coin de ses lèvres. Elle le découvre ébaubi.

— Ah, mais t'es sérieux, en plus ? T'essaies de me dire quoi, là ? Que tu sauras me rendre heureuse et toutes ces merdes paternalistes ? Je refuse que mon bonheur dépende uniquement de toi.

Milie a longuement repensé aux mots de sa mère, pendant son escale. Si quelqu'un est bien placé pour connaître le risque que l'on prend à donner ce pouvoir-là à quelqu'un, c'est bien elle. Elle s'est aussi interrogée sur ce qui la rendait heureuse. *Vraiment* heureuse. Cette réflexion l'a menée dans une impasse. Son bonheur est le fruit d'un savant équilibre entre son couple et son travail. Cet été passé dans les airs le lui a confirmé.

— Mon bonheur ne dépend ni de toi ni de personne, seulement des choix que je fais pour moi.

Face à son silence, Milie attrape sa valise. Dommage, il lui restait deux minutes pour arranger la situation.

— T'abuses, souffle-t-il en fixant ses pieds.

Milie lâche sa valise, le dévisage, circonspecte.

— En quoi ? Tu me demandes de renoncer à mon rêve, alors que tu sais mieux que personne à quel point il compte pour moi.

— Je ne te demande pas de renoncer à quoi que ce soit, seulement de considérer ton autre option.

— Mon autre option ne me convient pas, Hugo. Trop d'inconnues. Et moi, j'ai besoin de certitudes. Je ne suis pas heureuse, tu comprends ? Je me fais chier à la fac et me faire chier dans ma vie à dix-neuf ans, c'est juste pas envisageable.

— T'as validé ton année, pourtant. Et avec mention, en plus.

— Tu crois vraiment que le bonheur dépend d'une note à un exam ? de la réussite ?

Hugo hausse les épaules ; comme un boxeur acculé dans les cordes, il semble chercher un second souffle. Milie ne se laisse pas attendrir.

— Et pourquoi, toi, tu ne quitterais pas tout pour me suivre, hein ?

— Ne compare pas ce qui n'est pas comparable...

— En quoi c'est différent ?

— Ça n'a rien à voir...

— Parce que ?

Aucune réaction à sa gauche. La patience de Milie a atteint sa limite.

— Alors laisse-moi déchiffrer ce que tes mots – enfin, leur absence – ne disent pas. Tes rêves et tes objectifs sont plus importants que les miens. Et puis, oh ! c'est vrai, je n'aurai pas besoin de travailler, puisque tu gagneras suffisamment pour faire chauffer la marmite. Je n'aurai qu'à m'occuper des nombreux enfants que nous ne manquerons pas d'avoir. Ça te rappelle pas quelqu'un ?

— Fais attention à ce que tu vas dire...

Son visage se ferme, ses mâchoires se crispent. Milie est consciente qu'elle est sur le point de faire usage de l'arme nucléaire, mais bon sang, il a besoin d'une bonne secousse.

— Ouais, exactement : un bon fils à son papa. Il faut croire que la pomme ne tombe jamais très loin de l'arbre.

Les yeux de Hugo s'emplissent d'une lumière brillante, aussitôt masquée par un voile de tristesse. Milie est prise de remords lorsqu'il s'affaisse sur le banc. Elle s'installe à ses côtés, ouvre la bouche, puis la referme. Elle ne cherche pas à le blesser, mais quoi qu'elle dise, ses mots le toucheront au cœur.

— Tu te rends compte que les deux situations sont complètement différentes ?

Milie ronge son frein : il a décidé de ne pas lui faciliter la tâche. Cela lui semble pourtant évident, mais force est de constater qu'il n'y a pas pire aveugle que celui qui ne veut pas voir.

— Ma mère est avocate et mène une brillante carrière.

Milie expire bruyamment : il continue de creuser.

— Et rappelle-moi à quel moment tes parents ont divorcé ? Exactement : quand elle a décidé de reprendre ses études et de placer ses besoins avant ceux de ton père. Ta mère est une *queen*, soit dit en passant. Et ton père a fait quoi ? Il s'est empressé de lui trouver une remplaçante.

— C'est bon, t'as fini de le mettre en boîte ?

— Pas tout à fait. Je peux ?

Hugo souffle en roulant des yeux.

— Je vais prendre ça pour un « oui ». En fait, ton père ne cherchait pas une partenaire de vie, mais une secrétaire et une pu...

— Là, tu vas trop loin ! tonne Hugo.

Il secoue la tête vigoureusement, le visage déformé par la colère. Il veut bien tout entendre, mais il n'accepte pas que Milie manque de respect à sa mère.

— J'allais dire une putain de boniche. Tu me prends pour qui ? Réfléchis à ce que tu me demandes – pardon, *proposes* – et à ce que ça implique pour moi. Et ensuite, on pourra en reparler.

Hugo ferme les yeux : que pourrait-il répondre à cela ?

— J'espère que tout ça ne gâchera pas notre amitié, ajoute Milie en se levant.

— Amitié ? s'étrangle Hugo.

L'alarme de son téléphone sonne la fin du minuteur. La partie est terminée.

— J'ai huit heures de vol et un jet-lag des enfers dans les dents, je suis trop crevée pour m'engueuler avec toi plus longtemps. Visiblement, tu ne veux pas comprendre ce que j'essaie de te dire. Au revoir, Hugo.

Elle s'éloigne d'un pas décidé, sans un regard dans sa direction. Lorsqu'elle arrive à hauteur de l'agent de sécurité, elle le rassure d'un mouvement de tête discret ; il retourne à ses rondes tandis que Milie bifurque vers l'aile du terminal affecté à sa compagnie. Avant d'y entrer, elle se réfugie dans les toilettes réservées au personnel. Là, elle laisse libre cours à ses larmes, avec l'espoir qu'elles évacuent par là même la boule qui lui ravage la gorge.

36

Milie observe le lieu, envahie par l'émotion. Dans une enfilade interminable, les voyageurs se livrent à un chassé-croisé, sans doute l'un des derniers de la saison estivale. Peut-être le dernier pour elle aussi. Si d'autres, parmi sa promotion de PCB, ont reçu un mail leur proposant de prolonger le contrat au mois de septembre, sa messagerie reste désespérément vide. Son emploi du temps s'achevant par un bloc de sept jours de repos, elle n'aura pas droit à son été indien.

Le destin, ce grand farceur, l'entraîne dans une dernière danse à New York. Milie ne croit pas au hasard. Elle est de ceux qui pensent que chaque chose arrive pour une raison et que chaque épreuve permet d'accéder à l'étape suivante. Sa blessure la plus récente est toujours ouverte, sans doute le restera-t-elle un moment. Elle repasse à l'endroit où ils se sont quittés, trois jours plus tôt. Il lui semble que des semaines se sont écoulées. Après avoir pleuré tout son saoul, puis subi le harcèlement de Lola, c'est dans la voix calme et apaisée de Juline qu'elle a trouvé du réconfort. Et dans les cocktails en mode *All you can drink*[30] que lui a servis Christophe. Deux jours après cette soirée de débauche, elle craint que son corps n'ait pas évacué tout l'alcool qu'elle a ingéré. Elle se sent comme anesthésiée. Mais peut-être est-ce là l'œuvre de son chagrin.

---

[30] Analogie de *All you can eat*, les buffets à volonté aux États-Unis.

Leur histoire est-elle, comme son contrat, arrivée à son terme ? Ce n'est pas clair dans l'esprit de Milie, pas plus que dans celui de Hugo, certainement. À vrai dire, elle l'ignore, puisque, après avoir reçu une dizaine de messages de sa part, elle s'est résolue à bloquer son numéro. Elle a besoin de temps pour remettre ses idées en ordre. À son retour de New York, elle aura beaucoup de décisions à prendre. Une, en réalité ; quel que soit le bout par lequel elle choisira de régler le problème, sa décision s'abattra sur le reste comme un château de cartes.

Milie débarque à la réunion de prévol le souffle court. Perdue dans ses pensées, elle a perdu le fil du temps. Elle se serait maudite que son premier retard se produise lors de son dernier jour. Elle est désormais rompue à l'exercice. Cette fois, le vol s'annonce quelque peu mouvementé ; des turbulences, brèves mais intenses, sont prévues à l'approche de la Grande Pomme, en raison d'une météo peu favorable.

Une notification s'affiche sur l'écran de son portable à la sortie de la réunion. LinkedIn, une application sur laquelle elle ne va jamais, l'invite à consulter un message qu'elle a reçu il y a plusieurs semaines déjà. Milie décide de l'ignorer et de passer son téléphone en mode avion. Aujourd'hui plus que n'importe quel autre jour, elle ne peut pas se laisser distraire. Elle veut s'imprégner de chaque minute de son vol. À l'aller, puis au retour. Si elle porte l'uniforme pour la dernière fois, alors elle compte en savourer chaque instant.

✈ ✈ ✈

Milie se souvient parfaitement des paroles de Christophe lors de son premier repas d'équipage, au mois de juin : « PNC assis et attachés. » Ça, c'est LA phrase que t'as pas envie d'entendre. Ça veut dire qu'on va en chier un bon moment. »

Et c'est justement celle que vient de prononcer le commandant de bord. Ce n'est pas une surprise, cette zone de turbulences était prévue.

Comme toujours, elle affiche un visage neutre en prenant place sur le strapontin. Tandis qu'elle se harnache, elle sourit aux passagers qui portent sur elle un regard aussi inquiet que plein d'espoir. Sa décontraction semble faire son œuvre. Milie accueille les premières secousses avec sérénité : si elle les appréhendait au début, tous les pilotes avec qui elle a pu échanger ont su la rassurer. Notamment Alain, sur son premier New York, qui a pris le temps de lui expliquer, schéma sur une serviette en papier à l'appui, comment et pourquoi on est parfois bringuebalés en avion. Et, surtout, pourquoi les turbulences n'ont aucune incidence sur la sécurité d'un vol. Une sombre histoire de masse d'air, de chaud, de froid... Si eux ne sont pas inquiets, pourquoi le serait-elle ? Et par ricochet, si elle ne l'est pas, pourquoi le seraient-ils ?

D'un geste de la main et d'un sourire bienveillant, elle rassure de nouveau un passager qui la fixe, puis place les mains sous ses cuisses et se récite la *check-list* de sécurité mentalement. Depuis quelques semaines, elle potasse le manuel de formation et l'applique chaque fois que l'occasion se présente en vol. Au-delà de la première raison, évidente, cela l'oblige à focaliser son attention sur quelque chose qu'elle maîtrise. Aujourd'hui, cela lui permet surtout de ne penser ni à Hugo ni à son avenir incertain. Le temps de cette zone de turbulences, celles qui agitent sa vie n'existent pas.

Cinq minutes plus tard, Milie et ses collègues se relèvent et s'affairent dans le *galley* pour préparer le dernier service.

— On s'est bien fait tabasser, souffle l'un des stewards en remplissant le chariot.

Quelques passagers osent une tête pour se servir à boire, prendre un biscuit ou pour discuter. Souvent pour discuter, en réalité, particulièrement après un événement stressant comme la traversée d'une zone de turbulences carabinées. Milie a beaucoup appris en observant ses collègues. Travailler dans un avion réclame beaucoup de compétences, mais surtout d'être capable de les appliquer simultanément. Alors elle s'affaire à sa tâche pendant qu'elle échange avec les PAX, plaisante avec eux et, plus que tout, les écoute.

C'est l'un des aspects de ce métier que Milie a découverts et qu'elle apprécie. Les gens se livrent beaucoup en vol, sans doute sans en avoir pleinement conscience. Ils ont le temps, et parler déstresse les plus anxieux. Souvent, les passagers qui ont peur de l'avion abordent des sujets très personnels. Milie n'est pas psychologue, mais elle est une oreille accueillante. Ces confidences, elle les reçoit comme un cadeau, mais aussi comme une marque de confiance. *Ce qui se passe à Las Vegas reste à Las Vegas.* Il en va de même à dix mille mètres d'altitude, selon la règle établie par Milie.

Juste avant de lancer le chariot dans l'allée, Milie se retourne vers sa collègue.

— T'as toujours volé sur long-courrier ? Dans mon esprit, c'est long-courrier sinon rien. Je ne saurais pas l'expliquer.

— J'ai testé le moyen-courrier et c'est pas mon truc. On fait beaucoup de béton.

— De béton ?

— Ça veut dire qu'on passe beaucoup de temps au sol. En vol, on est des *galleyriens. Galley, galleyriens,* c'est bon, tu l'as ? T'arrives en fin de saison et tu sais pas ça ? Que quelqu'un lui prépare un glossaire ! la taquine-t-elle. Plus sérieusement, ça dépend de chacun. Certains préfèrent les courts et moyens-courriers, ça leur permet d'avoir moins de découchés. C'est très personnel, mais on n'a pas toujours le choix : il faut bien remplir le frigo. Et si on allait remplir quelques tasses de « oui » ?

Milie pouffe ; elle ignore pourquoi, mais lorsque les PNC proposent un café ou un thé aux passagers, il n'est pas rare que ces derniers répondent par l'affirmative, sans préciser la nature du breuvage. Ils y ont droit à chaque vol.

✈ ✈ ✈

C'est fou, cette capacité du cerveau à se mettre en mode *on/off*. À peine Milie a-t-elle posé le pied sur la passerelle que, déjà, ses pensées foisonnent. À croire que quelqu'un lui a greffé un interrupteur dans les orteils.

Ou peut-être doit-elle ce réveil aux nombreuses notifications qui agitent son téléphone. La plupart d'entre elles sont l'œuvre de Lola ; elle est à deux doigts de mettre Interpol sur le coup. Pour éviter toute débauche de moyens, d'énergie, et accessoirement un petit détour par la case prison, Milie s'empresse de lui répondre, de la rassurer. Traduction : de lui mentir. Elle lui fera un débrief complet à son retour à Paris. Ou tout de suite, puisque, visiblement, ses mots n'ont pas suffi à dissiper l'inquiétude de son amie. Elle décroche sans grande conviction.

— Je peux pas te parler, là. On va passer aux contrôles.

— Meuf, OK, mais rappelle-moi après. Je sais pas pourquoi tu vrilles comme ça, j'ai besoin de comprendre.

— T'as besoin de rien du tout, c'est entre Hugo et moi. Laisse-moi gérer.

— Mais tu gères que dalle ! Putain, j'avais dit que je me taperais plus le SAV. Et je fais quoi ? Je nettoie ton bordel.

— *Mon* bordel ? Je vois que tu prends *encore* parti pour lui.

— Peut-être parce que c'est encore *toi* qui déconnes ?

— C'est moi qui... lâche Milie en soupirant. OK. Tu sais quoi ? On va dire que t'as raison.

— Mais parce que *j'ai* raison. Sérieux, tu l'as bloqué partout. Le mec est une épave, là. Vous pouvez pas juste vous parler ?

— Lola, je vais raccrocher, parce que je ne veux pas me faire embarquer par la police aux frontières. Je te rappelle quand je rentre. Là, j'ai besoin de tout sauf de m'en prendre plein la gueule par ma meilleure amie. Sérieux, t'as qu'à ajouter le réchauffement climatique sur la liste. Ça aussi, c'est de ma faute.

Milie met fin à l'appel, bloque le numéro de Lola : à ce rythme, seule sa mère sera en mesure de la joindre. Elle range son téléphone dans le sac, comme la policière le lui demande, passe la douane en remerciant le ciel de lui avoir accordé ce badge coupe-file. À sa gauche, une queue interminable s'étire jusqu'à l'entrée de la zone de contrôles.

L'avantage de cette rotation, du moins pour Milie aujourd'hui, c'est qu'à New York, l'équipage fait en général bande à part. Chacun vaque à ses occupations et ça lui convient parfaitement ; elle a besoin de flâner à Central Park, de se perdre dans les rues. Et de se retrouver seule. Pendant trente-six heures, elle n'existe plus pour la France.

Elle vient à peine de monter dans la navette en direction de l'hôtel que, déjà, son portable se met de nouveau à vibrer. Elle se masse l'intérieur des yeux.

— Lâchez-moi les côtes, murmure-t-elle en soufflant discrètement.

Elle s'en saisit, esquisse un sourire en découvrant le message de Juline.

Juline
Tod ALERT ! Nous recherchons activement une personne en pleine crise aiguë. De taille et de corpulence moyennes, aime gesticuler et faire beaucoup de bruit avec la bouche. Si vous la croisez, n'intervenez surtout pas et prévenez les forces de l'ordre. Bref, j'ai vu Lola,

elle est dans tous ses états. Si t'as
besoin de parler, n'hésite pas. Et
t'inquiète pas, ça finira par
s'arranger.

Après l'une de ses nombreuses envolées lyriques, Juline et Milie ont décidé que Lola méritait bien une maladie inspirée de son sens acéré du spectacle. Elles ont donc créé Tod. Tod, c'est un prénom de mec sympa, genre *boy next door*. Mais c'est surtout l'acronyme de « trouble obsessionnel du drama ». Et ça lui va comme un gant.

Milie
J'ai bloqué tout le monde, j'ai besoin
de calme pour réfléchir. Désolée pour
tout ce « bordel ».

Juline
Ravie de voir que je suis épargnée par
ce « no pasarán » général. T'inquiète,
je comprends. Je suis là si t'as besoin.
Profite de ta parenthèse new-yorkaise.
Sois sage, mais pas trop.

Juline a toujours été le phare dans les tempêtes du groupe ; Milie se demande bien comment elle peut supporter tout ça.

Une nouvelle notification attire son attention. Visiblement, quelqu'un tient à ce qu'elle ouvre ce fichu message. *Et il se passera quoi si je ne le lis pas dans les cinq minutes ? Il s'autodétruira ?* Milie n'utilise jamais cette application, c'est à peine si elle a rempli son profil et mis son CV à jour parce que cela faisait partie d'un cours à la fac. Une histoire de réseau à développer, d'opportunités à saisir. Selon le prof, c'est là-bas que tout se passe. Ainsi soit-il.

Elle manque de s'étouffer quand le message s'affiche. *Oh. Mon. Dieu.* Qu'est-elle censée faire et pourquoi l'a-t-il contactée ? Elle clique dessus en sachant parfaitement qu'elle ne devrait pas.

Mathieu Tramoulet

Merci pour l'intérêt que vous portez à mon profil. Comme il l'indique, je suis ouvert aux opportunités. Je serais ravi d'en discuter avec vous.

PS : Au cas où ta mémoire te ferait défaut, je suis le papa d'Ève, la jeune passagère que tu as accompagnée sur le Paris-NY en juin. Fais-moi signe si tu reviens.

Son cœur bat bien plus vite qu'elle ne le voudrait. Elle hésite un instant, puis décide de lui répondre. *One life.*

Émilie Marret

Je viens d'ouvrir ton message et tu ne me croiras sans doute pas, mais il s'avère que j'atterris tout juste à New York. Je repars dans 36 heures. Si tu as quelques minutes, je suis preneuse de conseils sur les endroits à visiter. Pas les pièges à touristes ; pour ça, je n'ai qu'à faire un tour sur Internet.

J'espère qu'Ève va bien, et que vous avez bien profité pendant son séjour. À l'occasion, fais-lui un bisou de ma part et dis-lui que j'ai adoré passer mon premier vol en sa compagnie.

PS : Je suis curieuse, comment m'as-tu trouvée ? Je ne t'ai jamais donné mon nom.

Elle n'a pas rangé son téléphone que, déjà, il vibre de nouveau. Mathieu n'a pas tardé, il doit être de ceux qui vivent le portable greffé à la main.

Mathieu Tramoulet

```
J'avais perdu espoir de recevoir une
réponse de ta part. J'ai deux bonnes
nouvelles pour toi…
```

Mais quelle personne de moins de trente ans termine ses messages par trois petits points ? ne peut s'empêcher de relever Milie. Sa curiosité est néanmoins piquée.

Émilie Marret

```
Je suis tout ouïe. L'une des deux bonnes
nouvelles est-elle la réponse à mon
« PS » ?
```

Cette fois-ci, elle ne prend pas la peine de ranger son téléphone. Le collègue assis à ses côtés coule vers elle un regard amusé.

— Ton mec ?

— Pas du tout. Une opportunité sur LinkedIn.

— *Opportunité* ? C'est comme ça qu'on appelle ça aujourd'hui ? Avec ce sourire-là, souligne-t-il en remuant le doigt devant le visage de Milie, c'est surtout un bon 100 points au SHC.

— De quoi… Comment…

— Vous croyez vraiment que vous avez inventé ce challenge ? Même moi, je n'en suis pas à l'origine, ça remonte à plus de vingt ans. Donc, c'est pas ton mec. Juste *un* mec.

Milie voudrait disparaître dans son siège.

— C'est *juste* un passager que j'ai rencontré sur mon premier New York, le père d'une UM. On a gardé contact. En tout bien tout honneur, juge-t-elle important de préciser.

Ce que ses joues en feu s'empressent de contredire.

— Je te taquine, tu fais bien ce que tu veux. Je ne te juge pas. Moi aussi, j'en ai bien profité avant de… Enfin, tu vois.

Il agite son annulaire orné d'un anneau en or jaune. Oh oui, elle voit très bien. Elle voit surtout très bien l'hypocrisie derrière ses apparences vertueuses : il a passé son vol à draguer la cheffe de cabine. *Tu m'étonnes que tu ne me juges pas.* La vibration de son téléphone la sauve de cet échange gênant.

Mathieu Tramoulet
1. Je suis de repos demain.
2. Ève est à NY avec moi et on a prévu une sortie à Central Park demain après-midi. Tu veux te joindre à nous ?

PS : C'est toi qui m'as trouvé. Tu as consulté mon profil.

Juline... *Je vais la tuer.* Milie avait complètement oublié cet épisode. À vrai dire, elle avait à peine eu le temps de cliquer sur son profil, les résultats du concours de son amie avaient mis un terme à leur inquisition.

Émilie Marret
Ça me fera plaisir de revoir Ève. Et Central Park est sur mon programme. Tu me confirmes l'heure et le lieu de rendez-vous demain ?

Mais quelle conne... « Rendez-vous », il risque de se faire des films, se fustige Milie.

Mathieu Tramoulet
It's a date, then. Looking forward to it. Sleep tight[31], tu auras besoin de toute ton énergie.

---

[31] « Rendez-vous est pris. J'ai hâte d'y être. Dors bien. »

Et merde. Ça lui apprendra à réfléchir avant de parler. À cet instant, elle regrette sa brouille avec Lola. Par réflexe, elle s'apprêtait à l'appeler pour lui raconter en détail sa discussion lunaire avec Mathieu. Étant donné le contexte, ce n'est pas l'idée du siècle. Elle a besoin d'un avis constructif, posé et neutre. Et de régler ses comptes.

> **Milie**
> Meuf, t'as déconné. Et c'est moi qui trinque.

> **Juline**
> ????

Il aurait sans doute été plus simple de lui téléphoner ou de lui expliquer dans un vocal, mais puisqu'elle est entourée de ses collègues, elle se résout à lui envoyer un pavé en guise de résumé.

> **Juline**
> C'était un peu flirty, quand même. J'aurais compris comme lui…

> **Milie**
> Je fais quoi, j'annule ?

> **Juline**
> C'est un peu tard, il a sûrement déjà prévenu la petite. Vas-y, mais ne fais rien que tu regretteras à ton retour.

Et dire qu'elle misait sur elle pour lui faire entendre raison… Milie se frotte les tempes. Le temps qu'elle retrouve ses esprits, le bus s'arrête devant leur hôtel. Elle fourre le téléphone dans son sac, récupère ses valises et pénètre dans le hall en focalisant ses pensées sur la douche qu'elle compte prendre. Bien froide, histoire de lui remettre les idées en place.

37

La canicule s'est abattue sur la ville qui ne dort jamais. Dehors, les vendeurs ambulants débitent plus de bouteilles que de hot-dogs ; les passants font tourner à plein devant leurs visages les petits ventilateurs cédés à prix d'or par les boutiques de souvenirs ou les marchands de rue. Milie lutte contre la tentation de les imiter : elle refuse de partager leur goût du ridicule.

Ce qui l'est, en revanche, ce sont les auréoles en mode sacs de sel qui se dessinent sous ses aisselles. Sous couvert de ne pas s'habiller trop sexy, histoire d'envoyer un signal contraire à celui que Mathieu a reçu la veille, Milie a jeté son dévolu sur ce tee-shirt *oversize*, mais au tissu bien trop épais pour la chape de plomb offerte par le soleil. *Tu parles d'un cadeau du ciel*, peste-t-elle en regrettant son choix. Sur son chemin, les boutiques la narguent avec leurs robes légères en vitrine. *C'est n'importe quoi*, finit-elle par abdiquer en s'engouffrant dans l'une d'entre elles.

Elle en ressort plus légèrement vêtue, un sac contenant son tee-shirt alourdi par quatre litres de transpiration. Oui, quatre. Au minimum. Elle hésite à l'envoyer directement à l'incinérateur. Ces températures apocalyptiques la rendent parano ; son nez, lui aussi, est en surchauffe : toutes ces odeurs corporelles ignobles qui se mélangent lui collent des sueurs froides. *Comme si j'avais besoin de ça.* Elle s'arrête dans la première supérette qu'elle croise, en ressort avec un brumisateur et un déodorant. Quelques pas plus loin, Milie finit par craquer au stand d'un marchand de rue. Elle est au désespoir, mais pas au point de sacrifier son amour-propre. Elle ramasse ses cheveux en une queue de cheval basse, visse la casquette qu'elle vient d'acheter sur sa tête. Tant pis pour son brushing.

Ève lui saute dans les bras aussitôt qu'elle l'aperçoit. Milie l'enlace, lui ébouriffe le sommet du crâne en se délectant de son rire cristallin. Aussi heureuse soit-elle de revoir Milie, elle reste une enfant de huit ans ; sa dose de câlins obtenue, elle demande l'autorisation à son père de rejoindre ses amis d'un jour, dans l'aire de jeu.

Mathieu accompagne sa fille du regard ; Milie a tout loisir de le détailler sans qu'il s'en aperçoive. Elle espérait avoir fantasmé le souvenir qu'elle avait de lui ; elle le découvre bien plus séduisant qu'elle ne le voudrait. Son pantalon de costume en lin beige, surmonté d'une chemise claire, cintrée, à manches longues retroussées sur les avant-bras, souligne les courbes musclées qu'elle devine. Bien campé dans une paire de baskets blanches, les mains dans les poches, il surveille Ève s'engouffrer dans l'aire de jeux. Milie hume l'air chaud en invoquant qui voudra bien l'entendre de ne pas lui faire perdre la raison. Mathieu se retourne vers elle, l'observe de ses yeux bleu persan ; Milie pourrait aisément s'y noyer. Il passe les doigts dans ses cheveux bruns pour dégager une mèche bouclée, sans la lâcher du regard. *C'est pour m'achever.* Puis, dans un sourire charmeur, lui dévoile ses dents immaculées. *Pitié.* Lorsqu'il visse ses lunettes aviateur sur son nez, puis l'invite à s'installer sur le banc le plus proche, ils n'ont toujours pas échangé le moindre mot. Milie commence à regretter d'avoir répondu à ce fichu message, hier. De son point de vue, tout ça ne peut que mal finir.

— Tu es splendide.

— Je te retourne le compliment, lui répond Milie.

Elle se focalise sur l'aire de jeux pour éviter d'avoir à affronter Mathieu, dont elle sent le regard posé sur elle.

— Tu n'as pas peur que ta fille se fasse kidnapper ?

Cette tentative de détourner son attention se solde par un échec. Non seulement il garde les yeux rivés sur elle, mais il semble prendre un plaisir malsain à la mettre mal à l'aise.

— Ne t'inquiète pas pour Ève, sa nounou la surveille, l'informe-t-il en pointant du menton une femme. Ça me permet, à moi, de me concentrer sur toi.

Il lui semble que le soleil tape subitement plus fort. Quelques degrés de plus et elle se liquéfiera sur place.

— Je peux te poser une question indiscrète ?

Milie a développé un don pour la diversion. Manque de chance, elle se trouve face à un adversaire de taille. Il lui adresse un sourire amusé.

— Bien sûr. On est là pour ça, non ?

— T'as quel âge exactement ? Parce que ça et ça, précise-t-elle en promenant son doigt entre Mathieu et l'aire de jeux, j'ai beau essayer, je crois que mes calculs sont pas bons.

— Je me demandais combien de temps tu résisterais avant de me poser cette question. Quel âge tu me donnes ?

Il cale son dos au fond du banc, croise les bras et les jambes dans un mouvement coordonné, puis penche légèrement la tête, curieux d'entendre sa réponse.

— Quand je t'ai vu pour la première fois à l'aéroport, d'instinct, j'aurais dit vingt-quatre ou vingt-cinq, maximum. Avec ton costume, j'ajoute deux ans à mon estimation. Mais Ève ? Là, t'as pris un sacré coup de vieux. Donc plutôt entre vingt-huit et trente ans.

— Quand on a un bon instinct comme le tien, le mieux est de s'y fier, tu ne crois pas ?

Milie se fige un instant, fait un calcul rapide. Elle promène son regard entre Mathieu et Ève, qui descend pour la centième fois le même toboggan.

— Ton estimation est correcte. Je vais avoir vingt-cinq ans et Ève huit.

Milie l'écoute, mais son cerveau refuse d'intégrer l'information. À dix-neuf ans, elle n'imagine pas une seconde avoir un enfant. Alors à dix-sept ? C'est inconcevable.

— On était jeunes. On l'est toujours ; on a simplement grandi beaucoup plus vite que prévu.

— Et donc, tu es ici, à New York, et ton ex est restée en France avec Ève.

— Je vois où tu veux en venir. J'ai beaucoup hésité. Quand Ève est née, j'avais déjà postulé à Columbia. La réponse est arrivée après notre rupture. C'était mon rêve, j'étais prêt à y renoncer. Nova m'a convaincu d'y aller.

— C'est donc elle qui a dû renoncer aux siens ?

Sa question claque comme une affirmation. Milie ne peut s'empêcher de faire un parallèle avec sa situation actuelle. Elle se crispe ; c'est toujours la même histoire.

— Désolée, se reprend-elle. Ça ne me regarde pas.

— Y a pas de souci. Et pour répondre à ta question, Nova rêvait de devenir infirmière, et c'est le métier qu'elle exerce.

La réponse de Mathieu rassure Milie ; le fait qu'il nomme la mère d'Ève par son prénom également. Ils semblent avoir gardé de bonnes relations, et cela en dit beaucoup sur l'homme qu'il est, selon elle.

Ils portent leur regard sur la fillette ; son schéma familial n'a rien de conventionnel, mais elle ne semble pas en souffrir.

— Tu comptes retourner vivre en France un jour ?

Mathieu sourit en remontant ses lunettes sur son crâne. Cette jeune femme l'intrigue autant qu'elle l'attire ; il voit bien qu'elle n'est pas très à l'aise et que son interrogatoire en règle lui permet surtout d'éviter le moindre silence entre eux.

Les regards disent plus que les mots et ceux qu'ils échangent chaque fois qu'ils laissent le rire des enfants s'insinuer entre eux sont chargés de promesses. Il marque une hésitation. Suffisamment longue pour plonger son regard dans celui de la jeune femme, mais trop courte pour lui permettre de relancer la conversation. Sa bouche trahit le plaisir qu'il prend à voir les joues de Milie se teinter à mesure que les secondes s'égrènent. Lorsqu'il la sent sur le point de reprendre la parole, il se pince les lèvres furtivement pour retenir un sourire satisfait.

— Peut-être, mais pas avant cinq ou six ans.

Il lui explique qu'il compte reprendre ses études en cours du soir, dans deux ans, pour obtenir un MBA et booster sa carrière déjà florissante.

— Tu en veux toujours plus, devine Milie.

— C'est vrai, est-ce un défaut ?

— *Less is more*, affirme Milie, énigmatique.

— C'est très français, comme réponse.

— C'est-à-dire ?

— Le manque d'ambition.

Milie est vexée, bien qu'elle s'efforce de le cacher.

— Mon ambition est d'être heureuse. Je veux travailler pour vivre, pas vivre pour travailler. L'épanouissement se trouve dans l'équilibre entre les deux, pour moi.

— Tu vois, moi, je vis pour travailler avec pour but de vivre sans travailler avant mes quarante ans.

Sa fortune familiale a sans doute nourri cet idéal, ne peut s'empêcher de penser Milie. Elle part du principe qu'il est bien né. Comment aurait-il pu s'offrir une fac américaine à plusieurs dizaines de milliers de dollars par an, sans cela ? Si son plan échoue, son frigo n'en sera pas moins rempli. Pour elle qui a grandi non dans la pauvreté, mais avec la conscience bien ancrée que chaque dépense se doit d'être utile, ce discours est inaudible. Aussitôt, elle se reproche de juger cet homme dont elle ne sait pas grand-chose sinon ce qu'il veut bien lui raconter.

— Tu n'as pas peur de ne pas profiter du moment présent ?

— C'est ce que je fais. Regarde-nous...

Milie sourit ; il marque un point.

— Sérieusement, tu pourrais te faire renverser en sortant du parc, ou alors attraper une sale maladie, j'en sais rien. La vie peut s'arrêter en un claquement de doigts et toi, tu auras gâché la tienne en pensant à un lendemain qui n'arrivera peut-être jamais...

— Où est passée l'insouciance de tes vingt ans ? lui adresse Mathieu, espiègle. Tu as la vie devant toi !

— Ou pas ? Qui sait ? Raison de plus pour vivre sans réfléchir à demain, non ?

— Et si on se mettait d'accord ?

— Sur ?

— Sur le fait qu'on est en désaccord sur ce point, propose-t-il en lui tendant la main.

Milie s'en saisit, la secoue vigoureusement, lui arrachant une grimace.

— Dîne avec moi.

Sa proposition sonne plus comme une injonction. Milie voudrait la repousser, histoire de lui montrer qu'elle n'est pas de celles qui se laissent dicter leur conduite. Au moment où elle s'apprête à décliner son invitation, il la fixe de son regard persan. Ses yeux. Elle ne peut rien refuser à ces yeux-là.

— J'ai un vol à assurer demain, et je ne peux pas me coucher trop tard.

— Tu es descendue à quel hôtel ?

— Memento, celui à côté de Times Square.

— OK. Leur resto est... acceptable. Dînons là-bas. C'est moi qui invite, ça va de soi.

Il a mal interprété son indécision ; elle peut techniquement se payer son repas, y compris dans ce resto *acceptable*, objectivement au-dessus de ses moyens. À quoi bon tenir ce discours *carpe diem* si elle n'applique pas sa devise à elle-même ?

— Ce n'est pas la question. Et ça va tout sauf de soi.

— J'insiste.

— On verra...

Elle voit mille raisons de refuser : il est beaucoup trop vieux pour elle. Beaucoup trop arrogant. Beaucoup trop... beau. Ce qui l'amène à la plus évidente : la table est beaucoup, *beaucoup* trop proche de son lit. Cette soirée ne peut *que* finir en tête à queue. De son point de vue.

— Est-ce un oui pour le dîner assorti d'un peut-être pour l'addition ?

— C'est une analyse assez juste de la situation.

Mathieu affiche un sourire satisfait. Il approche son visage du sien. Milie suffoque, son corps tout entier se fige tandis qu'elle se consume de l'intérieur. Qui est donc cet homme et pourquoi parvient-il à lui faire perdre tous ses moyens ?

— Milie, pourquoi t'es rouge comme une tomate ? l'interroge Ève en débarquant sans prévenir.

Cette gamine est un ninja.

Milie voudrait creuser un trou et s'y cacher ; son visage vient de gagner encore trois teintes. Mathieu, lui, se délecte du spectacle. Il se cale au fond du banc, croise les bras, puis les jambes, dans un mouvement aussi lent que suggestif, en fixant Milie.

Ne fais pas ça.

Un sourire discret habille sa joue gauche ; il promène ses yeux sur tout son visage, s'attarde sur sa bouche.

Achève-moi.

— On peut aller manger une glace ?

Mathieu et Milie s'esclaffent à l'unisson, sous le regard médusé de la fillette. Ils viennent de prendre une clim monumentale par une gamine de huit ans.

Milie approche, honteuse. Comment peut-elle être en retard, alors qu'elle n'a que dix étages à descendre ? En ascenseur. Mathieu l'accueille avec un sourire radieux, se lève, fait le tour de la table pour tirer sa chaise. Il l'invite à s'y asseoir, puis replace l'assise. *OK, il la joue à l'ancienne.*

— Désolée de t'avoir fait attendre. C'est pas dans mes habitudes.

— Merci d'avoir pris le temps de te préparer. Tu es renversante.

Milie le remercie d'un hochement de tête. La vérité, c'est qu'elle a passé une heure au téléphone avec Juline, avec l'espoir qu'elle l'encourage à annuler. Elle lui a au contraire conseillé de dîner avec cet homme qu'elle ne reverra sans doute jamais. Justement parce qu'elle ne le reverra sans doute jamais, ce rendez-vous lui permettra d'y voir plus clair, selon elle. Milie s'attendait à tout de la part de Juline, la raisonnable du groupe. À tout sauf à ça.

— Ève a arrêté de bouder ?

— Oh non, c'est toujours la soupe à la grimace. Elle tenait absolument à venir dîner avec nous. Elle s'en remettra.

Milie s'esclaffe. Elle en doute. La fillette n'en démordait pas, elle a usé de tous les arguments pour être *invitée à la fête.*

— Tu seras obligée de revenir la voir. Tu ne peux pas décevoir une petite fille de huit ans... Mais assez parlé d'elle. Et de moi. Tu m'as cuisiné une partie de l'après-midi et moi, je ne sais rien de toi.

— Sans doute parce qu'il n'y a rien à savoir.

— Tu plaisantes ? Raconte-moi tout. Qui tu es, d'où tu viens, à quoi tu aspires dans la vie...

— Et mon groupe sanguin, tant qu'on y est ? A+. C'est ce qu'indique la carte que le labo m'a donnée.

Mathieu éclate d'un rire franc avant de reporter son attention sur cette jeune femme qui, en plus d'être belle à infliger des torticolis, se révèle pleine d'esprit.

— Sérieusement, qui es-tu, Émilie Marret ?

— Tu sais déjà l'essentiel. Je suis une femme de dix-neuf ans qui vit un rêve éveillé, mais éphémère.

— J'imagine que tu fais référence à ce dîner ?

Milie prépare sa réplique ; elle est interrompue par le serveur, qui leur apporte l'apéritif et le menu. La commande prise, il repart. Mathieu lève son verre, Milie l'imite.

— Un rêve éphémère, donc…

Milie lui offre une version courte de son parcours.

— On a connu pire, comme job d'été. C'est quand même mieux que l'usine.

Un voile de tristesse assombrit le regard de Milie ; ce changement d'humeur n'échappe pas à Mathieu.

— J'ai dit quelque chose qu'il ne fallait pas ? Si c'est le cas, je te demande pardon.

— C'est rien. Juste un petit moment d'absence.

Aussi charmant soit-il, Milie préfère garder ses blessures pour elle. Hors de question que Fabrice vienne gâcher ce moment.

— Mon vol de demain sera mon dernier. J'arrive au bout de mon contrat, et j'ai du mal à imaginer ma vie sans voler. Encore plus maintenant que j'y ai goûté.

— Le dernier avant le prochain, la corrige Mathieu. Pourquoi ce métier ?

— J'aime voyager, évidemment ; je n'ai pas eu beaucoup d'occasions de le faire avant cet été. J'ai adoré chaque escale, même les moins glamour en apparence. On apprend des autres, des endroits qu'on visite. Mais plus que tout, j'aime offrir un moment *wow* aux passagers. J'aime prendre soin des gens, leur assurer un voyage agréable. Ce métier permet beaucoup de belles rencontres, la preuve.

— Je ne peux que confirmer.

Elle lui raconte quelques anecdotes, il l'interroge sur sa Bretagne natale, une région qu'il connaît bien pour y avoir souvent passé ses vacances. La discussion se fait plus légère à mesure que les plats défilent. Lorsque Mathieu repose la cuillère sur l'assiette de dessert vide, son estomac est rassasié, mais son appétit est intact. Il coule un regard sans équivoque à Milie tandis qu'il s'essuie la bouche, puis pose sa serviette sur la table. Ils n'ont pas échangé le moindre mot depuis cinq minutes, leurs yeux se livrent à un dialogue silencieux.

— Tu m'offres un dernier verre ? finit par lui susurrer Mathieu.

Les joues de Milie s'embrasent ; elle opine, le laisse régler l'addition, puis l'entraîner vers l'ascenseur. Là, tandis que l'écran égrène les étages que la cabine avale à un rythme effréné, Mathieu approche sa main, attrape Milie par la taille. D'un geste doux, il l'attire à lui ; leurs corps désormais liés, elle sent son souffle sur son cou, qu'il explore du bout des lèvres. Quand elles se posent sur sa bouche, le carillon retentit et les portes s'ouvrent. Milie se fige.

— Je ne peux pas. Je suis désolée, je... Je ne peux pas, murmure-t-elle.

Milie s'engouffre dans la cabine, le regard dans le vague. Les portes se referment sur le visage sidéré de Mathieu. Dans l'ascenseur, la respiration saccadée de Milie accompagne ses larmes silencieuses. *Mais qu'est-ce que j'ai fait...*

38

La secousse qui accompagne les roues sur le tarmac de Roissy-Charles-de-Gaulle vibre jusque dans la cage thoracique de Milie. *Ça y est, on y est.* C'était bien, le temps que ça a duré.

Elle ne pouvait pas rêver mieux pour sa dernière danse : un vol calme, des passagers adorables, un service sans encombre. Tout aurait été parfait sans son collègue lourdingue. De tout le personnel navigant présent sur ce vol, il a fallu que ce soit lui qui la prenne en flagrant délit devant l'ascenseur. Et le lui rappelle par des sous-entendus graveleux pendant les sept heures et trente-huit minutes qui viennent de s'écouler. Comme si elle avait besoin de lui pour s'en vouloir...

Milie débarque le dernier passager avec un pincement au cœur. Ses collègues lui offrent une haie d'honneur à la sortie de l'avion ; ils ponctuent son avancée d'une ola bruyante, l'applaudissent et l'enlacent collectivement. C'en est trop pour Milie, qui fond en larmes, à la fois touchée par cette belle reconnaissance de ses pairs et triste de déjà quitter cette famille dans laquelle elle se sentait enfin à sa place. Rapidement, chacun retourne à son quotidien, laissant Milie à ses tourments.

En se dirigeant vers la gare TGV, elle s'efforce d'ignorer l'endroit où elle a vu Hugo pour la dernière fois. Peine perdue ; son regard est comme aimanté par le banc sur lequel ils se sont déchirés. Elle souffle, part s'y poser. Elle se saisit de son téléphone, y fait glisser son doigt à plusieurs reprises avant de porter l'appareil à son oreille.

— J'ai déconné, lâche-t-elle entre deux sanglots.

— C'est moi qui ai déconné, j'aurais pas dû te parler comme ça. Je suis désolée.

— Non, t'as bien fait, j'avais besoin d'être secouée. Mais je ne parle pas de Hugo. Je parle de... J'ai honte.

Lola l'encourage, lui promet de ne pas la juger. Alors Milie se livre, sans fard, sans rien omettre, pas même l'attirance qu'elle a ressentie pour Mathieu. Ni le presque baiser devant l'ascenseur.

— J'espère que t'as acheté un tee-shirt *We were on a break*, tente Lola pour détendre l'atmosphère.

Milie ne peut s'empêcher de rire. Mission réussie, se félicite Lola, avant de reprendre plus sérieusement :

— Si tous les gens qui flirtent se séparaient, le monde ressemblerait à un Tinder géant. T'imagines le bordel ? T'étais paumée, t'as frôlé la ligne rouge, mais t'as fait machine arrière à temps. Fin de l'histoire.

— Je dois le dire à Hugo.

— Tu vas lui dire que dalle.

— Je peux pas lui cacher ça...

— Non seulement tu peux, mais tu vas le faire. J'ai été dure avec toi, mais crois-moi bien qu'il en a pris plein la gueule aussi. Si t'avais pas raccroché comme une lâche, j'aurais eu le temps de te le dire. Tu rentres quand ?

— J'arrive vers 21 heures 30. J'ai rendez-vous avec Carole, là, dans vingt minutes, et j'ai mon train juste derrière.

— Elle te voit plus que moi, je suis à *ça* d'être jalouse. Un rapport avec ta décision pour Petrofly, demain ?

— Ça se pourrait. Elle m'a pas dit pourquoi elle voulait me voir. J'ai aucune idée de ce que je vais leur répondre.

— Je te rejoins à la gare.

— Merci.

— Pourquoi ?

— D'être là, d'être toi.

— Arrête de raconter des conneries. Bien sûr que je suis là pour toi.

Milie ferme les yeux, reconnaissante de pouvoir – encore – compter sur son amie de toujours. Elle s'apprête à raccrocher, mais se ravise.

— Je suis la pire des potes…

— Ça, je le sais déjà.

— T'es con, pouffe Milie. Je t'ai même pas demandé comment t'allais.

— Moi ? Mais te bile pas pour moi. Je vis ma meilleure vie. Enfin, plus ou moins.

— Merde, il t'arrive quoi ?

— Il m'arrive Énora. Tu te souviens d'Énora ?

Bien sûr qu'elle se souvient. Elle faisait partie de la bande de harpies de la session de recrutement. Contre toute attente, elle s'était révélée être une alliée pendant la mise en situation. Un agneau parmi les loups.

— Eh bah, figure-toi que derrière ses airs de ne pas y toucher, c'est pas la dernière à se pointer au buffet. T'y crois, toi, qu'elle vient de me repasser devant au challenge ?

— Mais vous prenez vraiment ce truc au sérieux ?

— Tu lis pas les messages sur le groupe ?

— J'ai *mute*, j'arrivais plus à vous suivre. Et je suis pas trop dans votre délire.

— Ouais, admettons. T'as quand même failli nous mettre un *strike* dans les dents, hier. Bref, si elle croit pouvoir me griller au *finish*, elle rêve. La semaine prochaine, j'ai un petit Phuket, quarante-huit heures sur place, elle est pas prête.

Milie rit toujours lorsqu'elle raccroche ; la vie serait moins belle sans le Tod de Lola. Et surtout beaucoup moins drôle.

✈ ✈ ✈

Carole enlace longuement Milie ; elle sait, pour avoir échangé avec elle sur ce sujet, à quel point cette journée est difficile pour elle.

— T'as pu réfléchir un peu pour Petrofly ?

— Je ne fais que ça depuis deux semaines, et je ne suis pas plus avancée. La discussion qu'on a eue la semaine dernière m'a mis encore plus le doute.

À son retour de Fort-de-France, Milie a rejoint Carole avant sa réunion prévol. Une discussion entre deux portes, lors de laquelle la cheffe de cabine lui a fait part des retours qu'elle avait obtenus de certaines amies qui avaient volé – ou volaient encore – pour cette compagnie. Si certaines sont ravies de leur expérience, la plupart agitent le drapeau rouge. Ces témoignages n'ont fait qu'aggraver l'indécision de Milie. Tout cela ajouté à la violente dispute qu'elle avait eue avec Hugo juste avant, la jeune femme est ressortie de cette rencontre express le cerveau encore plus embrumé.

— Je suis désolée, ce n'était pas le but. Mais je me devais d'être parfaitement honnête avec toi. T'as un peu de temps devant toi ?

— Mon train est dans deux heures.

— C'est amplement suffisant. J'ai quelqu'un à te présenter.

Elles prennent la navette en direction du siège de la compagnie, où Milie a passé les épreuves de sélection. Se retrouver devant ce grand bâtiment la renvoie quelques mois en arrière. Il lui semble que c'était il y a des siècles. Pourtant, la peur d'un espoir déçu qu'elle a ressentie alors est intacte aujourd'hui. Peut-être même plus forte.

Elle quitte l'immeuble sans beaucoup plus de certitudes qu'en y pénétrant une heure plus tôt, mais confortée dans sa décision. Une fois installée à sa place dans le train, elle attrape son téléphone, ouvre sa boîte mail, pianote le texte auquel elle a réfléchi en marchant jusqu'à la gare ; elle y met un point final au moment où le TGV démarre. Son portable toujours en main, elle regarde le train l'éloigner de l'aéroport pour la dernière fois. Lorsque les quais s'effacent au profit du paysage urbain, elle plaque son pouce sur l'écran. *Mail envoyé.*

✈ ✈ ✈

Milie s'engage sur l'escalator le cœur incertain. La fatigue morale se mêle à celle, physique, qu'un été de voyages et de décalages horaires a infligé à son corps. Sa parenthèse enchantée se referme en même temps que la belle saison.

Lorsqu'elle pose le pied dans le hall des arrivées, son regard est attiré par un visage familier. Elle approche, hésitant sur l'attitude à adopter. Hugo semble lui aussi tâtonner ; ils finissent par s'enlacer timidement.

— Lola m'a dit que tu rentrais ce soir. J'espère que t'es pas déçue de me voir à sa place.

— Je suis contente que tu sois là.

— Je crois qu'il faut qu'on parle, toi et moi.

Milie accueille le ton grave et effacé de sa voix avec une moue contrariée. Elle acquiesce, cherche à avaler la boule qui lui entrave la gorge. En vain. Elle ferme les yeux pour les soulager de la brûlure qui les gagne. En vain. Milie a conscience d'avoir été un peu trop dure avec lui. Elle ne renie rien des propos qu'elle a tenus : elle veut que les choses soient claires, elle n'acceptera ni le schéma familial qu'il a connu ni celui qu'elle a elle-même subi. Mais ce soir, elle a surtout besoin de le retrouver.

— On va chez moi ? On est juste à côté. Je me suis dit que c'était plus pratique, lui suggère-t-il.

— OK.

Milie goûte la brise nocturne qui les accompagne sur le chemin, la discrétion de Hugo beaucoup moins. Il ne vit que pour amuser la galerie : la parole est le baromètre de son humeur et son silence annonce un temps orageux. Ou brumeux. À l'approche de son immeuble, Milie s'invite dans ses bras dans l'espoir de raviver le soleil ; elle lui arrache un sourire.

— Tu sais que je t'aime ? lui souffle-t-elle en levant la tête vers lui.

Un nouveau sourire, discret, investit sa joue gauche. Il s'arrête net, se tourne vers Milie, place les mains de chaque côté de son visage. D'un geste doux, il écarte une mèche qui lui barre la vue, s'avance et pose les lèvres sur son front. Il se recule, la fixe de son regard brillant :

— Je t'aime aussi. Je t'aime tellement... plus que tu ne pourras jamais m'aimer en retour.

— Je déteste quand tu dis ça, répond-elle, la gorge serrée. Je déteste quand tu dis ça parce que c'est faux, et tu le sais.

— C'est vrai et tu le sais.

Sa voix est douce et vide de tout reproche. Milie reçoit cependant ses mots avec toute la tristesse et le doute qui les entourent.

— Hugo...

— Y a pas de malaise. Je t'aime comme t'es. Et je prends ce que t'as à me donner.

— C'est pas comme ça que ça marche. C'est pas comme ça que j'ai envie que ça fonctionne entre nous.

Du bout des doigts, il dessine la courbe de ses lèvres.

— Je sais pas où t'en es de ta réflexion...

— Je voulais ju...

— Laisse-moi finir, s'il te plaît. Si tu m'interromps, j'y arriverai pas, susurre-t-il en fixant la bouche de Milie.

Elle ressent sa lutte intérieure, elle la partage. Il reporte son attention sur ses yeux ; la respiration de Milie se fait plus lente, plus profonde.

— Quelle que soit ta décision, on trouvera une solution. On s'adaptera. On sera créatifs. J'en sais rien. Mais on le fera ensemble. Parce qu'à choisir, je préfère souffrir de ne pas te voir assez que de ne plus te voir du tout.

Il efface une larme qui échappe à Milie, caresse sa joue sans la lâcher du regard. Lentement, il approche son visage ; leurs lèvres s'effleurent avant de se séparer. Lorsqu'elles se rencontrent de nouveau, leur baiser traduit l'urgence de leurs retrouvailles. Le lampadaire qui les surplombe s'éteint brusquement, comme pour les entourer d'une pénombre protectrice ; là, à l'abri des regards indiscrets, ils scellent le pacte de leur réconciliation.

— Tu crois pas qu'on devrait... tente Hugo entre deux assauts.

Milie se hisse dans ses bras, enroule ses jambes autour de sa taille sans cesser de l'embrasser. Non, elle ne veut pas parler. Pas ce soir. À ses yeux, les mots d'amour comptent moins que les *preuves* d'amour. Et il vient de lui donner les deux.

— On parlera demain, murmure-t-elle à travers leurs lèvres inséparables.

UN AN PLUS TARD

Milie s'observe longuement dans le miroir. Son chignon est impeccable ; elle a désormais le coup de main et pourrait le faire les yeux fermés. Son maquillage, aussi discret que soigné, lui arrache un sourire satisfait. Comme à son habitude, elle a opté pour un *make-up nude*, rehaussé par un rouge à lèvres carmin. La bouche ou les yeux, jamais les deux ; un conseil glané lors de sa semaine de formation au printemps dernier.

Dans le prolongement de son état des lieux, la jeune femme plaque les mains sur son uniforme – la jupe crayon aujourd'hui – et entreprend d'étirer le tissu déjà parfaitement lisse, comme toujours. Ce tic, hérité de son premier jour en tant que PCB, s'est installé au fil des vols, se muant en une superstition tenace ; elle sacrifie à ce rituel avant chaque étape de sa journée. Elle attrape son trench bleu marine, l'enfile en prenant soin de ne pas ruiner sa coiffure. Elle inspire profondément, expire longuement et, alors seulement, elle décrète qu'elle est prête.

Elle referme sa porte, jette un coup d'œil par-dessus son épaule, par réflexe. Elle secoue la tête en apercevant le jogging informe de Lola. Deux salles, deux ambiances. Si Milie embrasse désormais son rêve, sa meilleure amie, elle, a surtout perdu son binôme en amphi et une partie de ses grasses matinées par la même occasion.

— T'as encore la trace de l'oreiller, se moque Milie.

— Ferme-la, tu saoules avec tes délires. Tu pouvais pas rester à la fac, comme tout le monde ? C'est inhumain de se lever aussi tôt tous les jours.

— Il est 8 heures 30 et tu te plains déjà ?

— Je te signale que c'est toi qui as choisi de m'abandonner lâchement pour ton vieux truc, là. Je suis contente pour toi, mais tu saoules, conclut Lola en traînant les pieds jusqu'à l'entrée du bâtiment.

— Je t'aime aussi, lui lance Milie.

Avec toute l'élégance qui la caractérise, son amie lui adresse son majeur en réponse. Milie rit franchement tandis que Lola tourne à droite pour rejoindre la fac. Telle une mère s'assurant que son enfant entre bien dans son école, Milie attend que son amie soit hors de sa vue avant de prendre la rue à sa gauche. Si leurs chemins bifurquent désormais, leur amitié reste intacte. Lola est la boussole de Milie, son point d'ancrage et son repère le plus solide.

La belle saison résiste, mais commence à céder du terrain ; le ciel gris ne viendra pas assombrir son humeur. Il y a un an, elle croyait son rêve inaccessible. Aujourd'hui, il est sa réalité.

Le jour de son dernier vol, Carole lui a présenté la directrice des ressources humaines de Giant Airlines. Milie a manqué de s'étrangler en découvrant qu'il s'agissait du *dragon*, cette femme froide dont le rôle était visiblement de faire perdre leurs moyens aux candidats lors de la sélection. Milie était dans ses petits souliers. La femme lui a appris qu'elle avait fait l'unanimité auprès du collège de recruteurs. L'unanimité moins un, puisqu'elle avait voté contre. « Votre émotion, aussi pure et sincère fût-elle, m'a fait m'interroger sur vos motivations profondes, lui a-t-elle avoué. Je craignais que vous ne cherchiez des réponses qui se trouvaient ailleurs. » Milie avait été obligée d'admettre qu'elle avait sans doute vu juste. Mais qu'un été à voler lui avait confirmé sa volonté d'exercer ce métier.

Si elle ne pouvait rien lui promettre, la DRH lui a assuré que sa candidature serait considérée avec intérêt si elle postulait à la prochaine session de recrutement d'alternants. Elle lui a indiqué à demi-mot que la compagnie ouvrirait sans doute une campagne dans un avenir proche. C'est tout ce dont Milie avait besoin : de l'espoir, car elle ne souhaitait pas seulement voler, elle voulait le faire pour Giant Airlines.

Elle a donc fait le choix de refuser l'offre de Petrofly, sans filet de secours. Les témoignages d'anciennes hôtesses de cette compagnie, avec qui Carole et Gina l'avaient mise en contact, ont eu raison de sa volonté de s'expatrier. Le prix à payer était beaucoup trop élevé. Et sans doute son rêve de voler durablement n'était-il pas aussi inaccessible qu'elle le pensait : au pire, le *dragon* lui garantissait un poste de PCB l'été suivant – elle n'aurait qu'à repasser la visite médicale. En attendant, elle retournerait à la fac, faute de mieux. Mais la perspective d'une échappatoire rendait le sacrifice acceptable.

Fin novembre, Carole lui a passé le coup de fil qu'elle n'espérait plus : l'annonce serait bientôt en ligne. Le dossier de Milie était prêt depuis des semaines. Le jour J, elle n'a eu qu'à le poster. Comme promis, le *dragon* l'a rappelée rapidement. Et le reste appartient à l'Histoire. Plus qu'une cheffe de cabine, Carole a été une vraie mentore pour Milie. Sans elle, sans doute n'aurait-elle jamais mis les pieds dans ce bureau et qui sait où elle serait aujourd'hui.

Milie hume l'air chargé de la nature qui tire sa révérence, offre son visage à un rayon de soleil qui se fraie un chemin entre deux nuages. Puis elle sort son téléphone. C'est leur nouveau rituel : avant chaque rotation sans exception, Milie lui passe un coup de fil.

Sa mère a fini par prendre son envol, elle aussi. Il aura fallu plusieurs mois, beaucoup de courage et surtout une discussion décisive avec Milie pour la faire réagir. Cela s'est produit à l'occasion de l'une des visites mensuelles de Sandrine à

Rennes. Ce jour-là, Milie est revenue sur la première fois qu'elle s'était invitée dans sa chambre d'étudiante. Elle n'a jamais oublié que sa mère avait laissé sa question en suspens : qu'avait donc bien pu dire son père pour pousser sa mère à braver son autorité ? Sandrine a fini par lui confier les propos que Fabrice avait tenus la veille de sa première visite, au détour d'une énième dispute sur le cas de Milie. « On dirait toi avant que je te rappelle où est ta place. J'ai pas dû être assez ferme avec la gosse. Elle finira seule, aucun homme ne voudra s'encombrer d'une casse-couilles pareille. » Bien qu'elle n'attende plus rien de son père – ou plutôt qu'elle s'attende à tout –, ces mots l'ont ébranlée. Comment peut-il avoir si peu de considération pour sa fille ? Son seul tort est d'avoir des rêves et de se donner les moyens de les réaliser. Est-ce si grave ? Milie ne le pense pas.

Après plus de deux décennies à refuser la main tendue de madame Bouassard, Sandrine a décidé de la saisir. Depuis deux mois, elle vit chez sa patronne, qui s'est mis en tête de faire quelque chose de cette grande bâtisse – traduction : de ce château. Elle a modifié le contrat de son employée, qui y travaille désormais à temps plein : elle supervise le chantier et aura ensuite en charge la gestion des dix chambres d'hôtes. Son rêve devient réalité, à elle aussi.

— Brian continue à t'appeler ? s'enquiert Sandrine.

— Aucune idée, je l'ai bloqué. Et toi, Papa continue à te harceler ?

— Aucune idée, je l'ai bloqué.

—Comme quoi, ils ont plus besoin de nous que nous d'eux.

Mère et fille rient timidement. Un silence s'installe. Une poignée de secondes. Dix, tout au plus. Dix, c'est long. Long comme le chemin qu'il leur aura fallu parcourir pour trouver enfin le courage de partir pour l'une et de couper les ponts pour l'autre.

— Tu sais, nos cicatrices les plus profondes nous sont rarement infligées par nos ennemis, confie Sandrine. Pourquoi tu souris ? Je n'ai pas besoin de te voir, je te devine.

— Et moi, je te découvre philosophe.

— Il y a tellement de choses que tu ignores de moi.

— J'aime absolument *tout* ce que je découvre de toi ces derniers mois, Maman.

Milie raccroche juste avant de monter dans le bus qui la conduit à l'aéroport. Aujourd'hui, elle effectue le trajet entre Rennes et Paris en avion, ce qui n'est pas pour lui déplaire. Parfois, ses horaires de vol la contraignent à préférer le train. Et quand elle n'a pas d'autre choix, elle s'invite chez son amie Gina pour une nuit.

La météo est aux antipodes de son moral ; le ciel gris ne viendra pas assombrir sa bonne humeur. En descendant du bus, Milie relève le col de son trench pour protéger son cou de la légère brise qui se lève. En posant les yeux sur la façade du petit terminal, elle se réjouit que les doutes qu'elle a pu nourrir quant à la direction à donner à sa vie ne soient qu'un lointain souvenir.

Elle a pris la bonne décision. Pour elle. Pas pour Hugo ni pour sa famille. Ce choix n'a été guidé que par ses objectifs. Même si elle n'a signé qu'un contrat à durée déterminée, elle a désormais un pied à Giant Airlines et compte bien tout mettre en œuvre pour y poser le second.

Presque sur un ton de reproche, certains de ses camarades PCB lui ont soufflé combien elle avait de la chance. Il y a quelques mois encore, elle aurait cédé au syndrome de l'imposteur, à cette petite voix qui lui hurlait plus ou moins fort qu'elle ne méritait rien. Ce job d'été lui a permis bien plus que de toucher son rêve du bout des doigts. Il l'a fait grandir et réfléchir. Elle est désormais convaincue que la chance se provoque, et n'est jamais le fruit du hasard.

Si elle n'avait pas brisé les frontières de son schéma familial, elle se trouverait actuellement sur une chaîne de production, à travailler aux côtés de son père et de son frère. Elle ne renie en rien ses origines, et le métier exercé par la majorité des membres de sa famille encore moins. Si telle avait été sa volonté, elle aurait embrassé la même carrière avec fierté.

Milie pose la main sur son portable, qui vibre dans la poche de son trench. Elle l'en extirpe en sachant parfaitement ce qu'elle va découvrir sur l'écran de son téléphone. *Gagné.*

Hugo
Bonne journée, mon p'tit martinet. Pense à moi quand tu seras là-haut, pense à moi quand tu seras là-bas.

Mon p'tit martinet. Comme chaque fois qu'il l'affuble de ce surnom ridicule, Milie secoue la tête, dépitée. Au retour d'une soirée trop arrosée, ils se sont plantés devant un documentaire consacré à cet oiseau migrateur, capable de parcourir des milliers de kilomètres chaque année, de voler des jours durant sans se poser. Hugo, ayant un sens de l'humour qui lui est propre, y a surtout vu une analogie avec le métier de Milie, et s'est empressé de se lever, titubant, pour imiter une dominatrice fendant l'air de son fouet.

Milie
Je t'aime. Je te jure que je t'aime, mais arrête de m'appeler comme ça, c'est horrible ! Au fait, je rentre jeudi. On se retrouve directement au QG à 18 h ? Juline nous rejoint à 18 h 30 et Lola en sera sûrement déjà à son cinquième demi. Et après, after chez toi en tête à tête ?

Hugo
Ce programme est parfait, surtout la troisième mi-temps. Mi casa es tu casa. Je t'aime, tu me manques déjà.

Milie
Je t'aime aussi.

Milie range le téléphone, les joues remontées. Leur accrochage à l'aéroport un an plus tôt s'est avéré utile ; Hugo a pris conscience qu'elle n'est pas un oiseau que l'on garde en cage. Plus il cherchera à la clouer au sol, plus elle s'évertuera à déployer ses ailes pour s'échapper.

Un sourire niais irradie son visage lorsqu'elle investit le hall des départs. À l'image de sa vie, et malgré un parcours semé d'embûches, leur histoire a fini par trouver son chemin. Et par prendre son envol.

REMERCIEMENTS

Vous venez de tourner la dernière page de ce roman et, avant toute chose, je voudrais vous remercier d'avoir pris le temps de le lire. J'espère que, comme moi, vous quittez Milie et ses amis à regret. Mes premiers remerciements vous sont réservés, *mes très chers lecteurs.* Si mes doigts tapent frénétiquement sur le clavier pour écrire des histoires, c'est vous qui les faites vivre. Merci pour votre confiance !

Cette histoire, c'est à Lily que je la dois. Les rêves sont faits pour être réalisés, les barrières pour être brisées. Je te souhaite, comme Milie, de réaliser tous les tiens, de t'élever bien au-delà de la raison. Vole aussi haut que tes ailes te le permettront. Vis aussi intensément que tu le pourras. Aime aussi fort que ton cœur te le permettra. Cette histoire, que tu viens de lire, est pour toi. Et puisque tu as bien voulu la partager, elle est désormais aussi pour toutes celles et tous ceux qui, comme toi, ont des rêves plus grands que le ciel. Et à qui on demande trop souvent de garder les pieds sur Terre.

Je voudrais remercier ici Valérie Sauvage, mais aussi l'hôtesse de l'air de TikTok (elle se reconnaîtra) et tous les PNC qui ont bien voulu partager avec moi leur expérience, leur ressenti sur le métier et me raconter leurs anecdotes en vol ou en escale. Ce roman n'est pas un documentaire sur la profession, mais vos témoignages m'ont permis – je l'espère – de rapprocher au mieux l'expérience de Milie de la réalité. Tout ce qui arrive à Milie et à ses collègues – absolument tout, oui, oui – est inspiré d'histoires vraies. La réalité dépasse souvent la fiction. J'ai souvent ri, et je me suis parfois étranglée quand vous m'avez raconté vos anecdotes. J'espère leur avoir fait honneur dans ce roman. Et avoir rendu justice à votre profession. Merci de nous faire voyager, de rendre nos vols agréables et sûrs.

J'ai une pensée toute particulière pour Andrea, une hôtesse de l'air américaine qui, à soixante-douze ans, vole toujours sur long-courrier. Merci pour nos échanges, qui ont nourri mon imaginaire. Votre histoire mérite un roman à part entière. Un jour, qui sait ?

Merci à mes collègues, dont certaines sont devenues mes amies, pour nos échanges, nos fous rires, pour le soutien de tous les instants. On se serre les coudes, on se secoue les puces. Je pense en particulier à Alex Kin et à Linda Da Silva, qui, en plus de tout le reste, ont consacré quelques heures de leur quotidien bien chargé à lire et à annoter l'histoire de Milie. Claire Bertin et Cécile Blanche, je ne vous oublie pas, merci pour votre présence et votre soutien de tous les instants. Merci à Nina, également, pour son regard acéré sur mon texte, et pour l'attention apportée aux détails qui n'en sont pas et à Anne-Cécile Ramond pour son œil de lynx lors de l'ultime relecture.

Je voudrais profiter de cet espace pour vous faire une confidence : l'écriture de ce roman n'a pas été un long fleuve tranquille, loin de là. Cette histoire m'a plongée dans le doute quant à ma capacité de vous la raconter. Je l'ai mise de côté un nombre incalculable de fois, j'y suis revenue. Pour la première fois en presque dix ans, je n'ai pas écrit une ligne pendant plusieurs semaines. Sans doute était-ce nécessaire. Peut-être avais-je besoin de sortir de ma zone de confort et de tester des choses nouvelles. J'ai donc fait appel aux services d'une éditrice free-lance, Judy – Éditions Artis. Je lui ai demandé de me livrer son analyse sur mon texte sans fard et sans détour. Ce qu'elle a fait, et je l'en remercie. Résultat : huit chapitres supprimés ou très largement retravaillés, trois chapitres créés, des milliers de mots à la trappe, d'autres ajoutés. Jamais avant ce roman je n'avais modifié en profondeur un texte comme je l'ai fait avec celui-ci. Un exercice difficile, mais stimulant, exaltant. Il paraît que « choisir, c'est renoncer ». Je dirais au contraire que « renoncer à choisir, c'est choisir de renoncer ». Je suis heureuse d'avoir malmené le premier jet de ce roman, d'avoir fait des choix parfois difficiles sur ce texte. Merci, Judy, pour ton accompagnement, ton écoute et ta disponibilité. Merci également à Marina Lombardi et à Élise Lejeune, à qui j'ai confié la correction de ce roman, ainsi qu'à David Paire, qui lui a offert la plus jolie des vitrines : sa couverture.

Je vous donne rendez-vous très vite pour une nouvelle histoire !

Prenez soin de vous,

Georgina Tuna Sorin

Bibliographie

Demain le jour se lèvera (2019)
À la lueur de nos pas accordés (2019)
Décembre 2018. Anna, Nico et Mathis, trois jeunes pleins de vie, préparent ensemble les fêtes du Nouvel An. Pour eux, tout semble devoir changer. Quel drame va donc les frapper ?
(Existe en intégrale – version reliée)

La vie rêvée de Lily – 4 tomes (2020-2023)
J'aime ma vie telle qu'elle est, mais parfois je m'ennuie. Et quand je m'ennuie, je me mets à rêver. Je ne sais pas toi, mais moi, j'ai vraiment envie que ça change… Allez viens, je t'embarque !
(Existe en version dys. Disponible sur www.georginatunasorin.com)

À la fin tout commence (2021)
À 30 ans, Mathilde voit son monde s'effondrer. Une subite envie d'ailleurs l'amène à dépoussiérer une vieille valise ; elle y découvre un trésor inestimable.

Un Noël blanc aux Neiges éternelles (2022)
Max et Azelys ne se connaissent pas, et pourtant il flotte autour d'eux comme un parfum d'évidence. Se pourrait-il qu'un lien qu'ils ignorent les unisse ?

Plus belle sera la suite (2023)
À Clipperton, un atoll perdu au milieu de l'océan Pacifique, Teiva jouit d'une vie modeste, mais heureuse avec sa femme et ses deux filles. Pourtant, à 29 ans, il rêve d'un avenir meilleur, pour lui et pour sa famille. C'est décidé, il sera le premier à quitter cette île.

La lumière de nos vies (2024)
Il a suffi d'un instant. D'une rencontre fugace. Pour bouleverser leurs existences. Parfois, le destin nous entraîne vers un chemin inattendu.

Restons connectés

E-mail : georgina.sorin@hotmail.fr
Facebook : Georgina Tuna Sorin
Instagram : @georgina.tuna.sorin
Twitter : @GeorginaSorin
www.georginatunasorin.com